Helga Glaesener

Safran für Venedig

Roman

List Taschenbuch

Besuchen Sie uns im Internet:
www.list-taschenbuch.de

Umwelthinweis:
Dieses Buch wurde auf chlor- und säurefreiem Papier gedruckt.

Ungekürzte Ausgabe im List Taschenbuch
List ist ein Verlag der Ullstein Buchverlage GmbH, Berlin.
1. Auflage Dezember 2005
© Ullstein Buchverlage GmbH, Berlin 2004/List Verlag
Umschlagkonzept: HildenDesign, München
Umschlaggestaltung: Hauptmann und Kompanie Werbeagentur,
München – Zürich
Unter Verwendung eines Bildes von © akg-images/Sotheby's
Satz: Pinkuin Satz und Datentechnik, Berlin
Druck und Bindearbeiten: Clausen & Bosse, Leck
Printed in Germany
ISBN-13: 978-3-548-60584-5
ISBN-10: 3-548-60584-2

Für meine Eltern,
die sich in ihrem Glauben,
sechs großartige Kinder zu haben,
nie irre machen ließen.
Danke.

Prolog

Montaillou, im Februar 1312

Guillaume stolperte und fiel der Länge nach in die mit geschmolzenem Schnee durchtränkte Furche, die seinen Rübenacker vom Feld der Benets trennte. Er trug keinen Mantel, denn den hatte er in der Aufregung am Haken hängen lassen. Darum sog sich sein dünner, knielanger Wollkittel sofort mit Wasser voll, und er war innerhalb eines Atemzugs durchnässt.

Dreckskälte.

Dreckskälte, fluchte er still. Aber der Schmerz, mit dem die Haut sich zusammenzog, hatte auch sein Gutes. Guillaume begann wieder zu denken. Zitternd erhob er sich, wischte Dreckklumpen von Bauch und Beinen und fragte sich, was geschehen wäre, wenn er mit seiner Wut einfach in ihre Häuser gestürmt wäre. Er war ein Mann ohne Phantasie. So brachte ihm seine Überlegung keine schrecklichen Bilder, sondern nur ein schweres Gefühl im Magen, als hätte er sich an rohem Teig überfressen. Er hob den struppigen Bauernkopf und blickte zum Himmel.

Es war diese verhexte Zeit zwischen Tag und Nacht, die er nicht leiden konnte. Über den Berggipfeln hing ein kreisrunder Mond, grell wie ein Tropfen aus Feuer. Er färbte den Schnee auf den Kuppen, aber nicht gelb, sondern violett – der Teufel mochte wissen, wie das zuging. Die Baumwipfel auf den Berghängen waren klarer gezeichnet als bei Tag und sahen aus wie die Lanzenspitzen eines Geisterheeres, das in die Täler marschierte. Guillaume bekreuzigte sich. Die Welt, die richtige Welt, bestand aus steiniger Erde, in die man seinen Spaten schlug, und aus blutigem Fleisch, das man vom Fell eines Schafes kratzte. Er wünschte, er könnte sich in seinem Haus verschanzen, wie es jeder anständige Mensch um diese Zeit tat.

Aber da war die Zunge. Er hatte sie in ein Stück Leder eingewickelt und in seinen Gürtelbeutel getan, und obwohl er sich nicht bewegte, schlug sie gegen seine Schenkel und gemahnte ihn an seine Pflicht. Widerwillig setzte er sich erneut in Bewegung.

Nicht durchs Dorf, du einfältige Strohnase, zischelte es aus dem Beutel. *Denkst du, sie geben nicht Acht? Denkst du, sie schlafen?*

Ich tu, was ich will, sagte Guillaume trotzig.

Dann stirb.

Aber er würde nicht sterben. Denn inzwischen war der Retter gekommen. Am späten Nachmittag hatte er ihn, umgeben von bewaffneten Reitern in prächtigen roten Gewändern mit Kreuzen auf dem Rücken, von Comus herüberreiten sehen. Selbstverständlich musste er trotzdem vorsichtig sein. Sie schliefen nie. Und die Nacht war die natürliche Zeit für ihre Untaten. Der Weg durchs Dorf war ihm also genommen.

Mit diesem Entschluss verließ Guillaume kurz vor dem Haus von Onkel Prades den Weg und kletterte einen Trampelpfad hinab, der zum Ufer des Hers führte. Er würde dem Flüsschen durch die Schlucht folgen und dann an dem künstlichen Kanal entlanggehen, der den Halsgraben der Burg mit Wasser versorgte. Von da waren es nur noch wenige Schritte.

Sein Pfad verlor sich rasch in dem wucherndem Gestrüpp, das abseits der Felder die Hänge bedeckte. Guillaume verhedderte sich in Dornen, und er fluchte erneut. Die Ernte war schlecht gewesen, zwei seiner Ziegen an Ausfluss gestorben. Er würde sich keinen neuen Kittel leisten können.

Je tiefer der Bauer in die Senke stieg, umso dunkler wurde es, bis nicht mehr der kleinste Mondstrahl den Boden erhellte. Guillaume blieb stehen, oder vielmehr: Er wollte stehen bleiben. Doch das Gras war plötzlich glitschig wie die Tenne nach dem Schlachttag. Er rutschte aus, schlitterte ein Stück auf dem Hintern, fasste in heillosem Schreck nach allem, was sich bot, und konnte sich gerade noch an ein paar Zweigen halten, da hing er schon bis zu den Waden in eiskaltem Wasser. Hölle! Der Hers musste weit über seine gewohnte Höhe angestiegen sein. Er gurgelte wie ein wütendes Tier, dem die Beute zu entwischen droht. Zitternd suchte Guillaume nach einem stärkeren Halt, fand einen Stamm, zog sich daran aus dem Wasser und kauerte sich zusammen.

Wie dumm von ihm, einfach loszustürzen. Es gab einige im Dorf, denen man trauen konnte. Philippe, die alte Raymonde ... Er hätte sich Verbündete suchen und mit ihnen gemeinsam ...

Du warst immer ein Idiot, lästerte die Zunge.

Sie trieb ihn zurück auf die Füße. Mühselig kletterte er den Hang hinauf.

Nicht durch das Dorf.

Ja, beeilte er sich zu sagen. Er erreichte Onkel Prades' Hütte – und dort hätten sie ihn fast erwischt. Sie lauerten hinter den Johannisbeerbüschen, aus deren Früchten seine Schwester im Sommer Sirup kochte. Zwei Schatten, die im Mondlicht wie schwarze Riesenkürbisse wirkten.

Ohne nachzudenken warf Guillaume sich flach auf den Boden. Die Dreckskerle waren ihm also tatsächlich auf den Fersen, und wahrscheinlich hatten sie Messer und Knüppel dabei. Die Zunge pochte an seinen Schenkel. Er lag neben dem Misthaufen von Onkel Prades, hatte einen kotverkrusteten Strohhalm in der Nase und konnte vor lauter Furcht nicht einmal die Hand heben, um ihn zu entfernen.

Alles, was ihm einfiel, war ein Fluch für seine Mutter, die ihn in diese üble Lage gebracht hatte. Was würden sie tun, wenn sie ihn nicht erwischten? Zu seinem Haus gehen? Plötzlich fiel ihm Grazida ein, die ihr Lager neben den Ziegen hatte und sicher schon schlief. Er mochte seine Frau nicht sonderlich, aber jetzt tat sie ihm Leid.

Nur konnte er ihr nicht helfen.

Wie ein Krebs kroch Guillaume rückwärts und brachte sich hinter dem Misthaufen in Sicherheit. Er wusste, er musste jetzt genau nachdenken. Die Schlucht war überflutet und der Weg durchs Dorf versperrt. Also blieben nur die Klippen, die die westliche Grenze der Burg bildeten. Unsicher fasste er nach dem Beutel, doch das graue Stück Muskel blieb diesmal stumm. Dann war seine Entscheidung gut. Wenn seine Mutter nichts sagte, hieß das: gut.

` Er brauchte lange, um von Onkel Prades' Hütte fortzukommen. Und als er nach zahllosen Kletterpartien und zwei schweren und mehreren leichten Stürzen endlich über das letzte Stück Fels kroch und die Burgmauer vor sich sah, mussten sie im Dorf schon in tiefem Schlaf liegen. Erleichtert hob er den Kopf zu dem steinernen Wohnturm, dem Donjon, in dem der Kastellan lebte und in dem nun sein Retter wohnte. Warmes Licht fiel durch zwei Fenster im oberen Teil des Turms, was ihm wie ein freundlicher Gruß vorkam.

Entschlossen hinkte Guillaume – er hatte sich den Fuß verstaucht – auf die Pforte zu. Der Mond, dieser verhexte Bundesgenosse der Nacht, ließ das Wasser im Halsgraben aufglitzern. Irgendwo schrie ein Käuzchen. Guillaume beschloss, die Nacht in der Burg zu verbringen. Keine Macht der Welt würde ihn noch einmal aus den Mauern bringen, ehe es hell war. Grazida mit ihrem Großmaul musste für sich selbst sorgen.

Er pochte an das Holztor und erhielt unverzüglich Antwort. Aber nicht der alte Pons ließ ihn ein, sondern einer der Ritter des edlen Herrn. Guillaume sah das weiße Kreuz auf seinem Mantel. Er hätte den Fremden am liebsten an die Brust gedrückt, doch gleichzeitig packte ihn die Scheu seines Standes, und so trug er stotternd sein Anliegen vor. Der Mann nickte, zog die Kapuze tiefer und deutete zur Treppe hinauf, wo ein zweiter Ritter wartete. Wahrscheinlich hatte er kein Wort verstanden. Unten, im Tiefland von Pamiers, sprachen sie einen anderen Dialekt.

Guillaume griff nach dem Beutel mit der Zunge. »Wenn Ihr begreifen wollt – sie sind …«

Der Mann schob ihn weiter, um das Tor verriegeln zu können.

»… wahrhaftig böse«, murmelte Guillaume. Er stapfte hinter dem anderen Ritter die Pferdetreppe hinauf. Sie sind wahrhaftig böse – das war es, was er dem Bischof erklären musste. Er war glücklich, die richtigen Worte gefunden zu haben.

Der Ritter führte ihn in den Burghof. Seltsam, obwohl der Platz durch die Mauern geschützt war, schien der Wind hier noch eisiger zu wehen. Aber das lag vielleicht daran, dass Guillaume wegen seiner nassen Kleider inzwischen völlig durchfroren war. Er beneidete den Ritter um den dicken Mantel, in dem er fast verschwand.

»Wahrhaftig böse«, murmelte Guillaume, um diesen wichtigen Teil seiner Botschaft nicht zu vergessen. In einem der Ställe wieherte ein Pferd. Eine Gestalt schlüpfte aus der Stalltür und ging zur Pferdetränke, um dem Tier Wasser zu bringen. Guillaume musste an seine verendeten Ziegen denken.

Dann fiel ihm etwas auf: Der Kerl dort vorn, das war gar kein Bursche, sondern eine Frau. Hier, im Hof der Burg von Montaillou, färbte der Mond weder violett noch gelb. Ihre Hände und ihr Gesicht waren weiß. Es kam ihm schrecklich und unheimlich vor. So hatten die Gebeine der Ketzer unten in Ax ausgesehen, die sie aus den Gräbern geholt hatten, um sie zu verbrennen. Das Weib starrte ihn an.

Guillaumes Verstand arbeitete schleppend. Es dauerte mehrere Atemzüge, bis er sie erkannte. Und dann war er so bestürzt, dass er kaum wahrnahm, wie sein Führer ihn packte und zur Tränke drängte. Unablässig stierte er in das weiße Gesicht und versuchte zu begreifen, was die verzerrten Züge bedeuteten. Hasste sie ihn etwa? Aber warum?

Ihre Züge waren ihm vertraut bis hin zu der Brandwunde am linken Augenlid, die sie sich kürzlich beim Backen zugezogen hatte. Dennoch war ihm, als hätte er nie ein fremderes Wesen gesehen. Über die Lippe der Frau rann Speichel. Ja, sie hasste ihn, und zwar so leidenschaftlich, dass sie unfähig war, die eigene Spucke zu beherrschen. Guillaume wollte einen Laut des Abscheus herausbringen. Erst jetzt merkte er, dass man ihm den Mund zuhielt. Er wollte protestieren, aber ein Tritt in die Kniekehlen zwang ihn auf die Knie. Sein Kinn knallte auf die Kante der Tränke.

Ihn packte die Furcht. Er verdrehte den Hals und wollte einen Schrei ausstoßen, doch die Hand hielt ihn eisern fest. Jemand griff in sein Haar. Im nächsten Moment tauchte sein Kopf in eiskaltes Wasser.

Er kam nicht an gegen die vielen Hände, die ihn hielten. Sie klammerten sich sogar an seine Beine, und jemand stemmte gegen die Zunge im Beutel. Aber erst, als etwas Hartes seinen Nacken traf, hörte er auf, sich zu wehren.

Und selbst da war er noch nicht tot. Sie schleppten ihn an den Rand des Hofs, hievten ihn über die Mauer und warfen ihn in den Halsgraben. Das Letzte, was er sah, waren ihre Gesichter, die, immer noch weiß, auf ihn hinabstarrten, als er ins Wasser eintauchte.

1. Kapitel

Augsburg, im Oktober 1328

Liebste Elsa, all deine Sorgen waren umsonst. Ich bin gut umsorgt und ... glücklich.

Marcella stellte sich vor, wie Elsa mit dieser Nachricht zu Bruder Randulf von St. Maximin ging und sich in dem staubigen Raum hinter der Klosterküche die Worte entziffern ließ. Fünfzehn Heller, werte Frau, und ich hoffe, es ist akkurat geschrieben. Bruder Randulf war keiner, der über die Belange seiner Besucher tratschte, aber er hatte eine widerwärtige Art, beim Lesen die Augenbrauen hochzuziehen – als wäre er Richter über Israel. Sie ist also glücklich, die Dame, die mit diesem venezianischen Wucherer davongelaufen ist? Und es kümmert sie gar nicht, dass ihr Onkel aus Gram um ihr schlimmes Treiben starb? Ach Elsa, warum hast du nicht lesen gelernt? Und warum hast du dir nicht ein Herz gefasst und mich begleitet? Seufzend glättete Marcella das Wachs ihrer Schreibtafel und begann von vorn.

Liebe Elsa, ich bin glücklich. Damian Tristand ist so rücksichtsvoll, wie ein Mensch nur sein kann. Er kümmert sich um alles ...

Sie schaute zum Fenster hinüber, hinter dem ein trister Nachmittag einen verregneten Vormittag ablöste. Augsburg war eine hässliche Stadt, in der es selbst nach einem Regenguss stank wie in einem Abort. War Trier genauso gewesen?

Fiel ihr diese Trostlosigkeit nur auf, weil sie zur Untätigkeit verdammt in dieser Herberge saß und mit der Zähigkeit der Stunden kämpfte? Sie hörte, wie unten auf der Gasse etwas scheppperte und ein Rindvieh muhte. Jemand begann zu keifen, ein Mann, dem offenbar von dem Tier etwas niedergerissen worden war.

Deine Ratschläge zu befolgen, Elsa, kritzelte Marcella, *fällt mir schwer. Ich bin schlecht gelaunt, und wenn Tristand jetzt den Raum beträte, würde ich ihn fragen, warum er gerade dieses Haus in gerade dieser Gasse aussuchen musste. Und warum er mir gerade dieses schreckliche Weib aufschwatzen musste, das nebenan schon wieder Honig in viel zu süßen Wein rührt und nörgeln wird, bis ich ihn trinke. Ach Elsa. Er ist so geduldig, aber er wird mich erschlagen, bevor wir Venedig nur von weitem sehen. Oder ich ihn.*

Das Weib war mit dem Honigrühren fertig. Es stieß mit der Hüfte die angelehnte Tür auf und schob schwatzend eine Schale mit Birnen beiseite, um auf dem Tisch Platz für ihren Becher zu schaffen.

»Maria, glaubt mir, ich habe nicht den geringsten …«

»Es geht nicht um Durst, Herrin, oder den lieblichen Geschmack, sondern um Gesundheit. Zuerst ist es ein leichter Husten, dann röcheln die Lungen, und am nächsten Tag trägt man Euch zu Grabe.«

»Ich habe keinen Husten, Maria.«

»O doch, ich bin davon erwacht, heute Nacht, von Eurem Husten.« Maria blies die Wangen auf und imitierte das Geräusch. Sie war nicht schrecklich. Sie gehörte zu den bewundernswerten Menschen, die anderer Leute Nöte behandelten, als seien es ihre eigenen. Damian hatte sie von einem Geschäftspartner empfohlen bekommen. Man musste dankbar sein, von einem solchen Schatz umsorgt zu werden.

»Ich habe gehustet, weil die Luft stickig war.«

»Gewiss doch. Das ist der Anfang, und dann …«

... die Lungen und das Grab. Die Schwaden, die aus dem Becher aufstiegen, drehten Marcella den Magen um. Aber Maria würde nicht nachgeben. Ihre Güte war von der Art, die das Ziel der Fürsorge eher erschlug, als es Schaden nehmen zu lassen.

Liebe Elsa, ich sterbe vor Sehnsucht nach dir, kritzelte Marcella quer über sämtliche Worte und warf die Tafel auf ihr Bett.

»Nun nehmt schon, Herrin.« Maria schob den Becher näher.

Marcella fand, es sei an der Zeit, endlich einmal deutlich zu protestieren, aber die Worte erstarben auf ihren Lippen, als sie sah, wie die Frau plötzlich zu lächeln begann. Das Lächeln hatte nichts mit ihrer Unterhaltung zu tun. Maria horchte zum Fenster. Ihre Wangen röteten sich. Es war, als hätte sie ein Zauberstab berührt, der sie mit einem Schlag um Jahre verjüngte. Man vergaß, dass ihr Busen fast zur Taille reichte und die Natur sie mit bläulichen, stark geäderten Wangen versehen hatte.

»Ich glaube, er ist heimgekommen.«

Marcella spitzte die Ohren, hörte aber nur den Gassenlärm und irgendwo eine Tür schlagen.

»Er ist so freundlich. Herr Tristand, meine ich. Ist Euch aufgefallen, dass er niemals laut wird? Also, das kann man sonst nicht von Männern sagen. Ich glaube, sie ahnen nicht, wie uns Frauen das einschüchtert. Und daher ist es umso angenehmer, wenn jemand ...« Marias Gesicht glühte auf. Ungeschickt strich sie ihren Rock glatt und stopfte die Haarsträhnen ins Gebende zurück.

»Er ist wirklich freundlich.«

»Und stets guter Laune.«

»Und stets guter Laune«, wiederholte Marcella. Es stimmte nicht, weder im Allgemeinen noch gerade in diesem Augenblick. Sie hörte an dem Poltern auf der Holzstiege, dass er sich über etwas aufregte. Verdrossen kam er ins

Zimmer, kümmerte sich weder um die Schmutzspuren seiner Stiefel noch um die Tür, die er mit dem Absatz zuknallte, und ließ sich auf den Stuhl fallen, der neben dem Fenster stand.

»Eine widerliche ... eine laute, schmutzige und widerliche Stadt.«

Maria räusperte sich. »Ich schaue nach einem zweiten Glas Wein.«

»Tut das, ja bitte.« Er kaute auf dem Nagel des kleinen Fingers, eine Unart, die Marcella neu an ihm war. Aus den Falten seines Mantels – eines wunderschönen Mantels, grüner Scharlach, der von einer goldenen Fibel an der Schulter zusammengehalten wurde – tropfte der Regen. Als er es merkte, zerrte er ihn ungeduldig herab und warf ihn von sich. »Was riecht denn hier so scheußlich ... süß?«

»Ich frage den Wirt nach dem Met von gestern«, erklärte Maria hastig. »Und nach einer Mahlzeit.«

Damian nickte. Er merkte nicht, dass sie wie ein Hündchen auf seinen Blick wartete. Er hatte sie bereits vergessen. *Liebe Elsa, das Leben ist grausam. Maria wird mir in den nächsten Erkältungstrunk Maiglöckchensaft schütten und sich danach in den Lech stürzen, und so wird dieses Abenteuer das Ende nehmen, das ich die ganze Zeit befürchte.*

»Willst du mich heiraten, Liebste?«

Marcella wartete, bis die Tür hinter Maria zuklappte, und dann noch einen Augenblick, ehe sie antwortete. »Herr Tristand, ich reite durch knöcheltiefen Matsch, schlafe auf Stroh und trinke klebrigsüßen Honigwein, weil genau dies mein Wunsch ist.«

»Ich meine: heute noch. Wir könnten in die Kirche am Wollmarkt gehen, den Priester umschmeicheln, bis er die Kapelle öffnet, einander das Jawort geben und den Tauben verkünden, dass sie Zeugen eines Wunders waren.«

»Du knallst mit den Türen und planst, dich in der hässlichsten Kirche Deutschlands in die Ehe zu stürzen. Nun wird mir bange. Was um alles in der Welt ist geschehen?«

Er ließ den Arm sinken und begann zu lächeln. Wenn er lächelte, war sie verloren. Seine Augen, die braun und seidig wie Katzenfell waren, bekamen einen feuchten Schimmer, und um seine Augenwinkel bildeten sich winzige Fältchen, von denen jedes einzelne ihr Herz rührte, weil sie in ihm ein böses Schicksal vermutete, dem er getrotzt hatte.

»Vielleicht ist es die Angst, es könnte mir wie Boguslaw, dem Ungarn, ergehen.«

»Was fehlte dem Mann?«

»Er verlor sein Herz an die schönste Herrin, die jemals an den Ufern der Sava schritt. Er folgte ihr in ein Schloss aus Schilf und diente ihr sieben Jahre lang, wie ehemals Jakob. Doch als er nach ihr greifen wollte, fasste er in Nebel. Seither irrt er als klagender Fischotter durch ihr Reich.«

»Das ist in der Tat grausam. Und was, Damian, beschwert dein zählendes, wägendes Krämerherz wirklich?«

»Wie schlecht du mich kennst. Boguslaw erscheint mir in den Träumen und spricht finstere Orakel.«

»Dann lade ihn nach Venedig ein. Unsere Hochzeit wird ihn auf fröhlichere Gedanken bringen.«

Damian lächelte erneut. Er erhob sich von seinem Stuhl und kam zu ihr an den Tisch. Dabei bewegte er sich langsam wie jemand, der einen Schmerz vermeiden will, aber nicht möchte, dass es auffällt.

Besorgt fasste sie nach seinen Händen. »Was also ist los?«

»Geschäftlicher Ärger. Nichts von Bedeutung.«

»Gewiss. Es ist deine Art, dich über Belanglosigkeiten aufzuregen. Nun komm – was verschweigst du mir?«

»Nur eine dumme kleine …«

Diesmal klopfte Maria. Sie trug den Wein herein, und Damian war so offensichtlich erleichtert über die Unterbrechung, dass es Marcella einen Stich gab. *Liebste Elsa, ich tue mein Bestes, aber leider habe ich eine größere Begabung zum Inquisitor als zur Ehefrau. Er wird mich nicht erschlagen – er wird mit Maria durchbrennen und mich meinem Schicksal überlassen.*

Ihr Verlobter und Maria begannen ein Gespräch über die segensreichen Wirkungen des Honigs. Mit Beifuß vermengt ergab er ein Mittel gegen Geschwüre. Mit Zimt, Ingwer und Honig half er bei Koliken. »Ein Wunder, das der Herrgott uns zum Troste ließ«, sagte Maria, »und am besten ist der Honig aus Nürnberg.«

»Aus Nürnberg!«, wiederholte Damian, der vorbildlich zugehört hatte. Er hielt Maria die Tür auf und verneigte sich höflich, als sie ging, um nach dem Essen zu sehen. Merkte er, dass sie ihn absichtlich mit den Röcken streifte? Marcella hatte keine Ahnung. Sie sah zu, wie er zum Fenster trat und das Geschehen auf der Straße beobachtete.

»Was hast du für Sorgen mit dem Geschäft?«

»Wenn ich das so genau wüsste. Donato Falier hat mir Nachricht aus Venedig geschickt. Ärger in einer unserer Filialen. In Narbonne. Sie schreiben dort … ach, zum Teufel.« Verdrossen schüttelte er den Kopf und starrte weiter in die Gasse hinab. Als er fortfuhr, klang seine Stimme weicher. »In Venedig, in der Nähe des Fondaco dei Tedeschi, gibt es ein Häuschen, Marcella. Es ist zwischen einer Scuola und einem Mietshaus eingequetscht. Nichts Großartiges. Alt wie die Arche Noah. Das Dach ist undicht, und über dem Eingang brüllt der hässlichste *Leone andante* von ganz Venedig.«

»Und welchen Schatz birgt dieses Haus, dass du dich trotzdem damit befasst?«

»Donato besitzt ein … einen Protz- und Prachtpalast. Das Kontor im Erdgeschoss ist so groß wie die Piazza San Marco, und oben gibt es mehr Zimmer, als er je bewohnen kann, egal, wie viele Mädchen Caterina ihm noch schenkt. Wir wickeln in seinem Haus unsere Geschäfte ab, und wenn wir damit fertig sind, stopft Caterina uns mit Essen voll und setzt uns die Kinder aufs Knie. Ich habe mich nie nach einer eigenen Wohnung umgeschaut. Ich hatte keinen Grund. Donatos Palazzo war für mich kein Zuhause, aber es war auch nicht schlecht.«

Wieder versank er ins Grübeln.

»Einmal hatte ich in der Scuola zu tun, und ich konnte von dort in den Innenhof dieses Häuschens sehen. An den Hauswänden klettern Blumen, die wie gelbe Sterne aussehen, unter dem Fenster steht eine bemooste Steinbank und in der Mitte, fast ganz von Efeu überwachsen, ein Brunnen aus grauem Marmor. Es ist ein ruhiger Ort. Ich glaube, dieser Hof ist der ruhigste Platz in ganz Venedig.«

»Und seit du ihn gesehen hast, träumst du von gelben Sternen?«

Er warf die Hände in die Luft, lachte, kam zu ihr zurück und kniete vor ihr nieder. »Es muss nicht dieses Haus sein, Marcella. Aber ich habe auf einmal etwas, was ich verteidigen und beschützen möchte. Ich bin ungeduldig. Ich will nach Venedig und ein Haus mit Mauern und Zinnen kaufen, die jedem sagen, dass mein Leben einen Wert bekommen hat. Und, jawohl, wenn möglich mit gelben Sternen.«

»Aber nun gibt es Schwierigkeiten in Narbonne.«

»Es ist *Donato,* der Schwierigkeiten hat. Narbonne gehört zu seinem Gebiet. Es sind *seine* Probleme, und er versucht, sie mir auf den Buckel zu laden, weil er keine Lust hat, sich die Finger zu verbrennen. Jemand aus dem Kontor plaudert Vertraulichkeiten aus: die Ankunftszeiten unserer Schiffe, die Menge und Art der Waren, die wir kaufen und verkaufen wollen. Wir machen seit Monaten Verluste. Aber darum geht es nicht. Es ist sein Neffe Matteo. Ein grässlicher Kerl, nur Flausen im Kopf. Donato hat ihn nach Narbonne geschickt, damit er dort von der Pike auf das Geschäft lernt und … von einigen unangenehmen Freunden loskommt. Aber Matteo ist leider …«

»Unbelehrbar?«

»Er ist dümmer als ein Ei, Marcella. Der Mensch bekommt sein Maß an Verstand zugeteilt, und ich halte mich nicht für hochnäsig. Aber wenn ich Matteo sehe … Donato hat ihn ein paar Mal in den Hintern getreten, nur kann er nicht viel machen, denn Caterina … Sie ist eine kluge Frau, nicht, dass du einen falschen Eindruck gewinnst. Aber wenn es um Matteo geht, lässt ihr Verstand sie im Stich. Er ist eigentlich nicht Donatos, sondern ihr eigener Neffe, und sie konnte seine Mutter nicht leiden, was für gewissenhafte Menschen eine Bürde sein kann.«

»Ich verstehe.«

»Wir hatten gehofft, dass der Bengel in der Fremde erwachsen wird.«

»Und nun befürchtest du, dass er stattdessen seinen Onkel betrügt?«

»Aber niemals. Was auch immer Matteo getan hat – es wird aus Versehen und kindlichem Unwissen geschehen sein. Da ist Caterina unerbittlich. Als äußersten Ausdruck meines Zweifels dürfte ich ihn am Kragen packen und ihn nach Venedig zurückschleifen. Marcella, Narbonne hieße: Wir müssten über die Pässe nach Genua und von dort mit dem Schiff oder zu Pferde die Küste entlang. Selbst mit einigem Glück wären wir mindestens einen weiteren Monat unterwegs. Ich will das nicht. Ich will nach Hause.«

Sie lachte und nahm sein Gesicht zwischen die Hände. »Und wenn der arme Matteo brav über den Kontenbüchern schwitzt und jemand anderes eure Geheimnisse ausplaudert?«

»Weißt du, worin Matteos Dummheit besteht? Er träumt von Heldentaten. Wehende Fahnen und Schwertergeklirr und des wahren Mannes Glück ist der Schlachtentod. Doch dieser Tod ist nicht nur großartig, sondern auch kostspielig. Er erfordert ein Pferd, Waffen, ein Kettenhemd, wenn nicht eine Rüstung … Matteo besitzt kein eigenes Vermögen. Er bettelt Caterina an, und sie schickt ihm Wechsel in einer

Höhe, die Donato zur Weißglut treibt. Trotzdem kommt er mit dem Geld nicht aus.«

»Und wenn er dennoch unschuldig ist?«

Damian stand auf. Es sah aus, als wolle er sich recken, aber dann unterließ er es. Die Wunde, die ihm sein Bruder geschlagen hatte, heilte nicht so, wie sie gehofft hatten. Er sollte einen Barbier aufsuchen, oder besser noch, einen studierten Arzt. Sie sah, wie er die Lippe kraus zog und sich abwandte.

»Donato kann das nicht verlangen. Wenn es sein muss, gehe ich nach Narbonne. Aber nicht jetzt. Und nicht mit dir.«

Marcella betrachtete seinen Rücken. Er hatte endlich ausgesprochen, was er meinte: nicht mit dir. Wie geschickt er den Punkt, der ihm am Herzen lag, in seine Worte eingeflochten hatte.

Liebe Elsa, glaubt mein göttlicher Verlobter, ich hätte niemals eine französische Landkarte studiert? Ich weiß doch, wo Narbonne liegt. Nein, seine wahren Ängste gelten nicht dem Kontor oder diesem Neffen, sondern … Er blickt weiter. Er schaut hinüber nach …

Jetzt, wo sie es benennen wollte, fiel ihr der Name nicht ein. Montaillou? Hieß der Ort Montaillou?

Mein Kopf ist wie ein Plunderhaufen, was Frankreich angeht. Montaillou muss drei oder vier Tagesreisen von Narbonne entfernt sein. Solch eine lange Strecke. Was befürchtet er? Und da mir das Herz bis zum Halse klopft: Was befürchte ich selbst? Montaillou ist Vergangenheit. Ich habe den Ort seit fünfzehn Jahren nicht mehr gesehen. Jeanne und mein Vater sind begraben. Auf den Scheiterhaufen grasen Schafe. Nein, Elsa, ich werde nicht zugeben, dass Damian wegen irgendwelcher traurigen Gespenster aus der Vergangenheit Narbonne sich selbst überlässt.

2. Kapitel

Narbonne versteckte sich in weißem Nebel. Gelegentlich trieben die Schwaden auseinander und gaben den Blick auf Kreidefelsen frei, auf denen wie durch ein Wunder Büsche und Bäume wuchsen. Oder auf Fischerhütten. Oder auch auf imposante Bauten wie die Burg von Gruissan mit dem runden und dem viereckigen Turm und dem Dorf, das sich wie eine Manschette um den Burghang schmiegte. Gruissan schützt den Zugang zum Hafen von Narbonne, hatte Damian erklärt und hinzugefügt, dass die Burg dem Erzbischof von Narbonne gehörte und mit ihr das Recht zur Steuererhebung auf den Seeverkehr. Außerdem hatte er von Salinen gesprochen, und wenn Marcella ihm besser zugehört hätte, wüsste sie jetzt, wie Salz gewonnen wurde und wer der Besitzer der Narbonner Salinen war.

»Es sieht trostlos aus«, sagte sie zu Hildemut, die seit ihrer Abreise aus Konstanz die aufopferungsvolle Maria ersetzte.

»So kommt einem die Fremde immer vor«, erwiderte Hildemut. Sie war eine wortkarge, schwarz gewandete Frau mittleren Alters, die sich auf das Abenteuer einer Reise nur deshalb eingelassen hatte, weil sie sich Sorgen um ihre Nichte machte. Das Mädchen hatte nach Narbonne geheiratet, und man hatte seit ihrer Erklärung, dass sie schwanger sei, nichts mehr von ihr gehört. Anderthalb Jahre waren seitdem verstrichen. Es gab Männer, die hielten es nicht für nötig, die Familie zu informieren, wenn ein Unglück geschah. Hildemut hatte die Gelegenheit, sich Damian und Marcella anzuschließen, begierig ergriffen.

Eine Weile lauschten sie dem rhythmischen Platschen der Galeerenruder und dem leisen Trommelklang unter ihren Füßen. Sie fuhren in stolzer Begleitung. Zu ihrem Konvoi gehörten fünf Handelsboote und zwei bewaffnete Schiffe. Ein Mann, der wie Damian sein Geld mit dem Verkauf von Sicherheit verdiente, ging kein Risiko ein. Es tut gut, jemanden an der Seite zu haben, der auf alles achtet, dachte Marcella und lauschte, wie so oft in den letzten Wochen, ihren Gedanken nach, als könnte es einen falschen Klang darin geben. Sobald sie sich dabei ertappte, ärgerte sie sich. Natürlich war sie froh, beschützt zu werden. Sie hasste Abenteuer mit ungewissem Ausgang. Und sie begriff nicht, warum sie ihre eigene Zukunft ständig so misstrauisch beäugte.

Wieder versuchte sie den Nebel mit den Blicken zu durchdringen, aber sie sah nichts als ein Fischerboot, das vor ihrer kleinen Flotte respektvoll floh. Damian würde wissen, wie lange dieser letzte Abschnitt ihrer Reise dauerte, aber er war mit einem Zimmermann aus dem Arsenal von Venedig in den Schiffsrumpf gestiegen und ließ sich irgendetwas erklären, das mit der Steuerung des Schiffs zu tun hatte. Er war ein Mann, der sich für jedes Blatt auf dem Boden interessierte.

»Seid Ihr zum ersten Mal in Frankreich?«, fragte Marcella Hildemut.

Ihre Begleiterin nickte.

»Ich bin hier aufgewachsen. Nicht hier, aber ein Stück weiter im Westen.« Es hörte sich wie eine Lüge an. Dieses Land war für sie ebenso fremd wie für die Frau an ihrer Seite. Sie hatte nicht die leiseste Vorstellung, was sie erwartete. Wie groß oder klein die Häuser waren, womit die Dächer gedeckt wurden, was für Tiere hier lebten, welche Kräuter man in den Gärten zog. Sie wusste nicht einmal, ob sie die Sprache verstehen würde. Da sie ihre ersten acht Lebensjahre in Frankreich verbracht hatte, müsste sie doch ein wenig französisch sprechen, oder nicht?

»Erinnert Ihr Euch an Dinge, die vor Eurem achten Geburtstag geschehen sind, Hildemut?«

»An einiges erinnert man sich, an das meiste nicht.«

»Und glaubt Ihr, dass das, woran man sich zu erinnern meint, wirklich geschehen ist?«

Hildemut schwieg so lange, dass Marcella schon dachte, sie hätte die Frage überhört.

»Ich erinnere mich, dass meinem Onkel auf dem Sterbebett ein Kakerlak übers Gesicht lief, der in seiner Nase verschwand. Aber er kam wieder raus.«

»An mehr nicht?«

»Doch, an unsere Werkstatt. Dass ich buttern musste und meine Großmutter wütend wurde, wenn die Hühner nicht ordentlich gerupft waren, an das Alltägliche. An so was erinnert man sich immer.«

»Ich erinnere mich an einen Krug im Zimmer meiner Schwester, als sie starb.«

»Ans Sterben in der Familie erinnert man sich auch.«

»Ich glaube nicht, dass ich dabei war, als sie wirklich starb. Aber wir hatten damals einen Bischof im Haus.«

»Einen Bischof?«, fragte Hildemut.

»Er hieß Jacques Fournier.«

»An die Namen von Leuten, die nicht aus unserer Familie waren, kann ich mich gar nicht besinnen«, sagte Hildemut, es klang skeptisch. Wahrscheinlich nahm sie an, dass Marcella aufschneiden wollte. Einen Bischof im Haus – das gab es nur, wenn Hochgeborene starben.

»Da vorn ist der Kai. Wir werden seitwärts anlegen, und es ist ein kleines Kunststück, auch wenn es täglich ein Dutzend Mal geschieht.« Damian war hinter die beiden Frauen getreten. Marcella hörte an seiner Stimme, dass er lächelte. Und weil sie die Nuancen seines Lächelns kannte, wusste sie, dass er sich dieses abrang. Schweigend sahen sie zu, wie sich aus dem Nebel helle Mauern schälten. Davor lag ein düster wirkender Platz, auf dem sich Fässer und Säcke stapelten. In der Mitte stand ein hölzerner Tretkran, dessen Rad von zwei Arbeitern in Bewegung gehalten wurde. Außerdem Sackkarren. Und braun gebrannte, dunkelhaarige Männer, die trotz des kühlen Wetters mit nacktem Oberkörper Lasten schleppten.

»Ich frage mich, wie sieben Schiffe hier an der … an dieser Mauer Platz haben sollten«, meinte Hildemut.

»Die Kriegsgaleeren ankern in der Hafenmitte.«

»Aha«, sagte Hildemut, dann schwiegen sie und sahen den Wendemanövern zu, mit denen die Schiffe ihren Platz zu finden suchten. Hildemut und Damian sahen zu. Marcella hielt sich an der Reling fest und grübelte über ihre Vergangenheit. Über diese verfluchten Erinnerungen, die leider nichts mit Hühnerrupfen und Butterstampfen zu tun hatten. Wie zum Beispiel über den Krug, aus dem Jeanne trinken sollte, weil sie dabei war zu verdursten. Hatte sie getrunken? Nein, hatte sie nicht. Oder doch?

Verdammt, dachte Marcella. Es war, als angele sie in einem trüben Teich. Manchmal biss ein Fisch in den Haken, aber meist trieb der Köder dahin. Was wusste sie überhaupt verlässlich von diesen acht Jahren, die sie in Montaillou zugebracht hatte? Jeanne hatte existiert. Ihr Name war in der Bibel des armen Onkel Bonifaz und auf diesem verdammenswerten Dokument, das Marcella fast das Leben gekostet hätte, niedergeschrieben gewesen. Jeanne war eine Ketzerin gewesen. Und sie war gestorben, weil sie sich geweigert hatte …

Ich *bilde mir ein*, dass sie starb, weil sie nicht trinken wollte. Aber wenn es Jeanne – aus welchem Grund auch immer – sündig vorgekommen war zu trinken, warum war

26

sie dann nicht früher verdurstet? Wie konnte es einmal in Ordnung sein zu trinken, und dann wieder nicht? Wie konnte überhaupt jemand auf den Gedanken kommen, es sei eine Sünde, seinen Durst zu stillen? Auf alle Fälle hätte Jeanne es missbilligt, dass ihre kleine Schwester heiraten wollte. Denn Damian und später auch der Erzbischof Balduin hatten gesagt, dass Katharer die Fleischeslust verabscheuten, weil sie glaubten … wie hatte Damian das erklärt? Sie glaubten, Satan nehme die neugeborenen Körper als Gefängnisse für Seelen, die vom Himmel gefallen waren. Also war jeder Akt, bei dem ein Kind gezeugt wurde, ein Dienst an Satan.

»Woher sind die Katharer gekommen?«, fragte Marcella.

Damian, der immer noch hinter ihr stand, legte die Hände auf ihre Schultern.

»Weißt du, ob es heute noch welche gibt?«

Er berührte ihr Haar mit seinen Lippen. »Sie sind ausgerottet worden.« Er wartete, bis einer der Trommelwirbel einsetzte, mit denen die Schiffe einander Signale gaben. Dann flüsterte er, während er sich über sie beugte und mit dem Mund ihr Ohr berührte: »Wenn du Fragen über die Katharer hast oder über sie sprechen möchtest, dann nicht hier, Liebste. Lass es uns tun, wenn wir allein sind.«

Doch zunächst einmal bot sich keine Gelegenheit. Nachdem ihr Schiff – als Letztes der fünf Handelsboote – angelegt hatte, setzte ein unglaublicher Trubel ein. Der teure Begleitschutz rentierte sich natürlich vor allem für kostbare Güter mit geringem Volumen: Gewürze, die für die Apotheken, die Färberei und vor allem für die Küche gebraucht wurden, und kostbare Stoffe. Jetzt drängten sich die Faktoren der Handelsgesellschaften auf dem Kai, um in einer Mischung aus Erleichterung – schließlich erreichte nicht jedes Schiff den Hafen – und Nervosität die Qualität der georderten Waren zu überprüfen.

Als Marcella über einen wackligen Behelfssteg festen Boden erreichte, wurde sie angerempelt. Ein feister Mann mit einer Pelzmütze über der Gugel, der seine Unhöflichkeit gar nicht bemerkte, brüllte erregt: »Là-bas! Là-bas!«, wobei er mit dem Finger auf die Galeere deutete und sich verzweifelt nach jemandem umsah. Er hatte eine böse Entzündung am Kinn, nach der er alle Augenblicke fasste. Aufgeregt redete er auf einen der venezianischen Galeerenruderer ein, bekam aber keine Antwort.

»Lieber Himmel, was für ein Durcheinander«, klagte Hildemut, die sich an Marcellas Seite geflüchtet hatte.

Damian, der noch einmal ins Schiff zurückgekehrt war, sprang nun ebenfalls auf den Kai. Er berührte den Mann mit der Pelzmütze an der Schulter. Der Feiste fuhr zusammen. Er riss sich die Fellmütze vom Kopf, und Marcella sah ihn nacheinander erröten, erblassen, stottern und lächeln. Er deutete auf die Galeere und überschüttete Damian mit einem Schwall besorgter Fragen.

Das also war Monsieur …? Marcella kam nicht auf den Namen. Sicher der Mann, der Damians Niederlassung in Narbonne betreute. Damian fragte ihn etwas, und beide wandten sich an den Capitano der Galeere, der das Ausladen überwachte. Hatte Damian ebenfalls Waren geladen? Es wäre vernünftig gewesen, da er das Schiff sowieso begleitete. Aber warum wusste sie nichts davon? Warum wusste ihr Verlobter alles über ihre Vorhaben und sie nichts über die seinigen?

»Dann werde ich mich mal auf dem Weg machen. *Paul Possat, marchand du vigne*«, sagte Hildemut. Sie blickte auf das wuchtige Tor, durch das man in die Stadt gelangte, und schaute noch verwaister drein. Marcella seufzte, als ihr klar wurde, wie einsam die Arme sich fühlen musste, allein als Frau in einem fremden Land, in dem sie nicht einmal die Sprache beherrschte. Das schlechte Gewissen packte sie. Es war noch gar nicht lange her, da hatte sie sich selbst allein durchschlagen müssen. Sie warf einen kurzen Blick zu Damian, der sich immer noch mit dem Capitano unterhielt.

»Es kann nicht schwer sein, herauszufinden, wo Euer Weinhändler wohnt. Und hier scheint es noch zu dauern. Kommt mit ... dort drüben.« Sie nahm Hildemuts Arm und dirigierte sie zu einem der Lagerhäuser, vor dem ein offiziell aussehender Mann mit einem Wappen auf dem Rock und einer Wachstafel in der Hand das Treiben am Kai beobachtete.

»Bonjour, Monsieur.« Na bitte, sie hatte ihn begrüßt. »Nous ... nous cherchons un *marchand du vigne*. Paul ... Wie war sein Zuname, Hildemut?«, fragte Marcella, begeistert über ihre neu entdeckte Fähigkeit, sich auf Französisch zu verständigen.

Um zu Paul zu kommen, müsse man zunächst zur Kathedrale, zumindest sei es so am einfachsten, erklärte der Hafenbedienstete. Von dort die breite Straße hinunter und hinter dem Gasthaus mit dem grünen Esel im Schild rechts abbiegen und dann ...

Ich verstehe jedes Wort! Marcella war begeistert. Die Worte rollten ein wenig fremd über ihre Zunge, als sie genauer nachhakte, und sie stockte und musste überlegen, aber es war, als hätte sie eine nur wenig verschüttete Gabe wieder ans Licht gebracht. Sie fragte, ob das Quartier im Gasthaus mit dem Esel gut für seine Gäste sorge, und gab noch einen Satz über die Tristesse des Reisens von sich, der den Mann zum Gähnen brachte.

Dann wandte sie sich an Hildemut. »Es ist zu schwierig, den Weg zu erklären. Ich begleite Euch. Nein, kein Widerwort. Das dauert hier noch Jahre. Herr Tristand unterhält sich gern.«

Die Frau in den schwarzen Kleidern folgte ihr erleichtert durch das Hafenportal in das Gewirr der Gassen, das sich dahinter auftat.

Nous cherchons un commerçant du vigne. Es war so einfach. *Elsa, ich würde auch überleben, wenn Damian auf der Stelle der Schlag träfe.* Gewürz hieß … *épice*? Ja. Und Safran? Keine Ahnung, konnte man aber in einem Moment herausfinden. *Ich überlebe immer, Elsa. Ich bin stark. In letzter Zeit hatte ich das fast vergessen.* Sie hatte in Konstanz einen Wechsel auf die Gewürze eingelöst, die sie vor ihrer Abreise noch hatte verkaufen können. Sie besaß sechzig Pfund Heller. *Dafür könnte ich dreihundert Pfund Pfeffer kaufen, was ich nicht vorhabe, oder siebenundfünfzig Lot Safran. Kannst du dir diese Menge vorstellen?*

Nicht Paul, sondern ein schmächtiges Mädchen mit Sommersprossen und übernächtigten Augen stand in dem düsteren Kontor und fegte hinter einem Stehpult Abfälle zusammen. Es brach in Tränen aus, als Hildemut die Arme ausbreitete, und Marcella machte sich still davon.

Der Rückweg kostete sie mehr Zeit als erwartet. Schon nach kurzer Zeit verlief sie sich, und dann, als sie bereits den Ausleger des Tretkrans hinter den Mauerzinnen der Hafenbefestigung auftauchen sah, traf sie auf einen klapprigen Wagen mit leeren Fässern, der die Gasse blockierte. *Merdeux* hieß … nun, solche Worte kannte eine Dame nicht. Aber gut, trotzdem ihre Bedeutung zu wissen. Also zurück und einen anderen Weg suchen? Sie versuchte abzuschätzen, wie gut ihre Aussichten waren, sich an dem Gefährt vorbeizuzwängen.

Der Fuhrmann starrte über die Schulter und dann zu ihr hinüber. Marcella lächelte ihn an und hätte vielleicht noch ein – französisches – Wort des Trostes angefügt, als sie unvermittelt am Arm gepackt wurde.

Nicht gepackt, nein, sie wurde grob zurückgerissen. Entgeistert blickte sie sich um, während sie gleichzeitig um ihr Gleichgewicht rang. Ein kleiner Mann zerrte an ihrem Mantel. Er sah nicht besonders Furcht erregend aus. Eher wie ein übernervöser Schoßhund.

»Madame, psst …« Er zog sie in eine der dunklen

Schluchten, die die Häuser trennten und die so schmal waren, dass man sich kaum drehen konnte. Marcella rutschte das Merdeux, das sie sich eben verkniffen hatte, nun doch heraus. »Was soll das?«, schimpfte sie und machte sich frei. Vage fragte sie sich, wie man auf Französisch um Hilfe rief. Aber das Männchen wirkte so lächerlich …

»Madame!« Der Kleine legte den Finger auf die Lippen und versuchte mit einem übertriebenen Lächeln, sie zu beruhigen. Gleichzeitig lugte er auf die Straße zurück. Er war kein Strauchdieb. Sein Rock war sauber. Ein steifer, wattierter, unerhört korrekter Leinenkragen umschloss seinen Hals. Und dem muschelförmig gefächerten Samthut konnte man Albernheit, aber keinesfalls irgendeine düstere Verwegenheit anlasten.

»Monsieur …«

Er schüttelte, inzwischen ein wenig ungeduldig, den Kopf, und legte erneut den Finger auf die Lippen.

»Monsieur …«

»Wenn Ihr nur … den Mund halten würdet! Ah!«

Ein Schrei gellte durch die Gasse. Grimmig, als hätte sich eine Erwartung bestätigt, schüttelte der kleine Mann den Kopf. Gleichzeitig kam er zu einem Entschluss. Er drängte Marcella noch tiefer in den Häuserspalt und stieß eine niedrige Tür auf, die Marcella in dem Zwielicht zwischen den Mauern gar nicht wahrgenommen hatte. Im nächsten Moment standen sie in einem niedrigen, mit Kannen gefüllten Raum, in dem es durchdringend nach saurer Milch roch.

»Was … zur Hölle, was geht hier vor?« *Au diable*. Das war gut.

Der Kleine gab keine Antwort, sondern zog sie durch Flure und winzige Räume, in denen er sich selbst nicht auszukennen schien, bis sie in einer Art Werkstatt standen. Es roch nicht mehr nach Milch. Die Luft war satt von Sägemehl. Aber auch hier – kein Mensch. Die Tür zur Gasse stand offen. Mit einer großartigen Gebärde deutete ihr Entführer zum Ausgang und wischte sich dabei den Schweiß von der Stirn.

Als sie auf die Straße zurückkehrten, sah Marcella, dass sich dort inzwischen ein Menschenauflauf gebildet hatte. Einige Männer waren dabei, das gestrandete Fuhrwerk wieder auf die Räder zu stellen, aber die meisten bildeten einen Kreis um etwas, das viel interessanter zu sein schien. Jemand rief nach einem Pfarrer.

Marcella ging auf den Kreis zu.

»Ihr solltet ... hört Ihr denn nicht? Madonna, wer rät einer Frau! Es wird Euch nicht gefallen, was Ihr dort seht«, rief der seltsame kleine Herr, der sofort wieder an ihrer Seite war.

Nach dem Schrei war Marcella kaum überrascht, einen Toten zwischen den Menschen zu finden. Dem Mann war so reichlich Blut aus einer Kopfwunde geflossen, dass sein ganzer Oberkörper darin schwamm. Aber es handelte sich nicht um den Fuhrmann, sondern, soweit Marcella es aus der zweiten Reihe erkennen konnte, um einen reich gekleideten älteren Herrn. Sie merkte, wie ihr übel wurde, als sie Spritzer der grauen Gehirnmasse in seinen Haaren entdeckte.

»Genug gesehen?«, fragte der Kleine mit einem Blick voller Schadenfreude. »Also ...« Besitzergreifend hakte er sich bei ihr ein und wollte sie weiterziehen.

»Ihr habt das gewusst?«

»Wenn Ihr bitte ... könntet Ihr Euch beeilen?«

»Ihr habt gewusst, was hier passieren würde?« Sie ließ es zu, dass er sie mit sich zerrte. Gemeinsam bogen sie um eine Ecke. »Ich kenne Euch gar nicht. Glaubt Ihr nicht, Ihr solltet ...«

»Madame! Ihr geht die Straße hinab. Ihr seht einen verkeilten Wagen. Ihr denkt Euch nichts dabei. *Naturellement.* Frauenart! Ich dagegen bin Noël, und daher werde ich misstrauisch. Ein Wagen, der den Weg blockiert. Ein Wagenführer, der sich verstohlen umschaut. Und schon bläst in meinem Kopf eine Fanfare. Ich schaue mich um ...« Er lächelte selbstzufrieden. »Und als der Bursche mit seinen goldenen Klunkern auftaucht, weiß ich, was geschehen wird. Ich habe es tatsächlich gewusst, Ihr habt Recht, Madame.«

»Und Ihr habt es nicht für nötig gehalten, den armen Menschen zu warnen?«

»Bonté divine! Dies ist *Narbonne*. Was denkt Ihr, wie weit die Mörderbande war, als der Alte hinter der Sperre erschien? Liegt Euch nichts am Leben? Seid Ihr ein Vogel, der solchem Gesindel aus den Händen fliegen kann?«

Marcella wich einigen Jungen aus, die wie eine Hundemeute die Gasse hinabstromerten. »Ihr habt *mir* geholfen.«

Der Kleine verdrehte die Augen.

»Allein hättet Ihr Euch schneller davonmachen können. Es war knapp, Monsieur.«

»Das weiß ich selbst. Warum nörgelt Ihr? Und warum könnt Ihr nicht hören? Ich habe gesagt: Schaut nicht hin. Schaut nicht hin, habe ich ge... Pfoten weg, du Ausfluss eines Mistkäfers!« Er griff nach einem der Jungen, aber das Kerlchen wieselte davon und war schneller in einer der Seitengassen verschwunden, als Marcella schauen konnte. Noël drohte ihm mit der Faust und brüllte etwas, was sie nicht verstand. »Habt Ihr Euren Beutel noch am Gürtel?«

»Ihr helft mir ein ums andere Mal aus der Patsche, wie es scheint.«

»Nur wegen Monsieur Lagrasse.« Der Kleine schien sich plötzlich auf etwas zu besinnen. Er lüftete den schrecklichen Muschelhut und verbeugte sich. »Noël Dupuy. Das ist mein Name. Ich bin die rechte Hand von Monsieur Lagrasse, wenn's erlaubt ist. Dem Faktor von Monsieur Tristand. Allerdings ist es nicht mein richtiger Name. Der ist kompliziert. Meine Eltern kamen aus Portugal.« Er wedelte abwehrend mit der Hand. »Sagt einfach: Noël.«

»Tristand? Lagrasse? Kenne ich nicht. Kann es sein, dass Ihr mich verwechselt?«

Sie sah, wie seine Augenbrauen in die Höhe ruckten. Dann merkte er, dass er genarrt wurde. »Frauen meckern ohne Ende«, knurrte er und nahm ihr ungalant den Vortritt, als er durch den Torbogen schritt, der sie auf das Hafengelände zurückführte.

Das Chaos dort hatte sich inzwischen aufgelöst. Nur beim Tretradkran hockten noch einige Galeerenruderer und würfelten – vielleicht darum, wer den Wein bezahlen musste, mit dem sie sich nach der Plackerei voll laufen lassen wollten. Ein schwarz gekräuselter Straßenköter pinkelte gegen ein Unkraut in der Pflasterung. Von Damian war nichts mehr zu sehen.

Doch in einem der Lagerhausfenster tauchte das Gesicht des feisten Mannes auf. Er drehte sich in den Raum zurück und rief mit erschöpfter Stimme: »Monsieur Tristand! Là-bas! La belle Madame.«

Keuchend kam er über den Platz gelaufen. Er packte Marcellas Hände und schüttelte sie, als hätte er ein Federkissen in der Hand. Man hatte sie gesucht. Solch eine gefährliche Gegend, der Hafen. Nichts für eine Dame. Pardon, sein Name war Lagrasse. Henri Lagrasse und jederzeit zu Diensten. Seine Hände fühlten sich weich und schwitzig an. Sein Körper war in eine Wolke von Parfüm gehüllt, dessen Konsistenz jede Nase verstören musste. Rosenholz, Jasmin … viel zu süß für einen Mann.

Damian war seinem Faktor wesentlich gemächlicher gefolgt.

»Die Dame hat die andere Dame zum Haus Possat begleitet«, erklärte Noël verdrießlich. »Und man hätte mich gar nicht hinterherschicken müssen, denn Madame weiß genau, was in einer brenzligen Lage zu tun ist. Ich geh und tret Louis in den Hintern, wenn's recht ist. Wir haben eine Abmachung über halbe Liegegebühren. Wetten, das hat er vergessen? Zeitverschwendung …« Brummelnd machte er sich davon.

»Hchm«, machte Monsieur Lagrasse verlegen. »Ihr müsst verzeihen. Ein guter Mann, dieser Noël – im Grunde. Kennt jeden hier im Hafen und hat immer die Ohren offen und macht und tut und … Na ja. Gosse bleibt Gosse. Aber was soll man tun? Er ist so ungemein nützlich.«

3. Kapitel

Es ist kein Geheimnis«, sagte Camille. »Er war ein Halunke, bevor Monsieur Falier ihm die Arbeit im Hafen bot. Ich rede nicht schlecht über andere Leute, aber Noël hat so viel Ehre, wie ein Spatz in einen Becher pinkeln kann.« Sie raschelte mit ihren bedruckten, bunten Röcken.

Für Camille de Gouzy, die Frau, die Damian und seinem Kompagnon die Räumlichkeiten für die Kanzlei vermietet hatte, war es nicht nur eine Ehre, sondern eine Freude gewesen, auch das zweite Stockwerk des Hauses an ihre wichtigsten Untermieter abzutreten. Monsieur Tristand und seine Braut! Sie hatte die kleinen Hände zusammengeschlagen und nach dem Heer von Dienern Ausschau gehalten, die das Paar gewiss begleiteten. Dass die beiden Herrschaften allein reisten, hatte Camille mit Verwunderung erfüllt, aber auf seltsame Weise auch eine Brücke zu ihrem Herzen geschlagen.

»Ich werde Euch ein Bad richten, Madame«, hatte sie kurz entschlossen verkündet, und nun stand sie hinter dem Trog und kämmte die Knoten aus Marcellas widerspenstigen Haaren.

»Es ist dem Menschen bestimmt, wo er herkommt, und man soll ihm daraus keinen Vorwurf machen, sag ich immer. Aber man muss auch ein wenig schauen. Hab ich nicht Recht?«

»Vermutlich«, sagte Marcella.

»Noël ist in dem Waisenhaus von Saint-Paul aufgewachsen, dort, wo im letzten Jahr das Küchendach einstürzte und Dutzende von den armen Würmern erschlug. Aber ich sag, auch wenn's jetzt unfreundlich klingt, wer in einem Waisenhaus groß wird … Ich meine, sie sterben dort zuhauf, das ist doch so, und wer nicht stirbt, der muss aus hartem Eisen geschmiedet sein. Man kann sich also denken, mit wem man es zu tun hat, wenn man weiß, einer ist im Waisenhaus erwachsen geworden. Außerdem – seine Familie. Die alte Colette – das war seine Mutter – hat im Hurenhaus gelebt, und einen Vater gab's natürlich nicht.«

»Ich dachte, seine Eltern waren Portugiesen.«

Marcella spürte, wie Camille abschätzig die Schultern hob. »Heute Portugiesen, morgen Italiener. Er schämt sich halt. Glaubt mir, Noël hat sein Teil an bösen Dingen gelernt. Er hat einem Kerl, der sich hinter den Fischbecken mit ihm prügeln wollte, so kunstgerecht die Kehle durchschnitten, als wäre er ein … wie nennen sie gleich die Juden, die die Tiere so schlachten, dass sie durch den Schnitt ausbluten?«

»Ich weiß nicht.«

»Na, woher auch. Jedenfalls war er's gewesen, das mit dem Kehledurchschneiden, selbst wenn man es ihm nie nachweisen konnte.« Camille beugte sich zu ihr vor und lachte, und rechts und links auf ihren rosigen Wangen entstanden die niedlichsten Grübchen, die man sich vorstellen konnte. Sie hatte überhaupt keine Ähnlichkeit mit der habgierigen Vettel, als die Damian sie geschildert hatte. War das ein Grund, sie mit Misstrauen zu betrachten? Musste man daraus schließen, dass Damian ihr mehr Aufmerksamkeit geschenkt hatte, als es zwischen Wirtin und Mieter üblich war? Damian liebte es zu baden. Hatte sie ihm das Bad gerichtet? Und ihm Gesellschaft geleistet? *Bin ich eifersüchtig, Elsa? Keine Ahnung. Eigentlich spüre ich nur einen wahn-*

sinnigen Appetit auf Lakritzplättchen. Sagt man nicht, dass es ohne Eifersucht keine wahre Liebe gibt? Santa Maria, mir platzt noch der Kopf.

»Ich würde meine rechte Hand abhacken, wenn ich dafür Eure Haare bekäme«, seufzte Camille und fuhr mit beiden Händen durch die Lockensträhnen, die über den Rand des Troges fielen. »Wie ein Wasserfall ... jedes Härchen kringelt sich anders. Ihr solltet immer nahe bei den Kerzen sitzen, Madame. Wenn Licht darauf fällt ... Eure Haare sind braun, aber das Licht wirft goldene Sprenkel hinein. Ach je ...« Sie seufzte und wand sich die Haare um das zarte Handgelenk.

»Ihr seid selbst hübsch«, sagte Marcella, was der Wahrheit entsprach. Camille neigte ein wenig zur Fülligkeit, aber die Grübchen und die leuchtend blauen Augen trugen ihr gewiss die Aufmerksamkeit der Männer ein.

»Das weiß ich. Nur, am Ende: Die Haare verschwinden unter der Haube, sobald man vor dem Priester sein Jawort gegeben hat. Und auch an all dem anderen hat nur noch der Gatte Gefallen, und man kann schon froh sein, wenn es so ist.« Sie löste einige Strähnen und änderte die Frisur.

»Und doch müssen sie ... Ich spreche von Monsieur Noël. Seine Dienstherren müssen dennoch gute Eigenschaften an ihm gefunden haben, sonst hätten sie ihn wohl kaum genommen.«

»Es war Monsieur Lagrasse, der ihn eingestellt hat. Und zwar deshalb, weil er mit den Männern vom Hafenzoll und den Arbeitern und den Seeleuten auf gutem Fuß steht, was kein Lob sein soll, aber für das Geschäft bestimmt von Nutzen ist. Noël weiß über *alles* Bescheid. Keine Ratte frisst dort ein Korn, ohne dass er davon erfährt. Das hat mir Matteo erklärt.«

Zum ersten Mal, seit sie in Narbonne angekommen waren, fiel der Name von Donatos ungeratenem Neffen. Marcella hätte gern mehr über ihn erfahren, aber aus irgendeinem Winkel des Hauses – vermutlich der Küche – wurde Camilles Name gerufen, und sie hatte es nun eilig, Marcellas Haare festzustecken.

Der Geruch von rohem Fisch zog durchs Haus, als die junge Frau durch die Tür verschwand. Sie machte kein besonders glückliches Gesicht, und Marcella erinnerte sich, von Damian gehört zu haben, dass sie nicht die begabteste Köchin war.

Der Raum, in dem gegessen wurde, gehörte zum Kontor. Er war dunkel und mit schweren Möbeln ausgestattet. Über die schmale Seite des Zimmers zog sich ein verschlissener Stoff, auf den eine galante Szenerie gestickt war. Eine adlige Gesellschaft beim Reigentanz. Die gegenüberliegende Seite wurde durch ein Regal besetzt, in dem Bücher und Pergamentrollen gestapelt lagen. Auf einem Tisch in der Raummitte, hübsch bedeckt mit einem Laken und von mehreren Honigwachskerzen erleuchtet, standen Zinngeschirr und – einziges Zeichen von Luxus – grüne Glasbecher. Vielleicht ein Geschenk der venezianischen Brotgeber an die Tochtergesellschaft.

Noël, der dem Waisenhaus entkommene Halsabschneider, hielt eines der Gläser in der Hand und fuhr misstrauisch mit dem Finger über die Rillen. Als Marcella den Raum betrat, setzte er es abrupt ab. Er erwiderte ihr Kopfnicken ohne Lächeln.

Dafür lächelte Monsieur Lagrasse umso mehr. Er eilte auf Marcella zu, um erneut ihre Hände zu ergreifen. »Die Braut, was für eine Freude und Ehre zugleich. *Cui fortuna favet, Phyllida solus habebit*«, rief er Damian scherzend zu. »Das ist lateinisch, meine Verehrteste, und bedeutet so viel wie … Nun ja, dass unser lieber Monsieur Tristand vom Füllhorn des Glücks überschüttet wurde. Eine so hübsche Dame. Wenn auch …«, er zwinkerte ihr zu, »… ein wenig leichtsinnig. Ach, die Frauen. Sie folgen ihrem Herzen und denken nicht an die Folgen. Aber verehren wir sie nicht gerade um dieser reizenden Torheiten willen?«

Noël starrte ihn mit offenem Mund an. Es reizte ihn zu widersprechen, das merkte man, aber er kam nicht dazu, denn in diesem Moment öffnete Camille die Tür und trug mit Hilfe eines Jungen das Essen herein. Damian hatte sich nicht lumpen lassen. Eine Platte mit Pasteten wurde abgestellt, eine weitere mit Brattäubchen, dazu gab es Weißkrautsalat und anderes Gemüse in Schüsseln und eine weißschwarz gesprenkelte Köstlichkeit, die wie Mandelpudding duftete. Das Gespräch wurde unterbrochen. Damians Gäste rückten sich die Stühle zurecht, und Camille begann, Wein in die grünen Gläser zu gießen.

»Monsieur Tristand«, sagte Marcella, »waren es meine reizenden Torheiten, die Euch dazu verführten, mir die Ehe anzutragen?«

»Aber gewiss.« Er blinzelte ihr zu. »Allen voran Eure Torheit, mir die Verfügungsgewalt über Euren Safran zu übertragen.«

»So etwas habe ich getan?«

»Ihr werdet es tun. Am Tag unserer Hochzeit. Aber da ich fürchte, dass Ihr die dräuende Gefahr bemerken werdet …«

»Ja?«

Damian war nicht wirklich nach einem Geplänkel zumute. Er streifte mit dem Blick den leeren Stuhl neben Noël, auf dem eigentlich der Tunichtgut Matteo hätte sitzen sollen, und sie spürte, dass er sich ärgerte.

»Es ist der natürliche Wunsch der Frau, sich unter den Schutz des Mannes zu stellen«, verkündete Lagrasse und lud einige Pastetchen auf seinen Teller.

Noël grunzte. Er nahm einen Zipfel des Tischtuchs auf und wischte über seinen Mund. »Frauen machen immer Ärger.«

»Nur wenn die Dinge nicht nach ihrem Willen gehen, mein lieber Noël«, sagte Marcella. »Dennoch habt Ihr

41

Recht, es ist eine Unart und lästig dazu – für jeden außer für sie selbst. Ein Wunder, dass sie noch geheiratet werden. Wie war gleich Euer Plan, Monsieur, mit dem Ihr mich vom Verlust meines Safrans ablenken wollt?« Sie schaute zu Damian hinüber und wusste, dass Ihre Worte schärfer klangen, als sie selbst es wünschte. Noël stierte mit gesenktem Kopf zu ihr herüber.

»Ich werde Euch mit Lakritze locken. Das ist meine tückische Absicht. Mit jedem Beutelchen folgt Ihr mir ein Stück weiter nach Venedig, und die letzten werden auf den Stufen von San Vitale liegen.«

Camille, die gerade die Platten verschob, um einen Krug frischen Weins abzusetzen, kicherte.

»Und wenn ich in boshafter Weibermanier vor dem Hochzeitsgang eine Suppe mit siebenundfünfzig Lot Safran würze und mein Vermögen in mich hineinlöffele?«

»Aber nicht doch«, flüsterte Camille. »Tauscht den Safran gegen Schmuck und Kleider. Ist es bei Euch nicht auch so, dass Schmuck und Kleider in der Ehe bei der Frau verbleiben?«

»Einem listigen Plan wird ein wahrhaft teuflischer entgegengesetzt.« Damian hob sein Glas zu Camille, und sie wackelte belustigt mit dem Kopf. »Matteo ist noch nicht aufgetaucht, nein?«

»Die jungen Leute vergessen die Zeit«, erwiderte Camille rasch. Sowohl ihre als auch Noëls Blicke gingen zum Fenster, hinter dem schwärzeste Dunkelheit verriet, dass der Abend längst in die Nacht übergegangen war.

»Er ist ein braver, junger Herr, aber wie die anderen auch«, meinte Lagrasse gutmütig. »Man muss Geduld haben. Eine Zeit lang schlagen sie über die Stränge, dann werden sie sittsam.«

»Weiber und Kinder«, sagte Marcella und tunkte ein Stück Brot in die grüne Soße, die vor Pfeffer beinahe ungenießbar war.

Matteo tauchte den ganzen Abend nicht auf, aber wenn er dadurch irgendwelches Unheil von sich fern zu halten wünschte, hatte er den falschen Weg gewählt. Damian wurde vor Verdrossenheit so einsilbig, dass nicht einmal Lagrasse mit seiner Redseligkeit es schaffte, die Gesellschaft aufzuheitern. Noël verabschiedete sich, sobald er den letzten Bissen in sich hineingestopft hatte, und wahrscheinlich erzählte er seinen Freunden vom Zoll, dass das Speisen mit vornehmen Herrschaften schlimmer als eine Hafenschlägerei war.

»Er ist ein liebenswürdiges Kerlchen.« Es war Camille, die das über Matteo sagte, als sie Marcella nach dem Essen Bettzeug in ihr Zimmer brachte. »Wie verrückt nach allem, was blinkt und blitzt, und damit meine ich diesmal kein Geschmeide, sondern Schwerter und so. Aber dabei höflich und lustig … Wenn Ihr Euch einen Mann von Adel vorstellt, würde Euch sofort Matteo einfallen, obwohl er ja keinen Tropfen edlen Bluts in den Adern hat.«

»Liest er denn auch eifrig seine Bücher über die Praktiken des Handels?«

»Er liest, wenn man ihm das Gesicht aufs Pergament drückt. Nur dürft Ihr deshalb nicht schlecht von ihm denken. Der Gelehrte steckt halt nicht in jedem Menschen. Und das sage ich als jemand, der selbst lesen kann.« Camille freute sich diebisch über Marcellas erstauntes Gesicht. »Ich habe es als Kind durch meine Tante gelernt, die ein wirres Geschöpf war und Reime schrieb.«

»Ihr steckt voller Überraschungen, Camille.«

»Und rechnen kann ich sowieso. Ich muss schließlich dieses Haus vermieten und wissen, wann ich welches Geld bekomme. Die Zimmer hier oben vermiete ich nur an Markt- und Festtagen, und dann immer nur für einige Nächte, aber es bringt mehr ein, als wenn ich einen ständigen Mieter hätte. Das habe ich mir ausgerechnet, und daran seht Ihr, wie nützlich die gelehrten Künste sind, wenn man sie richtig

gebraucht. Ich habe in den vergangenen beiden Jahren ...«
Sie stockte. »Hört Ihr das auch?«

»Was?«

»Die Tür. Wir haben eine Seitentür, in der früher Gemüse und Schlachtvieh hinunter in die Küche gebracht
wurden. Ich kenne das Knarren. Ihr sagt's doch nicht dem
Herrn?«

»Was soll ich ihm nicht sagen?«

»Nun ja, wenn es Matteo ist, der dort kommt ... Heute
Abend tät Monsieur Tristand ihn mit Haut und Haaren
fressen.«

»Aber Camille, er ist doch kein ...«

»Heut Abend tät er's«, erklärte Camille bestimmt. »Und
was brächte es auch für einen Nutzen, den werten Herrn so
spät zu stören?«

»Wahrscheinlich keinen.« Marcellas Gewissen zwickte,
als sie zusah, wie Camille durch die Tür verschwand. Feine
Ehe, in der man schon in der Verlobungszeit Geheimnisse
voreinander hatte.

Aber es gab eine Möglichkeit zu büßen. Der kleine Raum,
in dem Camille sie untergebracht hatte, war karg möbliert,
besaß jedoch einen Tisch, an dem man schreiben konnte.
Marcella holte das Holzkästchen heraus, das Elsa ihr zum
Abschied geschenkt hatte, und entnahm ihm die Feder und
die Kohlenstofftinte, um endlich ihren Brief zu schreiben.
Das Tintenhörnchen war aus Elfenbein.

Ach Elsa, wofür gibst du dein Geld aus, dachte sie seufzend. Ihre Trierer Freundin hatte noch keine einzige Nachricht bekommen, seit sie auf dem Bootssteg voneinander
Abschied genommen hatten. Aber nun würde es damit ein
Ende haben. Und wenn jeder Satz verkehrt und jedes Wort
mit Zweifeln behaftet war – die Nachricht würde geschrieben und morgen noch in Richtung Trier auf den Weg gebracht werden.

Liebste Elsa, es geht mir ...

Ein leises, aber heftiges Klopfen ließ Marcella innehalten. Sie schaute zur Tür. Camille öffnete und starrte sie gehetzt an. »Ihr kennt Euch doch mit Gewürzen aus, Madame, ich meine, mit Heilkräutern, mit ... mit blutstillenden ... bitte Madame! Sein ganzes Hemd ist nass.«

»Ich kenne mich *nicht* aus. Von wem redet Ihr? Und ...« Verdammenswerte Heuchelei. »... und wo steckt der Bengel?« Marcella eilte hinter ihrer Wirtin die Treppe hinab, durch finstere Räume, in denen Camilles Tranlampenlicht wie ein erschreckter Falter über die Wände huschte, eine weitere Stiege hinab und noch ein kleines Treppchen, das in die Tiefen des Kellers führte, dann stand sie in der Küche des Hauses.

Ein Mann wartete vor dem Kochkamin, in dem noch die Reste des Feuers glommen. Er war groß gewachsen, vielleicht dreißig Jahre alt und hatte die blasse, sommersprossenübersäte Haut vieler rothaariger Menschen. Er sah so kerngesund aus, dass Marcella sich unwirsch nach Camille umdrehte.

Ihre Wirtin deutete mit tränenumflortem Blick zu dem Tisch, auf dem gewöhnlich Gemüse gehackt wurde. Als Marcella das Möbel umrundete, fand sie den Verletzten. Ein junger Kerl, sechzehn oder siebzehn Jahre alt. Der Surcot, den er trug, war aus gelbem Samt, und das gab einen prächtigen Untergrund für das Blut, das sich von der Schulter über die ganze Brust ausgebreitet hatte.

»Ausziehen«, befahl Marcella dem Rothaarigen, der noch immer beim Kamin herumstand. »Tücher und Wasser. Nun schnell«, fuhr sie Camille an.

Das Unglück war kleiner, als der gelbe Samt es glauben machte. Nachdem der Rothaarige dem Verletzten Surcot und Kotte über den Kopf gezogen hatte, so dass er nur noch das Hemd auf dem mageren Körper trug, stellte sich heraus, dass er aus einem Schnitt blutete, der die Haut zwischen Achsel und Brust angerissen hatte. Der größte Teil des alarmierenden Flecks stammte, dem Gestank nach zu urteilen, von billigem Wein.

»Er ist betrunken«, sagte Marcella.

»Das ist sein Fluch. Er säuft, und wenn ihm der Wein zu Kopf steigt, fängt er Händel an«, erklärte Camille. Sie wandte sich dem Roten zu und gab ihm einen Kuss auf die Wange. »Wo hast du ihn aufgelesen, Théophile? Gewiss im Chapon? Oh, Madame, ich vergaß … dies ist mein Gatte. Er ist ein Ritter, ein wirklicher Ritter, versteht Ihr?« Kindliche Freude strahlte in Camilles Gesicht, als sie Marcella mit ihrem Ehemann bekannt machte. »Wir sind noch nicht lange verheiratet, müsst Ihr wissen. Wartet, ich habe Blutkraut.«

Sie lief einige Schritte und holte einen Steintopf vom Regal, aus dem sie eine getrocknete Pflanze mit weißen Doldenblüten holte, die Marcella an Hirtentäschel erinnerte.

»Ich hätte das Kraut auch selbst auflegen können«, gestand sie. »Aber Matteo ist doch der Neffe des reichen Herrn aus Venedig. Und man will sich schließlich nichts vorwerfen lassen, wenn es schief geht. Théophile, Liebster, halte doch das Licht.«

Marcella legte die trockenen Pflanzen auf die Wunde, rieb sie – hoffentlich war das richtig – etwas in den Schnitt hinein und legte die Tücher darüber, die Camille ihr reichte. »Sein Kopf wird ihn morgen mehr schmerzen als die Wunde.«

»Er schmerzt … jetzt schon.« Ihr betrunkener Patient begann, sich zu regen. Marcella nahm Théophile die Lampe aus der Hand und leuchtete den Jungen an. Er hatte ein hübsches Gesicht, an dem nur die Pusteln, der Fluch seiner jungen Jahre, und die abstehenden schwarzen Haare, in denen ein Dutzend Wirbel ihr Unheil anrichteten, störten. In seinen verzerrten Mundwinkeln machte sich ein Lächeln breit.

»Matteo, geht es Euch gut?«, fragte Camille.

46

»Nicht so laut … bitte«, bat der Angesprochene und versuchte mannhaft zu klingen. »Ist er … sehr aufgebracht?«

»Ihr hättet besser daran getan, zum Essen zu kommen, anstatt Euch herumzutreiben.«

Matteos Heldenmut fiel in sich zusammen. »Er wird mich zerreißen. Er verabscheut mich.« Der Junge stützte sich auf den Ellbogen, verzog das Gesicht und ließ sich wieder auf die Holzbohlen sinken. Schwaden von Alkohol stiegen aus seinem Rock auf. Er grinste völlig betrunken und mühte sich, seinen Blick auf Marcella zu konzentrieren. »Madonna, Ihr seid wirklich, also verdammt … wunder…«

»Und vor dem nächsten Wort schlaft Ihr Euren Rausch aus.«

»… schön. Ihr seid …«

»Zum Morgenmahl erscheint Ihr mit gekämmten Haaren.«

Fahrig griff Matteo nach ihrer Hand, als Marcella aufstehen wollte. »Ihr seid …«

»Schön, das sagtet Ihr schon«, erinnerte Camille.

»Barmherzig. Ein Blick, mild wie der erste Sonnen… Sonnen… Madonna, wie ist Euer …?«

»Sie ist die Braut von Monsieur Tristand, und Ihr könnt froh sein, dass sie sich um Euch kümmert, anstatt sofort den Herrn runterzurufen.«

»Rettet mich.« Matteo ließ Marcellas Ärmel fahren und presste den Handballen gegen die Stirn. Es war eine alberne Geste. Zur Hölle mit diesem Balg.

»Mit gekämmten Haaren und frischer Wäsche und mit einem Rechenbrett unter dem Arm, wenn ich Euch einen Rat geben darf«, sagte Marcella und stand auf.

Sie würde an diesem Abend nicht mehr an Damians Tür klopfen.

4. Kapitel

Ich habe es gesagt: Er frisst ihn mit Haut und Haaren«, flüsterte Camille, die an der Tür zum Kontor lauschte und sich nicht im Geringsten schämte, dabei ertappt worden zu sein.

Wieso, was tut er?, wollte Marcella fragen, verschluckte die Worte aber im letzten Moment. Keine Küchenkumpanei mehr gegen den Mann, den sie heiraten wollte.

»Er ist ein bewundernswürdiger Mensch, und so klug, aber wehe, man verärgert ihn.« Camille streckte den schmerzenden Rücken. »Als ich das letzte Mal hier war – ich richte ihm das beste Zimmer und tue alles und sende natürlich, ein Mahl zu bereiten ... Ich gebe zu, ich hätte ein bisschen auf den Preis schauen sollen.«

»Camille ...«

»Es wurde etwas teurer als gewöhnlich. Aber er ist reich, nicht wahr? Die reichen Herren achten nie auf Rechnungen. Er aber doch«, sagte sie und seufzte, und es schien sie nicht zu stören, dass sie mit der Braut des Geizkragens sprach. »Wenn er zu flüstern beginnt, mit diesen hochgezogenen Brauen – wisst Ihr, was ich meine? Man fühlt sich ... wie durchlöchert. Als hätte der Herrgott selbst seinen Blick auf dich gerichtet.«

Marcella verbiss sich ein Lachen. »Wenn er mit Matteo ... flüstert, wird er Gründe haben.«

Camille riss ihre gutmütigen Augen auf. »Was für …? Ihr meint … heilige Mutter Gottes, Monsieur ist von so weit hierher gereist. Doch nicht, weil der junge Herr etwas angestellt hat?«

Das ging nun wirklich zu weit.

»Er ist gekommen … er will dem jungen Herrn auf die Finger klopfen. Madame, ist es so?«

Marcella machte dem Gespräch ein Ende, indem sie die Tür zum Kontor öffnete.

Damian saß auf der Kante des Tisches, an dem sie am Abend zuvor gegessen hatten. Matteo war auf einem Stuhl beim Fenster zusammengesackt. Ein Häuflein Elend, das die Hände gegen die Schläfen presste und so bleich war, dass sich jede Frage nach dem Befinden erübrigte.

»Störe ich?«

Damian schüttelte den Kopf. »Aber nein. Wir sind beinahe fertig. Matteo hat unglückseligerweise nicht die leiseste Idee, worauf die Pechsträhne dieses Kontors zurückzuführen sein könnte.«

Als sein Name fiel, hob der junge Mann den Kopf. »Madonna Santa.« Er ließ die Hände sinken und den Mund offen stehen, was sein dümmliches Aussehen verstärkte. Angestrengt grub er in seiner Erinnerung.

»Wir reden nach dem Essen weiter. Raus mit dir.« Damian wies mit dem Kopf in Richtung Tür. Er wollte noch etwas hinzufügen, kam aber nicht dazu, weil Matteo plötzlich vom Stuhl aufsprang und vor Marcella auf das Knie sank.

»Ich dachte … Herrin, ich hab wirklich geglaubt, ich hätte Euch nur geträumt. Und Ihr wärt nur … ein Gespinst meiner …«

»Trunkenheit?«

»… Träume. Und als ich aufwachte … *Liebe, du hast mich so beschweret, dass ich ohne Freude bin* … Ich war

50

unglücklich«, verkündete er vertraulich und mit einem gewissen Stolz. »Und nun treff ich Euch hier wieder.«

»Weil ich sehen will, ob Euch auch ordentlich die Ohren lang gezogen werden. Was für eine Art ... sich in Schenken herumtreiben! Nun hört schon auf, die Fliesen zu scheu...«

»*Wie die Liebe anfängt, weiß ich wohl – wie sie endet, ist mir nicht bekannt* ... Ihr scheltet, aber ich spüre Eure Zuneigung. Ich fühle, ich bin gebunden, wenn auch in süßen Ketten. Wollt Ihr mir erlauben ...«

»Raus!«, fauchte Damian und riss die Tür auf.

Matteo sprang hastig auf und verbeugte sich. »Herrin, wenn Ihr mir Euren Namen ...«

»Madame Tristand«, sagte sie, indem sie den Ereignissen vorgriff. »Und *raus* halte ich für einen ausgezeichneten Rat.«

»Wobei mir einfällt ...« Der junge Mann wich Damian, der ihn am Kragen packen wollte, aus und stieß hervor: »Mordechai. Der Wucherer heißt Mordechai. Und sein Haus liegt tatsächlich südlich von der Stadt. Ich denke mir nichts aus.« Die Tür fiel mit dem Knall ins Schloss, der erneut Matteos Jugend bezeugte.

»Was für ein grässlicher Bursche!«, stöhnte Damian.

»So sind sie, wenn sie jung sind.«

»So sind die schlimmsten von ihnen, und der hier ... Zu einem *Wucherer*. Hat er die letzten Jahre mit Wachs in den Ohren zugebracht? Wie kann man bei Donato Falier in die Lehre gehen und anschließend in den Rachen eines Wucherers springen?«

»Mit welcher Summe?«

»Der liebe Matteo hat keine Ahnung, denn Zahlen *und diesen Kram* kann er sich schwer merken. Wir müssen dankbar sein, dass ihm wenigstens der Name seines Henkers eingefallen ist.«

»Damian, er ist kaum erwachsen.«

»Und das wird sich niemals ändern. Er muss sich ein Vermögen geliehen haben. Hast du das Messer gesehen, das er im Gürtel trägt? Er fand es angebracht, mir seine Vorzüge zu preisen. Eine Cinquedea aus Lucca, der Griff eingelegt mit Rosendiamanten und Perlen. Sag mir, Marcella, welcher Wucherer würde einem Habenichts das Geld leihen, um solchen Irrwitz zu finanzieren? Matteo *muss* sich an anderer Stelle …«

»Und wenn der Wucherer das Familienvermögen hinter dem Habenichts sah?«

»Was hat dieser Junge an sich, dass ihn jedermann in Schutz nimmt?«

»Was hat er dir getan, dass du so zornig bist?«

Nun stritten sie also doch. Zum ersten Mal, seit sie beschlossen hatten, miteinander nach Venedig zu reisen, um dort zu heiraten. *Es beginnt, Elsa. Der Putz des viel zu hastig errichteten Hauses beginnt zu bröckeln.*

»Da er den Namen des Wucherers genannt hat, werden wir bald wissen, was er getan oder nicht getan hat.«

»Der Mann wohnt außerhalb der Stadt?«

»Irgendwo in Richtung Meer.«

»Wann werden wir reiten?«

»Wann werden wir …« Damian spitzte die Lippen. Er wartete einen Moment, ehe er sprach. »Marcella, ich weiß nicht, ob du dir das richtig vorstellst. Das Haus eines Wucherers … eines Wucherers dieser Manier … Glaub mir, es ist kein Ort …«

»An dem sich eine Madame Tristand aufhalten sollte?«

»An dem sich … irgendeine Frau aufhalten sollte.«

Marcella ging an ihm vorbei durch das Zimmer. Sie stieß die Fensterläden zurück und schaute in den Innenhof hinab, in dem Camille die Beete für den Winter fertig gemacht hatte. In einer Ecke blühten rote Blumen, die wie mit Safran bestäubte Gänseblümchen aussahen. Hier rote Blumen, in Venedig gelbe. »Hast du die Geduld, mir einen Moment zuzuhören?«

»Dazu brauche ich keine Geduld.«

»Als ich nach Trier zu meinem Onkel Bonifaz kam, war ich acht Jahre alt.«

Sie merkte, dass er vorsichtig wurde, wie immer, wenn die Sprache auf ihre Kindheit kam.

»Mein Onkel hat mir ein Zimmer zugewiesen. Die Wände und die Decke waren dunkelblau bemalt. Das Fenster ging zum Hof und ließ kaum Licht herein. In dieses Zimmer hat man mir zweimal am Tag Essen und gelegentlich gewaschene Kleider gebracht. Der Onkel wusste nichts mit Kindern anzufangen. Er aß allein, und es gingen Monate ins Land, in denen er mein Zimmer nicht betrat. Ich habe mein Zimmer auch nicht verlassen. Ich hätte es tun können, es gab kein Verbot, aber ich habe es nicht getan. Ich saß in diesem Zimmer und wartete und wusste nicht, worauf. Und nach und nach wurde ich von Spinnweben eingesponnen und von Staub bedeckt. Glaubst du mir das?«

»Ich glaube es.«

»Tust du *nicht*, weil du dir nicht vorstellen kannst, dass ein Mann und ein Kind so wider die Natur leben können. Aber die Familie, mit der du dich verbindest, ist voll von Verrücktheiten. Meine Schwester war eine Ketzerin, und mein Onkel hat versucht, dich umzubringen.«

»Wie ging es weiter?«

Marcella blickte auf ihre Finger, die sie auf das Sims des Fensters gelegt hatte. »Die Frau, die mir das Essen brachte, starb. Und ihre Nachfolgerin entschied, dass ich neue Kleider bräuchte. Sie setzte das bei meinem Onkel durch und ging mit mir zu einem Gewandschneider, um Stoffe zu kaufen und Maß nehmen zu lassen. Der Onkel hat unsere Stoffe begutachtet und – ich weiß nicht, warum – mir einige Pfennige geschenkt. Ich habe die Frau gefragt, wozu die Münzen gut sind, denn ich hatte noch nie in meinem Leben welche gesehen. Sie sagte, mit Geld kann man alles kaufen, was man sich wünscht.«

»Ein gehätschelter Irrtum.«

»Für mich war es alle Weisheit, die ich brauchte. Ich wusste jetzt, wie man das Haus verlassen konnte, und habe meine Pfennige genommen und bin in die Gasse gegangen, in denen wir die Stoffe gekauft hatten. Ganz in der Nähe befand sich ein Stand mit Gewürzen. Der Duft hat mich angezogen. Zimtstangen, Ingwer, Bergamottefrüchte ... nichts roch mehr nach Staub. Diesen Duft wollte ich kaufen. Alles. Sämtliche Gewürze. Ich hatte ja meine Münzen.«

»Konntest du den Händler überzeugen?«

»Ich bin an Elsa geraten. Sie hat mir erklärt, wie man aus den Bergamottefrüchten das Öl destilliert. Ich habe es daheim versucht und falsch gemacht, also bin ich zurückgekehrt, und sie hat es mir beigebracht. Irgendwann habe ich mein erstes Parfüm an eine Matrone verkauft, die bei meinem Onkel Wein bestellte. Verstehst du, was das für mich bedeutete?«

»Marcella, ich fürchte ...«

»Ich begann wieder zu leben.«

»Marcella ...«

»Zwing mich nicht, wieder Staub einzuatmen. Tu das nicht.«

Damian trat neben sie. Das Fenster, vor dem sie standen, war so klein, dass sich ihre Arme berührten, als sie hinaussahen. Er schwieg und dachte über seine Braut nach, und wahrscheinlich bekam er es mit der Angst, genau wie sie selbst. Damian war der Mann, den sie heiraten wollte. Aber danach würde er der Mann sein, der ihr Schicksal in den Händen hielt. Versperrte Räume. Verbote. Und selbst wenn er sie nicht aussprach, würde es doch Verbote geben. Monsieur würde entscheiden. Immer zu ihrem Guten. Wie der Vater, der sie in ein buntes Kleid steckte und nach Deutschland schickte. Wie Onkel Bonifaz. *Es musste schief gehen, Elsa. Ich nehme das nächste Schiff. Ich kriege schon jetzt keine Luft mehr. Eine verwilderte ...*

54

»Wie hat der Bengel sich in dein Herz geschlichen?«

»Was?«

»Nun komm. Das Mitleid stand dir im Gesicht. Wie hat Matteo es geschafft, dass du dich nach vierundzwanzig Stunden wie eine Löwin vor ihn stellst?«

»Ich fand ihn letzte Nacht in der Küche, und er … blutete.«

Damian seufzte. »Das ist deine Schwäche. Er *blutete*. Zur Stärkung seines Charakters werde ich ihn aus dem Bett werfen und ihn die Mietpferde besorgen lassen, die wir brauchen. Zieh dir was Warmes über. Ich fürchte, dass es regnen wird.«

Sie wusste nicht, was sie erwartet hatte. Eine Hütte im zugewucherten Teil eines Waldes, die man durch Hintertüren betrat und in der man in einem finsteren Raum Verträge siegelte?

Mordechai, der Wucherer, bewohnte eine Burg. Vielleicht war der Ausdruck etwas übertrieben. Doch sein Haus besaß doppelt mannshohe Mauern mit Zinnen und einem ziegelgedeckten Wehrgang, und beides schien in bestem Zustand zu sein. Das Gebäude selbst war ein hässlicher Klotz mit Fenstern, kaum größer als Schießscharten, und ohne jede Verzierung durch Giebel oder Erker. Katzen strichen durch das Unkraut vor der Mauer.

»Er ist ein seltsamer Kauz. Am besten redet man nicht viel, denn er redet auch nicht. Wenn etwas gesagt werden muss, spricht sein Diener für ihn. Ich bin nie gern hier gewesen«, gestand Matteo.

»Wenn du doch deinen Gefühlen nachgegeben hättest«, meinte Damian säuerlich.

Sie waren fast eine Stunde geritten, erst auf der Straße Richtung Carcassonne, dann über verwilderte Pfade, die durch schwarze Wälder führten.

Damian zügelte sein Pferd. Sie waren zu viert. Er selbst,

Matteo, Marcella und Camilles schweigsamer Gatte Théophile, der sich ihnen auf Wunsch seiner Frau angeschlossen hatte. Angesichts des wehrhaften Hauses schien ihre Schar bedrückend klein. Marcella sah, wie Damian sie mit einem Blick streifte, aber seine Augen wanderten weiter, bis sie an dem Ritter hängen blieben.

»Einer von uns sollte hier draußen warten, für den Fall, dass es Ärger gibt. Und ich glaube, das solltet Ihr sein.«

Und behaltet Madame im Auge, die in dieser Räuberhöhle nichts zu suchen hat? Nein, Damian ließ sein Pferd wieder antraben. Sie folgten dem Weg ein weiteres Stück, bis er scharf abbog und in einen sich absenkenden Pfad mündete, der zu dem Tor des Hauses führte, einer wahrhaft Furcht einflößenden Konstruktion aus angespitzten Zinnen und eisenverstärktem Holz. Es schien weder Klopfer noch Glockenzug zu geben.

»Der Rasen, auf dem wir stehen, ist kein Rasen, sondern eine großartig ersonnene Falltür, durch die drei oder vier Reiter gleichzeitig in die Tiefe gerissen werden können«, flüsterte Matteo beigeistert. »Ich konnte das natürlich nicht untersuchen, aber wenn Ihr horcht, werdet Ihr feststellen, dass der Schlag der Hufe … Du brauchst nicht zu rufen, Damian, man muss nur einen Moment warten, dann öffnen sie von allein.«

Als hätte jemand die Prophezeiung gehört, ratschten plötzlich eiserne Riegel durch Halterungen.

»Seht Ihr die Pechnase über unseren Häuptern? Marcella, wenn wir feindliche Eindringlinge wären … Aber Ihr müsst Euch nicht fürchten. Ihr steht ja unter gutem Schutz«, lächelte der Junge treuherzig. Er hatte seinen Surcot aus gelbem Samt gegen ein weniger luxuriöses Überkleid aus Wolle eingetauscht, entweder um Damian zu besänftigen oder um dem Wucherer anzudeuten, wie wenig bei ihm zu holen war. Nur auf den Marderfellhut mit dem Fabeltier aus künstlichen Perlen hatte er nicht verzichten mögen.

Die linke Hälfte des Tores wurde aufgestoßen, und ein grimmig aussehender Mann mit einem wilden Bart trat ihnen entgegen.

»Euer Begehr?«

»Ihr seid mir wirklich von den Heiligen gesandt, Herrin«, versicherte Matteo leise, während Damian dem Torwärter den Zweck ihres Kommens erklärte. »Als ich hörte, dass er kommt, dachte ich, ich bin tot. Und dass es anders ist, spricht für ihn«, erklärte er nach kurzem Überlegen, »denn ein edles Gemüt erkennt man daran, dass es sich von Frauenbitten erweichen lässt. Ich habe mich ausführlich mit dem Minnedienst beschäftigt, wisst Ihr, denn neben dem Schwertkampf ist es die höchste Kunst, der ein Mann sich …«

»Ihr redet dummes Zeug.«

Matteos Grinsen besaß nicht die Elegance, die er sich wahrscheinlich erträumte, dafür aber eine hinreißende Fröhlichkeit. Sie seufzte.

Der Grimmige murmelte etwas, bedeutete ihnen abzusteigen und ließ sie mit einem misstrauischen Blick auf das Hinterland ein. Sie übergaben ihm die Zügel und erklommen eine Treppe, die in einen Hof führte. Von dort ging es zu Fuß weiter durch ein Labyrinth von Gängen und Stiegen, das sie schließlich vor eine weitere schwer gesicherte Tür brachte. Der Grimmige war plötzlich verschwunden, dafür öffnete ihnen ein hagerer Mann mittleren Alters, der höflich ins Innere des Zimmers wies.

Er war offensichtlich nur der Gehilfe des eigentlichen Hausherren, wohl der Diener, den Matteo erwähnt hatte. Mordechai selbst saß hinter einem schweren Tisch aus rötlichem Holz. Die Hände, die er auf der Tischplatte gefaltet hatte, waren mit Ringen übersät. Er war ein dicklicher Mann, der an einer Krankheit zu leiden schien, denn sein Gesicht wirkte aufgedunsen und lebloser als die Bienenwachskerze an der Ecke des Tisches, von der wenigstens Rauch aufstieg.

»Nehmt bitte Platz, Madame, Messieurs«, sagte der Diener und deutete auf drei Schemel vor dem Tisch, die bewiesen, dass man ihre Ankunft beobachtet hatte.

Damian machte nicht viele Umstände. Er verschränkte die Arme über der Brust. »Wie viel?«

Auf Mordechais Nicken brachte der Dürre eine schwarze Kladde, die er seinem Herrn vor die immer noch gefalteten Hände legte. »Ihr habt den Wunsch, die Schulden Eures jungen Freundes zu begleichen?« Der Wucherer besaß eine hohe Stimme, die in kuriosem Gegensatz zu seinem Körper stand.

»Streicht den Wunsch, streicht die Freundschaft.«

»Verwandtschaft also.« Der Wucherer rollte die Augen, was aber überhaupt nicht komisch wirkte. Er schlug die Kladde auf. »Zweihundertsechzig Toulouser Silberschillinge, Monsieur. Oder, wenn Euch die Umrechnung in Zecchinen lieber ist …«

»Was hattet Ihr vor? Ihm den achten Kreuzzug zu finanzieren?« Damian streckte die Hand nach der Kladde aus. Der Wucherer nahm einige Pergamentblätter aus den beweglichen Klammern, die sie zusammenhielten, und reichte sie weiter. Damian ging damit zum Fenster. Er stieß die beiden Läden zurück, was dem Dürren ein Stirnrunzeln entlockte, und vertiefte sich in die Lektüre der Blätter. Er ließ sich Zeit. Als er fertig war, schüttelte er den Kopf.

»Matteo Cotrugli ist nach Narbonne geschickt worden, um die Grundlagen des Handels zu lernen. Ich bin nicht mit ihm verwandt, Mordechai, ich hatte nur den Wunsch, dem Neffen einer Bekannten ein wenig weiterzuhelfen. Aber offenbar taugt er nicht zum Geschäft, oder die Luft hier ist … zu leicht für ihn. Er wird unverzüglich nach Venedig zurückkehren.«

»Nachdem er seine Schulden bezahlt hat.«

»Und das werde ich tun.« Matteo sprang auf. »Ich werde für alles einstehen, was ich schuldig bin«, verkündete er beleidigt.

Damian warf ihm einen eisigen Blick zu. »Das Vermögen des jungen Mannes beläuft sich auf … Nun, was würdet Ihr schätzen, Mordechai?«

»Monsieur …«

»Tristand.«

»Ihr wäret nicht gekommen, Monsieur Tristand, wenn Ihr nicht einen Vorschlag hättet, wie man dieses … Dilemma aus der Welt schaffen könnte.«

»Behaltet ihn hier und lasst ihn Eure Federn spitzen, bis er die Schulden abgearbeitet hat.«

Zum ersten Mal war dem Wucherer eine Gemütsregung anzumerken. Er lächelte. »Dies Geschäft habt Ihr vor mir getätigt und seid damit nicht besonders gut gefahren.«

Matteo sprang auf. »Ich lasse mich nicht beleidigen und schon gar nicht von einem …« Er fummelte nach seiner Waffe.

Damian konnte schnell sein, wenn die Situation es erforderte. Er packte den Jungen wütend am Kragen und drückte ihn auf den Stuhl zurück. »Du bist beleidigt? Beleidigt? Peste!«

Matteo blinzelte.

Die Tür wurde aufgerissen. Der Mann vom Tor stand mit gezückter Waffe im Rahmen. Sein Herr, der ihn mit irgendeinem Zauber gerufen zu haben schien, wies ihn mit einigen fremdländisch klingenden Worten wieder hinaus.

Marcella räusperte sich. »Zu welchem Zinsfuß habt Ihr das Geld verliehen?« Sie lächelte entschuldigend. »Verzeiht die Einmischung, mein Herr, es geht mich nichts an. Aber ich habe in Trier gelegentlich Geld geliehen, und ich würde gern die hiesigen Konditionen kennen.«

»Um selbst zu leihen?«, fragte Mordechai liebenswürdig.

»Das würdet Ihr mir nicht wirklich raten. Zwanzig Schillinge auf Hundert?«

»Fünfundsechzig.«

»In der guten Absicht, einen unerfahrenen jungen Mann

mit den Härten des Geschäftslebens vertraut zu machen? Ihr seid ein Mensch mit einem feinem Verständnis für Erziehung.«

Mordechai hob die beringten Hände und lächelte.

»In meiner Trierer Heimat sind zehn Schillinge auf Hundert üblich, wenngleich das Gesetz jeden Zinsfuß über sechs Prozent verbietet. Ich erwähne es nur. Habt Dank für die Auskunft.«

»Wegen der Freude, mit einer ebenso reizenden wie gescheiten Dame zu reden, könnte ich mich verleiten lassen ...«

Matteo sprang erneut auf. »Er beleidigt sie. Er redet mit ihr, als wäre sie ...« Der giftige Blick, den der Kompagnon seines Onkels ihm zuwarf, ließ ihn auf den Schemel zurücksinken. »Als wäre sie seinesgleichen. Er beleidigt sie. Ist doch so.«

»Ich erstatte Euch den Schuldbetrag«, erklärte Damian. »Außerdem zehn Prozent Zins, weil es für alle Teile gerecht ist, und fünf Prozent zusätzlich wegen des leidigen Possenspiels, das Ihr ertragen müsst. Der Junge wird Narbonne verlassen. Mit fünfzehn auf Hundert könnt Ihr zufrieden sein, das brauche ich Euch nicht zu erklären. Wenn Ihr ihn stattdessen zum Fenster hinauswerfen wollt, wäre es mir auch recht.«

Mordechai starrte auf seine Ringe. »Ihr seid ungeduldig, begreiflicherweise. Doch vielleicht«, sagte er, ohne den Kopf zu heben, »hättet Ihr Interesse an einem sehr viel ... profitableren Geschäft. Ich denke dabei an Mastix.«

»Mastix.«

»Oder genauer: An Monsieur Lagrasse, Euren vortrefflichen Faktor, der vor etlichen Monaten ein Schiff aus Chios erwartete, das Mastix geladen hatte. Ein wunderbares Harz übrigens. Der Likör, der damit destilliert wird, schmeckt widerwärtig, aber ich liebe die Zahnsalben. Ich bin dreiundvierzig Jahre alt, Monsieur, und habe noch jeden meiner Zähne. Ich horche auf, wenn der Name Mastix fällt.«

»Und daher habt Ihr bemerkt, dass Lagrasse Mastix erwartet.«

»Den er mit einem fetten Gewinn weiterzuverkaufen hoffte. Leider erfüllte sich seine Erwartung nicht. Er hatte schreckliches Pech.«

»Weil in den Tagen zuvor der Markt mit Mastix überschwemmt wurde.«

»Erst ging es ihm so mit dem Mastix, dann mit florentinischem Goldbrokat, mit Leinen aus Arras ...«

»Pflegt Ihr eine besondere Freundschaft mit den Seiten unserer Kontenbücher?«

»Nein, aber ich habe Umgang mit vielen Menschen. Einer von ihnen bat mich dringlich, ihm Mastix zu besorgen. Fünf Tage, bevor Euer Schiff erwartet wurde. Es musste ihm wichtig sein, denn er bot so viel Geld, dass er auf jeden Fall einen Verlust machen musste. Ich bin Geschäftsmann. Natürlich war ich gefällig. Ich war auch gefällig, als er Goldbrokat wollte, wenngleich es unmöglich war, florentinisches zu ...«

»... bekommen.«

»Ganz recht. Mit dem Leinen konnte ich nicht dienen, aber er schien eine andere Quelle gefunden zu haben. Und so folgte ein Unglück – aus Eurer Sicht betrachtet – dem nächsten. Jedes Mal kam der Verlust auf die gleiche Weise zustande. Es bestand kein Bedarf mehr an den Waren Eures Hauses. Offen gesagt, ich hatte Euch oder Euren Partner schon wesentlich früher in Narbonne erwartet.«

Damian kehrte zum Fenster zurück. Er stützte sich mit der einen Hand auf dem Sims ab, die andere legte er auf die alte Wunde, ohne dass er es selbst bemerkte. »Und wer ist dieser Mensch, der uns zu ruinieren ...«

»Ihr wollt den Namen, und ich könnte ihn nennen. Den Schuldbetrag und die fünfundsechzig Prozent?«

»Ich verstehe das nicht«, warf Matteo nörgelnd ein.

»Ich könnte den Namen auch selbst herausbekommen«, sagte Damian.

Mordechai schüttelte den Kopf. »Kaum.«

»Warum?«

»Weil sich das unfeine Tun hinter einer Maske verbirgt, die … voller Glanz und Güte ist. Und mit Edelsteinen verziert.«

Damian dachte diesmal nur kurz nach. »Vierzig Prozent und die Schuldsumme. Wer?«

»Das wäre bei acht Monaten eine Summe von …« Mordechai brauchte keinen Abakus. Er rechnete im Kopf und sagte ihnen, was er herausbekommen hatte. Er hatte ein wenig abgerundet.

Damian nickte.

Der dürre Helfer zauberte von irgendwo einen Pergamentbogen herbei, und Mordechai schrieb einen Schuldschein aus. Er entzündete eine Siegelkerze und wartete, bis Damian seinen Siegelring abgezogen und ihn in das flüssige Wachs gedrückt hatte. Dann übergab er ihm des unglückseligen Matteos Schuldscheine, die ein ordentliches Bündel ausmachten. Damian kontrollierte sie.

»Der Mann arbeitet über jemanden, den sie le Grec nennen – den Griechen.«

»Le Grec.«

»Ja. Er wurde allerdings kürzlich ermordet.« Der Wucherer stützte den Kopf auf die verschränkten Hände. »Was nicht besonders erstaunt. Seine schmutzigen Hände steckten in zu vielen Geschäften. Die Welt ist dadurch nicht ärmer geworden. Le Grec hat den Handel getätigt, aber Ihr wollt wissen, wer dahinter steckt, natürlich. Und auch diesen Namen bekommt Ihr, und es ist ein wichtiger Name, obwohl er in den Straßen Narbonnes weniger geläufig ist. Robert Lac.«

»Wer ist das?«

»Ein … Händler mit diesem und jenem. Ein großzügiger Mann. Er hat die Abtei Fontfroide so reichlich beschenkt, dass man ihm trotz seiner unedlen Herkunft einen Grabplatz in der Klosterkirche zugesichert hat. Er tätigt im Namen des Klosters Einkäufe und hat dabei eine so glückliche Hand, dass die Gläubigen die Vorsehung preisen, die ihn leitet – und die Zweifler ihm zwielichtiges Geschäftsgebaren unterstellen. Das alles kümmert mich nicht«, log Mordechai geschmeidig. »Ich weiß nicht, warum ihm daran gelegen ist, Euer Haus zu schädigen. Ich weiß nur, dass er es tut.«

»Bedenkt nur den Aufwand«, sagte Marcella, als sie den hässlichen Bau verlassen und die Straße wieder erreicht hatten. »Dieser Lac muss die Waren, die ihr verkaufen wollt, den Käufern früher anbieten und also auch zuvor selbst einkaufen. Er braucht eine Menge Geld. Und müsste genau wissen, was ihr in den kommenden Wochen für Geschäfte plant.«

Und da waren sie wieder bei der alten Frage. Wer aus dem Kontor hatte Lac ihre Geschäftsvorhaben verraten? Matteo offenbar nicht, denn er hatte sein Geld tatsächlich vom Wechsler geliehen bekommen. Aber wenn ihm dieses Geld nicht gereicht hatte? Nein, Matteo war keineswegs von jedem Verdacht befreit.

»Jedenfalls müsst ihr Euch gründlich mit diesem Lac zerstritten haben.«

»Nicht ich. Wenn, dann Donato. Ich war nur ein einziges Mal in Narbonne und würde mich daran erinnern.«

»Wie hieß dieses Kloster noch mal, für das der Mann arbeitet?«, fragte Matteo.

»Fontfroide.«

»Dann glaube ich, ich kenne diesen Lac. Donato ist einmal mit mir da hochgeritten. Er wollte, dass ich ihn begleite, weil …«

»… er annahm, dass du etwas lernen müsstest?«

»Es ging um Geschäfte, genau«, sagte Matteo, unempfindlich für jeden Spott. »Und da habe ich ihn kennen gelernt. Donato wollte etwas verkaufen, und weil die Mönche

63

Lac mit ihren Geschäften beauftragt hatten, musste Donato mit ihm verhandeln. Aber sie konnten einander nicht ausstehen. Und ich glaube, das war wegen ... wegen des Marmors. Lac hatte der Abtei Marmor gespendet ...«

»Ah ja?«

»Hmm, er hat die Säulen im Kreuzgang damit verkleiden lassen.« Matteo blickte Damian unsicher an. »Donato hat sich darüber lustig gemacht, weil die Mönche ja in Armut leben sollen, und nun wollten sie es den Fürsten gleichtun. Und da wurde der Mann ärgerlich, weil er ein Vermögen für den Marmor ausgegeben hatte. Und natürlich den ... den himmlischen Dank kassieren wollte für die Spende. Und Donato hat gesagt, eine Spende ist etwas wie eine Securitas, falls das Lebensschiffchen nämlich in der Hölle stranden sollte. Das war komisch. Ich meine, ich habe es verstanden, weil mein Onkel mir gerade etwas über Schiffsversicherungen erklärt hatte. Man kann Schiffe versichern lassen, aber das ist furchtbar kompliziert«, sagte Matteo zu Marcella gewandt. »Und dann hatte der Mann plötzlich kein Interesse mehr an dem Enzian. Genau, es ging um Enzian gegen Zahnweh, mein Gedächtnis ist gar nicht so schlecht. Ich muss nur Zeit zum Nachdenken haben. Die Mönche wollten weißen Enzian gegen Zahnweh. Donato hat sich ziemlich aufgeregt, als das Geschäft nicht zustande kam. Ich glaube, er hatte mit diesem ... wie hieß er? Lac?«

Damian nickte.

»Ich glaube, sie hatten hinterher noch mal Ärger. Kann aber auch sein, dass nicht. Lagrasse müsste Bescheid wissen.«

»Ein Mann lässt ein Geschäft platzen und ruiniert gar ein Kontor, weil dessen Besitzer die Herzensreinheit seiner Spenden anzweifelte?«, fragte Marcella ungläubig.

Damian antwortete nicht sofort, weil Théophile ihm eine Frage wegen der Richtung stellte. Es gab einen unsicheren Weg, der durch ein Sumpfgebiet führte, aber wesentlich kürzer war. Damian entschied sich für die Sicherheit, und Matteo nutzte das kurze Gespräch, um den Fragen zu entkommen. Er ritt voran und tat eifrig so, als suche er das Buschwerk längs der Straße nach Wegelagerern ab.

Damian wandte sich wieder Marcella zu. »Dir fehlt die einem gottesfürchtigen Menschen zukommende Angst vor dem Fegefeuer, deshalb begreifst du die Aufregung nicht.«

»Mir fehlt vieles, aber dass es mir an Furcht mangeln sollte … Ich scherze. Ich denke nur nicht oft ans Fegefeuer.«

Damian umfasste sie mit herzlichem Blick. »Wir Kaufleute sind ein bedauernswertes Häuflein Menschen. Ich habe einmal geholfen, das Geschäft eines Venezianers aufzulösen, der Bankrott gemacht hatte und uns einiges schuldete. Er hatte in seinen Büchern Gott als Teilhaber eingeschrieben. Unter dem Namen Messer Domeneddio wurde für den Allmächtigen ein Konto geführt, auf das ihm regelmäßig sein Gewinnanteil gutgeschrieben wurde. Unser Bankrotteur war ein erbärmlicher Kaufmann und seine Bücher ein Sammelsurium schrecklicher Konfusion, aber der Mann hat sichergestellt, dass Gott bei seiner Geschäftsauflösung an erster Stelle ausbezahlt wurde. Es ist schwer, frei von Sünde zu bleiben, wenn man von Berufs wegen kauft und verkauft, hat Papst Leo gesagt. Und weil das stimmt, lebt jeder Kaufmann, der über seine Zahlen hinausschaut, in Angst vor seiner letzten Stunde. Und viele in einer ganz fürchterlichen Angst, Marcella.«

»Du auch?«

Damian lachte. »Ich halte es mit Thomas von Cobham, der meinte, dass überall Not herrschen würde, wenn die Kaufleute ihre Waren nicht aus den Gegenden des Überflusses in die Gegenden des Mangels bringen würden. Der Aufwand, den wir treiben, hat also einen Nutzen, und deshalb ist es gerechtfertigt, wenn wir damit Geld verdienen.«

»Sagt Thomas von Cobham.«

»Und nun bist du schon wieder ärgerlich. Warum?«

»Ich bin nicht ärgerlich. Ich weiß nur nicht, ob es richtig ist … Du wählst dir den einfachen Weg. Aber der gottgefällige Weg ist steinig.«

»Weil?«

»Weil …« Sie hob irritiert die Schultern. »… es so sein muss. Hör auf zu lachen. Warum leben die Mönche in Armut und frieren und tragen härene Kleider …«

»Die von Fontfroide lassen ihre Säulen mit Marmor verkleiden.«

»Und deshalb sind es schlechte Mönche. Die guten frieren. Männer wie Dominikus aus Kastilien predigen die Rückkehr zur Armut. Weil aufrichtige Menschen spüren, was richtig ist.«

»Nämlich der steinige Weg.«

»Natürlich«, sagte sie.

5. Kapitel

Camille empfing ihren Théophile, als wäre er der verlorene Sohn, der nach Jahren der Abwesenheit heimkehrt. Es heiterte Marcella auf zu sehen, wie ungeniert sie ihn küsste und mit welcher Freude der Ritter ihren Kuss erwiderte.

»Wir sind tatsächlich zu beneiden«, sagte Camille, als sie wenig später in Marcellas Zimmer kam, um vorgeblich frisches Wasser für die Waschschüssel zu bringen, in Wahrheit aber, weil sie es liebte, sich zu unterhalten. »Wie, Madame? Nein, es macht mir gar keine Umstände, immer hier hinaufzulaufen. Denn der Sinn des Lebens besteht – außer der Tugendhaftigkeit natürlich – darin, miteinander fröhlich zu sein. Wisst Ihr, dass ich trotz meiner Jugend schon dreimal verheiratet war?«, fragte sie, während sie die Bettdecken ausschüttelte. »Meinen ersten Gatten haben die Eltern ausgewählt. Sie taten das, was sie für das Beste hielten, aber Madame, sie bescherten mir die Hölle, und das meine ich, wie ich es sage. Pierre war über fünfzig und voller brauner Flecken und Warzen auf der Haut. Nichts an ihm war schön oder nur irgendwie angenehm. Ich verabscheute ihn, und ich sage Euch frei heraus, dass die Tränen, die ich an seinem Sterbelager vergoss, Freudentränen waren.

Louis habe ich mir selbst als Gatten gewählt, denn ich wollte nicht mehr jeden Pfennig zählen, und er überhäufte mich schon in der Werbezeit mit Geschenken. Er war Heringhändler und kam aus Perpignan. Er war langsam und ziemlich dumm, doch ich kann mich nicht beklagen. Nur: Hat nicht jeder Mensch ein ... heimliches Begehren im Herzen?«

»Was habt Ihr begehrt, Camille?«

»Die Liebe, Madame«, sagte Camille so schlicht, als spräche sie über ein notwendiges Gewürz für die Küche.

»Ihr habt die Liebe begehrt?«

»Jeder tut das, und vielleicht bin ich deshalb so gern in Eurer Gesellschaft, weil ich sehe, dass Ihr und Monsieur einander liebt. Er ist ganz närrisch vor Ungeduld, nicht wahr? Oh, man merkt es. Er würde lieber heute als morgen weiterreisen«, erklärte sie mit entwaffnender Offenheit. »Théophile half mir, als ich kurz nach dem Tod meines Heringhändlers auf dem Wollmarkt bedrängt wurde. Ich schaute ihn an und wusste, dass von nun an jeder Tag ohne ihn ein verlorener Tag wäre. Und ihm ging es genauso, das hat er mir später gestanden. Er besitzt nicht viel Geld, denn seine Familie ist zwar nobel, aber verarmt. Doch was schadet das? Würdet Ihr Euren Bräutigam nicht auch dann noch lieben, wenn er ohne jeden Pfennig dastünde?«

Marcella dachte darüber nach. Sie versuchte sich Damian in verlausten Kleidern vorzustellen, wie er vielleicht einen Ochsen über das Feld trieb oder mit einem Holzladen vor dem Bauch an den Türen Hökerwaren feilbot. Es war unmöglich. Damian würde immer reich sein. Menschen wie er zogen das Geld an.

»Es vergeht kein Tag, an dem ich den Allmächtigen nicht preise für das Glück, das er mir geschenkt hat«, plapperte Camille weiter, während sie von den Bettdecken abließ und mit dem Kleidersaum über die Kante von Marcellas geöffneter Truhe wischte. »Meine Eltern sind tot, wir leben von dem, was das Haus an Miete einbringt. Aber mehr brauchen wir auch ... Bei allen Heiligen – grüne Spangen.« Sie

68

griff in die Truhe. »Was für eine wunderbare Idee. Wisst Ihr, wie vorteilhaft zartes Grün Euch kleidet? Ihr solltet einmal versuchen, Eure Stirnhaare auszuzupfen und dann hinten einen …« Sie lachte, als sie sah, wie Marcella eine Grimasse zog. »Unser Seigneur curé sagt, dass man für das Auszupfen der Stirnhaare im Fegefeuer mit glühenden Ahlen und Nadeln bestraft wird, doch wer weiß das schon genau? Und beichten kann man immer noch, wenn man so alt ist, dass Hässlichkeit nicht mehr schadet. Stimmt's, Madame?«

»Vielleicht. Aber ganz sicher stehle ich Eure Zeit. Hattet Ihr nicht Käse schneiden wollen?«

»Ach ja.« Camille legte die grünen Spangen sichtlich ungern in die Truhe zurück. »Monsieur Tristand hat gesagt, er will in seinem Zimmer speisen. Er sah nicht aus, als hätte er viel Appetit. Wie steht es um Euch, Madame?«

»Käse reicht mir völlig«, sagte Marcella.

Damian hatte es sich auf seinem Bett bequem gemacht. Camille hatte ihm das größte und am aufwendigsten möblierte Zimmer zugewiesen, was eine Verschwendung war, denn ihr Gast mochte Rechnungen kontrollieren, aber er machte sich nicht viel aus Bequemlichkeit. Er hatte Bücher und Kladden auf seiner Decke verstreut und studierte mit gerunzelter Stirn einige Pergamentseiten, als Marcella eintrat.

»Warum schaust du so verdrießlich? Führt Matteo etwa auch die Bücher?«

»Glaubst du, dass er schreiben kann?« Damian verzog das Gesicht. »Doch, natürlich kann der Bengel schreiben. Sprich nicht von mir, als sei ich ein Leuteschinder. Ich war heute geduldig wie ein Engel.«

»O ja. Du hast nur wenige, wirklich ganz wenige Kübel Spott über ihm ausgegossen.«

»Ich war geduldig.«

»Bis auf die Male, als deine Hände seinen zarten Hals …«

»Ich war geduldig, und du solltest das zugeben.«

Marcella setzte sich neben ihn auf die Bettkante und hauchte einen Kuss auf seine Wange. »Als Matteo sich darüber beschwerte, von dem Wucherer betrogen worden zu sein, da hätte ihn selbst die heilige Jungfrau erschlagen. Doch, Monsieur Tristand, du warst geduldig, und ich werde dich vor Caterina rühmen, wenn du Matteo auf ihrer Türschwelle absetzt. Helfen dir die Papiere weiter?«

Damian rückte sich ein Kissen ins Kreuz und lehnte sich zurück. Diesmal berührte er seine Wunde nicht, aber er bewegte sich so vorsichtig, dass ihr das Zuschauen wehtat. Man muss ihn nötigen, einen Arzt an sich heranzulassen. Unbedingt.

»Unsere Bücher werden von Henri Lagrasse geführt. Er war einmal ein guter Mann, Marcella. Ich weiß nicht, was mit ihm los ist. Ehrlich gesagt, ich bin ein bisschen erschrocken. Früher hat er … hier schau. Siehst du diese penible Schrift? Er hat keine Glanztaten vollbracht, aber das war auch nicht nötig. Was wir in Narbonne brauchten, war jemand, der ordentlich Buch führt, über Ein- und Ausgänge wacht, der darauf sieht, dass die Waren in ordentlichem Zustand ankommen und dem Zoll auf die Finger … Was ist? Warte, ich rücke, wenn du nicht genug Platz hast.«

»Geht es dir gut?«

»Blättere einmal von hier an die Seiten durch und sag mir, was du davon hältst. Es ist das Buch, in dem die Ein- und Verkäufe festgehalten werden.«

»Wofür sind die anderen Bücher?«

»Einige stammen aus vergangenen Geschäftsjahren. Hierin sind die Einlagen geschäftsfremder Personen verzeichnet und das hier – das Geheimbuch.« Er lachte über ihr neugieriges Gesicht. »Geheim, aber nicht geheimnisvoll. Es enthält den Wortlaut unserer Sozietätsverträge.«

Marcella legte das Buch, das er ihr gegeben hatte, beiseite, und nahm das in leuchtend rotem Leder eingeschlagene Geheimbuch auf.

»Warum benutzt ihr dieses seltsam bedruckte Papier?«

»Eine venezianische Erfindung. Marmorprägung macht die Eintragungen fälschungssicher. Du merkst, wenn einer mit dem Rasiermesser zugange war.«

»Was euch alles einfällt in Venedig.«

Sie spürte, dass er sie beobachtete, während sie die Eintragungen, von denen jedes Blatt gesiegelt war, studierte. Vielleicht lag es an seinen Blicken, dass sie nicht allzu viel verstand. Sie spürte, wie ihr das Blut in die Wangen stieg und ihr Herz pochte. Camille hatte Recht, die Liebe war ein köstliches Begehren.

»Ist das hier nicht *dein* Siegel?«, fragte sie, als sie den achteckigen Stern, das Zeichen der Tristands, erspähte.

»Das war das vor drei Jahren, als ich Narbonne besucht habe.«

»Was für Summen!« Marcella schüttelte den Kopf. »Mich wundert, dass du noch einen gesunden Magen hast. Aber hier ... schau mal, hier klebt auch dein Siegel, und da geht es nur um wenige Schillinge. Was hat dich verführt? Der Glanz des Goldes?«

Er streckte die Hand aus, und sie gab ihm das Buch.

»Emile Vidal«, murmelte er und begann wieder am Nagel des kleinen Fingers zu kauen. Dann schüttelte er den Kopf. »Das hatte ich fast vergessen. Emile mit dem warmen Pfefferminzlikör. Du würdest es nicht glauben. Dieses Zeug riecht wie Venedigs Kanäle im August und schmeckt wie Höllensud. Emile trinkt seinen Likör fast kochend, weil ... was war es? Ich glaube, er meint, das Zeug schützt vor Lungenleiden.«

»Und er hat dich überredet, ihm Gold abzukaufen?«

»Es war ein Spaß.« Damian nahm ihre Hand und strich über ihre Finger, die er ernsthaft betrachtete.

»Was für ein Spaß?«

»Foix ...« Er zuckte die Schultern. »Ich hatte dort zu tun. Schöne Stadt. Aber die Dinge liefen nicht, wie sie sollten.

Ich war schlechter Stimmung und bin in eine Taverne gegangen ...«

»... um dich zu betrinken? Wahrhaftig? Du bist heimlich ein Säufer?«

»Eher nicht. Ich hatte ...«

»... eine unglückliche Liebe erlebt!«

»Kein Wort mehr, wenn du in dieser Weise rätst.«

»Es *war* eine unglückliche Liebe. Weswegen sonst würde ein Mann sich mit kochendem Pfefferminzlikör betrinken?«

»Es hing ... ja, es hing mit einer Frau zusammen. Aber, nein, es geht dich nichts an. Ich habe auch nicht gefragt, welchen Platz Jacob in deinem Herzen einnimmt.«

»Du warst also traurig und betrunken und hast gedacht, der Anblick glänzenden Gesteins wäre geeignet, dein verstörtes Gemüt wieder zur Ruhe zu bringen.«

»Wie boshaft du sein kannst.«

»Jacobs Aufenthalt in meinem Herzen gestaltete sich so sittsam, dass jede Klosterfrau dabei hätte zuschauen können.«

»Und Richwin?«

Marcella lachte. »Den *habe* ich geliebt. Ich beichte täglich und lebe dennoch in der Sünde, weil ich nicht aufhören kann, seine Lucia zu beneiden.«

»Boshaft ist das falsche Wort. Es ist Grausamkeit.«

»Du hattest mehr Glück als ich: Du hattest in der Stunde der Not zum Trost Emile und seinen Likör an deiner Seite.«

»Wir haben gemeinsam den Abend verbracht, und als wir betrunken genug waren, hat er mir von Goldfunden in der Ariège erzählt. Zwischen Varilhes und Pamiers. Körner, so groß wie Himbeeren.«

»Das glaub ich nicht!«

»Ich hab's auch nicht geglaubt. Emile der Angeber. Ich habe ihn ordentlich geneckt. Und ihm angeboten, ihm für jede Himbeere aus Gold ... Moment, ich rechne das um ...

etwa zwei Pfund Heller auf das Lot zu zahlen. Ich habe ihm einen Ring gegeben, den ich eigentlich verschenken wollte. Ich habe ihm gesagt, wenn sein Goldstück durch diesen Ring geht ...«

»Sind sie denn immer rund, wenn man sie findet? Ich meine, wenn sie Ecken haben ...«

»Wir waren betrunken.«

»Und nun macht er dich arm?«

»Mit der Penetranz eines Steuereintreibers. Er muss ein Glückspilz sein.«

Damian nahm ihr das Geheimbuch ab und legte das andere, langweiligere, mit den Ein- und Ausgaben auf ihren Schoß. Die Seite, die er aufgeschlagen hatte, datierte vom Sommer des vergangenen Jahres, und sie arbeitete sich gewissenhaft durch die Einträge. Lagrasse hatte feines Linnen aus Konstanz erhalten und über Toulouse weiterverkauft, er hatte über Konstantinopel eine Ladung Purpurseide für Handschuhe bekommen, aus den Rheinstädten schwarze Tücher für Mönche und Nonnen, rote Wolle aus Schwaben, Goldbrokat und Goldborten aus Lucca. Damian hatte ja schon gesagt, dass sein Haus vorwiegend mit Tuchen handelte. Gelegentlich gab es auch Eintragungen über kleinere Mengen Alaun, das zur Haltbarmachung des Farbglanzes bei den Tuchen benutzt wurde, oder Färbemittel.

»Fällt dir etwas auf?«

»Ja, das Licht wird schlechter. Ich kann kaum noch lesen.«

Damian hob eine bronzene Hängelampe vom Haken und hielt sie so, dass Marcella besser sehen konnte. »Schau genau hin.«

»Ich wusste nicht, dass englische Wolle so teuer ist. Hat er wirklich ... nein, das sind englische Sterling. Oder doch Solidi? Er schreibt hier nicht besonders deutlich.« Marcella blätterte einige Seiten zurück. »Das ist sonderbar. Hier vorn ist seine Schrift so klar, als wäre sie von einem Mönch für die Ewigkeit gemalt. Und hier … Ist das wirklich beide Male der Schriftzug von Lagrasse? Warum …«

»Warum schreibt ein Mann einmal stolz und genau und dann, als jage er Hühner übers Blatt? Genau das ist es, was mir Kopfschmerzen macht. Ich glaube …« Damian stieß einen Seufzer aus.

»Was glaubst du?«

»Dass ich es gar nicht wissen will.«

»*Was* willst du nicht wissen? Lagrasse fängt …« Marcella blätterte noch einmal zurück. »… etwa zu der Zeit an zu kritzeln, als die Geschäfte schlecht zu gehen begannen? Ist es das, was dich beunruhigt? Du denkst, dass Lagrasse sich von diesem Lac bereden ließ, ihm Auskunft zu geben über die Lieferungen, die das Kontor erwartete? Und dass das schlechte Gewissen seine Hand zittern machte?«

»Den Ehrenwerten zittern immer die Hände, wenn sie den Lumpen in die Hände spielen.«

»O Damian. Vielleicht war er krank. Vielleicht hatte er …«

»Warum sind diese Kissen nur wie Bälle ausgestopft? Nein, lass, ich sitze besser ohne. Als ich letztes Mal hier war, habe ich Henri Lagrasse in seinem Haus besucht. Du weißt wahrscheinlich nicht, dass er eine Tochter hat. Das arme Mädchen stottert, und wenn es sich aufregt, bekommt es Krämpfe, und die scheinen ziemlich schmerzhaft zu sein. Schreckliche Sache. Lagrasse hängt an dem Kind, und er sucht Hilfe bei Ärzten und sämtlichen Heiligen. Das kostet natürlich. Ja, ich könnte mir vorstellen, dass Henri Lagrasse das Wohl seiner Tochter über das zweier Kaufleute aus Venedig stellt, die so reich sind, dass sie gar nicht mehr wissen, aus welchem Fenster sie ihr Geld werfen sollen. Und nun, Marcella? Müsste ich mich darüber aufregen?«

Er warf ungeduldig ein weiteres Kissen vom Bett. »Ganz ehrlich, ich weiß nicht, was ich tun soll. Natürlich muss ich etwas unternehmen. Zumindest ihm auf den Zahn fühlen. Herr im Himmel, wie ich das verabscheue.«

Er verabscheute es, und entsprechend still und in Gedanken versunken saß er am nächsten Morgen am Tisch, als sie die erste Mahlzeit zu sich nahmen. Camille musste selbst gebacken und gekocht haben, denn das Brot war wässrig und die Zwiebeln auf dem Schaffleisch schwarz gebrannt.

Kurz bevor sie mit dem Essen fertig waren, tauchte Matteo auf. Er störte sich nicht an verkohlten Zwiebeln, sondern langte zu und trug dann ein Gedicht vor, das er aus seinem Rock zog. Es handelte von Augen wie Saphiren und verschenkten Herzen und schloss mit der Drohung *ja n'en partiré* – nie werde ich von Euch lassen.

»Gütiger«, sagte Damian.

»Es ist von mir selbst«, erklärte Matteo bescheiden. »Ich habe es beim ersten Morgenlicht aufs Pergament gebracht, was einiges bedeutet, denn normalerweise schlafe ich lang. Ihr wisst, Marcella, dass es Euch gewidmet ist.«

Damian wies auf eines der Bücher im Regal, das in fetten Lettern die Aufschrift *Liber abbaci* trug und warf den Jungen aus dem Zimmer.

Angewidert schob er seinen Teller von sich. »Ich muss mit Lagrasse reden. Und es hat keinen Sinn, wenn ich es vor mir herschiebe. Matteo, zur Hölle …«

Aber es war nicht Matteo, sondern Camille, die hereinkam, um abzuräumen. Sie fegte mit der Hand die Brotkrumen auf die Fleischplatte. Im selben Moment dröhnte der Türklopfer durchs Haus. Rasch stellte sie die Platte wieder ab. Sie wollte hinauseilen, aber Schritte auf der kleinen Treppe zwischen den Kontorräumen zeigten an, dass der Besucher das Haus bereits betreten hatte.

Noël streckte den Kopf herein. »Ist er hier?«

»Wer?«

»Monsieur Lagrasse. Ich warte mir die Beine in den Bauch. Wenn er Barchentstoffe aus Aix-la-Chapelle will, muss er am Hafen sein, wenn dort Barchent aus Aix-la-Chapelle angeboten wird! Geht mich ja nichts an, aber … Nun ist's sowieso zu spät. *Gestempeltes* Barchent!«, stöhnte der kleine Mann und wischte den Schweiß von seiner Stirn. »Zum Schleuderpreis, denn der Kerl, der es verhökert, hat Dreck am Stecken und muss verschwinden.«

»Vielleicht hat Monsieur verschlafen«, meinte Marcella.

»Henri Lagrasse?«, lachte Camille. Sie legte rasch die Hand auf den Mund. »Verzeihung, aber das ist unmöglich. Er schläft doch so schlecht und wälzt sich schon vor dem ersten Sonnenstrahl im Bett, seit er die kleine Sibille fortgebracht hat. Der arme Mann. Ich habe ihm Fenchel empfohlen, in Wein gekocht …«

»Ich war bei ihm zu Hause. Da ist niemand«, schnitt Noël ihr das Wort ab.

Damian erhob sich und ging hinüber zu den vorderen Räumen, die dem Verkauf und der Lagerung dienten. Das Rechenbrett stand penibel ausgerichtet zur Kante auf dem Tisch, die Kupferscheiben lagen ordentlich gestapelt in einem Kästchen daneben. Ellenmaß, Waagen, Schere, diverse Schreibfedern und Töpfe mit verschiedenfarbiger Tinte – alles säuberlich zurechtgerückt.

»Er ist nicht hier. Man würde es riechen«, sagte Camille und fügte hinzu, bevor jemand etwas Falsches annehmen konnte: »Weil er doch Duftwasser so sehr liebt.«

Damit hatte sie Recht.

»Sie sind im Hafen noch beim Ausladen, alles wird also nicht verkauft sein. Ich habe zwei Pfennige ausgegeben, damit sie ein paar Ballen zurückhalten. Aber lange warten sie nicht.«

Damian schaute hinaus in den sonnigen Garten, aus dem der Morgennebel bereits gewichen war, und fragte: »Geschieht es öfter, dass Lagrasse seine Verabredungen versäumt?«

»Nicht, wenn ich sie ihm einhämmere, und das habe ich getan, denn die nächsten Monate wird es keinen Barchent mehr geben. Keinen Faden.«

»Ihr müsst ihm die Termine einhämmern?«

Noël schwieg betreten. Ihm schien zu dämmern, dass er den Faktor in etwas hineingeritten hatte, und sein schlechtes Gewissen war der erste erfreuliche Zug, den Marcella an ihm entdeckte.

»Ihm macht das Elend mit der kleinen Sibille zu schaffen«, sagte Camille. »Ein Jammer, dass Madame Lagrasse im Wochenbett starb. Wenn die Mutter sich um das Kind kümmert, geht der Vater seinen Geschäften nach, und alles hat seine Ordnung. Aber so ist ihm das Würmchen direkt ins Herz gewachsen ...«

»Ihr habt gesagt, er hat Sibille fortgebracht?«, unterbrach Damian.

»Nach Katalonien. Oder Kastilien? Ich weiß nicht. Irgendwo in den Süden, und der Name begann mit einem K. Er hat sie in ein Kloster gebracht, das sich der Krankenpflege widmet. Sie machen ihm Hoffnung auf Heilung, und ich bin die Letzte, die frommen Schwestern etwas unterstellen würde, aber auch die Klöster sind oft genug arm, und ich sage immer: Monsieur Lagrasse, manche Dinge sind uns vom Allmächtigen auferlegt.«

»Wann hat er das Mädchen fortgebracht?«

»Ja, wann war das?« Hilfe suchend schaute Camille zu Noël, aber der kniff die Lippen zusammen, entschlossen, nicht noch mehr Unheil anzurichten. »Im vergangenen Jahr? Zum Dezember hin? Am Weihnachtstag war die Kleine jedenfalls schon fort, denn ich besinne mich, dass Monsieur Lagrasse keine Lust hatte, an dem Mahl teilzunehmen, das ich ausgerichtet hatte. Er hatte zu gar nichts mehr Lust. Ein Jammer, wenn ein Mensch in solche Trübsal verfällt.«

»Vielleicht ist er doch noch zu Hause. Kann ja sein, er musste gerade kack... also, ja ...«, sagte Noël.

»Finden wir es heraus.«

Sie hatten einige Mühe, in Lagrasses Haus zu gelangen, obwohl sie jemanden hinter seiner Wohnungstür rumoren hörten. Aber es war nicht der Faktor, der ihnen öffnete, sondern eine ältere Frau, die ihm offenbar den Haushalt führte. Misstrauisch spähte sie durch den Türspalt.

Camille, die Marcella und Damian geführt hatte, setzte zu einer Erklärung an: »Besinnt Euch, Madame, ich bringe Monsieur Lagrasse immer die frischen Kerzen. Madame Gouzy! Und diesem Herrn gehört die Kanzlei, in der Monsieur arbeitet. Es ist wichtig, dass Ihr uns einlasst.«

»Äh?«

»Weil wir Monsieur Lagrasse sprechen müssen.«

»Äh?«

»Weil wir …«

»Monsieur Lagrasse ist fort!« Die Frau brüllte sie an, sie war zweifellos schwerhörig.

»Was meint Ihr mit fort?«, brüllte Camille zurück.

»Äh?«

Mit einem geschwinden, heimtückischen Ruck drückte Damian die Tür auf und schob die Frau beiseite. Madame kreischte und bewaffnete sich mit einem Aquamanile, das auf einem Eisenbord stand. Aufgeregt begann Camille auf sie einzureden, gab es aber bald auf. Die Wohnung war eng und dunkel, und es roch nach Staub. Die fegende Madame musste außer ihrer Schwerhörigkeit auch ein Augenleiden haben, denn Schmutz und Spinnweben zogen sich durch jeden Winkel.

Camille nickte. »Ein Jammer, wie ein Mensch so herunterkommen kann. Das war anders, als Monsieurs Frau lebte. Aber Monsieur Lagrasse hatte nur noch Sibille im Kopf. Weint sie? Hat sie Krämpfe? Kein Auge für etwas anderes. Bitte, Monsieur? Nein, es gibt nur den Wohnraum und die Schlafkammer, soweit ich mich besinne. Die Küche ist separat und gehört dem ganzen Haus. Ich glaube kaum … Nein, Madame, wir nehmen nichts fort. Wir sehen uns nur um.«

Madame misstraute der Versicherung und schlug wieselflink mit dem Aquamanile auf Marcellas Hand, als diese einige Kleider auf einem Schemel anheben wollte. Mit einem Seufzer schob Marcella die schmerzenden Finger unter ihre Achsel. Damian, der in die Schlafkammer gegangen war, zog die Vorhänge des Bettes zurück. Er rümpfte die Nase.

»Er ist fort, Madame, ja? Aber wohin? Hat Monsieur gesagt ...« Camille erhob ihre Stimme, bis sie fast überschnappte. »Wohin ist er gegangen?«

Damian zückte eine Münze. »Wir wollen ihm helfen, Madame.«

War es nun die Münze oder verstand die tapfere Verteidigerin von Lagrasses Wohnung die tiefe Männerstimme besser als die Frauenstimmen – jedenfalls hielt sie inne und begann nachzudenken.

»Zum Kloster, zu seinem Kind«, brüllte sie.

»Das dachte ich mir. Seht Ihr, Monsieur, ich könnte mir auch um nichts in der Welt einen anderen Grund denken, aus dem Monsieur Lagrasse sein Kontor verließe. Er ist doch so ... zuverlässig. O Himmel. Man kann nur hoffen, dass er keine schlechten Nachrichten bekommen hat!«

Sie kehrten nicht sofort nach Hause zurück. Damian wollte zum Hafen, um den Barchent zu kaufen, von dem Noël gesprochen hatte. Marcella ließ sich von Camille die Läden zeigen, in denen es Gewürze gab. Narbonne war zu klein, um einen eigenen Gewürzmarkt zu haben, aber auf dem Fleischmarkt standen unter provisorischen Baldachinen zwei Tische, auf denen in Tongefäßen gestoßene Lorbeerblätter, Mandeln, Zimt und Pfeffer angeboten wurden. In einem kleinen Döschen, das der Händler so widerstrebend öffnete, als könne ein plötzlicher Windstoß den Inhalt davonwehen, fanden sich einige Löffel Safran.

»Welche Sorte?«, fragte Marcella.

»Mumpherer«, sagte der Händler. Er ließ Marcella nicht

so dicht an das Döschen heran, dass sie hätte überprüfen können, wie viele gelbe Fäden zwischen die roten Blütennarben gerutscht waren. Aber sie wollte sowieso nicht kaufen. Nicht in diesem Moment, in dem sie mit ihren Gedanken bei Lagrasse und seiner bedauernswerten Tochter war.

Damian kam erst heim, als es dunkelte. Das Geschäft mit dem Barchent schien misslungen zu sein, zumindest erzählte er nichts Gegenteiliges. Er setzte sich an den Tisch in der verwaisten Kanzlei und stützte das Kinn auf die beiden Hände. »Lagrasse hat die Stadt verlassen. Ich glaube nicht, dass es wegen seiner Tochter geschah. Dann hätte er mir Bescheid gegeben. Und sei es durch Noël oder Camille. Nein, er steckt hinter den Betrügereien, und nun hat er es mit der Angst bekommen und sich davongemacht. Aber ich habe keine Lust, nach ihm zu suchen. Ich werde einen Ersatz für ihn finden, und dann besteigen wir das nächste Schiff nach Venedig.« Er redete, als unterbreite er ihr das Resümee der Gedanken, die er an diesem Tag gedacht hatte.

»Zum ersten Mal bist du nicht froh, wenn du von Venedig sprichst«, sagte Marcella.

Auf dem Tisch stand eine erkaltete Kerze. Damian nahm sie in die Hand und begann mit dem Fingernagel die Wachstränen herabzukratzen.

»Wenn Lagrasse dich um Hilfe gebeten hätte, hättest du ihm geholfen.«

»Geholfen, sein Geld den Scharlatanen in den Rachen zu werfen?«

Sie hatte vergessen, dass er nichts von Ärzten hielt. Zumindest nicht von christlichen. »Du hast ihm eine gute Stellung gegeben. Es ist nicht deine Schuld, dass er sie missbrauchte.«

Théophile musste heimgekehrt sein. Marcella hörte einen gedämpften Juchzer aus entfernteren Regionen des Hauses. Sie nahm Damian die Kerze fort und entzündete sie an dem

Feuer, das Camille im Kamin entfacht hatte. Dann setzte sie sich ihm gegenüber. Die Flamme rauchte, und sie wedelte mit der Hand die Schwaden fort.

»Robert Lac wohnt in Montpellier«, sagte Damian. »Das hat mir Noël verraten. Er war nicht eben überrascht von dem, was ich ihm erzählte. Lac steht in dem Ruf, Tuchsiegel zu fälschen. Er liebt die krummen Wege. Es gibt Menschen, die können sich über kein Geschäft freuen, wenn sie dabei nicht jemanden übers Ohr gehauen haben. Kein Wunder, dass er um sein Seelenheil bangt.«

»Du willst ihn aufsuchen?«

»Nein. Ich will nach Venedig.«

»Dann ist es gut.«

Aber es war doch nicht gut. Er hatte sich eine andere Kerze genommen, die er mit dem Fingernagel bearbeitete. Er war noch nicht fertig mit Robert Lac.

»Der Mann kann dir nicht mehr gefährlich werden«, sagte Marcella, »denn es gibt niemanden mehr, der ihm deine Geschäfte verraten würde. Bist du rachsüchtig?«

»Ja. Aber nicht genug, um nach Montpellier reisen zu wollen.«

»Was dann, verehrter Monsieur?«

»Ich weiß es nicht.«

»Damian …« Sie schüttelte den Kopf.

»Er kann sich nicht verteidigen.«

»Lagrasse.«

Er nickte.

»Du bist dir also *nicht* sicher. Du hast Zweifel an seiner Schuld.«

»Er hat uns sechs Jahre lang ehrlich gedient, Marcella.«

6. Kapitel

Nach Montpellier! Die Stadt gehört den Spaniern, und es leben auch viele dort. Die Frauen von Stand – und wer ist nicht von Stand, wenn es darum geht, schön zu sein, nicht wahr, Madame? –, sie tragen einen Kopfschmuck, den sie Tiara nennen und der einer Krone gleicht und mit einem Band unterm Kinn gehalten wird. Théophile hat mir das erzählt. Er hat einen Blick für solche Dinge. Wie schade, denke ich manchmal – aber natürlich nicht im Ernst –, dass er kein Kaufmann ist. Er wüsste, was Frauen glücklich macht. Aber es ist auch so gut, dass er sich zu kleiden weiß, denn ein Edelmann ... hört Ihr das?«

»Was?«, fragte Marcella und gab nicht einmal vor, Camille zu lauschen. Sie packte eine zweite Kotte und ein paar Strümpfe in einen Korb. Wie lange würden sie in Montpellier bleiben? Höchstens zwei Tage, hatte Damian gesagt. Es war nicht notwendig, einen Berg von Kleidern mitzunehmen. Geistesabwesend legte sie eine kleine, silberne Agraffe auf die Kleider.

»Die Männer üben das Kämpfen«, erklärte Camille. Sie war zum Fenster gegangen und schaute in den Hof. »Was wollt Ihr in Montpellier? Darf ich das fragen?«

»Es ist die Stadt der Gewürz- und Färberpflanzenhändler. Vielleicht kaufe ich ein.«

83

»Hat es mit dem Verschwinden von Monsieur Lagrasse zu tun?«

Marcella war über die unverblümte Frage überrascht.

»Ich weiß, dass es neugierig klingt, doch ich sorge mich nun einmal. Monsieur Lagrasse war ein freundlicher Mensch, niemals hochnäsig. Auch nicht mir gegenüber, als ich noch keinen Rang ... Und seine kleine Sibille ist ein so reizendes, fröhliches ...«

»Es hat mit Ungenauigkeiten im Kontor zu tun. Nichts Wichtiges«, sagte Marcella.

»Ach so.« Camille stellte sich auf die Zehenspitzen, um die beiden im Garten besser beobachten zu können. »Ihr solltet Euch das anschauen.«

Marcella trat neben sie. Théophile trug eine Kettenhaube und ein Kettenhemd – sicher beides von ordentlichem Gewicht – und schwang einen Morgenstern. Sein Gegenüber war mit Streitaxt und Schild bewaffnet. Er hob das Schild, um den Schlag zu parieren.

»Matteo ist ein guter Kämpfer«, sagte Camille und zuckte ein wenig, als die Axt gegen das Schild krachte. Sie hörten Théophile lachen. Die beiden Männer tänzelten umeinander herum, und Marcella konnte sich davon überzeugen, dass Camille Recht hatte. Der junge Venezianer schlug sich geschickt. Er war zum Angriff übergegangen und jagte Théophile mit offensichtlichem Vergnügen über den Hof.

»Er kämpft besser als viele Ritter, sagt Théophile, und manchmal denke ich, die Vorsehung hätte den Jungen in eine andere Familie tragen müssen. Wenn Matteo mit einem Adelstitel geboren worden wäre, würde ihn jeder bewundern. Aber Zahlen wollen einfach nicht in seinen Kopf.« Camille seufzte. »Wird er auch nach Montpellier reiten?«

»Er, Monsieur Tristand und ich selbst. Und ich glaube, Noël soll auch mitkommen.«

»Und selbst das ist noch wenig, so unsicher, wie die Landstraßen sind. Man hätte denken können, Monsieur Tristand mietet sich eine Eskorte. Aber man weiß ja, dass Noël mit dem Messer schnell ist. Und Matteo ist auch dabei. Aber wer wird Euch selbst begleiten, Madame?«

»Ich sagte doch …«

»Die Männer ja, aber … o Madame!«

»Bitte?« Marcella schaute die Frau bei dem spitzen Aufschrei verblüfft an.

»Euer … Euer Rang. Es geht mich ja nichts an, und zweifellos wisst Ihr am besten … Vielleicht ist es in Deutschland auch anders. Nur … Sagt mir, ich soll den Mund halten, und ich halte den Mund. Aber was glaubt Ihr, was die Menschen … die Wirtsleute … die anderen Gäste denken werden, wenn Sie Euch sehen? Ein reicher Mann, eine schöne Frau, die ihn begleitet, die aber nicht mit ihm verheiratet ist!«

Und wen geht's an?, dachte Marcella gereizt.

»Was soll ich drum herumreden? Man würde denken … Es gibt hier nur eine Sorte unverheirateter Frauen in prächtigen Kleidern, die mit Männern auf Reisen …«

Camille brach ab, weil ein Schrei erscholl. Théophile rieb seinen Arm und stützte sich lachend auf Matteo, der reumütig die Axt hatte fallen lassen.

»*Bonté du ciel!* Bist du verletzt? Bist du verletzt, Liebster?«

Ihr Schatz winkte zu ihnen herauf und gab gleichzeitig Matteo einen neckenden Stoß. »Nächstes Mal steckt der Junge ein«, rief er zurück.

»Sie bringen mich um den Verstand.« Camille wandte sich wieder Marcella zu. »Darf ich ein offenes Wort sagen?«

Marcella hatte keine Lust auf weitere offene Worte, aber sie ahnte, dass Camille nicht zu bremsen sein würde.

»Ihr seid nicht wie andere Frauen, Madame, das habe ich auf den ersten Blick gesehen, und wahrhaftig, es freut mich. Viele Frauen fürchten sich vor den Männern, und wenn sie sich nicht fürchten, dann sind sie doch immer darauf bedacht, sie nicht zu verärgern, da sie über uns herrschen, und jeder Herrscher kann belohnen und strafen. Ihr aber fürchtet Euch vor nichts und nicht einmal vor Eurem Bräutigam, und das zu sehen macht mich froh.« Camille lächelte. »Und doch müsst Ihr mir eine Bemerkung erlauben, denn ich war ja schon oft verheiratet: Auch wenn Monsieur Tristand zulässt, dass Ihr tut, was Euch beliebt, so wird es ihn doch ärgern, wenn Euer Treiben ihn in Verlegenheit stürzt. Und wenn die heiße Liebe verflogen ist, wird doppeltes Ungemach auf Euch herabkommen.«

»Ich stürze ihn in Verlegenheit?«

»Aber … na sicher doch, Madame.« Camille blickte sie fest an. »Ihr müsst Euch eine Begleitung suchen.«

Marcella wandte sich ab und streifte die Strümpfe glatt, damit ihre Wirtin nicht sah, wie der Zorn ihre Gesichtszüge versteinerte. Sie brachte Damian also in Verlegenheit. Aha! Und wenn man es genau bedachte: Er musste schon seit geraumer Zeit verlegen sein, weshalb sonst hätte er ihr Maria und später Hildemut aufgeschwatzt? *Und warum sagt er mir das nicht, Elsa? Warum erklärt er nicht offen heraus, was er will? Was ihm quer herunter geht?*

Sie gab sich die Antwort selbst. Weil er es hasste, wie schwierig sie war und wie sie aus allem eine Tragödie machte.

»Madame, ich habe Euch doch gekränkt.«

»Keineswegs«, sagte Marcella. »Wenn es so ist, wie Ihr sagt … dann muss eben eine Begleitung her.«

»Na ja, wenn Ihr darum verlegen seid …« Camille tat, als dächte sie nach, aber sie übertrieb dabei ein bisschen. »Ich bin natürlich gern behilflich. Dann müsste allerdings auch Théophile mitreisen, denn auch ich habe einen Ruf, auf den ich achten muss, und ohne ihn würde ich niemals …«

Sie hat's drauf angelegt, dachte Marcella. Wahrscheinlich ist sie in Geldnot. Was bin ich für ein Einfaltspinsel.

Damian brauchte nur ein paar Stunden, um die Angelegenheiten des Kontors zu regeln. Er sprach mit jemandem in der Hafenkanzlei, schickte einen Brief an Donato ab und besuchte einen Mann im Seidenweberviertel, den er von früher zu kennen schien, um ihm die Kontorschlüssel anzuvertrauen und ihm Siegelvollmachten zu geben und einiges über laufende Aufträge zu erklären.

Danach aßen sie zu Mittag, und wenig später befanden sie sich bereits auf der Landstraße.

Das Wetter war schlecht. Windig und kalt. Sie ritten zwischen tiefen Wagenfurchen, die für die Pferde ständig zur Stolperfalle wurden, und auch wenn es nicht regnete, spürte man zum ersten Mal etwas von den Unbilden des nahen Winters. Die Straße führte in einen Wald aus kahlen, gerippeartigen Bäumen mit weißgrauen Stämmen, dann kamen sie in ein Weinbaugebiet. Sie durchquerten einige Dörfer und ritten an eingezäunten Weingütern vorbei, die sich alle hinter hohen Mauern verschanzten.

Marcella zog die Kapuze über den Kopf und steckte die Fibel, die ihren Mantel hielt, enger. »Denk nur, einen Moment lang habe ich daran gedacht, ohne Camille nach Montpellier zu reiten«, sagte sie zu Damian.

Er nickte zerstreut. »Man hat das Gefühl, die Angst der Leute hier zu riechen.«

»Welche Angst?«

Er deutete auf die Mauer, die eines der Gehöfte schützte. »Vor den Pastorellen. Noch nie davon gehört? Aufständische. Zuerst waren es nur Hirten – daher der Name –, dann auch die Bauern. Sie haben sich gegen den Adel erhoben, weil sie die hohen Abgaben nicht mehr tragen konnten und wollten und die Frondienste satt hatten. Sie bekamen Zulauf aus ganz Frankreich, stürmten Burgen und Abteien, verbrannten Ratshäuser, und irgendwann stürzten sie sich auf die Juden und die Leprakranken.«

»Jeder stürzt sich auf die Juden, wenn es Unruhen gibt. Aber was hatten sie gegen die Leprakranken?«

»Sie hatten sie im Verdacht, mit den Juden im Komplott

zu stehen und die Brunnen zu vergiften. Ich weiß nicht, Marcella. Manchmal kommt es mir vor … Der Mensch sieht einen Verkrüppelten, und als träte er in einem Spiegel dem hässlichen Teil seines Selbst gegenüber, stürzt er sich auf ihn und schlägt ihn tot.«

»Was wurde aus den Pastorellen?«

»Am Ende wollten sie Gott selbst an den Kragen. Sie haben Avignon angegriffen, wurden zurückgeschlagen und endeten mit einem Strick um den Hals. Aber die Furcht vor ihnen steckt den Leuten heute noch in den Knochen. Ich reite nicht gern über dieses Land.«

Noël, der vor ihnen ritt, drehte den Kopf. »Die Pastorellen waren wie tollwütige Hunde. Man schlägt sie tot, und der Ärger hat ein Ende. Aber dieser Robert Lac – das ist die Schlange aus dem Paradies. Aus seinem Mund tropft Honig, doch wenn du ihm nah kommst, gräbt er dir den Giftzahn in die Hand. So einen erwischt man schwer. Der schlängelt sich davon.«

Matteo, der mit Théophile und Camille voranritt, drehte sich um. »Marcella, mir ist ein Reim eingefallen, der Eure Schönheit preist. Wollt Ihr ihn hören?«

»Nein«, sagte Marcella.

Seine Antwort ging in einem Windstoß unter, aber er schien nicht beleidigt zu sein. Wenig später begann es zu regnen, und schließlich gerieten sie in einen Sturm.

Sie fanden rasch eine Herberge. Unglücklicherweise war das ein muffiges, von Ratten verseuchtes, völlig überfülltes Loch, in dem die meisten Gäste von dem sauren Wein, den der Wirt ausschenkte, bereits betrunken waren. Sie schliefen im Sitzen auf einer der Bänke, und brachen noch vor dem allgemeinen Frühstück auf. Auch wenn der Regen die Straße in ein Matschbett verwandelt hatte, war es doch eine Erleichterung, wieder frische Luft zu atmen. Durchfroren erreichten sie am späten Vormittag die Stadt. Vor dem Tor grüßte sie ein Galgenrondell, an dem zwei halb verweste Leichen in durchlöcherten Sünderhemden baumelten – eine Mahnung der Stadt an die Reisenden, sich anständig zu betragen.

»Wir werden den Gewürzmarkt besuchen«, schlug Damian vor, nachdem sie die feuchten Kleider gegen trockene ausgetauscht und Gesichter und Hände gewaschen hatten. Er sah blass aus. Ging es ihm gut? Sie verkniff sich die Frage. Montpellier besaß eine Universität, an der Medizin gelehrt wurde. Er würde jede Bemerkung über seine Gesundheit als Bitte verstehen, sich endlich in die Hände eines Arztes zu begeben.

Die Gassen von Montpellier waren wegen des Regens verschlammt, und sie mussten von Trittstein zu Trittstein steigen, um sich die Schuhe nicht zu verderben. Trotz des schlechten Wetters herrschte ein reges Treiben, und obwohl die Straßen größer waren als in Trier, schienen auf jedem Fleck dreimal so viel Leute zu stehen. Hier verkaufen zu können!, dachte Marcella, als sie eine Frau sah, die gemeinsam mit ihrer Tochter grüne Fische und gesalzene Alme anpries.

»Das ist dreist.«

»Was?«, fragte sie und schaute in die Richtung, in die Damian blickte.

»Wurzeln gegen Erkältungen zu verkaufen und sich dabei die Lunge aus dem Hals zu husten.« Er deutete auf einen Mann mit einem Strohhut, in dessen Bauchladen sich geschälte, halbierte Wurzelstöcke befanden.

»Schwerthenwurzel. *Schwerthenwurzel*«, rief Marcella etwas lauter, um gegen den Gassenlärm anzukommen. »Gute Medizin. Aber gegen Magenweh.«

Damian lachte und zog sie in eine andere Richtung in eine gepflasterte Gasse hinein, die in langen, flachen Treppen anstieg. In dieser vornehmen Ecke Montpelliers gab es keine Bauchläden, Karren oder Buden mit Zeltplanen. Die Läden waren rechts und links in den Häusern untergebracht. Man konnte sie durch riesige Mauerbögen betreten, die sich über die Fassaden erstreckten wie in die Häuser gebaute Arkadengänge. Zweifellos wurden hier die kostbaren Waren gehandelt.

Marcella betrat entzückt einen der halbdunklen, mit Wandteppichen geschmückten Räume. »Siehst du das, Damian? *Riechst du* das? Musk aus Tibet. Und … schau: Brasilholz. Das kommt aus China. Die Farbe, die man daraus … O Himmel! Grana scarlati …« Sie blieb vor einem Tisch stehen, auf dem in einem Nest aus Seidenstoff kleine Beeren lagen. Zumindest sah es aus, als wären es Beeren, in Wirklichkeit waren es getrocknete Käfer, aus denen eine außerordentlich kostbare Scharlachfarbe hergestellt wurde. Marcella vergaß, weiterzusprechen. Neben den Grana scarlati lag in einer Tonschale eine zähe Gummimasse, Traganth, ein Harz zur Bereitung von Azurblau und zum Vergolden. In einer anderen fand sie Lackmusflechten. Und – ihr Herz schlug schneller – natürlich wurde auch Safran angeboten. Sie nahm einige der mürben, roten Fäden in die Hand und zerrieb sie zwischen den Fingern. Keine gelben Fäden darunter und auch keine Spur von Färbersaflor. Echter, unvermischter Safran.

Sie hörte, wie der Händler, ein noch junger Mann, einem Kunden mit umständlicher Höflichkeit den Preis für das Traganth nannte – erst in der Toulouser Währung, dann in der aus Tours. Diese fremden Münzen! In Venedig, das hatte Damian erklärt, zahlten sie mit Dukaten, die sie Zecchinen nannten, in Florenz mit Florenen. Sie musste sich unbedingt Umrechnungstabellen besorgen.

»Du beunruhigst den jungen Mann«, flüsterte Damian. »Er sieht deine leuchtenden Augen und hat Angst, du könntest seine Schätze an dich raffen und damit aus dem Laden rennen.«

»Genau das habe ich vor. Lenkst du ihn ab? O Damian,

ich wollte im Frühjahr Brasilholz verkaufen. Hast du schon einmal dieses herrliche Sappanrot gesehen, das man daraus herstellt? Leuchtend wie Papageiengefieder. Da wird das Herz jedes Illuminatoren schwach. Der von St. Marien bei der Brücke wäre bereit gewesen, für einen Löffel davon das Gold des Altars zu verhökern. Aber weder in Trier noch in der Umgebung konnte ich nur ein Bröselchen auftreiben. Und hier kann man darin baden. Ist es möglich, dass ich in Montpellier meine Wechsel einlöse?«

»Sicher. Aber nur mit Verlust. Montpellier hat drei Messen im Jahr, und die nächste steht unmittelbar bevor. Messen machen das Geld teuer.«

Sie hatten deutsch gesprochen. Der Händler, der mit seinem Kunden offenbar nicht ins Geschäft gekommen war, näherte sich ihnen und hüstelte.

»Damian, was darf ich höchstens für ein Lot Safran zahlen, wenn ich ein gutes Geschäft machen will?«

»Elf solidi aus Tours oder achtzig aus Toulouse. Und damit hast du, gemessen an Trier, nur den Verlust vermieden.«

»Monsieur.« Marcella drehte sich um. Der Händler war noch jung, wenn man bedachte, welche Schätze ihm anvertraut waren. Kaum zwanzig. Wahrscheinlich der Sohn des Besitzers, denn wen sonst hätte man mit solchen Reichtümern allein im Laden gelassen? Sein Gesicht war hässlich, aber er hatte eine spitz nach oben gebogene Nase, die ihm ein fröhliches Aussehen verlieh, das allerdings ganz im Gegensatz zu seinem gesetzten Benehmen stand. »Ich möchte Safran kaufen, Monsieur«, sagte Marcella. »Und wie ich sehe, ist Eurer von ausgezeichneter Qualität. Aus der Toskana?«

»Aus Katalonien. Und der ist mindestens ebenso gut. Ihr habt ein scharfes Auge, Madame.«

Lächelte der junge Mann? Nein, er bewegte nur höflich die Mundwinkel.

»Dann habt Ihr kurze Handelswege und wenig Zoll zu

zahlen. Wie günstig für Euch. Und wie günstig auch für Eure Kunden. Mein Herr …« Marcella legte ihre Fingerspitzen auf seinen Arm und führte ihn zwei Schritt zur Seite. »Wie war gleich Euer Name?«

»Guy Duprat, und ganz zu Euren Diensten.«

»Monsieur Guy, erlaubt, dass ich so offen zu Euch spreche, wie ein Mensch es in einem Laden niemals tun sollte. Mein Gatte ist ein venezianischer Händler. Er hält nichts davon, kurz vor der Messe Safran zu kaufen. Ihr begreift, warum, und ich begreife es auch. Und doch will ich zehn Lot von Eurem Safran haben. Unbedingt.«

»Zu dem Fest, das Ihr geben wollt, müssen viele Gäste geladen sein.« Der junge Mann verschränkte die Hände vor dem Bauch.

»Kein Fest, Monsieur. Ich will nicht kochen – ich will den Safran … in den Händen halten. Daran riechen und … an die vielen kleinen Krokusse denken, die diesen Reichtum begründet haben. Begreift Ihr?«

»Nein!«, entschlüpfte es dem verblüfften Händler.

»Ihr müsst wissen …« Marcellas Stimme wurde zum Flüstern, als sie erneut seinen Arm packte und leidenschaftlich weitersprach. »… dass Safran mein Schicksal ist. Es ist für Euch nicht von Belang, aber im Sommer vor einem Jahr habe ich von einem Händler aus Genua sechshundert Lot Safran gekauft und dafür mein ganzes Vermögen gegeben. Dieser Safran kostete viele Menschen das Leben. Er hat mir meinen Onkel und damit meinen letzten Verwandten genommen. Aber er hat mir auch eine Liebe geschenkt, durch die mein Leben kostbar wurde.«

Marcella sah, dass Damian unter den Torbogen getreten war und sich für etwas auf der Gasse interessierte.

»Ich werde bald in Venedig wohnen«, flüsterte sie weiter, »und dort Farben und Gewürze verkaufen, denn ich bin eine Händlerin.«

»Ihr handelt?«

92

»Aber gewiss doch, Guy. Und ich glaube, dass mein Tun von Erfolg gekrönt sein wird. Aber nur, wenn ich mein Geschäft mit dem Gewürz beginne, das auch das Fundament meiner Liebe ist. Haltet Ihr das für vernünftig?«

»Nun, Madame …« Das Lächeln wanderte von seinen Mundwinkeln in die Augen.

»Es ist *unvernünftig*. Das liegt in der Natur der Sache. Doch, ja, Monsieur Guy, wenn die Liebe mit dem Verstand spazieren geht, läuft die Liebe in Seide und der Verstand in Lumpen. Wenn wir bei Sinnen wären, würden wir unser Herz in eine Truhe legen und diese mit hundert Schlössern verriegeln.«

»Madame …«

»Andererseits, Monsieur – sind es nicht gerade die unvernünftigen Entscheidungen, die Torheiten, die wir mit heißem Herzen begehen, die uns auf dem Totenbett lächeln lassen? Und wenn man es so betrachtet, aus dieser endgültigen und daher mit Weisheit gesegneten Warte: Ist dann die Unvernunft wirklich Unvernunft?«

Guy Duprat versuchte, sich Respekt heischend zu räuspern, aber es gelang ihm nicht. Er ergab sich und lachte sie an.

»Wie viel müsste ich für zehn Lot zahlen, damit ich Euch nicht beraube?«, fragte Marcella.

»Zehn!«

»So viel bräuchte ich, um die Dose mit den Kranichen zu füllen, die mir mein Liebster schenkte. Ja, es müssten schon zehn Lot sein.«

»Fünfzehn solidi turonensis.«

»Ich gebe Euch, was ich habe.« Marcella nestelte ihre Tasche vom Gürtel und schüttete die Münzen zwischen die Schale mit dem Brasilholz und die andere mit dem Safran. Sie wusste, wie viel Geld sie besaß. Bei weitem nicht genug.

Aus dem Augenwinkel sah sie, dass Damian auf die Gasse getreten war und einen Menschen angesprochen hatte.

93

»Darf ich fragen, Madame, wie es kam, dass Ihr durch ein Gewürz Eure Liebe fandet?«

»Ich habe sie nicht gefunden. Ich wurde von ihr heimgesucht. Und jeder Versuch einer Flucht misslang, obwohl ich kämpfte wie eine Löwin.«

Das Lächeln des Gewürzhändlers kam Marcella mit einem Mal nicht mehr fröhlich, sondern melancholisch vor. Er strich die Münzen ohne zu zählen in seine hohle Hand und legte sie in ein Kästchen, das hinter ihm in einem Regal stand. Dann holte er ein Maß aus ziseliertem Silber und füllte ein Säckchen mit Safran. Er war großzügig, und als er fertig war und sie das Säckchen in ihrem nun leeren Geldbeutel verstaut hatte, begleitete er sie zum Torbogen.

Der Mann, mit dem Damian sich unterhielt, war ungeheuer dick, dicker als jeder Mensch, den Marcella bisher gesehen hatte. Seine Körpermassen wogten unter Bahnen von gelb und blau glänzendem Stoff. Trotz seiner Körperfülle musste er eitel sein, denn er trug eine blonde Lockenperücke, in die rötliche Fäden gewirkt waren. Er wirkte hochzufrieden und nickte behäbig, als Damian etwas sagte.

»Noch eine Zugabe, Madame, zu Eurem Safran, die vielleicht wertvoller ist, als alles, was Ihr in Eurem Beutel tragt.« Der Gewürzhändler hatte sich zu Marcella vorgebeugt und sprach so leise, dass sie ihn kaum verstand. »Was auch immer dieser Mann dort, Robert Lac, Eurem Gatten für ein Geschäft anbieten mag: Ratet ihm davon ab. Monsieur Lac ist nicht nur der fetteste, sondern auch der unehrlichste Mann von Montpellier.«

»Es war nicht schwierig zu erraten, wer er ist, als er vorüber ging. Monsieur Lac wird sich beim jüngsten Gericht nicht nur von seinen unerfreulichen Geschäftsgewohnheiten, sondern auch von der Sünde der Völlerei freikaufen müssen. Ich habe es einfach probiert und ihn angesprochen. Wie viel Safran hast du erworben und was hast du gezahlt?«

Damian schüttelte den Kopf, als sie ihm die Zahlen nannte. »Musste er um sein Leben oder du um deine Tugend fürchten?«

»Wir spürten einen Gleichklang der Herzen. In seiner Händlerbrust, Damian, befand sich eine zarte Seele. Aber auch die von Monsieur Lac kann so widerborstig nicht sein, denn es machte nicht den Anschein, als hättet ihr gestritten. Hast du ihm verschwiegen, wer du bist?«

»Gerade mein Name war es, der ihn so glücklich machte. Er hat mich eingeladen, Marcella, für morgen Abend, zu Kapaunenpasteten und geschmalzten Drosseln.«

»Warum?«, fragte sie erstaunt.

»Ich nehme an, um mir in allen Einzelheiten zu erklären, wie feinsinnig er Donato und mich aufs Kreuz gelegt hat. Er war überglücklich, dass ich ihm diese Gelegenheit bieten will. Er eilt nach Hause und wetzt die Messer und die Zunge.«

»Er ist widerlich. Warum tust du dir das an?«

»Um ihm den Namen Lagrasse zu entlocken. Um sicher zu sein. Um reinen Gewissens nach Venedig fahren zu können – soweit ein Gewissen rein sein kann.« Damian verstummte, und die gute Stimmung, die sich seiner bemächtigt hatte, verflüchtigte sich. Er nahm ihren Arm und sprach nicht mehr, bis sie in ihrer Herberge angekommen waren.

Er legte sich schlafen, und Marcella genoss den Luxus ihrer neuen Herberge, der in einer eigenen Badestube unten im Keller bestand. Gegen ein gepfeffertes Entgelt kochten die Mägde in den großen Küchenkesseln Wasser, das sie in einen hölzernen Badebottich schütteten. Sie streuten Rosenblätter auf das dampfende Nass und legten Handtücher und eine stark duftende Olivenseife bereit. Wahrhaftig, diesmal hatten sie es mit ihrer Unterkunft gut getroffen. Die Betten oben in der Kammer waren frisch bezogen. Und aus der Küche duftete es nach allen Gewürzen des Orients.

Was für ein Jammer, dachte sie, als sie etliche Stunden später mit Damian im Schankraum vor einer Schüssel mit Eiersuppe saß, dass er keinen Hunger hat. Er hatte sich mit dem Rücken an die Wand gelehnt und starrte einen dunklen Flecken auf dem Tisch an, der von etwas Fettigem rührte.

»Worüber grübelst du?«

»Immer noch über Lagrasse. Er hatte ein schlechtes Gewissen, als ich ihn auf die Verluste des Kontors ansprach. Das ist sicher.«

»Ich begreife diesen Lac immer noch nicht. So viel Geld und Mühe, nur um euch zu ruinieren!«

Die Wirtin stieß mit dem Ellbogen die Tür auf und brachte in einer Schüssel Teigklöße, die in einer dünnen Zimtsoße schwammen, und zum ersten Mal erblickte Marcella die kleinen Mistforken, die sie in Venedig erfunden hatten, um das Essen aufzuspießen. Sie sah, wie die beiden anderen Gäste, zwei Männer, deren Tonsur sie als Geistliche auswies, die Nasen rümpften und sich nach guter alter Sitte die Klöße mit den Fingern aus der Soße angelten.

»Wie benutzt man sie?«, fragte sie.

Damian zeigte es ihr, und zu ihrer Freude aß er selbst dabei einige Bissen. Großartig konnte man seinen Appetit allerdings immer noch nicht nennen.

»Was geht in einem Menschen vor, wenn er andere verrät?«, sinnierte er, und ließ das Mistgäbelchen sinken. »Braucht es dazu nicht ein wenig Feuer? Eine gewisse Regsamkeit, um Gründe zu finden, die das hässliche Tun entschuldigen? Wer Tag für Tag brav Zahlen in Kontenbücher einträgt … Ich hätte geschworen, dass Henri Lagrasse zu pedantisch ist, um auch nur ein Wort beim Vaterunser zu nuscheln.«

Onkel Bonifaz war auch pedantisch, dachte Marcella.

»Ich gehe dir auf die Nerven.«

Sie wollte widersprechen. Aber gerade in diesem Moment wurde die Tür zur Straße aufgerissen. Ein Windstoß pfiff hinein und die Tropfen, die er in die Stube blies, bewiesen, dass sich das Wetter wieder verschlechtert hatte.

»Monsieur? Monsieur Trist… ah, da seid Ihr!« Noël stürmte herein. Er umrundete die Säule, die zwischen ihrem Tisch und der Tür stand. »Ein Unglück, Monsieur. Oder wahrscheinlich auch keines …« Der kleine Mann bekreuzigte sich und schnappte nach Luft. »Monsieur Lac. Der Büttel ist dort … sie rufen nach dem Priester … Jeder, der zwei Beine hat … das ist ein Anblick …« Atemlos hielt er inne.

»Er ist tot«, sagte Damian.

»So kann man das nicht nennen. Im Gegenteil. Vielleicht war er nie lebendiger.« Noël bekreuzigte sich erneut. Er hatte die Blicke der beiden Geistlichen bemerkt und begann zu flüstern. »Ihm ist geschehen, was man ihm immer wünschte – und doch graut mir nun, und ich habe Mitleid. Kommt, Monsieur. Es ist nur wenige Schritt weit.«

»Gerade an diesem Abend. Gerade bevor er mit mir sprechen wollte«, flüsterte Damian Marcella zu. Er fluchte leise. Der Wind schlug ihnen den Regen ins Gesicht. Marcella hielt die Kapuze mit den Händen fest.

Robert Lac bewohnte einen kleinen gelben Palast mit einer Fassade voller Fensterchen. Das Erdgeschoss bestand wie üblich aus dem Kontor, das hier allerdings eher an ein riesiges Lager erinnerte. Jemand hatte die Fackeln an den Wänden entzündet, denn durch den Regen war eine frühe Dämmerung hereingebrochen. Drinnen drängten sich Schaulustige, wobei die Leute im vorderen Teil des Raumes, der zum Innenhof ging, eifrig Bericht erstatteten.

»Schaum«, brüllte einer. »Schaum vor den Zähnen wie ein tollwütiger Fuchs.«

»Das ist die Perücke, du Idiot«, wurde der Mann von anderen Stimmen niedergemacht.

Marcella trat auf etwas Hartes, Spitzes, eine Waage, die

jemand von einem der Tische gestoßen hatte. Sie zog eine Grimasse. Ein Mann mit heiserer Stimme bat die Menschen, das Kontor zu verlassen, aber niemand hörte zu. Von diesem gruselig-magenkitzelnden Geschehen hätten sich die Leute nicht einmal durch die Trompeten Jerichos vertreiben lassen. Vielleicht war es Damians kostbarer Mantel, der die Menschen veranlasste, ihm Platz zu machen, jedenfalls wichen immer einige zurück, so dass er sich nach vorn kämpfen konnte. Marcella folgte ihm auf den Fersen.

Auf der Hofseite des Kontors befand sich eine doppelflüglige Tür, die ins Freie führte. Auch der Hof war mit Menschen gefüllt, aber hier herrschte Stille, und die Leute schauten betreten und furchtsam drein. Wieder machten sie Damian Platz, und er zog Marcella an sich.

Robert Lac war nicht tot, aber es war klar, dass sein Lebensfaden ausgefasert war. Unförmig wie ein zerlaufener Pfannkuchen lag er in einem Beet mit Melissenkräutern, aus seinem Mund, von dem die Perücke inzwischen herabgerutscht war, sickerte Blut. Sein kostbares Gewand war ihm hochgerutscht, so dass man die wollenen Beinlinge und einen Zipfel seines Leinenhemdes sehen konnte, das eine barmherzige Seele über sein Gemächt gezogen hatte. Er lebte, aber er bewegte sich nicht. Einzig sein Blick war lebendig. Er hatte ihn starr auf die einzige Person gerichtet, deren Gegenwart ihn zu berühren schien: einen grau gewandeten Mönch.

Auch der Mönch starrte. Doch nicht auf den Verletzten, sondern auf einen blutverkrusteten kantigen Stein, der etliche Fuß entfernt neben einem Misthaufen lag.

Der Verletzte gab einen Laut von sich, er röchelte etwas, aber es war, als säße ihm ein Lappen im Rachen.

»Der Teufel stiehlt ihm die Worte aus dem Mund«, brüllte einer der Zuschauer über die Schulter.

»Sprich den Namen nicht aus«, herrschte der Mönch ihn an, während er gleichzeitig das Kreuz schlug. Mit dieser Bewegung schien er zum Leben erwacht zu sein. »Beiseite, los.« Unsicher trat er auf den Verletzten zu, scheute sich aber, ihm auf Reichweite nah zu kommen. Er umkreiste ihn wie ein Jäger einen angeschossenen Bären. »Der Mann wird sterben. Sein Genick ist gebrochen.«

»Der Mönch sieht durch Kleider«, rief jemand respektlos. Seine Worte interessierten nicht.

»Robert Lac wurde vom Teufel geholt«, brüllte der Mann, dem zuvor das Wort verboten worden war. »Siehst du nicht den Ziegenfuß, Mönch? Noch ein paar Atemzüge, und der Böse wird ihn durch die Luft tragen und dorthin bringen, wo sie ihm mit glühenden Eisen die Gedärme rausreißen.« Zustimmendes Gemurmel erhob sich in der Menge.

Auf den Sterbenden hatten die Worte eine schreckliche Wirkung. Er versuchte erneut zu sprechen und dann die Hand zu bewegen. Sie gehorchte ihm kaum, und er musste unerhörte Willenskraft aufbringen, um sie auch nur wenige Zoll durch die schwarze Erde des Melissenbeetes zu schieben. Knapp vor dem Saum der Mönchskutte blieb sie liegen – eine Klaue aus fettem Fleisch, in das sich tief die silbernen Ringe eingegraben hatten. Der Mönch wich zurück.

Entsetzt und fasziniert zugleich blickte Marcella zur Seite. Sie spürte, wie Damian sie anstieß. Er wies mit dem Kopf auf die gegenüberliegende Seite des Gartens, wo im oberen Geschoss ein Fenster offen stand. »Siehst du den Rosenstrauch? Der Unglückselige ist aus dem Fenster gestürzt und in den Strauch gefallen und von dort hierher gekrochen – weiß der Teufel, wie er das geschafft ...« Er merkte, wie ihm ebenfalls der Name des Leibhaftigen entfahren war, und lächelte schief. »Komm.«

Die Leute, die mit offenen Mündern auf das Melissenbeet starrten, machten ihnen Platz, ohne es selbst zu merken.

In einer Ecke des Innenhofs führte eine Treppe ins Obergeschoss. Wie durch Zauberei war plötzlich auch Noël wieder an ihrer Seite. Schweigend eilten sie die Stiege hinauf und durch eine Tür in einen Flur. Ein Blick zurück zeigte Marcella, dass der Mönch jetzt doch neben dem Sterbenden kniete und über seinem Kopf Zeichen machte.

Der Flur mündete in einen zweiten Flur, und dieser endete vor einer ungewöhnlich großen Schlafkammer. Sie waren in dem Raum angekommen, in dem Robert Lac sein Schicksal ereilt haben musste.

Wichtigstes Möbel war allerdings nicht das Bett, obwohl es durch seine Ausmaße beeindruckte und mit so viel Seide behangen war, dass sich der Stoff bauschte. Nein, ein riesiger Tisch in der Raummitte lenkte das Auge auf sich. Jeder Zoll war mit Pergamentrollen, Kladden und Papierbögen bedeckt, und die verblassten Tintenspritzer auf dem Boden zeugten davon, dass hier jemand mit Eifer und Leidenschaft gearbeitet hatte.

»Was ist das?«, fragte Damian und betrachtete die Dielenbretter zwischen Tisch und Fenster, auf denen schwarzer, feiner Staub lag.

»Drusenasche«, sagte Marcella und fügte in Gedanken hinzu: das Lot zu dreißig Pfennigen, in Trier. Robert Lac schien seine Tinte selbst anzurühren. Er musste ein Töpfchen Drusenasche in den Händen gehalten haben, als ihn sein Unglück heimsuchte. Schwarze Staubkörner waren wie Sternenschweife über die Bodendielen verteilt. Das Töpfchen, aus dem die Asche stammte, war durch den umstürzenden Stuhl zerbrochen worden.

»Eines einzigen Mannes Schritte. Die nackten Füße eines Menschen«, sagte Damian und betrachtete die Fußspuren mit den Abdrücken der Zehen und Ballen, die die Asche durchzogen.

»Des Teufels Schritte«, knurrte Noël. »Ich stell's mir so vor: Der Böse kam durchs Fenster geflogen und schlich sich an Lac heran. Seht Ihr die Spuren? Vom Fenster zum Tisch. Er muss ihn von hinten gepackt und mit wahrhaft höllischer Kraft in den Hof geworfen haben.«

»Das Fenster ist zu schmal, um jemanden wie Lac einfach hinauszuwerfen«, sagte Marcella.

»Dann hat er ihn eben hindurchgepresst – wie Fleisch in den Wurstdarm. Das ganze in Sünde gemästete Fleisch, das diesem Mist…«

»Aber die Spuren führen nicht zurück«, widersprach Marcella. »Warum hinterlässt der Böse einmal Fußspuren, und dann wieder nicht?«

Noël wollte etwas sagen, doch er unterbrach sich. Aus dem Hof erscholl ein Schrei aus Dutzenden von Kehlen, dem gedämpftes Reden folgte. Der kleine Mann bekreuzigte sich. »Er ist tot.«

So musste es sein. Die Stimme des Mönches, der zu beten begann, übertönte das Geschrei der Menge.

»Und das Amen und Halleluja wird ihm auch nichts mehr nützen«, fügte er nüchtern hinzu.

7. Kapitel

Wahrhaftig? Der Teufel hat ihn geholt?« Camille ließ die grünen Bänder zu Boden gleiten, die sie bei einem gemeinsamen Spaziergang mit Théophile erstanden hatte. »Wie meint Ihr das?« Sie war totenblass.

Noël freute sich, seine Geschichte erneut erzählen zu können. »Er – und damit meine ich den Bösen – hat sich von hinten an Lac rangeschlichen. Er packt ihn, der Fette kann kaum Luft holen vor Schreck, und dann wirft er ihn mit schrecklicher Gewalt aus dem Fenster.«

»Ihr spaßt«, rief Camille und zog aufgeregt die nasse Haube von den Haaren.

»Satanas folgt ihm unverzüglich ins Freie, wo Robert Lac sich bereits das Genick gebrochen hatte, aber dennoch nicht völlig tot …«

»Keine Geschichten für Frauenohren, meine ich«, knurrte Théophile den kleinen Mann an, und zum ersten Mal, seit Marcella ihn kennen gelernt hatte, zeigte er sich gebieterisch. »Geh rauf, Camille. In das Zimmer, das du mit der Dame teilst.«

Seine Frau versuchte zu protestieren, aber der Blick ihres Mannes schüchterte sie ein. Sie nahm die Bänder auf und verschwand durch die Tür.

»Der Böse hat einen blutigen Ziegenfuß bei seinem Opfer

hinterlegt. Meck, meck, meck«, rief Noël so laut, dass sie es auf der Treppe noch hören musste.

»Gibt Dinge, über die scherzt man nicht. Weder vor Frauen- noch vor Männerohren«, sagte der Ritter.

Noël grinste. Sie waren trotz des schlechten Wetters allein in dem Schankraum der Herberge. Ein Mann vom Teufel geholt – die Nachricht war durch die Stadt gefegt, und wer Beine hatte, wartete vor dem Todeshaus, wo vermutlich bald die Leiche abtransportiert werden würde. In eine Kapelle? Oder auf den Schindanger oder einen anderen unheiligen Platz?

»Wenn Matteo die Wahrheit sagt und dieser Kerl ein Spitzbube war, der Unglück über das Kontor brachte – dann soll man ihn nicht bedauern. Gerechtigkeit ist langsam, aber manchmal wie ein Hammerschlag. Trotzdem … der Tod verdient Respekt.« Das war eine lange Rede für den schweigsamen Ritter. Er nickte kurz und folgte seiner Frau, und auch Noël schien die Freude an ihrer Gesellschaft verloren zu haben. Er verschwand durch die Straßentür, vermutlich, um eine Schenke aufzusuchen, in der die Ereignisse mit weniger Skrupel kommentiert wurden.

Marcella trat hinter Damian, der auf einem der Schemel Platz genommen hatte. Sie legte ihre Hände auf seine Schultern und fühlte sich versucht, nach seiner Stirn zu greifen, bis ihr einfiel, dass kein Fieber, sondern der Nieselregen seine Locken nass gemacht hatte. Wahrscheinlich standen ihre eigenen Haare vom Kopf ab wie die Fäden einer Pusteblume.

»Und nun?«, fragte er.

»Nun würden wir uns gern auf den Heimweg machen«, sagte sie. Sie spürte, dass er lächelte. Er lehnte seinen Kopf an ihre Brust, zog ihre Hand an seinen Mund und küsste sie.

»Die Welt hat an diesem Betrüger wahrlich nichts verloren. Nicht einmal dein netter Gewürzhändler mochte ihn. Und doch ist ihm kein Leid geschehen, bis ich mich aufmachte, um ihn zu fragen, wer aus unserem Kontor sein Zuträger war.«

»Ja, das hört sich nicht gut an.«

»Das hört sich überhaupt nicht gut an. Henri Lagrasse verlässt Hals über Kopf Narbonne. Weil er Angst hat, als Verräter entlarvt zu werden? Oder weil jemand genau diesen Verdacht auf ihn lenken will? Robert Lac, der mir diese Frage beantworten könnte, wird am Tag, als ich ihn besuchen will, vom Teufel geholt.« Er seufzte. »Wusstest du, Marcella, dass San Marco, die große Kirche von Venedig, zu Weihnachten in ein Lichtermeer verwandelt wird? Kurz darauf, am Stephanstag, beginnt ein Fest mit bunten Kleidern, Masken, Bühnen und Spielen, und dort feiern sie, bis die Glocken von San Francesco della Vigna die Fastenzeit einläuten. Mich packt die nackte Angst, wenn ich daran denke, dass jemand unser Sternenhaus kaufen könnte.«

Sie entzog ihm die Hand und setzte sich neben ihn. »Du wolltest nie glauben, dass Lagrasse dich betrügt.«

»Geschickte Hasen schlagen doppelte Haken, und manche drei- und vierfache. Aber – nein, Lagrasse ist kein Mensch für ausgeklügelte Bosheiten. Ich fürchte um ihn. Ich fürchte, dass nicht nur Robert Lac, sondern auch Lagrasse das Opfer eines Mörders wurde.«

»Dieser Lac … Und wenn ihn nun doch der Teufel holte? Er war ein schrecklicher Mann. Sicher hat es Gott nicht gefallen, dass er ihn zu bestechen versuchte. Die Leute, die in seinem Haus standen, haben bereitwillig geglaubt, dass der Böse einen der Seinen geholt hat.«

»Weil sie das Schauerliche lieben. Es ist allemal interessanter als das Gewöhnliche.«

Sie legte ihre Hand unter sein Kinn und drehte sein Gesicht so, dass er sie anschaute. »Für dich ist alles berechenbar, vernünftig. Du misst und wägst … und was sich nicht als Zahl auf eine Tafel malen lässt, existiert nicht. Das ist …«

»Dumm?«

»Kurzsichtig.«

»Der Teufel hinterließ eine Spur, als er zum Tisch ging, aber nicht, als er zum Fenster zurückkehrte. Das habe nicht *ich* kritisiert, sondern du, meine Schöne.«

»Abbé Jacques, Jacques Fournier, der als Inquisitor nach Montaillou kam …«

»Was hat Montaillou mit Robert Lac zu tun?«

»Dort *ist* der Teufel gewesen. Jeanne …«

Er hasste den Namen ihrer Schwester, das wurde ihr klar, als sie ihn aussprach. So wie er alles hasste, was mit den Katharern, den Ketzern in ihrer Familie, zusammenhing. Er mochte es auch nicht, dass Marcella bei jeder Mahlzeit ihr Fleisch beiseite schob. Meine Braut isst nicht vernünftig. Meine Braut mag nicht, wenn ich sie berühre. Meine Braut sieht aus wie ein blanker, roter Apfel. Aber spürt man nicht schon die weichen Stellen, die auf Fäulnis und Wurmfraß hindeuten?

»Marcella …« Damian strich mit der Hand über ihre Wange. »Jeanne hatte sich den Katharern angeschlossen. Sie hat sich zu Tode gedürstet, weil sie wie alle Katharer glaubte, dass sie nur auf diese Weise zu Gott zurückkehren kann. Sie nennen es Endura. Sie halten eine Zeremonie ab, und danach essen und trinken sie nicht mehr. Diese Art des Sterbens ist für sie ihr äußerster Ausdruck von Hingabe. Jeanne wollte es, und Jeanne hat es getan. Ob dabei der Teufel seine Hände im Spiel hatte …« Er zuckte die Schultern.

»Du hast gründlich nachgeforscht.«

»Was dich bedrückt, bedrückt mich auch.«

Marcella schob seine Hände beiseite. Sie stand auf. Ordentlich rückte sie die Becher auf dem Tisch zurecht. Dann verließ sie den Schankraum und ging hinauf in ihre Schlafkammer.

Der Schlaf ließ auf sich warten. Camille hatte im Kamin ein Feuer entzünden lassen, die heilige Barbara mochte wissen,

warum. Es war zwar zur Nacht wegen der Brandgefahr ge-
löscht worden, aber die Hitze hing im Raum, und als sie ne-
beneinander in dem breiten Bett lagen, meinte Marcella,
zwischen dem Bretterhimmel und den dicken Wollvorhän-
gen ersticken zu müssen.

Sie hatte lange nicht mit einer anderen Person in einem
Bett geschlafen. Bei Onkel Bonifaz war sie das einzige Kind
gewesen, auf ihrer Reise hatte sie immer eine Möglichkeit
gefunden, die Begleiterinnen zu anderen reisenden Frauen
abzuschieben. Wenn sie es recht bedachte, war Jeanne der
einzige Mensch, mit dem sie je ein Bett geteilt hatte. Aber in
Montpellier würde bald die Messe beginnen, und die Zimmer füllten sich. Sie hatte also den Luxus einer separaten
Lagerstatt dreingeben müssen.

Camille bewegte sich. Sie schlief nackt wie jedermann
und hatte es befremdlich gefunden, als sie sah, dass Marcella in ihrem Leinenhemd zu Bett ging. *Aber Madame,
habe ich nicht eigens ein Feuer machen lassen?* Ihre Haut
war weich wie Moos. Sicher bedauerte Théophile, dass
nicht er selbst neben seiner Camille liegen durfte. Die Sünde
duftete süß und erwartete den Sünder mit einem Lächeln
und ausgebreiteten Armen.

Wegen der Kinder, die geboren werden sollten, hatte die
heilige Kirche ihr in einem streng umzäunten Fleckchen einen Platz eingeräumt. *Füllet die Erde und machet sie euch
untertan.* Camille und viele andere tummelten sich in diesem Asyl ohne Gewissensbisse. Aber die Katharer hatten
das Gebot verabscheut. Weil sie mehr wussten? Weil sie in-
niger glaubten? Doch widersprach ihre Lebensweise nicht
der heiligen Bibel? Und wenn sie die Bibel gering schätzten,
musste das nicht als Beweis gelten, dass sie Sünder waren?
Waren dann nicht zu Recht auf den Rübenäckern Scheiterhaufen errichtet worden?

Marcella wälzte sich auf die Seite. Camille hatte zu
schnarchen begonnen, und sie tat es auf reizende Weise, in-

dem sie jedes Mal ein wenig hickste. Kein Wunder, dass Théophile sie liebte. Aber auch das reizendste Hicksen kostete irgendwann Nerven. Marcella legte die Hand auf das Ohr, auf dem sie nicht lag, doch das Hicksen drang durch jede Barriere, und wenn es ausblieb, war das Warten auf den nächsten Hicks so unerträglich wie das Geräusch selbst. Marcella fühlte sich fast erlöst, als sie hörte, dass jemand an die Zimmertür klopfte. Rasch stand sie auf, wickelte sich in ihren Mantel und öffnete.

Im Flur war es dunkel, aber ihr Besucher trug eine kleine Lampe vor sich her. Sie schaute in ein erregtes Gesicht.

»Damian! Was um alles …?«

»Es tut mir Leid, dass ich störe, aber ich brauch Hilfe. Es ist Zeit, Entscheidungen zu treffen. Komm, Marcella.« Er tat, als sähe er nicht, wie spärlich sie bekleidet war, griff ihre Hand und führte sie den Flur entlang und die knarrende Treppe hinab. Sie musste ein Lachen unterdrücken, als sie sah, wie er mit zerzaustem Haar in die Schankstube lugte, um zu sehen, ob sie leer war. Es standen noch schmutzige Becher und Schüsseln auf beiden langen Tischen, aber die Gäste waren fort, und der Wirt hatte offenbar beschlossen, die Arbeit bis zum Morgen warten zu lassen. Doch die Schankstube schien nicht der geeignete Ort für die Entscheidungen zu sein, die Damian treffen wollte. Er zog sie weiter und öffnete die Tür zum Hinterhof.

»Wohin … Damian!«

Mitten im Hof, hübsch beleuchtet vom Mond, stand eine Sänfte. Damian ließ Marcellas Hand los, schob den Vorhang beiseite und half ihr Platz zu nehmen. Sie schlug den Stoff ihres Mantels über den Knien zusammen.

»Also! Was ist? Was willst du denn?«

Er lachte. Es war offenkundig, dass er ihr Treffen genoss. »Sieh her.« Er hatte ein Buch unter dem Arm klemmen, das er ihr jetzt aufgeschlagen auf den Schoß legte, so dass sie lesen konnte. Dass sie hätte lesen können, wenn es ein wenig heller gewesen wäre. Die Kerze schaffte es kaum, ihre Gesichter aus der Dunkelheit zu heben. Aber sie merkte, dass es das Buch über die Ein- und Verkäufe des Kontors war.

»Ich bin keine Eule. Sag mir, was ich sehen soll.«

»Fahr mit der Hand über das Pergament.«

Marcella tat, wie geheißen. Der Bogen fühlte sich glatt und kühl an. Es war unmöglich, darauf die Tinte zu spüren. Eine völlig ebene Fläche … bis auf eine Stelle, die angeraut zu sein schien. »Unten auf der Seite?«

»Ja.«

»Es fühlt sich an, als hätte jemand den Eintrag mit einem Messerchen fortgeschabt.«

»Genau.«

»Lagrasse, weil er sich versehen hat? Jeder macht Fehler. In jedem Kontenbuch wird korrigiert.«

»Wenn Lagrasse einen Fehler ausgebessert hätte, dann hätte er die Stelle nach dem Kratzen poliert, wie es sich für einen ordentlichen Schreiberling gehört. Diese Stelle ist rau geblieben. Jemand, der nicht viel Erfahrung im Schreiben hat oder schludrig ist, muss an den Buchstaben herumgestümpert haben.«

»O bitte. Nicht Matteo.«

»Sag ich ja nicht. Aber … doch, unter Umständen Matteo.«

»Oder Noël.«

»Der Eintrag ist vom letzten Herbst, und zwar im November.«

»Und was lehrt uns das?«

»Ich hätte dich nicht in die Kälte schleppen sollen. Verfluchter Unverstand. Komm, wir gehen ins Warme zurück.«

»Sag, dass du etwas gefunden hast, was den Verräter bloßstellt. Auch ich beginne langsam von gelben Blumen zu träumen.«

»Ich liebe dich.«

»Nun sag schon.«

»Tja, ich habe lange grübeln müssen.« Plötzlich zögerte er. »Du erinnerst dich an diesen Goldwäscher, von dem ich dir erzählt habe?«

»Nein.«

»Emile Vidal. Der Mann mit dem Pfefferminzlikör, der mit mir ein Geschäft abgeschlossen hat. Der mir jedes Jahr sein Gold bringt.«

»O ja, jetzt weiß ich.«

»Er kam immer etwa zum Martinstag, um die Körner abzuliefern. Du kannst das verfolgen. Lagrasse hat den Empfang getreulich ins Buch eingetragen. Aber im vergangenen November ist er nicht gekommen.«

»Vielleicht ist er gestorben.«

»Genau zu der Zeit, als er hätte kommen sollen, ist der Eintrag fortgekratzt worden.«

»Wenn Lagrasse dich um das Gold hätte betrügen wollen, hätte er nicht kratzen müssen. Er hätte einfach behaupten können, der Mann sei nicht gekommen, er hätte niemals einen Goldklumpen in die Kasse bekommen.«

»Ich weiß. Ich sage ja, ich habe lange grübeln müssen. Wie, wenn es so gewesen ist: Emile kommt. Emile will das Gold abliefern wie jedes Jahr. Aber Lagrasse ist nicht da, und so hat ein anderer das Gold in Empfang genommen und zunächst einmal brav eingetragen, was er erhalten hat.«

»Und dann tat es ihm Leid ums schöne Gold, und er hat den Eintrag wieder fortgekratzt?«

»Aber nicht die Stelle poliert.«

»Was hilft es uns weiter, wenn wir wissen, dass das Gold unterschlagen wurde?«

»Wir haben ein Kontor, in dem drei Menschen arbeiten. Wir wissen, dass einer von ihnen skrupellos genug ist, das Kontor zu schädigen. Einer von dreien, Marcella, und das ist schlimm genug. Aber gleich zwei? Nein. Unser Galgenvogel, der nichts von einem ehrsamen Lebenswandel hält, hat eine weitere Gelegenheit gesehen, zu Geld zu kommen. Ein wenig Schwätzerei über die Kontorsgeschäfte, ein Betrug, der sich bei günstiger Gelegenheit fast von selbst anbietet – diese Untaten tragen die gleiche Handschrift. Nichts wirklich Schlimmes für jemanden, dessen Gewissen mit leichten Füßen schreitet.«

»Damit wäre Lagrasse entlastet, denn er hätte, wie du richtig sagst, die abgeschabte Stelle geglättet. Kann Noël schreiben?«

»Er muss Frachtlisten im Hafen lesen können. Ja, ich denke, er wird das Schreiben erlernt haben. Zumindest das Lesen.«

»Er liebt es, als Kaufmann aufzutreten. Ich wette, wenn er lesen kann, hat er sich auch das Schreiben beigebracht«, sagte Marcella. »So schwer ist das nicht. Ich hab's ja auch geschafft.«

Die Kerze flackerte von einem Windstoß, und sie konnte nicht entscheiden, ob Damian lächelte oder nur die Flamme Schatten warf.

»Und außerdem nimmt Noël es mit der Wahrheit nicht genau. Er hat mich angeschwindelt, als er von seinen Eltern sprach. Ich weiß das von Camille.«

»Du magst Matteo nicht einsam am Schandpfahl der Verdächtigen stehen lassen.«

»Da du darauf beharrst, dass dein Betrüger den bösen Monsieur Lac auf dem Gewissen hat: Matteo würde vielleicht betrügen. Aber er würde niemals einen Menschen ermorden.«

»Auch nicht, wenn es um seinen eigenen Hals geht?«

»Wie sollte er den Mord begangen haben? Es gab nur eine einzige Spur zwischen dem Tisch und dem Fenster. Und diese Spur führte vom Fenster zur Tür. Ist er barfuß und ohne Leiter wie eine Spinne zum Fenster hinaufgeklettert? Hat er den fetten Monsieur auf seine Kinderschultern gehievt, ist mit ihm durch den Raum geschwebt und hat ihn durch den Rahmen gepresst? Während der Arme zweifellos um Hilfe brüllte und die ganze Dienerschar zusammenlief?«

»Nein, anders: Matteo kommt nicht zum Fenster herein, sondern zur Tür, und zwar ... grässlich verkleidet. Stell dir vor – Robert Lac, der sich gerade über die Früchte seines schwarzen Tuns freut, hebt den Kopf und sieht eine Teufelsfratze vor sich. Haben wir nicht vor Matteo – und auch vor Noël, ja, ich vergesse ihn nicht – darüber gesprochen, wie sehr Lac sich vor dem Fegefeuer fürchtete? Das wäre doch ein Einfall, ihn genau mit dem zu erschrecken, was er am meisten fürchtet.«

»Damian, jetzt redest du ...«

»In Venedig wird in Masken gefeiert. Der Leibhaftige ist dabei ein beliebtes Motiv. So fern liegt der Gedanke nicht. Lac freut sich an seinen schwarzen Taten, und plötzlich sieht er den Teufel vor sich. Er flüchtet zum Fenster – mit nackten Füßen, weil er sich in seiner Schlafkammer befindet, und rückwärts, weil er den Blick nicht von der Maske wenden kann.«

»Und dann stürzt er sich selbst zum Fenster hinaus?«

»Vielleicht ist Matteo ein besserer Verfasser von Drohungen als von zarten Liebesschwüren. Lacs Phantasien über die Hölle müssen beeindruckend gewesen sein, wenn er so freigiebig aus seinem Beutel in den Schoß der Kirche schüttete. Wer weiß, wie oft der Böse ihn in seinen Träumen bereits geholt hat?«

»Und darauf verlässt sich Matteo, als er zu ihm geht?«

»Matteo kann – ebenso wie Noël – auch ein Messer führen.«

»Es ist schrecklich, wenn du so von ihm sprichst.«

»Er ist ein schrecklicher ...« Damian zögerte, Marcella sah, dass er mit sich rang. »Ich war dabei, Marcella, als er einen Mann umbrachte. Auf dem Basar von Tigris. Matteo hatte einen kleinen arabischen Dolch gekauft. Er kam zu mir heraus, und im Sonnenlicht merkte er, dass ... keine Ahnung. Der Dolch war nicht so wertvoll, wie er hätte sein sollen. Matteo ist zurückgestürmt und hat den Mann ... ich weiß nicht, was er genau getan hat. Ich hatte keine Lust, ihm zu folgen, weil ich dachte, er will nur mit ihm streiten. Aber als er wieder herauskam, waren seine Hände blutbesudelt und er selbst kreideweiß ... Und dann schrien sie auch schon Mord. Wir mussten machen, dass wir mit dem Leben davonkamen.«

»Er hat aus Jähzorn einen Menschen getötet?«

»Wenn junge Prahlhänse, Ungläubige dazu, in den Basar gehen, werden sie betrogen. Ich habe ihm das gesagt, ich habe ihn gewarnt. Aber deswegen tötet man nicht. Wir mussten aus Tigris verschwinden. Das war es aber nicht, was mich so wütend ... Du frierst ja doch. Natürlich, Marcella, ich höre deine Zähne klappern. Zurück ins Haus.«

»Was hat dich wütend gemacht?«

»Mit welcher Leichtigkeit der Junge über den Mord hinweggegangen ist. Allmächtiger! Als wäre er versehentlich auf eine Spinne getreten.«

»Betrunken«, erklärte Théophile.

Der Morgen hatte die ersten Gäste in die Gaststube gespült. Unter ihnen den Ritter und Matteo. Der Junge hatte eine Schramme am Kopf und kauerte selig grinsend auf einer Bank.

»Wollte ihn eigentlich ins Bett verfrachten. Ist mir aber aus den Händen geglitten, als ich die Treppen rauf bin. Tut mir Leid. Aber er zappelte wie der ...« Teufel, hatte der Ritter zweifellos sagen wollen. Doch inzwischen waren sie alle empfindlich, wenn es um die Erwähnung des Leibhaftigen ging.

Damian, der gerade mit Marcella aus den Schlafkammern gekommen war, runzelte die Stirn. »Wo habt Ihr ihn aufgelesen?«

»Bei der Wollkämmerei. Hatten ihn aus einer Schenke geworfen. Kleiner Idiot. Es ist das Lesen.«

Überrascht blickte Damian Théophile an.

Der Ritter stieß mit dem Fuß gegen Matteos Stiefel. »Ist ein guter Junge. Ficht wie ein Meister, das kann ich beurteilen. Wäre er mein Sohn, wär ich stolz auf ihn. Das Lesen verdirbt ihn. Er führt ein Buch bei sich ... roter Mund, lauter gereimter Unfug. Hat in der Schenke einer Frau daraus vorgelesen, und ihr Mann hat ihn verprügelt.«

»Das hat er Euch erzählt?« Gereizt schüttelte Damian den Kopf. Er schwankte einen Moment. Dann sagte er: »Théophile, ich brauche Eure Hilfe noch länger. Bitte, begleitet mich nach Varilhes.«

8. Kapitel

Nein, Marcella, du würdest mich nur aufhalten. Ich reite nach Varilhes, frage Emile, wem er sein Gold gegeben hat, und bin in … in vier Tagen zurück in Narbonne.«

»Ich würde dich aufhalten.«

Sie sprachen leise. Es war ihnen beiden verhasst, wie Waschweiber zu streiten, noch dazu in einer Schankstube, die so voll war, dass die Menschen einander auf den Füßen herumtraten. *Aber, liebe Elsa, ich kann nicht nachgeben. Er fiebert, das sehe ich, ohne ihn zu berühren. Ihm ist die Aufregung nicht bekommen. Das Reisen. Die Kälte in der Sänfte … ist doch egal. Er soll zu einem Medicus gehen.*

»Ich will nicht, dass du mitkommst.«

»Und ich will nicht, dass du reitest. Du solltest dich einmal selber sehen.«

»Ich werde auf alle Fälle reiten, denn nach meiner Meinung …« Damian sprach deutsch, unwahrscheinlich, dass jemand sie verstand, aber nun trat er noch einen Schritt näher an Marcella heran. »Nach meiner *Überzeugung*«, flüsterte er, »wurde Lagrasse ermordet. Und Robert Lac ebenfalls. Es geht nicht mehr um einen Betrug, über den man hinwegsehen könnte. Einer meiner Männer wurde umgebracht!«

»Dann reite. Und ich reite mit dir, denn ich will zur Stelle sein und dir meine Meinung sagen, wenn du vom Pferd fällst, weil dein verdammtes Fieber ... Du bist stur.«

»Und du wartest hier auf mich.«

Aufgebracht drehte Marcella sich um. »Camille ...«

Ihre Reisegefährtin, die auf einer der Bänke Platz genommen hatte und mit Appetit den Frühstücksbrei in sich hineinlöffelte, schaute auf.

»Seid Ihr bereit, mich noch ein Stück weiter zu begleiten?«

Camille legte den Löffel beiseite, rutschte von der Bank und drängte sich durch eine Gruppe Kaufleute, die ihr in den Weg geriet. »Wohin, Madame?« Ihr Mann hatte offenbar noch nicht mit ihr über Damians Pläne gesprochen.

»Nach Varilhes.«

»Wo ist das?«

»In der Nähe von ...«

»Dummes Zeug«, sagte Damian.

»Von Pamiers«, sagte Marcella.

Camille starrte sie an. »Es geht immer noch um Monsieur Lagrasse? Aber er ist doch in Span...« Bestürzt sah sie Damian nach, der ihnen den Rücken kehrte und zur Treppe ging. »Monsieur ist ärgerlich?«

»Was nun? Begleitet Ihr mich?«, fragte Marcella.

Sie brachen zwei Stunden später auf. Camille hatte sich mit ihrem Ritter an die Spitze des Zuges gesetzt, wo zweifellos eine bessere Stimmung herrschte als bei den Leuten, denen sie aus Goldnot zu Diensten sein mussten. Matteo saß trübsinnig auf seinem braunen Hengst und ritt hinterdrein. Er hatte einen Kater, starrte auf die Pferdemähne und sagte kein Wort. Noël stichelte eine Zeit lang über Saufköpfe, die nichts vertrugen, aber als Matteo nicht reagierte, verstummte er ebenfalls.

Sie ritten den ganzen Tag, ohne eine größere Pause einzulegen. Damian behielt seine schlechte Laune bei, und niemand hatte Lust, sich eine giftige Bemerkung einzufangen, indem er um eine Rast bat. *Ach Elsa,* dachte Marcella. Sie beobachtete den Mann, den sie heiraten wollte, aus den Augenwinkeln. Sie wusste, dass Théophile seine Wunde frisch verbunden hatte. Sieht nicht gut aus, hatte der Ritter gesagt. Er sollte nicht reiten. Nicht nach Narbonne und schon gar nicht bis nach Pamiers. Redet ihm das aus, Madame, wenn Euch sein Wohl am Herzen liegt. Das hätte sie ja auch gern getan, aber wie man sah, besaß sie dafür keine glückliche Hand. Sie schwankte zwischen Zorn, Sorgen und Selbstvorwürfen.

Erst kurz vor Sonnenuntergang ließ Damian in einem Dorf halten, hinter dem sich auf steilen Hängen ein Kloster erhob. Keine Türme, nur ein schlichter Dachreiter schmückte die kleine Kirche. Ein Zisterzienserkloster?

Marcella schluckte, als sie den abweisenden Gebäudekomplex betrachtete. Damian wusste von ihrer Abneigung gegen die Zisterzienser. Er wusste, dass sie auf ihrer Angst vor dem Ketzerjäger Fournier beruhte, und er war dabei gewesen, als sie damals in Himmerod nach dem Besuch im Kloster fast krank geworden war. War er so wütend, dass er sie absichtlich hier übernachten lassen wollte?

Sie fühlte, dass er sie ansah und vermied es, den Blick zu erwidern.

Als sie an die Pforte klopften, trug der Mönch, der ihnen öffnete, tatsächlich die schwarzweiße Tracht des Zisterzienserordens. Man hieß sie mit mäßiger Begeisterung willkommen. Das Kloster nahm nicht gern Frauen auf, erklärte der Mönch in einem mit lateinischen Brocken durchsetzten Französisch und musterte Marcella und Camille missmutig. Als Damian seine Geldbörse zückte und nach der Möglichkeit einer Spende für die Armen fragte, wurde er etwas freundlicher.

Er führte sie über verschiedene mit Trittsteinen ausgelegte Wege zu einem windschiefen, reichlich verkommenen Fachwerkgebäude, bei dem es sich um das Gästehaus handeln musste. Der Mann hatte keine Ähnlichkeit mit Abbé Jacques. Jacques Fournier war ein hagerer, scharfäugiger Mensch gewesen, der ständig zu beobachten und zu bewerten schien. Ein Falke. Dieser Mönch pulte an seinem Ohr, und auch wenn er Frauen nicht mochte, wirkte er eher wie ein vertrottelter Hund, der Fremde aus reiner Gewohnheit ankläffte. Hier würde man sie nicht nötigen, Ringe zu küssen.

Als Damian sich vor dem doppelstöckigen Haus von ihr verabschiedete, nahm er ihre Hand. »In den Klöstern zu übernachten ist am sichersten«, sagte er.

»Ein Kloster ist recht«, erwiderte sie.

Sie folgte dem Mönch und schritt durch den muffigen Flur in die Kammer, die man für weibliche Gäste frei gemacht hatte. Nachdem sie und Camille eingetreten waren, verschloss der Mönch hinter ihnen die Tür. Camille kicherte. Der Boden des kargen Raums war mit Stroh ausgelegt, das sicher schon vor langer Zeit hineingetragen worden war. Der Geruch von Urin und verdorbenem Essen hing in der Luft. Angeekelt blickte Marcella sich nach Ratten um, aber wenigstens davor schienen sie verschont zu bleiben. Sie breitete ihren Mantel auf dem Stroh aus und legte sich nieder.

»Wollt Ihr nichts essen?« Camille kramte in dem Korb, den sie in ihre Unterkunft getragen hatte.

Marcella schüttelte den Kopf und sah der jungen Frau zu, wie sie herzhaft in eine Pastete biss. Draußen wurde es rasch Nacht, und da es keine Lampen oder Kerzen gab, lagen sie bald im Dunkeln.

»Ich bin nicht gern in einem Kloster«, flüsterte Camille. »Es ist, als plusterten sich alle Sünden auf und klagten einen vor den Mönchen an. Jeder von ihnen kommt einem dann vor wie der Herrgott. Ich glaube nicht, dass ich heute Nacht gut schlafen kann.«

»Ich auch nicht«, sagte Marcella.

Am nächsten Tag ritten sie gleich nach dem Frühstück, das die Mönche ihnen karg zugemessen hatten, weiter.

»Du siehst schlecht aus«, sagte Marcella zu Damian. Es war die reine Wahrheit. Sein Gesicht war nicht mehr bleich, sondern hochrot, und die Wangen glänzten fiebrig. Er musste zwei Anläufe nehmen, bevor er in den Sattel kam.

»Spart Euch die Worte«, flüsterte Matteo, der seinerseits sichtlich erfrischt die Sattelgurte seines Pferdes überprüfte. »Ich hab ihm auch schon gesagt, er soll einen Tag Pause einlegen. Da pfiff mir vielleicht der Wind um die Ohren! Onkel Donato hatte mich, als ich noch in Venedig wohnte, mit Damian auf eine Reise nach Bidschaja geschickt. Sieben lange Wochen nur er und ich! Ich kann in seinem Gesicht lesen wie in einem Buch. Wenn er *so* ist – die Mundwinkel verkniffen und zwischen den Augen ein Äffchen mit hochgerissenen Armen, ja? –, dann einfach still sein. Warum will er eigentlich in dieses Dorf, dieses Varil… wie auch immer?«, fragte er arglos.

Oder scheinbar arglos? Er blinzelte in die Morgensonne, und niemand hätte es für möglich gehalten, dass dieses Kind einen Mann wegen eines Messers umbrachte.

»Ihr habt eine böse Schramme am Hals. Wie ist das passiert?«, fragte Marcella.

Er grinste. »Ich habe ein paar Verse für Euch geschrieben, und dieses Mal zu einer Melodie, die ich kenne. Es geht da um Leidenschaft, die sich nicht mehr mit Minne begnügen … Wartet, ich helfe Euch in den Sattel. Kennt Ihr das …« Er errötete leicht. »… das Rosenepos?«

»Genug, um zu wissen, dass es nichts für die Ohren einer anständigen …«

»Ich habe es nicht abgeschrieben, aber ich hab ein paar … tja, Beschreibungen daraus übernommen«, berichtete Matteo treuherzig. »Vorgestern wollte ich die Wirkung erproben. Und deshalb habe ich es in der Schenke vorgetragen, obwohl dieses Weib Barthaare am Kinn hatte. Und ich verstehe wirklich nicht, wieso ihr Kerl so wütend wurde, ich hab ihr doch nur geschmeichelt … und so …«

Er schwang sich federleicht aufs Pferd, und sie ritten los, während er erzählte, wie der Kerzenzieher mit den Fäusten auf ihn losgegangen war und wie schließlich sogar das Weib, für das er gesungen hatte, ihm die Nägel in den Hals gegraben hatte. »Aber kein Wort zu Damian. Nicht, dass ich mich schämen müsste, für das Lied, meine ich. Aber er ist da langweilig wie ein Mönch. Wollt Ihr's mal hören? Jetzt, wo er nicht dabei ist?«

»Ganz sicher nicht«, sagte Marcella.

Sie beobachtete den Jungen, wie er mit wehenden Haaren nach vorn zu Théophile und Camille ritt. Also gut, dachte sie, man kann sich vorstellen, dass er im Jähzorn einen Mann niedersticht, der ihn in seiner Herzensangelegenheit, nämlich bei den Waffen, betrügt. Aber mit Vorbedacht morden? Sie schüttelte den Kopf.

Am Nachmittag erreichten sie St.-Pons-de-Thomières, eine überraschend große Stadt, die sogar eine Kathedrale besaß. Sie war von Jakobspilgern überlaufen, und Théophile hatte seine liebe Not, einen Ort zum Übernachten zu finden. Er mietete schließlich eine Scheune, wo Damian sich im Heu verkroch und erst wieder blicken ließ, als Noël einige gebratene Kastanien und einen erstaunlich gut duftenden Gemüsebrei brachte, die er der Frau des Gutsbesitzers abgekauft hatte.

»Lass uns einen Tag Ruhe einlegen«, sagte Marcella, als sie unter dem Scheunentor saßen und hinüber zu der Kathedrale blickten, vor der eine Schar neu eingetroffener Pilger ihre Filzhüte, Reisesäcke und Pilgerstäbe ablegte.

»Warum?«, fragte er gallig.

Niemand hatte den Mut, ihm zu antworten. Am nächsten Morgen war er der Erste, der wieder auf den Beinen war.

»Bringt ihn von dieser Hetzerei ab. Er sieht ja aus wie

der Tod«, sagte Noël zu Marcella. Sie zuckte die Schultern. An diesem Tag kamen sie bis nach Carcassonne. Den letzten Teil des Weges hatten sie im Schneckentempo zurückgelegt, und so erreichten sie die Stadt erst, nachdem die Tore geschlossen worden waren, und mussten im Freien übernachten. Glücklicherweise regnete es nicht. Dafür jammerte Camille, bis Marcella die Augen zufielen. Am folgenden Morgen machten sie sich auf den Weg nach Mirepoix.

Carcassonne hatte in einer Ebene gelegen, jetzt wurde das Gelände wieder hügliger. Die Landschaft schlug ihnen entgegen wie eine feindliche Hand. Scharfkantige Felsklippen ersetzten die Bäume und Büsche, und das gelbe Gras, das die Erde wie ein Teppich bedeckte, erinnerte an verfilztes Haar.

Gelegentlich trafen sie auf ein Dorf mit fensterlosen Lehmhütten und zerlumpten Kindern oder auf einen einsam gelegenen Donjon. Einmal begegnete ihnen ein Trupp Bewaffneter, die in roten Waffenhemden die Landstraße hinunterfegten und eine dichte Staubwolke hinter sich ließen. Das war kurz vor Mittag, und sie mussten etwa vier Meilen hinter sich gelegt haben.

Damian schaute den Männern nach. Er leckte über die Lippen und blickte sich zögernd nach Théophile um. »Wie weit, schätzt Ihr, ist es bis nach Fanjeaux?«

»Liegt schon hinter uns. Besinnt Ihr Euch nicht? Die Burg, kurz vor dem Waldstück? Das Dorf ist einen Steinwurf weit entfernt. Wusste nicht, dass Ihr dort Halt machen wolltet.«

»Allgütige Madonna, Ihr seht so elend aus, Monsieur«, sorgte sich Camille.

Damian kaute auf der Lippe.

»Kehren wir um, es ist nicht allzu weit«, sagte Marcella.

»Bis nach Mirepoix ist's auch nicht weit«, meinte Théophile.

Marcella schüttelte den Kopf. »Vor uns liegen Berge.«

»Hügel, Madame, die Berge beginnen erst bei Foix.« Der Ritter lächelte sie an.

»Das Wetter ist endlich einmal gut«, meinte Matteo. Niemand ritt gern zurück. Es war, als hätte man hart gearbeitet und müsste feststellen, dass der ganze Schweiß umsonst geflossen war.

Damian, der normalerweise jede seiner Entscheidungen wenigstens mit ein, zwei Worten erläuterte, ließ schweigend sein Pferd antraben. Fort von dem Dorf, dessen Namen Marcella schon wieder vergessen hatte, weiter in Richtung Westen. Das war ein Fehler. Jemand, der zu erschöpft zum Sprechen war, sollte sich ein Bett suchen und ... Ach was! Marcella begriff, dass jeder Widerspruch Damian in seinem Eigensinn nur bestärken würde. Er war ein Dickschädel. Das hatte er bewiesen, als er damals in Trier darauf bestand, seinen schrecklichen Bruder zu treffen, und eigentlich in jeder kniffligen Situation. Er hüllte nur so viel Samt um seinen Starrsinn, dass man dreimal hinschauen musste, um ihn zu entdecken.

Die Hügel waren steiler, als es von weitem ausgesehen hatte. Kleine Anhebungen entpuppten sich, wenn man sie erreichte, als Felsen, die zu Pferde nur mühsam und auf Umwegen zu bezwingen waren. Der Weg verlor sich in einen Trampelpfad, und manchmal endete er in versumpften Wildwiesen, und sie mussten mühsam erkunden, wo die Spuren von Karren und Pferden sich wieder fortsetzten. Ein Gutes allerdings hatte das Vorgebirge: Plötzlich stießen sie überall auf Gebirgswasser, das sich an Kieseln rein gewaschen hatte und so durchsichtig war, dass es zum Trinken einlud.

»Wo ist denn nun Euer Mirepoix«, fragte Marcella den Ritter.

Er zuckte ein wenig verlegen die Achseln.

Sie ritten weiter. Inzwischen war es Nachmittag, und schließlich schwappte die Dunkelheit über die westlichen

Anhöhen. Damian schien die Zeichen der beginnenden Nacht nicht wahrzunehmen. Marcella griff ihm in die Zügel, und er blickte mit einem Ruck auf.

»Lass uns anhalten und nachdenken«, sagte sie. »Es muss doch Höfe geben, auf denen man übernachten kann.« Ihr tat das Herz weh, als sie in sein graues Gesicht blickte, in dem Schatten die Augen einrahmten wie schwarzer Staub. Sie hatte das Gefühl, dass er durch sie hindurch blickte.

»Théophile …« Entschlossen drehte sie sich um. »Sucht ein Dorf, ein Gehöft … Sucht irgendetwas, wo wir zur Nacht unterkriechen können.«

»Was für ein Dorf?«

»Ist mir egal. Wir brauchen ein Dach über den Kopf.«

»Keine gute Gegend, um irgendwo anzuklopfen.«

»Warum?«

»Weil … Ist einsam hier. Niemand merkt, wenn Reisende verschwinden. Unsere Pferde und Waffen sind einiges wert.«

Und warum habt Ihr uns dann hierher geführt?, wollte sie ihn anschreien, aber das war natürlich ungerecht. »Selbst wenn es eine Höhle ist – wir nehmen den nächsten Platz, an dem wir trocken übernachten können«, befahl sie.

Aber es war wie verhext – als hätte jemand eine Tarnkappe über jede Behausung gelegt und die Eingänge zu den Höhlen in der Erde versenkt. Sie ritten durch die Ödnis, und schließlich wurde klar, dass Damian sich nicht mehr lange auf dem Pferderücken halten konnte.

»Denkst du, dass es Räuberbanden gibt?«, fragte Camille ihren Ritter ängstlich.

Noël neckte sie ein bisschen, aber es kam nicht von Herzen. Der kleine Mann blickte sich selbst ständig um, Unbehagen stand in seinem scharfen Rattengesicht. Am Ende hielten sie bei einer Baumgruppe, deren Stämme einen Teil des Windes abhielten, und zündeten ein kleines Feuer an.

Camille holte Brot aus ihrem Korb, und die Männer besprachen, in welcher Reihenfolge sie wachen wollten.

Als sie sich schlafen legten, hatten sie das Schwert griffbereit an der Seite.

Marcella war todmüde und hatte erwartet, dass sie auf der Stelle einschlafen würde. Stattdessen zogen sorgenvolle Gedanken durch ihren Kopf. Sie wünschte, sie könnte Damians Wunde begutachten, aber das würde er nicht zulassen. Er hatte sich in einen unsinnigen Kampf verrannt. Sollte sie ihm gut zureden? Doch selbst wenn er ihr erlaubte, das Unglück über seiner Hüfte in Augenschein zu nehmen – wie wollte sie ihm helfen? Sie trug nur Safran bei sich, und der half nicht gegen Entzündungen. Ihr traten die Tränen in die Augen, und sie blinzelte sie fort.

Die Liebe schützt nicht vor dem Tod, Elsa. Menschen sterben ohne Unterschied, die Guten und die Schlechten, die Geliebten und die Ungeliebten.

Als sie an die Ungeliebten dachte, kam ihr Robert Lac in den Sinn. Wer mochte den fetten Mann ermordet haben? Oder hatte ihn doch der Teufel geholt?

Ihr Gedanken begannen sprunghaft zu wandern. Das Kästchen mit dem Safran, das sie an einem Gürtel unter dem Surcot trug, drückte. Wie sicher war er dort, wenn man sie überfiel? War es leichtsinnig gewesen, die Kostbarkeit auf die Reise mitzunehmen? Ach was, wer sie in dieser Gegend ausplündern wollte, würde sie auch totschlagen, und dann spielte der Safran keine Rolle mehr. Dieser an sich beunruhigende Gedanke schien ihr am wenigsten auszumachen, denn sie merkte, wie die Müdigkeit sie übermannte.

Wie lange sie schlief, hätte sie nicht sagen können. Sie wurde von einem Flüstern geweckt. Als sie den Kopf hob, sah sie eine Gestalt neben Damian knien.

Leise wickelte sie sich aus ihrer Decke und erhob sich. »Was ist mit ihm, Matteo?«

»Ich weiß nicht. Mir kam es so vor … Ach verflucht, man

macht sich eben Sorgen. Heute Nacht kann niemand schlafen. Ist ja auch kein Wunder bei dieser Lausekälte.« Der junge Mann schlug die Arme um den Leib und pustete die Wangen auf. »Macht Euch der Wald Angst, Herrin?« Er grinste. »Mir jedenfalls nicht. Ich wünschte beinahe, man würde uns überfallen. Hejo! Da würde sich zeigen, was ein paar Wald- und Wiesenlümmel gegen ein gut geführtes Schwert ausrichten können. Ich schätze, ich könnte gegen ein halbes Dutzend an. Théophile natürlich auch.« Er warf seiner Waffe einen liebevollen Blick zu.

»Ihr seid ein Träumer, Matteo.«

»Weil ich gern kämpfe oder weil ich Euch Lieder dichte?«

»Warum habt Ihr Damian wecken wollen?«

»Weil er so stöhnte. Er wälzt sich schon die ganze Zeit hin und … da, seht Ihr? Ich dachte, vielleicht will er was trinken. Also ehrlich, mir macht das Sorgen. Er ist nicht einer von denen, die wegen nichts jammern. Ich schwör Euch, wenn ihm was passiert – irgendwie krieg ich die Schuld dafür. Ich seh schon Onkel Donatos Gesicht.«

In einer Aufwallung von Panik fasste Marcella nach Damians Gesicht. Sie tastete zu seinem Hals herab und fühlte einen schwach pochenden Puls. Er reagierte allerdings nicht auf die Berührung. Er musste doch tiefer schlafen, als sie dachten. Oder war er am Ende bewusstlos? Zumindest atmete er gleichmäßig.

»Ich bleibe neben ihm sitzen und weck Euch, wenn was ist«, sagte Matteo.

»Ihr liebt das Kämpfen über alles, nicht wahr?«, fragte sie leise.

»O ja.« Er nahm das Schwert auf und strich liebevoll über die Klinge.

»Was ist so großartig daran, einander Wunden zuzufügen? Ich verstehe das nicht.«

Sie dachte, der junge Mann würde nicht antworten, denn er schwieg lange. Doch plötzlich begann er zu singen. Er hatte keine gute Stimme, und ihm fehlte das Gefühl für Rhythmus. Dennoch ging ihr das Lied, das er wie einen Sprechgesang vortrug, unter die Haut.

»*Mein Herz ist glückerfüllt, wenn ich sehe,*
Wie stolze Burgen belagert werden, Palisaden fallen und überwunden werden,
Wenn Vasallen erschlagen auf dem Boden liegen, wenn die Pferde der Toten ziellos kreisen.
Und wenn dann der Kampf beginnt, darf jeder edle Mann Nur an das eine denken, an splitternde Arme und Schädel.
Es ist besser zu sterben, als besiegt zu leben.
Ich sage euch, es gibt keine größere Lust, als von beiden Seiten den Ruf »Voran! Voran!« zu hören und das Wiehern der reiterlosen Hengste.
Und das Stöhnen »Zu Hilfe! Zu Hilfe!«

Matteo brach ab und räusperte sich. Als sie nichts sagte, seufzte er: »Ihr mögt das Lied nicht.«

»Ein Lied, das das Glück des Mordens besingt?«

»Das versteht keiner. Ich meine … außer den Kämpfern, die in die Schlachten ziehen. Onkel Donato würde mir eins hinter die Ohren geben.« Matteo lachte freudlos. »Es wurde von einem Ritter gedichtet, der als fahrender Sänger durch das Land zog. Bertrand de Born. Er wird es nicht ganz so gemeint haben, wie es klingt, aber in einem hat er Recht: Einem Gegner offen gegenüberzutreten … ihm ins Auge sehen … und dann mit ihm erbarmungslos, aber ritterlich zu streiten … Wenn Ihr dagegen das andere seht: das Feilschen um den Preis von einer Hand voll Pfeffer, das Händereiben, die falsche Freundlichkeit – kommt Euch da kein Schauder auf die Haut?«

»Habt Ihr schon einmal getötet?«

»Ja«, sagte Matteo schlicht.

»Wen?«

»Schon … manchmal. Es geschah immer ehrenhaft.«

O nein, mein Lieber, dachte Marcella und beobachtete von der Seite sein Gesicht mit dem spärlich sprießenden Bart. Einen Basarhändler niederzuschlagen war keineswegs ehrenhaft. Du lügst dich an. Du machst es dir zu leicht. Leute wie du sind gefährlich.

Wider Erwarten sank Marcella doch noch in einen kurzen Schlummer. Der Morgen kam dann viel zu bald. Er weckte sie mit Vogelgezwitscher, und sogar die Sonne lugte durch die Wolken. Die anderen waren bereits wach. Matteo hatte sein Schwert gezogen und focht am Ufer des Bachs, von Camille wild beklatscht, ein Scheinduell gegen einen nicht vorhandenen Gegner, den er mit wilden Worten schmähte. Théophile schaute ihnen mürrisch zu. Von Noël war nichts zu sehen.

»Wie geht es dir?«, fragte Marcella und beugte sich über Damian, der ebenfalls die Augen aufgeschlagen hatte.

»Oh … du meine Güte …« Er rieb sich die Augen.

»Und jetzt noch ein vernünftiger Satz, damit ich weiß, dass ich mich nicht sorgen muss.«

Er setzte sich auf und fuhr mit den Händen durch die verschwitzten Haare. »Ein vernünftiges Wort? Also: Wir reiten nach Mirepoix, und dort werden wir eine Weile bleiben.«

»Das *ist* vernünftig, in der Tat. Und nun schau mich an, Damian. Ich will in deine Augen sehen und wissen, dass es dir vielleicht schlecht geht, aber doch nicht allzu sehr.« Es kam selten vor, dass sie ihren Verlobten aus eigenem Antrieb berührte. Nun strich sie ihm die klebrigen Strähnen aus dem Gesicht. »Ich glaube, wenn wir in Mirepoix sind, werde ich dich in ein Zimmer schließen und …« Sie merkte, wie ihre Stimme plötzlich zu zittern begann.

Matteo brüllte auf. Er hatte seinen eingebildeten Gegner bis zu einem Baum getrieben und begann flink, die Zweige von den Ästen zu schlagen. Damian verkniff sich widerwillig ein Grinsen. Er schüttelte den Kopf. »Es gibt keinen

Grund, sich zu sorgen, Marcella. Ich bin ein wenig erschöpft von dieser ...«

»Das Schlimme ist, dass ich dich zu sehr liebe. In den Sagen der Griechen sind die Götter neidisch. Natürlich kann der wahre Gott nicht neidisch sein, denn Neid ist ja eine Sünde. Und Gott ist sündenlos. Aber ...«

»Was redest du denn?«

»Gott neidet uns unser Glück«, sagte sie. »Ich weiß das. Er findet, wir hätten es nicht verdient.«

9. Kapitel

Frankreich musste ein frommes Land sein, denn selbst der Flecken Mirepoix besaß eine Ehrfurcht gebietende Kirche. Sie stand der Herberge, in der Théophile Zimmer für sie gemietet hatte, gegenüber. Der Schlag ihrer Glocken ließ die Kammer dröhnen, in der Damian in einem Bett sein Lager gefunden hatte. Marcella hatte die gelben Vorhänge zurückgeschlagen und trotz Noëls Protest die Fensterläden geöffnet.

»Welche Zeit?«, murmelte Damian.

»Zwischen Sexta und Nona«, sagte Marcella. Sie war nicht sicher, ob er die Antwort verstand. Der letzte Abschnitt der Reise hatte ihm böse zugesetzt. Er redete einen Kauderwelsch aus Französisch, Deutsch und Italienisch, und sie bezweifelte, dass vieles davon Sinn ergab. »Ihr besorgt einen Medicus, Noël«, befahl sie. »Und wenn es so etwas hier nicht gibt, dann einen Bader. Aber achtet darauf, dass er einen ordentlichen Eindruck macht.«

»Und wenn Ihr den nicht findet, dann sucht einen Priester, der uns eilig traut«, sagte Noël.

Marcella starrte ihn an. Es dauerte einen Moment, bis sie begriff, was er mit seinen Worten meinte. »Schert Euch hinaus«, sagte sie fassungslos.

»Und ich bin bald zurück«, schnauzte der kleine Mann zurück und knallte die Tür.

Niedergeschlagen sank Marcella auf den Schemel, der neben dem Bett stand. Camille und Théophile waren auf den Markt gegangen, um Essen zu besorgen, möglichst Warmes, hatte Marcella ihnen aufgetragen. Brühe, irgendetwas, das mühelos zu schlucken und dabei kräftigend war. Matteo hatte die Pferde versorgen sollen und war seitdem nicht wieder aufgetaucht. Wahrscheinlich trieb er sich wieder herum.

»Einen Medicus?«, murmelte Damian.

»Ja doch«, sagte sie.

Das Essen kam zuerst. Camille hatte sich Aalsuppe in einen Topf füllen lassen, für den sie drei Pfennige ausgegeben hatte, und sie hätte das Geld gern zurückerstattet bekommen. Marcella nickte und suchte in ihrem Geldbeutel.

»Es riecht gut. Es ist auch frisch. Von heute Morgen«, erklärte Camille dem Kranken mit schmeichelnder Stimme und hielt ihm einen Löffel mit einem Stück Aal vor die Nase. Damian schnitt eine Grimasse und drehte angeekelt den Kopf fort. »Aber Madame, er muss essen. Sagt ihm das«, flehte Camille.

»Sag ihr, dass er Ruhe braucht«, knurrte Damian, und wenn das auch unhöflich war, so bedeutete es doch, dass er wieder begriff, wo er war und was geschah. Er versank in eine schweigsame Ruhelosigkeit und antwortete auf kaum eine Frage. Nicht einmal berührt werden wollte er. Als Marcella ihm einen kalten Lappen auf die Stirn legte, schob er ihre Hand beiseite.

Durch das Fenster drang ein Choral, in der Kirche musste ein Gottesdienst begonnen haben. Der strenge Gesang der Mönche wurde durch ein Poltern auf der Treppe unterbrochen. Erleichtert hob Marcella den Kopf. Der Mann, den Noël mit sich brachte, sah vertrauenswürdig aus, nicht zu jung, aber auch nicht so alt, dass man sich vor zitternden Händen und halbblinden Augen hätte fürchten müssen.

Es schien sich um einen Studierten, einen echten Medicus zu handeln, denn er trug die lange, dunkle Tracht der Gelehrten. Ein Junge von vielleicht acht Jahren schleppte seine Tasche hinter ihm her. Ohne viele Worte schlug der Arzt die Decken zurück. Marcella hatte Damians Seite mit einer Schicht von Tüchern bedeckt, die von der Flüssigkeit, die die Wunde aussonderte, verklebt waren. Der Arzt riss sie herab. Er rümpfte die Nase, ob wegen des üblen Geruchs oder weil sein studierter Blick etwas Besorgnis erregendes feststellte, ließ sich nicht sagen.

»*Barbagianni*«, presste Damian durch die Lippen.

»Ihr hättet keinen Medicus, sondern einen Chirurgen holen sollen. Wunden brauchen einen Handwerker und keinen Arzt«, knurrte der Medicus und ließ die Tücher fallen.

»Könnt Ihr ihm dennoch helfen?«, fragte Marcella.

»Niemand kann das. Der Mann wird sterben.« Der Medicus winkte dem Jungen und wollte gehen.

Aufgebracht stellte Marcella sich zwischen ihn und die Tür. »Und für den Fall, dass man doch etwas tun könnte – wie wäre dann die Behandlung?«

»Junge Dame …« Die Herablassung des Arztes tropfte so fett zu Boden, dass man es platschen hörte. »Die Schule von Salerno empfiehlt das Nässen der Wunde und damit Breiumschläge und die Behandlung mit fetten Substanzen. Die Schule von Bologna, die gottlos genug ist, Frauenleichen aufzuschneiden, schwört auf Wein. Und Wilhelm von Saliteco …« Er sprach akzentuiert einige lateinische Wendungen. Ihm musste klar sein, dass sie kein Wort verstand. »Ist Euch damit geholfen?«

»Was sagen die Ärzte der Sarazenen?«

Der Mann hatte schon gehen wollen. Bei dieser Frage hielt er inne. Sein Gesicht umwölkte sich. »Die Künste dieser Teufel sind nicht das Ergebnis gelehrten Studiums in Verbindung mit frommer Gottgefälligkeit, sondern Zauberei. Wenn sie heilen, geschieht es durch die Macht des Leibhaftigen und gewiss nicht zum Segen des Kranken. Und ebenso schlimm wie um den Kranken steht es um die Narren, die sie zur Hilfe rufen.«

»Gibt es denn …«

»Nicht in diesem Ort, und nicht solange ich es verhindern kann.«

»Aber einen Chirurg. Oder einen Bader.« Marcella merkte, wie ihr die Tränen in die Augen stiegen.

Der Medicus würdigte sie keiner Antwort mehr. Mit flatterndem Talar stolzierte er in die Flur, den kleinen Jungen wie ein verlorenes Schiffchen in der Heckwelle.

Damian lachte. Der Laut war mindestens ebenso erschreckend wie die Nachrichten des Medicus. Marcella fuhr zu ihm herum.

»Komm.« Der Kranke streckte die Hand nach ihr aus.

»Es gibt keinen Grund zur Fröhlichkeit.«

»Nicht nach dieser Diagnose.«

»Dann hör auf zu lachen.«

»Komm«, wiederholte er. Er schob die Decke vorsichtig über die Wunde und zog sie zu sich heran. »Einmal nachdenken. In Trier hat diese Wunde auch nicht besser ausgesehen.«

»Wahrhaftig nicht.« Marcella dachte mit Schaudern daran, wie sie im Turm des zwielichtigen Ribaldo vor einem sehr viel weniger bequemen Bett gestanden hatte und wie sie verzweifelt gegrübelt hatte, wie Damian zu helfen sei.

»Was hat der Medicus damals unternommen?«

Der Medicus! Richtig, er wusste ja nicht, dass sie damals den Henker von Konz geholt hatten, weil jeder ehrbare Mitwisser sie an den Galgen hätte bringen können. Er war die ganze Zeit über bewusstlos gewesen. Zum Glück, dachte sie. Denn bereits die Berührung durch einen Henker bedeutete, dass man seine Ehre verlor. Wobei sie nicht das Gefühl hatte, das Damian sich darum geschert hätte.

»Marcella …«

»Gegorenes Johanniskraut zum Auswaschen und dann ein mit heißem Wein getränktes Tuch auf die Wunde.«

»An das heiße Tuch kann ich mich erinnern.«

»Du kannst dich an gar nichts erinnern.«

»An das heiße Tuch doch«, sagte Damian. »Besorg, was wir brauchen.« Sein Einfall schien ihn strapaziert zu haben, er drehte den Kopf zur Seite und schloss die Augen.

Noël winkte heftig, und Marcella folgte dem kleinen Mann vor die Tür. Das Gesicht über dem würdevollen Leinenkragen war in wütender Bewegung. »Gegorenes Unkraut!«

»Es hat ihm geholfen. Johanniskraut. Es hat ihm geholfen, und Ihr werdet es besorgen.«

»Nachdem ich einen Heilkundigen gefragt habe, wie dieses Giftzeug wirkt.«

Kein Mensch auf Erden hätte die Einfältigkeit besessen, Johanniskraut als Giftzeug zu bezeichnen. Seine Heilkraft war legendär. Jedes Kloster, jede umsichtige Hausfrau baute es an. »Was habe ich getan, dass Ihr so redet?«, fauchte Marcella – leise, denn sie hatte die Tür nur angelehnt.

»Ich weiß Bescheid!«

»Worüber?«

»Über solche wie Euch.«

»Über solche ...«

»Ihr habt ihn eingefangen, weil Ihr hübsch seid. Aber jeder weiß, was hinter weißer Haut und roten Lippen steckt.«

»Das ist ...« lächerlich!

»Außen Putz, im Herzen Schmutz!«

»Besorg mir gegorenes Johanniskraut und dann zum Teufel mit dir, du...« Sot, idiot, imbécile, sacré gaillard ... Lieber Himmel, ihr fielen Schimpfnamen ein, als hätte sie aus ihnen früher ihre Unterhaltung bestritten. Übelste Gossensprache. Hatte Jeanne sich auf diese Art ausgedrückt? »Nun geh schon«, schnaubte sie.

»Gut«, sagte Damian und quälte sich, bis er aufrecht im Bett saß. Er blickte auf die Schüssel, in der der beste Wein der Herberge dampfte, dann auf die Schale, in die Noël das gegorene Johanniskraut gegossen hatte. Die Flüssigkeit des deutschen Henkers hatte in der dunklen Kammer geleuchtet. Hier leuchtete nichts. Weil Noël die falsche Medizin gebracht hatte? Oder weil der Henker etwas anderes als Johanniskraut für seine Kur verwendet hatte? Unter Umständen doch etwas Widerwärtiges wie die Hirnhaut von Gehängten oder Splitter vom Armsünderhölzchen oder was sie sonst teuer als Medizin verschacherten? Marcella tunkte den Finger in die Schale und leckte an der Flüssigkeit. Dem Geschmack nach handelte es sich tatsächlich um einen Sud aus Johanniskraut.

Noël zog ihr eine Grimasse. »Der Apotheker hat es gemixt.«

»Sei so gut, nimm Camille und schau dir mit ihr die Stadt an«, sagte Damian.

»Nein.«

»Hinaus – wenn du willst, dass hier etwas geschieht.« Die Schmerzen machten Damian nicht eben geduldiger. Marcella sah, wie er mit den Fingerspitzen auf die Bettdecke klopfte, und hatte eine Ahnung, dass er den kochenden Wein auf den Boden schütten würde, wenn sie den Raum nicht verließ.

»Bleibt Ihr hier, Théophile, und helft?«, fragte Marcella.

»Ist sowieso eine Sache für zwei Leute.« Der Ritter rollte die Ärmel seiner Kotte hoch und nickte Noël zu.

»Wohin gehen wir, Madame?«, fragte Camille und schien die grausame Prozedur, die oben in der Kammer vonstatten gehen sollte, im selben Moment vergessen zu haben, in der sie auf den sonnigen Marktplatz traten.

»Hinaus aus der Stadt.«

Mirepoix war größer, als es den Anschein gehabt hatte. Sie verließen den Markt und schritten durch die Gassen, oder vielmehr, sie balancierten von Trittstein zu Trittstein, denn das kleine Städtchen hatte sich eine Pflasterung nicht leisten können, und Frankreich war in den letzten Wochen im Regen ertrunken. Als die Mauer mit dem bewachten Stadttor in Sicht kam, sahen sie, dass die Bebauung sich auch hinter dem Tor fortsetzte.

»Wohin?«, brüllte der Wächter aus einem Fenster herab.

»Wonach sieht es denn aus?«, rief Marcella verärgert zurück. Es war heller Nachmittag. Und sie wollten die Stadt nicht betreten, sondern verlassen, es gab also keinen Grund, sich anzustellen.

»Hier geht im Moment keiner rein oder raus, und das sag ich, weil ich's gut mit Euch ...« Der Wächter brach ab. Ein erbärmlicher Schrei drang durch die Gasse.

Die Stadtmauer, die anfälligste Stelle im Fall eines Angriffs, war, wie fast überall, mit Hütten aus Lehm und Stroh bebaut, in denen die Hungerleider in enger Nachbarschaft mit den öffentlichen Abfallgruben ihr Leben fristeten. Aus einer dieser Hütten war der Schrei gekommen. Als Marcella sich umdrehte, sah sie ein Dutzend uniformierte Reiter, die mit einem alten Mann stritten. Der Greis stand in einem Hauseingang, die dünne Brettertür war aus den Angeln getreten worden.

»Erbarmen«, hörte Marcella ihn jammern, das Losungswort der Getretenen, das so gut wie niemals half.

Camille riss die Augen auf. Sie fuhren beide zusammen, als eine Stimme in ihrem Rücken fluchte: »Hirten? Gesindel seid ihr! Nicht Hunde, sondern Wölfe. Zerfleischt die Lämmlein, die ihr hüten sollt. Und begnügt euch nicht einmal mit den Lebenden, sondern zerrt ...«

»Klappe, Géraud! Sei still«, rief der pausbäckige Wächter herab. Er kletterte über die schmale Treppe in die Gasse, um besser sehen zu können. Der Mann, den er zur Ruhe gemahnt hatte, ein älterer Herr in einem sauberen, wenn auch geflickten Surcot, schüttelte den Kopf.

Aus dem Haus wurde etwas herausgetragen.

»Seht Ihr das, Madame? Ein Leichensack! Himmel, vielleicht ist eine Seuche ausgebrochen. Was sollten denn sonst die Reiter?« Camille musste einen ausgeprägten Sinn für das Morbide besitzen, sie fröstelte vor unterdrücktem Schauder und konnte dennoch den Blick nicht abwenden.

Der Greis riss sich von dem Uniformierten, der ihn am Arm hielt, los und warf sich auf den Sack, und so gering sein Gewicht auch sein mochte – es reichte aus, ihn mitsamt dem Leichnam seinen Trägern aus den Händen zu reißen, so dass er damit zu Boden stürzte. Heulend warf er sich auf das unförmige Bündel, durch dessen Stoff sich die Glieder des Toten abzeichneten.

»Jawohl, eine Seuche, Ihr habt das rechte Wort gefunden«, schnaubte der Mann, der mit ihnen gemeinsam das traurige Schauspiel beobachtete. »Sie kam mit dem grausamen Simon de Montfort ins Land, verwüstete Bezier, Limoux und Minerve, und dann Mirepoix. Die Seuche der Grausamkeit! So nenn ich das.«

»Sei kein Narr, Géraud! Geh heim, bis ... bis alles vorbei ist.« Der Wächter warf Marcella und Camille einen misstrauischen Blick zu und drängte den Mann im Surcot gegen die Mauer. Er wisperte: »Du weißt, wer sie geschickt hat.«

»Der Böse selbst! Aber ich lasse mir von niemandem ... Verflucht, drück mir nicht die Brust ein.«

»Géraud ...«

»Dein Vater würde dir eins mit dem Riemen überziehen, wenn er wüsste, wie feige du das Maul hältst. Hätte die alte Perette nicht ein wenig Würde verdient, wenn schon nicht im Leben, dann doch wenigstens im Sterben?«

Die Uniformierten trugen rostrote, ärmellose Tuniken über ihren grünen Unterkleidern. Auf ihren Rücken blitzten weiße Kreuze. Wie Schnee, auf einem See aus Blut, dachte Marcella. Sie fragte sich, wer es sein mochte, der hier eine Tote, das Weib eines Habenichts, aus ihrer Hütte schleppen ließ. Aber das ging sie nichts an. »Kommt, Camille.«

»Aber Madame …«

»Wir gehen.«

Mit einem letzten bedauernden Blick folgte die junge Frau ihr durchs Tor. Wenigstens ließ man sie jetzt passieren, der Wächter war völlig mit dem Mann in dem Surcot beschäftigt, der nicht müde wurde, das Gassenschauspiel mit ätzenden Worten zu kommentieren.

»Was hat er gemeint? Ist es doch keine Seuche?«, fragte Camille.

»Ich weiß es nicht.«

Sie stapften über die Straße, die von zahllosen Radspuren und Hufeindrücken zerfurcht war. Camille begann über ihre verschmutzten Schuhe zu jammern, und Marcella merkte, wie ihre Nerven bebten. So viel Stroh im Kopf! Damian lag vielleicht gerade jetzt im Sterben, in der Stadt bahnte sich Unheil an, und dieses Weib …

Der Mann an der Mauer hatte wie ein Ketzer geredet, ging ihr plötzlich auf. Nun schauderte sie selbst. Simon de Montfort? Den Namen kannte sie. Er klang bedrohlich, eine Welle des Unbehagens rann ihr über den Rücken. Vage tauchte das Bild eines ärmlichen Zimmers in ihr auf. Männer, die miteinander flüsterten. Simon de Montfort … Simon, der Schlächter …

»Nun lasst doch Eure Schuhe!«, fauchte sie ihre Begleiterin an. Camille warf ihr einen beleidigten Blick zu.

Die Straße mündete auf einen Platz, von dem aus sich der Weg teilte. Geradeaus ging es in die Felder, links in mehrere Gassen mit ebenso einfachen Hütten wie an der Stadtmauer. Vielleicht die Behausungen der Pfahlbauern, die sich im Schutz der Mauern ansiedelten, um in die Stadt flüchten zu können, wenn Krieg drohte.

»Oh, seht nur Madame, Fische, Forellen!« Camille lief zu einem Häuschen, vor dessen Tür ein wackliger Schragentisch mit silbriggoldenen, rot gepunkteten Bachforellen aufgestellt war. »Kräftigend, Madame, gerade für einen Genesenden«, behauptete sie und schaute Marcella dabei so flehend an wie ein Kind, das einen Kreisel erspäht. Marcella nahm eine Münze aus dem Beutel, gab sie ihr und ging weiter.

»Wie leichtsinnig, das hier ohne Aufsicht liegen zu lassen. Wartet doch, Madame. Hallo? Niemand da?« Camille schlüpfte hinter den Tisch und schaute durch die offen stehende Tür in das Häuschen. »Sacristi! Wo seid ihr denn alle? Da wird man ja verführt, zum Dieb zu werden.«

Nicht nur das Haus – die ganze Gasse war eigenartig leer für diese Tageszeit. Nur ein dicker Mann mit schwarz behaarten Waden saß vor seiner Tür auf einem Schemel aus zusammengebundenen Hölzern.

»Dort!« Er wies mit dem Kopf die Gasse hinunter, ohne eine Frage abzuwarten.

»Dort?« Camille war an Marcellas Seite zurückgekehrt. »Wenn sie Fische verkaufen wollen, warum bleiben sie nicht an ihrem Tisch? Nehmen wir den besten. Das Geld können wir bei der Rückkehr abgeben. Madame?«

Bis zum Ende der Häuserreihe, zu dem der Dicke gewiesen hatte, war es nicht weit. Dahinter lag eine Wiese, die von einem dichten Kranz dunkelgrüner Nadelbäume umgeben war. Marcella blieb stehen. Die Sonne stand ungünstig und blendete sie. Aber sie erkannte, dass ein paar Dutzend Menschen vor den Bäumen warteten. Mit einem mulmigen Gefühl im Magen drehte sie sich um. Die Häuser lagen noch immer still im Nachmittagslicht. Trotzdem. Irgendetwas stimmte hier nicht.

Am besten gingen sie zur Herberge zurück. Vielleicht hatte Damian die peinvolle Prozedur schon hinter sich. Er würde natürlich nicht wollen, dass sie ihn sah. Schmerzen machte er am liebsten mit sich allein aus. Aber sie konnte zumindest von Théophile erfahren, wie er alles überstanden hatte.

»Die warten auf was«, sagte Camille.

Marcella erkannte nun, dass die Menschen einen Halbkreis bildeten und auf ein eingezäuntes Stück Land starrten, das zwischen ihnen und den Häusern lag. Eine Frau hatte sich von ihnen abgesondert. Sie saß vor einem von Wind und Wetter zerfressenen Gatter, durch das man das Grundstück betreten konnte.

»Mir gefällt das nicht, Madame«, sagte Camille. »Es ist … schaurig.«

Aller Augen waren auf die Frau gerichtet, doch sie schien davon völlig unberührt zu sein. Sie saß aufrecht auf einem Steinsbrocken, und obwohl sie sich nicht bewegte, ging eine seltsame Kraft von ihr aus.

»Verschwinden wir, bevor wir Aufmerksamkeit erregen.« Camille hob den Rocksaum an und wollte kehrtmachen.

Die Frau am Gatter war alt und dennoch schön, was so ungewöhnlich war, dass Marcella nicht anders konnte, als sie ebenfalls anzustarren. Sie trug das Haar offen wie ein unverheiratetes Mädchen, und da ihre Haut dunkel war, wirkten die weichen Wellen wie ein Schleier aus flüssigem Silber auf brauner Walderde.

»Nun lasst uns doch gehen«, drängte Camille.

Marcella schritt über die Wiese auf die Frau zu. Unsicher, ob sie sie ansprechen solle, lugte sie über das Gatter. Was sie zunächst für eine Weide gehalten hatte, entpuppte sich als eine von Gras und wilden Blumen übersäte Wiese, die eigenartigerweise von rechteckigen, in Reihen angeordneten Löchern durchzogen war. Einen Moment lang hatte Marcella das unangenehme Gefühl, vor Beerdigungsgruben zu stehen – als hätten die Menschen hinter dem Zaun sich alle zu ihrem eigenen Begräbnis eingefunden. Was natürlich Unsinn war, nicht zuletzt deshalb, weil die Gruben sämtlich voller Unkraut standen. Sie mussten vor Jahren, wenn nicht vor Jahrzehnten ausgehoben worden sein.

»Es ist keine gute Stunde, um sich mit den Toten zu beraten.«

»Bitte?« Marcella blickte die schöne Greisin an.

»Sie lebten selbst in schlimmen Zeiten, aber heute sind sie froh, dass sie bereits gestorben sind. Ich glaube kaum, dass sie die Geduld aufbringen werden, mit dir zu reden. Die meisten sind bereits am Vormittag geflüchtet. Komm später wieder.« Sie trug ein Buch in den Händen, das einem Psalter ähnelte, nur dass keinerlei christliche Symbole den Deckel schmückten. Der Einband war aus schlichtem Leder.

Camille, die plötzlich wieder neben Marcella stand, zupfte an ihrem Ärmel. »Da habt Ihr's«, wisperte sie und neigte vorwurfsvoll den Kopf in Richtung der Häuser.

Marcella war so in Gedanken versunken gewesen, dass sie gar nicht bemerkt hatte, was in ihrem Rücken geschah. Als sie nun herumfuhr, sah sie, wie Reiter aus dem Gässchen zwischen den Häusern quollen. Es handelte sich um die Männer in den roten Tuniken mit den weißen Kreuzen. Sie bildeten einen Kreis, in deren Mitte zwei Knechte den Leichensack mit der Toten schleppten. Sie wirkten nicht besonders bedrohlich, aber als aus der Menge der Wartenden Flüche erschollen, verhärteten sich ihre Gesichter.

»Aus so was hält man sich heraus«, raunte Camille, und diesmal musste Marcella ihr Recht geben.

Die Greisin erhob sich. »Erfreut, dich zu sehen, Bor von Tignac«, rief sie laut. »Wo steckt dein Herr und Heiland? Hat Jacques, der Bäcker, sich selbst nicht getraut? Sag ihm, dass vier zottige Höllenhunde seinen seligen Onkel peinigen. Und dir selbst, Bor, lässt dein Bruder ausrichten, dass er auf dich pissen würde, wenn ihm solch wackre Tat noch möglich wäre.«

Der Führer der Berittenen – ein ergrauter Mann, dem Willensstärke und Tatkraft anzusehen waren – hob die Hand, und der Zug der Reiter geriet ins Stocken. Es wurde still auf der Wiese, als wolle niemand ein Wort von dem sich anbahnenden Streit verpassen. »Lass den Unfug, Mädchen«, sagte er weich.

Die Anrede hätte erstaunen müssen, aber sie tat es nicht. Denn die Schönheit der alten Frau beruhte nicht auf dem Ausdruck von Güte oder milder Weisheit, die sich oft in alten Gesichtern manifestiert und im Betrachter Gefühle von Zuneigung weckt – es war die Lieblichkeit der Jugend, die diese Frau auf rätselhafte Weise über die Jahre hinweggerettet hatte. Ihre Runzeln und Altersflecken sahen aus, als genüge ein wenig Wasser, um das frische Mädchenantlitz wieder zum Vorschein zu bringen.

»Schäm dich, Bor. Es schickt sich nicht für einen von uns, mit Mördern gemeinsame Sache zu machen. Dein Bruder findet ...«

»Sag meinem Bruder, ich grüße herzlich, und nun soll er verschwinden und aufpassen, dass er dabei nicht in die Grube fällt, die der alten Perette zugewiesen ist, denn ich glaube nicht, dass es ihm gefallen würde, mit der Alten das Lager zu teilen.«

Einer seiner Männer lachte, verstummte aber gleich wieder.

»Und ich glaube nicht, dass es *irgendjemandem* gefallen würde, mit Perette das Lager zu teilen«, gab die Greisin zurück, »denn die hier wohnen, sind in der Blüte ihrer Jahre erschlagen worden.«

»Niemand wohnt hier mehr. Eve, die Leichen sind seit Ewigkeiten fort. Glaubst du nicht, es ist an der Zeit ...«

»Totenschänder!«, rief jemand aus der Menge. Mehrere Stimmen nahmen das Wort auf, und bald hallte es über die Wiese wie ein Schlachtruf. »Totenschänder ... Totenschänder ...«

Bor hob die Hand. »Hört auf, Leute. Was hat es ...«

Er wurde sofort niedergebrüllt. »To...ten...schän...der... To...ten...«

Der Ritter nickte den Knechten zu, und sie hoben den Leinensack an. Angst und Unbehagen standen in ihren Gesichtern. Marcella sah sie näher kommen, und plötzlich ging ihr auf, dass sie genau zwischen den Reitern und dem Gatter stand. Sie wich zurück und prallte gegen Camille, die hinter ihr wartete.

Die beiden Leichenträger versuchten, flankiert von den Reitern, zu dem umzäunten Grundstück zu gelangen. Eve hob die beiden Arme, und auf einmal setzte sich die skandierende Menge in Bewegung. Aus dem rhythmischen Schlachtruf wurde ein wildes Gebrüll.

Bor begann zu fluchten, er drängte sein Pferd voran. Marcella sah es auf sich zukommen und sprang erschreckt zur Seite. Sie hob schützend den Arm, als das Tier auf die Hinterhufe stieg, und im selben Moment hörte sie, wie wütend ihr Name gerufen wurde.

Matteo!

Sie hatte keine Ahnung, woher der junge Venezianer kam, aber auf einmal sah sie ihn auf seinem Pferd genau neben Bor, der immer noch versuchte, sein Tier zu beruhigen. Matteo stand in den Steigbügeln, er riss das Schwert hinaus und schwang die Waffe.

Alles geschah viel zu schnell, als dass man einen vernünftigen Gedanken hätte fassen können.

Bors Pferd bäumte sich erneut auf.

Darf jeder edle Mann an eins nur denken ... an splitternde Schädel und Arme ...

Das weiße Kreuz flatterte im Wind, als auch der Ritter in einer seltsamen Bewegung, als hätte sich die Zeit verlangsamt, sein Schwert zog.

Das steigende Pferd verdunkelte den Himmel, und im selben Moment traf Marcella ein heftiger Schlag.

»Besonders *was*?«, fragte Damian.

»Besonders auffällig.«

»Jede schöne Frau fällt auf. Das ist ihr Segen und oft genug ihr Fluch. Seid gerecht. Sie ging spazieren«, sagte Damian.

»Es geht zuvorderst auch nicht um die Frau, sondern um den Lumpen, der über meine Männer hergefallen ist«, erklärte die Stimme. »Aber ich sage offen, es missfällt mir, dass er meinte, diese Frau mit dem Schwert verteidigen zu müssen. Dort fand kein Tanz statt.«

Damian antwortete. Er sprach ruhig, mit diesem Lächeln in der Stimme, das Matteo nicht gemocht hätte, weil es einem Ziel diente – in diesem Fall dem Ziel zu besänftigen. Marcella seufzte. Sie wollte zurück in die Daunen des Schlafes kriechen, aber ihr Kopfschmerz ließ es nicht zu. Vorsichtig zog sie die Decke über die Ohren.

Irgendwann musste sie doch wieder eingeschlafen sein, denn sie wurde von den morgendlichen Geräuschen geweckt, mit dem die Händler und Bauern den Markt in Besitz nahmen. Ihr Zimmer ging, genau wie das Damians, zur Straße hinaus. Sie hörte ein Poltern, etwas wurde mit Hauruck und Gebrüll an- oder herabgehoben. Schweine quiekten, jemand fand es passend zu singen. ... *amours, qui resbaudist mon courage ...*

»Schließt die Läden, Camille«, sagte Damian.

»O nein, lasst nur.« Marcella versuchte sich aufzusetzen – und zuckte zusammen, weil Hals und Schulter sich anfühlten, als schlängele sich ein nagelbesetztes Eisenband hindurch. Aber sie vergaß den eigenen Schmerz, als sie Damian erspähte, der in einem Lehnstuhl saß und sie beobachtete. Einen Moment stockte ihr Atem.

»Es geschieht dir recht, Monsieur. Du hättest in Montpellier bleiben und einen der wirklich gelehrten Ärzte aufsuchen sollen«, sagte sie. Damians Gesicht glänzte, als hätte man es mit Schweinsfett eingerieben. Es war hochrot angelaufen, während die Lippen die Farbe von Meeresschlamm hatten. Man musste nicht in Salerno studiert haben, um zu wissen, welch schlechtes Signal diese Mischung war. »Hat die Prozedur geholfen?«

Er nickte.

»Zumindest hoffen wir es, Madame, wir hoffen ...« Camille fing sich einen bösen Blick ein und wischte verlegen mit dem Ärmel ihres farbenfrohen Kleides übers Gesicht.

»Nicht der Medicus, aber der Stallmeister der Herberge hat sich gestern Abend deine Wunden angeschaut, Marcella. Er ist ein guter Mann, der etwas von Verletzungen versteht. Du bist zweimal von Hufen getroffen worden, zum Glück aber nur an der Schulter und am Arm. Ob etwas gebrochen ist, konnte er nicht sicher sagen, aber du musst vorsichtig sein. Kein Fuß aus dem Bett, bevor die Schwellung abgeklungen ist.«

»Was ist mit Matteo?«

Damians Gesicht verfinsterte sich. Dafür war Camille umso auskunftsfreudiger. »Der Unglückselige! Denkt nur, sie haben ihn in den Kerker gesteckt.«

»Was um alles in der Welt, autsch ...« Marcella griff sich an die Schulter. »Was hatte er denn dort beim Feld zu suchen?«

»Er sagt, es war reiner Zufall. Er war ausgeritten, kam aus dem Wald, sah die vielen Menschen und dachte, wir seien in Gefahr ...«

»O nein«, grollte Damian. »Er *dachte* nicht. Er sah eine Gelegenheit zum Raufen und hat sie ergriffen. Leg dich wieder hin, Marcella. Das Gewühle bekommt dir nicht.«

Sie schüttelte den Kopf und schaffte es mit einiger Mühe, sich aufrecht hinzusetzen. »Was wollten die Menschen dort draußen? Ich hab das nicht verstanden.«

»Es war wegen der Toten, Madame, und das Ganze ist schon so lange her, dass kein vernünftiger Mensch begreifen kann, wozu die Aufregung. Hier lebten Katharer, und man hat sie erschlagen, was sicher richtig war, da sie leugnen, dass Gott unsere schöne Erde erschaffen hat. Ihre Verwandten haben sie auf dem Feld begraben, aber dann hat sie jemand – von der Inquisition, denke ich mir, falls es die damals schon gab ...«

»Camille!«

Die junge Frau tat, als höre sie nicht. Der Klatsch, den sie aufgeschnappt hatte, war zu gruselig, um ihn für sich zu behalten. »Die Inquisition hat sie wieder ausgegraben, um ihre Gebeine zu verbrennen. Aber auch das ist schon Jahre her. Und nun hat der Bischof entschieden …«

»Raus, Camille!«

»Geht und schaut, ob Ihr etwas zu essen auftreibt«, sagte Marcella beschwichtigend.

Camille zog einen Flunsch, traute sich aber nicht zu protestieren. Marcella wartete, bis sie die Tür geschlossen hatte.

»*Was* hat der Bischof entschieden?«

»Dass aus dem Feld wieder ein ganz normaler Friedhof werden soll.«

»Was für eine dumme Idee. Wo doch Bors Bruder und jede Menge anderer toter Leute dort leben. Wo sollen die Armen denn hin?«

Damians Lächeln wirkte gequält. »Ich werde ihm deinen Einwand ausrichten, sobald ich ihn sehe.«

»Sobald du ihn … was soll das heißen?«

»Der großartige Matteo. Wenn ich ihm auch jede einzelne Stunde mit der Kette am Fuß gönne – am Ende muss ich ihn frei bekommen. Oder Caterina wird mir das Herz aus der Brust reißen. Ich habe um eine Audienz gebeten.«

»Aber … nein, Damian! Dein Platz ist im Bett, wo du auch gerade jetzt liegen solltest. Ein paar Tage Wasser und Brot werden dem Jungen nicht schaden.«

»In ein paar Tagen könnte der Bischof schon eine Entscheidung getroffen haben. Es ist viel schwieriger, ein Urteil rückgängig zu machen, als ihm vorzubeugen. Nein, ich muss heute noch hin.«

Etwas, eine schwache, unerquickliche Erinnerung drängte sich in Marcellas Bewusstsein, als sie das Wort *Bischof* hörte. Irritiert schüttelte sie den Kopf. Offenbar war die ganze hässliche Aktion von diesem Bischof ausgegangen, aber Eve hatte nicht über einen Bischof geschimpft, sondern über … einen Bäcker. Auf Jacques, den Bäcker, dessen Onkel von vier Höllenhunden gepeinigt wurde.

»Mach dir keine Sorgen, Marcella, ich fühl mich kräftiger, als es aussieht.«

Bäcker – Fournier. Fournier – der Bäcker. Die Frau hatte keinen Bäcker gemeint, als sie sich aufgeregt hatte, sondern Jacques Fournier.

»Er ist hier.« Marcella ignorierte den Schmerz in ihrer Schulter, schob die Decken fort und stand auf. Ihr wurde schwindlig, aber sie konnte nicht anders. »Jacques Fournier ist hier. Die Inquisition.«

Damian sah aus, als wolle er fluchen. »Fournier arbeitet nicht für die Inquisition.«

»Du … du weißt, dass er in der Stadt ist?«

Er schüttelte den Kopf. »Erst seit gestern Abend. Irgendwann ist sein Name gefallen.«

»Nun ja, es … es ist ja auch nicht wichtig.«

Aber das stimmte nicht. Natürlich war es wichtig, denn Matteo saß in seinem Kerker. Und es wäre auch sonst wichtig gewesen. Jeannes Mörder wohnte in denselben Mauern und atmete dieselbe Luft wie sie. Man konnte nicht tun, als sei das ohne Bedeutung. Marcella merkte, dass sie zitterte. »*Wieso* ist er hier?«

»Ich weiß nicht.«

»Wieso Mirepoix? Ich dachte, er ist Bischof von Pamiers.«

»Ich weiß es wirklich nicht.«

»Natürlich ist er Inquisitor. Er hat Leute verbrennen lassen. Ich habe die Scheiterhaufen gesehen. In Montaillou.«

»Allmächtiger …« Damian ächzte, als er sich erhob. »Setz dich wenigstens hin.« Er stützte sich gegen das runde Holz, das den Betthimmel trug, und deutete auf seinen Stuhl. »Jacques Fournier gehörte *niemals* zur Inquisition. Er galt seinerzeit als einer ihrer schärfsten Kritiker. Die Inquisition besteht hier in der Gegend aus Dominikanermönchen. Sie hausen in Carcassonne, und es hat ihretwegen einen Skandal gegeben, weil sie bestechlich waren und … unnötig grausam. Es kam zu Aufständen. Also hat der französische König die Macht der Bischöfe gestärkt, damit sie ihnen auf die Finger sehen. Jacques Fournier hat einiges Gutes durchgesetzt.«

»Du weißt eine Menge.«

Er zuckte die Achseln.

»Warum war Fournier dann in Montaillou?«

»Dass er kein Mitglied der Inquisitionsbehörde war, heißt nicht, dass er die Ketzerei in seinem Bistum ignorierte.«

»Er hat also doch als Inquisitor gearbeitet.«

»Setzt du dich hin?«

»Nein.«

Einen Moment herrschte unbehagliches Schweigen.

»Komm, Marcella. Ich gehe zu ihm. Ich erkläre ihm, dass Matteo ein Hohlkopf ist. Dass er die Damen seiner Begleitung in Gefahr sah und ohne nachzudenken …«

»Das kommt nicht in Frage. Ich werde selbst gehen. Durch mich ist das Unglück entstanden. Außerdem bin ich dabei gewesen. Also ist es viel glaubhafter, wenn ich selbst aussage.«

Er schüttelte den Kopf. »Camille wird mich begleiten.«

»Camille sagt immer das Falsche.«

»Es ist mir egal, was Camille sagt.« Damian holte Luft. »Marcella – du wirst Jacques Fournier nicht unter die Augen treten. Mach mich nicht wütend.«

10. Kapitel

Diesmal meinte Damian es ernst. Er weigerte sich, Marcella zu sagen, wann genau ihn der Bischof zu sich befohlen hatte. Kurz nachdem er gegangen war, platzte Noël in das Zimmer.

»Monsieur Tristand«, bellte er, »glaubt, dass Ihr den Wunsch habt, etwas über den Handel im Languedoc zu erfahren. Hier bin ich. Stellt Fragen.«

»Verschwindet.«

Noël zog sich den Lehnstuhl heran, dieses Luxusmöbel, das überhaupt nicht zur eher schlichten Ausstattung des Zimmers passte, und ließ sich darauf nieder. Offenbar wartete er, dass sie etwas sagte, protestierte. *Ach Elsa,* dachte sie, *es ist das Recht eines Ehemanns, über seine Frau zu wachen, und es ist ihre schönste Pflicht, ihm in allem zu gehorchen. Was aber, wenn der Ehemann, durch Schmerz und Krankheit verwirrt, eine höchst törichte Entscheidung trifft, und diese auch noch mit wiederum krankhaftem Starrsinn durchzusetzen sucht?*

Sie legte sich in ihre Kissen zurück und starrte zu der Decke, deren Holzbalken von Staubflusen besetzt waren, die sich in den Gespinsten der Spinnweben und Schnaken verfangen hatten.

»Ihr habt Recht«, sagte sie, ohne Noël anzusehen. »Wenn

er zur Bischofsburg reitet oder wo auch immer Fournier residiert, und wenn ihn die Anstrengung umbringt, dann werde wiederum ich schuld sein, denn ich war es, die zum Tor hinausgegangen ist.«

»Vielleicht nicht mit der Absicht, Unheil zu stiften. Aber das ist es ja. Frauen brauchen gar keine Absicht. Es liegt in ihrer Natur, Schaden anzurichten, so wie Hunde kacken und Wespen stechen.«

»Es tut so gut, mit Euch zu sprechen, Noël. Nie muss man rätseln, ob Ihr es aufrichtig meint. Er geht gerade jetzt?«

Noël lehnte sich im Stuhl zurück und wandte seinen Blick dem Treiben auf dem Marktplatz zu.

Es war bereits Nachmittag, als Marcella Damians Stimme hörte. Sie drang vom Marktplatz herauf, und Matteo antwortete ihm. Es ging um die Pferde. Die Stimme des jungen Mannes klang so unverdrossen fröhlich, dass Marcella ihn am liebsten erwürgt hätte.

»Und nun – ab mit Euch, Noël!«

Der kleine Mann gehorchte mit beleidigender Eile. Marcella kroch aus den Federn – Himmeldonnerwetter, tat das weh! –, zog das Unterhemd aus, wusch sich von Kopf bis Fuß und stieg umständlich in reine Kleider. Sie zwang einen Elfenbeinkamm durch ihre völlig verwuselten Haare und rieb den Hals mit Rosenöl ein. Beim Geruch der Duftessenz stieg ihr ein Kloß in den Hals. Das Leben war einfacher gewesen, bevor sie Damian Tristand kennen gelernt hatte, wahrhaftig.

Um zu seinem Zimmer zu gelangen, musste sie eine Stiege hinab. Sie hörte ihn schon von weitem fluchen, aber auf Italienisch, so dass sie nichts verstand. Matteo blickte erleichtert auf, als sie ins Zimmer trat.

»Verflixtes Pech alles. Tut mir Leid. Wirklich. Besonders das mit Eurer Schulter«, meinte er verlegen.

»O ja«, fauchte Damian. »Verflixtes Pech, dass du mit den Nichtsnutzen des Ortes säufst. Verflixtes Pech, dass ihr besoffen durch die Stadt galoppiert. Und dreimal verflixtes Pech, dass dir, wenn du einen Mann mit einem Schwert siehst …«

»Sie sah bedroht aus.« Matteo versuchte Marcella zuzublinzeln.

»Ich ertrag dich nicht. Zieh Leine, Bengel. Aber keinen Schritt mehr aus dem Haus!«

Damian wartete, bis der junge Mann durch die Tür geschlüpft war. Dann ließ er sich mit einer Grimasse auf das breite Bett mit dem monströsen Himmel fallen. Jemand, vermutlich Camille, hatte die verschmutzten Laken und Tücher gewechselt. Er streckte sich aus und hob einladend den Arm.

»Komm zu mir, Marcella. Ich fall nicht über dich her. Setz dich, halte meine Hand, und lass uns einen Moment mit dem Schicksal hadern, das uns von unseren gelben Blumen fern hält.« Er lächelte erfreut, als sie tatsächlich die Bettbank erstieg und sich neben ihn auf die Strohmatratze setzte. »Dies wird doch noch ein guter Tag. Gibst du mir die Hand?«

»Ja, und dann will ich nichts mehr hören – von Matteo, von Bischöfen, von Bäckern und Aalsuppe. Sag mir, dass du so gut wie gesund bist, und mach mich dabei glauben, dass du die Wahrheit sprichst.«

»Es geht mir besser. Noch einen Monat, und wir sind in Venedig.« Damian lächelte, aber es dauerte nur kurze Zeit, bis er neben ihr eingeschlafen war.

In einer Aufwallung von Zärtlichkeit beugte Marcella sich über ihn. Seine Haare waren zu lange nicht geschnitten worden. Eine Locke kringelte sich hinab auf eine Wunde am Kinn, wo er sich beim Rasieren verletzt hatte. Sie schob sie mit dem Finger beiseite. Vorsichtig berührte sie mit dem Finger seine Lippen, die erstaunlich weich waren.

Manchmal tat es beinahe weh – so gern hätte sie ihn umarmt und sich an ihn geschmiegt. Und warum zur Hölle machte sie es nicht? Einen Moment war ihr, als hörte sie einen Krug zerschellen, ganz fern in den hintersten Ecken ihrer Erinnerung.

»Was ist?«

»Hörst du das nicht?«

Doch, natürlich hörte sie es. Das ganze Haus schien plötzlich vor Lärm zu beben, und davon war Damian geweckt worden. In Gedanken schimpfte Marcella auf die Störenfriede, die ihn aus dem Schlaf rissen, kaum dass er ein paar Stunden geruht hatte. Der Herbergsbesitzer, ein Franzose mit wahrhaft südlichem Temperament, nahm Gäste in Empfang und schnatterte ununterbrochen, bis er von einer Frage aufgehalten wurde. Jemand stieg die Treppe hinauf. Es war Noël. Er riss die Tür auf, warf einen Blick ins Zimmer, sah Marcella auf der Bettkante sitzen und verzog das Gesicht wie eine Äbtissin, die ihre Novizinnen beim Kichern erwischt.

Damian grinste schwach. »Und? Wer kommt?«

»Der Bischof, Monsieur Tristand. Bischof Fournier persönlich. Er wünscht ...« Mit sichtlichem Widerwillen deutete Noël auf Marcella. »... die Madame zu sprechen.«

»Das geht nicht. Sie ist krank. Warte. Ich gehe selbst ...« Er verstummte.

Dieses Mal waren die Tritte auf der Treppe schwer. Einer der Ritter mit dem weißen Kreuz auf der Tunika schob Noël beiseite, um Platz für seinen Herrn zu schaffen. Es war Bor, der Gardist, den die Frau auf dem Feld mit so heftigen Vorwürfen überhäuft hatte. Marcella stand auf und wappnete sich für den Mann, der Bor folgte.

Was für eine Vorstellung hatte sie von Jacques Fournier gehabt? Sie sah einen Mann in gut geschnittenen, wenn auch nicht übermäßig prächtigen Kleidern, mit einer Tonsur, deren Kranz aus bereits ergrauten Haaren bestand und einen merkwürdigen Gegensatz zu dem jugendlich wirkenden Gesicht bildete. Er war ihr völlig fremd, selbst seine Stimme, als er sagte: »Ich hatte den Eindruck, Monsieur Tristand, dass es weise sein könnte, wenn ich noch einmal selbst ein Wort mit der Frau wechsle, die so unglücklich verletzt wurde. Meine Tochter?«

Er war groß gewachsen, und so schaute er auf sie herab, etwas, was Marcella verabscheute, auch wenn sie ihm kaum einen Vorwurf aus seiner Körperlänge machen konnte. Als er sich leicht vorbeugte, schlich sich eine Erinnerung ein. Es war eine Nebensächlichkeit, kaum der Beachtung wert. Anders als die meisten Menschen wandte der Bischof seinen Blick nämlich nicht nach kurzer Zeit ab. Im Gegenteil, er starrte sie an, und es war ... als würde man unanständig berührt, dachte Marcella. Aufgebracht starrte sie zurück.

»Du bist es also wirklich.«

»Ich bin was?«

»Das Mädchen aus Montaillou. Allerdings nicht mehr ganz so eckig und ... ein wenig sauberer.«

»Sie ist das Ebenbild ihrer Schwester, verzeiht Monseigneur. Aber es ist ... einfach verblüffend«, murmelte Bor.

»Du bist also nach Frankreich zurückgekehrt?«

Damian erhob sich mit schmerzverzerrtem Gesicht vom Bett und stellte sich neben Marcella. »Nicht ganz freiwillig, Monseigneur. Wir sind auf dem Weg nach Venedig, um dort unsere Hochzeit zu feiern. Leider zwang mich mein Geschäft, einen Abstecher nach Frankreich zu machen, und Marcella ... Ich bedaure mit jedem Tag mehr, dass ich sie mitgenommen habe.« Der letzte Satz klang so grimmig, dass man ihn unbedingt glauben musste.

Der Bischof nickte. »Dein Vater hatte gewünscht, dass du nie wieder hier in diese Gegend kommst.«

»Das wusste ich nicht«, erwiderte Marcella wortkarg.

»Aber du erinnerst dich an ihn.«

»Nein.«

»An Montaillou?«

Sie schüttelte den Kopf und merkte, dass er ihr nicht glaubte.

»Verzeihung.« Damian sprang für sie in die Bresche. »Das sind alte Geschichten. Und meine Braut … fühlt sich noch nicht gut. Vielleicht könntet Ihr später …«

»Ich bin nicht gekommen, um sie zu beunruhigen, mein Sohn. Bor, der das Begräbnis auf dem alten Katharerfriedhof durchsetzen musste, erzählte mir völlig aufgelöst, dass die schöne Jeanne wiedergekehrt sei. Ich war einfach ein wenig neugierig.«

»Die Katharer sind ausgerottet, wenn ich es richtig verstanden habe. Warum …«

»Diese widerwärtigen Auftritte wie gestern auf dem Friedhof?«

»Ich meinte eigentlich: Warum immer noch Fragen?«

»Nein, du meinst den widerwärtigen Auftritt.« Der Bischof lächelte, und einen Moment lang verlor er seine würdevolle Strenge und wirkte lebhaft wie ein Mann, der sich einer wichtigen Sache verschrieben hat. »Es ist leicht, *Menschen* … auszurotten, wie du es zu nennen beliebst. *Ideen* haften weit hartnäckiger. Die gute Eve beispielsweise glaubt, mit einer Gabe versehen zu sein. Sie ist das, was man hier eine Seelenbotin nennt. Jemand, der die Toten besucht und ihnen Botschaften der Lebenden überbringt – und umgekehrt. Wenn du Eve Gehör schenktest, würdest du erfahren, dass der kürzlich verstorbenen prunksüchtigen Madame Teisseire an den Stellen, an denen sie früher seidene Manschetten trug, unlöschbare Feuer brennen. Madame leidet Qualen und bittet ihren Gatten dringend um Seelenmessen. Dagegen habe ich nichts, denn es ist ein frommes Unterfangen. Schlimmer ist, dass die Witwe Vuissane ihrer Tochter ausrichten ließ, sie solle ihren Mann verlassen, weil er ihre Lieblingskatze in einem Misthaufen erstickte. Vital

Roussel hat sie wegen ihrer Leichtgläubigkeit verprügelt, aber das hat die Sache nicht wieder einrenken können.«

»O weh«, sagte Damian und verkniff sich ein Grinsen.

»O weh, allerdings. Gegen Aberglauben zu kämpfen – das ist, als würde man einen Becher Wasser in einen brennenden Wald schütten. Aber damit nicht genug. Eve hat begonnen, mit den Seelen verstorbener Katharer zu plaudern. Es hat hier während der Katharerkriege ein Gemetzel gegeben. Die Sache war vergessen, bis Eve den Enkeln und Urenkeln die Klagen ihrer Vorfahren in die Ohren blies. Und plötzlich wird wieder von Seelen geredet, die in den Körpern von Schafen und Zeisigen weiterleben. Du begreifst, dass ich handeln musste!«

»Und was geschieht mit Eve?«, fragte Marcella und bereute im selben Moment, sich bemerkbar gemacht zu haben. Sie schaute zum Fenster, fand, dass sie sich dadurch noch verdächtiger verhielt – verdächtig eigentlich welchen Verbrechens? – und lenkte den Blick auf das bartlose Gesicht des Bischofs zurück.

»Du hast an deiner Schwester gehangen.«

»Das weiß ich nicht. Ich sagte ja schon: Ich kann mich an die Zeit in Montaillou nicht erinnern.«

»Du *hast* an ihr gehangen.«

»Jeanne war … freundlich zu mir. Ich weiß, dass sie mir das Sticken beibrachte.«

Der Bischof nickte.

»Sie war ein guter Mensch. Sie hat sich um die Leute im Dorf …«

Damian schüttelte kaum merklich den Kopf, und Marcella verstummte.

»Sie hat sich um die Leute im Dorf gekümmert. Ja, das hat sie. Und zweifellos hat sie dich mitgenommen, weil sie fand, du solltest ihr bei den barmherzigen Taten beistehen?«

»Ich weiß nicht.«

»Natürlich weißt du nichts. Dein Vater, das Dorf – jeder

war bestrebt, dich von dem Geschehen fern zu halten. Und? Bist du neugierig? Willst du etwas über deine Schwester erfahren?«

»Ja«, sagte Marcella. Sie sah, wie Damian die Augen schloss. »Ja«, wiederholte sie.

»In Montaillou lebten einfache Leute. Bauern, Schafhirten … weder besonders fleißig noch besonders klug, aber auf ihre Art kamen sie zurecht. Bis die Perfecti, die Vollkommenen, diese Männer, die sich als Propheten, Heilsbringer und Günstlinge Gottes ausgeben, in ihr Dorf einbrachen. Die Leute haben ihnen mit aufgesperrten Mündern gelauscht. Der Zehnte sei ein Unrecht. Die Beichte wirkungslos. Die Welt eine Schöpfung des Teufels. Und die Seele wandere von einem fleischlichen Geschöpf ins nächste, bis sie durch die gottlose Zeremonie, die die Perfecti *Endura* nannten, von ihrem irdischen Leib befreit werde.«

Damian wollte etwas einwerfen, aber der Bischof ließ es nicht zu.

»Auf einmal mussten die Bauern von Montaillou sich mit schwierigen Fragen beschäftigen. Darfst du deinen Esel im Kornfeld des Nachbarn weiden lassen? Sicher darfst du. Beide besitzen ja eine Seele. Und wenn der menschliche Körper des Teufels ist, muss dann nicht auch das Sakrament der Ehe verdammt werden, die ja eingesetzt wurde, damit Gottes Geschöpfe sich vermehren? All das wälzten die armen Bauern von Montaillou in ihren schweren Köpfen. Begreifst du, was in dem Dorf vor sich ging?«

Er wartete, vielleicht auf Zustimmung oder eine Frage, aber Marcella schwieg. Fournier hatte über Jeanne sprechen wollen, sicher hatte er das nicht aus den Augen verloren. Und richtig:

»Jeanne war keine von den Bauern. Sie war nicht nur wohlhabender als jeder im Dorf – sie war auch klüger. Sie gehörte nicht zu den staunenden Lauschern, sondern zu den Predigern.«

Der Mann, der die Garde des Bischofs führte, musste niesen. Er erstickte das Geräusch hastig mit der Hand.

»Jeanne glaubte, das Richtige zu tun«, sagte Marcella.

»Dann hätte ich sie bedauert und sie belehren und vielleicht überzeugen können, den Pfad der Verwirrung zu verlassen. Ich fürchte, es war anders. Denn Jeanne Bonifaz gehörte zu den unangenehmen Menschen, die das eine predigen und das andere tun. Sie beschwor die Bäuerinnen, enthaltsam zu leben. Aber sie selbst hatte…« Er machte eine effektvolle Pause. »… nicht nur einen, sondern sogar zwei Liebhaber im Dorf.«

»Das ist nicht wahr.«

»Dieses Wissen, meine Tochter, bekam ich nicht durch die Folter. Die Leute im Dorf haben es bezeugt. *Viele* Leute.«

»Das ist nicht wahr. Jeanne ist *gestorben* für das, was sie glaubte. Heuchelei schafft keine Märtyrer.«

»Du würdest staunen, meine Tochter«, sagte der Bischof mit sanfter Ironie. »Als man ihr auf die Spur kam, verkroch sich Jeanne in einer Ecke wie ein Fuchs, der von den Hunden bedrängt wird. Aber sie war nicht reumütig. Sie leugnete frech, irgendwelche Liebschaften gepflegt zu haben, selbst als schon alles offenbar war. Ihre Buhlen waren offenbar empfindsamer. Der eine stürzte sich in den Tod, der andere verließ das Dorf, und es heißt, dass er irre geworden sei.«

»Nun wissen wir, was geschehen ist«, sagte Damian. Er legte den Arm um Marcellas Schultern.

»Jeanne dürstete sich zu Tode, und ihre Leiche wurde auf dem Rübenacker verbrannt«, sagte Marcella.

»An den Acker erinnerst du dich also?«

»Sie dürstete sich zu Tode, weil sie nicht aufhören wollte, zu glauben, was sie glaubte. Vielleicht war sie keine Märtyrerin, aber sie war auch keine Heuchlerin.«

»Und du irrst schon wieder. Jeanne starb bei einem Fluchtversuch. Sie stürzte aus dem Zimmer des Fensters, in das sie eingesperrt worden war, und fiel dabei … sehr unglücklich in eine eiserne Pflugschar. Sie hatte keineswegs vor zu sterben.«

»Das ist nicht wahr.«

»Dein Vater hätte es dir bezeugen können, doch leider ertrug er die Wahrheit so wenig wie du. Nachdem er dich fortgeschickt hatte, erhängte er sich an einem Pflaumenbaum. Was ebenfalls eine schwere …«

»Und all das ist viele Jahre her.« Damian drückte Marcellas Schulter so fest, dass es wehtat. »Ihr seht, ehrwürdiger Vater, meine Braut ist völlig durcheinander. Ihre Erinnerungen an das, was sie erlebte, sind schwach und wie es scheint falsch. Ich bedaure, dass das unglückselige Erlebnis am Friedhof sie wieder hat aufleben lassen, und vielleicht war es klug, dass Klarheit geschafft wurde, aber nun sollte es vorüber sein. Wir blicken nach Venedig.«

Der Bischof kratzte sich mit dem Daumennagel unter dem Ohr. Auch diese Bewegung war Marcella seltsam vertraut, und wieder durchrieselte sie ein Schauer der Abneigung.

»Ich glaube, du wirst glücklich werden in Venedig, mein Sohn. Das Kind Marcella war anders als die Schwester. Sie war … völlig ehrlich. Das letzte Mal, als ich sie gesehen habe, hat sie mich gegen das Knie getreten.« Der Bischof lachte, als er das Zimmer verließ.

11. Kapitel

Damian litt, und zwar unter dem Schneckentempo, mit dem sein Körper gesundete. Er hasste es, bei Tageslicht im Bett zu liegen und war doch nach kurzer Zeit auf den Beinen schon erschöpft. Drei Tage, nachdem sie seine Wunde ausgewaschen hatten, bekam er erneut Fieber, und ein paar Stunden lang war Marcella fast hysterisch vor Angst. An diesem Abend vergaß sie sogar, dass Jacques Fournier mit ihr innerhalb derselben Stadtmauern wohnte.

Das Fieber verging und ließ einen weiteren Schwächeschub zurück.

Marcella schickte erneut nach dem Medicus, in der Hoffnung, dass er durch einen Aderlass oder ein anderes probates Mittel die Heilung vorantreiben könne. Der Mann ließ sich eine Weile bitten, doch als er schließlich kam, warf Damian ihn kurzerhand wieder hinaus. Er stellte den Besuch mit fünf Solidi in Rechnung, und Marcella wunderte sich, warum diese Zahl ohne Unterlass durch ihren Kopf geisterte, obwohl sie Damian nicht spürbar ärmer machte und es ihr im Grunde völlig gleich war, um welche Summe man ihn schröpfte.

»Varilhes ist nur einen Tagesritt von hier entfernt«, sagte er, als er ein paar Tage später in dem Lehnstuhl am Fenster saß und vor Nervosität den Saum seines Ärmels ausfranste.

159

»Und wenn es zwei Schritt vor dem Tor läge: Du hütest das Bett.«

»Sie werden dieser Frau, Eve, einen Prozess machen.«

»Ich weiß«, sagte Marcella. »Aber das geht uns nichts an. Ich bin nicht verrückt. Ich mische mich in nichts ein.«

Andererseits konnte sie sich aber auch nicht völlig abschotten. Mit Camille zusammenzuleben bedeutete, über alles informiert zu werden. Die junge Frau hatte herausgefunden, dass Bor, der Mann des Bischofs, mit Eve verwandt war. *Entweder, sie hatten eine Liebschaft oder sie sind Cousin und Cousine, Madame. Oder beides. Bei diesen Ketzern weiß man ja nie.* Jedenfalls munkelte man, dass Bor vor dem Bischof auf den Knien gelegen habe, um für seine Was-auch-immer ein mildes Urteil zu erflehen. Aber der Bischof ließ sich nicht erweichen.

»Er ist unbestechlich, das ist die Eigenschaft, für die man ihn rühmt«, sagte Damian.

»Er ist herzlos«, antwortete Marcella.

Von da an sprachen sie nicht mehr über den Bischof. Aber Marcella spürte, wie Damian sie mit seinen Blicken verfolgte und in ihrem Gesicht zu lesen versuchte. Er war erleichtert, dass sie nicht auszugehen wünschte, und sie tat ihm diesen Gefallen, weil sie Angst hatte, dass jede Aufregung seinen Gesundheitszustand verschlimmern würde.

So zog fast eine Woche ins Land. Die nimmermüde Camille trug ihnen neue Nachrichten ins Zimmer.

»Der Bischof hat Eve verhört, und sie hat gesagt, dass die schwangere Frau von Arnaud Gélis, die sich angeblich unten im Hers ertränkte, weil Arnaud der Nachbarin schöne Augen machte, in Wahrheit auf den Köteln einer Ziege ausgeglitten ist«, berichtete sie. »Für Arnauds krankes Gewissen war das eine Erleichterung. Er hat auf der Schwelle seiner Hütte gesessen und geheult, als hätte er einen Topf Zwiebeln geschält, sagt das Mädchen aus der Küche.«

»Und das müssen wir wissen?«, fragte Damian.

»Gar nichts muss man wissen, aber ist es dem Menschen nicht ein Bedürfnis zu erfahren, wie es um das Wohl seines Nächsten bestellt ist?«, meinte Camille fromm.

»Der Hers fließt auch oben im Alion«, sagte Marcella.

»Wenn Monsieur nicht zu erfahren wünscht, was in der Welt geschieht, kann ich gern schweigen.«

»Das wäre wunderbar«, sagte Damian.

Der Hers floss in den Bergen, und in der Nähe von Montaillou war er zu einem Fluss mit glitzernd blauen Wellen geworden, auf denen die Sonne Diamanten tanzen ließ. Es hatte in Montaillou auch einen Bach gegeben, aber die fetten Gebirgsforellen schwammen im Hers. Das hatte wenigstens der Junge gesagt, der Marcella überredete, auf Fischfang zu gehen. Sie konnten beide nicht schwimmen. Jeanne hatte sie erwischt, und ... war sie ärgerlich geworden? Das Bild – der Junge, der angeberisch von Stein zu Stein bis fast in die Mitte des Flusses balancierte – hatte sich in Marcellas Gedächtnis gegraben. Jeanne dagegen hatte sich in den Nebeln der Erinnerung aufgelöst.

»Madame? Madame, wo seid Ihr wieder mit den Gedanken? Ich frage nach dem Essen«, sagte Camille.

»Schwimmen hier unten im Hers Forellen?«

»Das weiß ich nicht, Madame. Aber ich glaube kaum. Die Gerber sind am Ufer angesiedelt. Ihre Abfälle vertreiben die Fische. Andererseits hat die Frau vor der Stadt Forellen verkauft«, widerlegte Camille ihr eigenes Argument. »Vielleicht ist der Fluss hier so reißend, dass er allen Unrat fortspült? Wenn Ihr Forellen essen wollt, Madame ... aber Ihr esst doch gar keine ...«

»Zieht los und kauft welche«, unterbrach Damian sie. »Und beeilt Euch nicht mit dem Heimkommen.« Er wartete, bis die beleidigte Camille durch die Tür verschwunden war. »Das Alion – so heißt die Gegend, in der Montaillou liegt?«

»Ist es nicht seltsam? Dieselben Forellen oben und hier

unten. Sie brauchen wahrscheinlich nur einen Tag, um hierher zu kommen. Nein, es ist natürlich *nicht* seltsam. Die meisten Flüsse entspringen in den Bergen. Warum sollte der Hers nicht über Montaillou nach Mirepoix fließen? Brauchen die Flüsse eigentlich Gefälle, um voranzukommen? Ich habe mir darüber noch nie Gedanken gemacht.«

»Marcella, es tut mir Leid, dass Jeanne …«

»Ich rede über Flüsse, nicht über Jeanne.«

»… dass Jeanne umgekommen ist. Es tut mir Leid, *wie* sie umgekommen ist. Und es tut mir … außerordentlich Leid, dass du anhören musstest, was Bischof Fournier über sie sagte. Die Kirche urteilt oft strenger, als es …«

»Wie Recht du hast. Sie hat ja auch nichts getan, als sich mit dem halben Dorf im Stroh zu wälzen.«

»Was ich meine, ist …«

»Du warst es, der von ihr angefangen hat.«

»Heilige Anna, das Mädchen ist tot. Es ist völlig bedeutungslos, was der Bischof denkt oder nicht denkt. Sie kann in Frieden ruhen, und Gott, der über sie richten wird, wird wissen, was wirklich geschah.«

»Sie war meine Schwester.«

Er schwieg, und sie wandte ihm brüsk den Rücken zu. Draußen auf dem Marktplatz stieg gerade ein Reiter vom Pferd. Er musste einen langen Weg hinter sich haben, denn sein Pferd war staubbedeckt und seine Beine bis zum Wams voller verkrusteter Schlammspritzer. Trotzdem führte er nur leichtes Gepäck bei sich. Ein reitender Bote also? Vielleicht mit einer Nachricht für Damian? Damian hatte in Narbonne hinterlassen, wohin er reisen wollte, und auch in Montpellier in der Herberge ihre Reiseroute hinterlegt.

»Ich brauche gar nicht selbst nach Varilhes zu reiten. Emile kann ebenso gut hierher kommen. Das würde uns Zeit sparen. Marcella?«

»Erwartest du einen Boten?«

»Donato wollte mir … Venedig will einen Schuldfonds

bilden. Das betrifft uns. Es hat mit einer Teilhabe an Anleihen zu tun, die wir besitzen, und wir müssen einige Entscheidungen treffen. Ist jemand gekommen?«

Sie zuckte die Achseln.

»Ich könnte Noël zu Emile schicken. Ein Tagesritt hin, ein zweiter zurück. Noël könnte in drei Tagen mit dem Mann zurück sein, und ich wüsste, wem er sein Gold übergeben und wer es also unterschlagen hat. Dann hätten wir die leidige Sache geklärt und könnten heim.«

»Vorausgesetzt, Noël findet den Mann überhaupt.«

»Emile Vidal? Er ist kein Fisch im Ozean, sondern der Glückspilz aus Varilhes, der inzwischen dank seiner Goldfunde und meiner dämlichen Wette ein Haus aus Stein bewohnt und für sein Leben ausgesorgt hat. Jeder im Ort wird ihn kennen.«

»Und außerdem ist er der Mann, von dem eine böse, schwarze Seele hofft, dass er dir niemals unter die Augen kommt.«

»Also gut, ich werde Théophile bitten, Noël zu begleiten«, lenkte Damian ein. »Aber nicht, weil ich Noël misstraue …«

»… sondern weil du nicht schon wieder Streit haben willst.«

»Weil … es vernünftig ist. Ich bete, dass ich mir nichts zurechtgesponnen habe, dass Emile mir den Namen nennen kann, den ich brauche. Und danach – keine Gnade für den, der uns diese letzten Wochen eingebrockt hat.« Marcella suchte nach der Andeutung eines Lächelns in seinen Mundwinkeln, aber die letzten Worte schienen ihm bitterernst zu sein.

Der Bote war nicht für Monsieur Tristand gekommen. Er verschwand in einem der hinteren Zimmer der Herberge, von wo er mit einer Pergamentrolle unter dem Arm wieder entlassen wurde. Damian sah ihn, als er die Treppe hinabeil-

te, weil Marcella gerade an der offenen Tür einen Krug
Wein in Empfang nahm. Sie merkte an seinem Gesicht, dass
er sich ärgerte. Sie verstand ihn. Er war Kaufmann, er wollte Geschäfte machen – nicht um des Geldes willen, sondern
weil ihn das Spiel reizte. Kein Wunder, dass die erzwungene
Untätigkeit ihn verrückt machte.

*Ach Elsa, und statt ihn zu besänftigen und ihm die Zeit
zu vertreiben, bringe ich ihn zur Weißglut. Wenn du hier
wärst, würdest du sehen, wie es um seine Nerven steht. Er
hat es satt, ewig mein Gejammer über eine Frau zu hören,
die schon lange in ihrem Grab modert. Sein trefflicher Donato wird ihm raten, sein Weib einmal gehörig durchzuprü-
geln. Was ist nur los mit mir, Elsa? Warum kann ich ihn
nicht glücklich machen, da ich ihn doch liebe?*

Théophile hatte keine Lust, nach Varilhes zu reiten, als er
sah, wie Camille die Hände rang. Er ist jämmerlich, dachte
Marcella. Und schämte sich, weil in diesem Gefühl ein Stich
Neid für die unkomplizierte Liebe der beiden enthalten war.

Matteo dagegen hätte Noël liebend gern begleitet.

»Und genau das werde ich verhindern. Und wenn ich ihn
in Ketten lege«, sagte Damian, als Marcella nach dem Gespräch mit den Männern seine Bettdecken lüftete.

»Das hast du doch schon. Du hast ihm verboten, einen
Fuß nach draußen zu setzen.«

»Wenn er es war, der Lagrasse und Robert Lac umbrachte, dann ist sein Arrest eine kleine Strafe. Und wenn er es
nicht war, dann sollte es ihm nur recht sein, reingewaschen
zu werden«, knurrte Damian sie an.

Eve hatte dem Bischof vor die Füße gespuckt und ihm gesagt, dass seine Großmutter zum reinen Glauben überge-
wechselt sei und ihn verfluche. Bor betrank sich daraufhin
in einer der übelsten Spelunken der Stadt. Eves Großnichte
erzählte einer begierigen Zuhörerschar, dass ihre Großtante

das Bett mit einem Fasanenweibchen geteilt habe, in dem, wie Eve behauptete, die Seele ihrer kleinen Tochter wiedergeboren worden sei.

»Dabei hatte Eve gar keine Tochter«, erzählte Camille mit glühenden Wangen, was sie weiter an Tratsch aufgeschnappt hatte. »Jedenfalls nicht offiziell. Aber Blanchette – so heißt diese Großnichte –, Blanchette sagt, dass Eve in ihrer Jugend einen Bastard geboren habe, den nie jemand zu Gesicht bekam.«

»Sie sollte besser den Mund halten«, sagte Marcella.

»Glaubt Ihr, dass sie die Wahrheit sagt?«

»Der Bischof lässt alle reden, und irgendwann brennen Scheiterhaufen.«

Es war Nachmittag, und Noël und Théophile waren schon vier Tage fort. Damian hatte es im Bett nicht mehr ausgehalten. Er war aufgestanden, hatte sich angekleidet und war zum Markt hinabgegangen. Marcella blickte zum dritten Mal aus dem Fenster, ohne ihn zwischen den Ständen oder unter einem der Arkadenbögen, die den Markt säumten, entdecken zu können.

»Wenn herauskommt, dass Eve ihr Kind umgebracht hat, dann wird sie wirklich brennen müssen«, sagte Camille. »Es heißt, dass diese Blanchette jeden Abend ein Bündel Holz zu den Weinäckern vor die Stadt trägt. Sie hasst ihre Großtante, sagen die Leute, weil sie die Familie in Verruf gebracht hat.«

»Camille!«

»Denkt Ihr, dieser Bor hat es wirklich mit Eve getrieben? Wenn ja, müsste er auch brennen. Finde ich jedenfalls. Vielleicht war er gar der Vater …«

»Hört auf mit diesen scheußlichen Reden. Hört sofort auf!«

»Aber wenn ich damit aufhöre, muss ich an Théophile denken, und dann fühle ich mich noch viel trauriger. Denn er sollte schon gestern zurück sein. Das hat Monsieur Tristand doch selbst gesagt. Höchstens drei Tage. Und? Wollt

Ihr die Wahrheit wissen?« Unvermittelt brach sie in Tränen aus. »Er kommt nicht zurück, weil die Straßen voller Gesindel sind und niemand seines Lebens sicher ist.«

»Das ist doch … aber nein, Camille. Kommt, seid so gut und bestellt etwas für das Abendessen.«

»Und, Madame? Für vier oder für sechs Leute?«, fragte die junge Frau und knallte mit der Tür.

Kurz darauf kam mit den letzten Sonnenstrahlen des Tages erneut ein Bote in die Stadt. Und diesmal brachte er tatsächlich eine Nachricht für Damian. Matteo, der den Kopf durch die Tür in das Zimmer der beiden Frauen streckte, verkündete die frohe Botschaft. »Bei Nachrichten kriegt er immer gute Laune. Ich kenne das.« Er winkte fröhlich.

Marcella machte sich auf den Weg in Damians Zimmer. »Gute Nachrichten oder schlechte?«, fragte sie.

Damian ließ einen geizig knapp geschnittenen Pergamentbogen auf seine Knie sinken und starrte sie an.

»Deine Anleihen sind verloren gegangen oder was auch immer für Übel einem leichtsinnigen Menschen damit widerfahren können. Nimm es dir nicht zu Herzen, Damian. Wir strecken meinen Safran mit Färbersaflor und werden es als Spitzbuben wieder zu Reichtum und Ehre bringen.«

Er lachte leise, sah dabei aber ziemlich ratlos aus. »Der Brief ist von Monsieur Espelette, dem Mann aus Narbonne, den ich gebeten hatte, unser Kontor zu vertreten. Er sagt, Monsieur Lagrasse ist in die Stadt zurückgekehrt.«

»Lagrasse!«

»Er wollte ihn aufzusuchen, konnte ihn aber nicht erwischen. Weder zu Hause noch im Hafen oder an den Plätzen, wo man ihn normalerweise trifft.«

»Und was bedeutet das nun?«

»Das weiß ich nicht.«

»Heißt es, dass wir nicht auf Noëls Rückkehr warten müssen?«

»Wir warten, Marcella.«

Sie aßen am nächsten Morgen zum ersten Mal seit langem wieder gemeinsam. Die Kochrüben, die in dem kleinen Schankraum serviert wurden, schmeckten salzig. Nur Matteo aß mit dem unverdrossenen Appetit der Jugend.

»Fünf Tage!«, sagte Camille und zog weinerlich die Nase hoch. Sie bediente nicht mehr bei Tisch. Das erledigte inzwischen ein Mädchen aus der Herberge. Fünf Tage waren tatsächlich eine lange Zeit für einen Dreitagesritt, und Marcella hatte inzwischen ein so schlechtes Gewissen gegenüber der jungen Frau, dass sie froh war, ihr wenigstens eine kleine Freude bereiten zu können. Aber an diesem Morgen war Camille durch nichts zu trösten. Ihre Augen waren gerötet. Wahrscheinlich hatte sie die halbe Nacht hindurch geweint.

»Ich nehme an, Emile ist unterwegs, und sie warten in Varilhes auf seine Rückkehr«, meinte Damian zerstreut.

»Das Mädchen aus der Küche sagt, die Straße nach Varilhes führt durch ein Sumpfgebiet, in dem Reisende überfallen werden. Es heißt, die Banditen versperren dort einen Bohlenweg und nehmen die Leute in die Zange …«

»Camille«, versuchte Marcella sie zu beruhigen. »Théophile ist ein Mann, der sich seiner Haut zu wehren weiß.«

»Ihr Anführer ist ein ehemaliger Schmied, den sie Echse nennen. Er hängt die Leute an den Händen auf und lässt unter ihren nackten Fußsohlen Feuer brennen …«

Damian ließ seinen Löffel sinken, mit dem er in dem Brei gestochert hatte.

»Er kommt zurück«, sagte Marcella. »Camille – er ist ein Ritter. Ließe er sich von irgendjemandem an einen Baum hängen?«

Camille lächelte zaghaft.

»Ließe er nicht. Nicht Théophile, solange er ein Schwert hat.« Matteo grunzte ermutigend. »Übrigens … Sie sind seit dem Morgen dabei, unten auf dem Platz einen Holzstoß … Verdammtes …! Warum lassen sie den Wein kochen?« Er presste den Fingernagel gegen die Zunge, die er sich verbrannt hatte, und nuschelte: »Sie tragen Holz zusammen. Ich nehm mal an, sie wollen die Ketzerin brennen lassen.«

»Lieber Himmel«, hauchte Camille. »Und ich dachte ...«

»Dieses Gespräch ist zu Ende«, sagte Damian scharf.

»Warum soll sie verbrannt werden?«, fragte Marcella. »Weil sie glaubt, dass die Seele ihrer Tochter in einem Fasan weiterlebt?«

»Aber nein, weil sie ...« Camille warf einen raschen Blick auf ihren Geldgeber. Sie beugte sich zu Marcella und flüsterte: »Es geht ihr schlecht, sie ist dem Tode nahe, heißt es. Aber als der Priester kam, hat sie gerufen: Sancta Maria, ich sehe den Teufel – und gekreischt, bis er ihre Zelle wieder verlassen hat. Der Bischof soll das als endgültigen Beweis ihrer widerspenstigen, häretischen Haltung betrachten.«

Marcella starrte sie an.

»Vielleicht ist sie von den verdammten Seelen, mit denen sie verkehrte ...«

»Nun haltet endlich den Mund«, brüllte Damian. Er schlug die Handflächen auf den Tisch, dass es knallte.

Entgeistert starrte Camille ihn an. Sie rückte den Stuhl nach hinten, stand auf und ging hoch erhobenen Hauptes und mit brennendem Gesicht hinaus.

»Man bräuchte sie nicht anzuschreien«, sagte Marcella.

»Was ist denn los?«, fragte Matteo.

»Eve soll also hingerichtet werden. Ihr Vetter besäuft sich, ihre Nichte sammelt Holz für den Scheiterhaufen. Vor einer Woche war hier alles noch in Ordnung. Vor einer Woche war dies eine friedliche Stadt. Was will Fournier? Ist er Gott, dass er entscheidet, wo Sodom und Gomorrha liegen und was brennen soll?«

»Geh raus, Matteo!«

Der junge Mann warf dem Kompagnon seines Onkels einen raschen Blick zu und gehorchte.

»Genau. Genauso haben sie es in Montaillou auch gemacht: Geh raus. Niemand darf etwas hören. Niemand darf etwas sagen.«

»Du bist selbstgerecht. Wissen wir denn, was im Haus des Bischofs geschehen ist? Wir haben nur den Tratsch, den diese ...« Damian schluckte ein derbes Wort herunter. »... den Camille in der Küche aufgeschnappt hat.«

»Nimm ihn ruhig in Schutz. Das ist die beliebteste und wirkungsvollste Taktik, wenn man Angst um seine Haut hat.«

Die bösen Worte taten Marcella Leid in dem Moment, in dem sie über ihre Lippen geschlüpft waren.

Damian wurde blass.

»Ich ... nein, das wollte ich nicht ...«

»Pack deine Sachen«, befahl er.

»Was?«

»So viel, wie du für ein paar Tage in den Bergen brauchst. Wir reiten nach Montaillou.«

Sie starrte ihn an.

»Heute noch. Ich werde nicht den Rest meiner Tage mit deiner Schwester verbringen. O nein! Wir gehen in dieses von Gott verfluchte Dorf und finden heraus, was Jeanne dort getrieben hat. Hure oder Heilige – mir ist das egal. Aber ich lass nicht zu, dass sie unser Leben zerstört!«

12. Kapitel

Der Trotz der Frauen, liebe Elsa, ist tatsächlich eine so teuflische Plage, wie es von den Kanzeln gepredigt wird. Nun reite ich mit Damian, der sich noch lange nicht von seiner Verletzung erholt hat, in diese schrecklichen Berge. Wir benutzen Pfade, vor denen Gemsen schaudert. Camille jammert ohne Unterlass, weil sie Théophile vermisst. Damian beobachtet Matteo, den er immer noch verdächtigt, Robert Lac ermordet zu haben, und findet keine Ruhe. Und ich bin schuld.

Im nächsten Dorf werden wir einen Führer bekommen, der die Gegend kennt und uns mit ein oder zwei Übernachtungen nach Montaillou führen kann. Er ist früher Schäfer gewesen und soll hier mit jedem Grasbüschel vertraut sein. Auch wenn Damian wütend ist, geht er besonnen vor.

Ist er tatsächlich wütend? Ich weiß es nicht. Er redet kaum im Moment. Tut ihm sein Heiratswunsch Leid, und er will es nur nicht eingestehen, weil er wie stets verbissen an seinen Zielen festhält?

Ich bin niedergeschlagen, Elsa.

Und ich habe Angst.

Sie ritten durch ein sonniges Tal, das anders als in Deutschland auch um diese Jahreszeit noch grün wirkte. Altweiberfäden glitzerten in den Büschen, zwei Füchse jagten einander durch das Unterholz. Matteo, der wieder vornweg ritt, schnitt Grimassen und versuchte, Camille mit zweifelhaften Scherzen aufzuheitern. Ein harmloser Anblick, in traumhaft schöner Umgebung.

Man hatte ihnen gesagt, dass sie gegen Nachmittag auf ein kleines Dorf treffen würden, wenn sie nur immer dem Pfad folgten. Bisher allerdings reihte sich ein Tal an das andere, und nirgends ließ sich eine menschliche Seele erspähen.

Erst als die Sonne sich zu den Bergspitzen neigte, erreichten sie eine Steinbrücke, hinter der an einem grünlich schimmernden Tümpel einige Hütten lagen. Das späte Nachmittagslicht beschien die Siedlung, und der Anblick von geflickten Wickelhosen, die in den Ästen eines Baumes zum Trocknen aufgehängt waren, der Duft von Bratfisch und brennendem Holz und das Lachen der kleinen Kinder, die vor den Hütten spielten, jagten Marcella einen Schauer von Heimweh über den Rücken. Heimweh, wonach? Nach brennenden Scheiterhaufen?, dachte sie ärgerlich.

Damian schnalzte mit der Zunge. »He du, wir suchen Grégoire«, rief er einer alten Frau zu, die auf einer Holzbank am Tümpel saß und einem Mädchen mit steifen Fingern Läuse aus dem Zottelhaar suchte.

»Hinten bei den Tannen. Er schlägt Holz.« Die Frau entließ das Mädchen mit einem Klaps auf den Hintern und lächelte breit.

»Hört sich doch gut an«, murmelte Damian in Marcellas Richtung. »Wenn er eine Axt schwingen kann, dann muss er noch einigermaßen beisammen sein. Sein Vetter, sein *jüngerer* Vetter, der ihn empfohlen hat, war schon krumm wie ein Haselzweig. Aber Grégoire soll sich am besten auskennen. Matteo, sieh zu, dass du Stroh auftreibst, um die Pferde trocken zu reiben.«

Der Auftrag erwies sich als überflüssig. Ein junges, bereits zahnloses Mädchen bog um die Ecke und nahm Matteo die Arbeit ab. Sie errötete bis auf die Haarwurzeln, als der Venezianer ihr ein freundliches Kompliment machte. Als Marcella sah, wie Damian nach seinem Geldbeutel angelte, schüttelte sie den Kopf und griff nach seinem Arm.

»Du beleidigst sie. Die Menschen hier sind gastfreundlich. Wenn du etwas geben willst, dann gib es Grégoire für seine Arbeit.«

Wie um ihre Worte zu bestätigen, stand die alte Frau auf und wandte sich mit den Worten: »Essen gibt es, wenn die Sonne die Baumspitzen berührt« zum Haus.

Marcella begleitete Damian zu den Tannen. Grégoire war ein Mann wie Methusalem, nichts als Haut und Knochen, das Gesicht vom Wetter gegerbt, mit skeptischen Augen, die tief in den Höhlen lagen. Aber die Axt schlug er wie ein Zwanzigjähriger ins Holz. Marcella empfand den Stolz einer Mutter über ein wohlgeratenes Kind, als sie sah, wie er ohne Zögern die Hand ausstreckte, um den reichen Kaufmann willkommen zu heißen. So war man hier in den Bergen. Geradeheraus und offen, jedermann kannte seinen Wert. Er freute sich, als Damian ihm Grüße von seinem Vetter ausrichtete, und grinste übers ganze Gesicht, als er ihn bat, sie über die Gebirgspfade nach Montaillou zu bringen.

»Du hast keine Lust auszumisten«, neckte ihn die alte Frau, als er ihr wenig später von seinem Auftrag erzählte. Die halbe Einwohnerschaft des Weilers hatte sich in dem Häuschen eingefunden und begutachtete die Fremden. Das gelauste Mädchen wickelte den Saum von Marcellas Surcot um die Faust und leckte, beeindruckt von der Weichheit der englischen Wolle, mit der Zunge daran.

»Es gefällt dir hier«, meinte Damian leise auf Deutsch zu Marcella.

»Ja«, sagte sie, aber in dem Moment, in dem sie das Wort aussprach, stimmte es bereits nicht mehr. »Ja und nein. Ich fühle mich ... als liefe ich über Eis. Es ist schön, aber man weiß nicht, ob es trägt.«

Sie fuhr mit den Fingern in den Haarschopf des Mädchens, und wieder tauchte ein blasses Bild aus der Vergangenheit auf. Ein Rosengarten, Bienen, die geschäftig von gelben zu dunkelroten Blüten flatterten und das Einflugloch des geflochtenen Strohkorbs umsummten ... jemand rieb ihren Nacken ... jemand lachte ... eine Gartenpforte quietschte ... »Ich weiß nicht, ob es gut ist, nach Montaillou zu gehen.«

Damians Miene blieb kühl. Er nahm der alten Frau einen Becher mit Bier ab und nickte ihr kurz zu, bevor er sich wieder Marcella zuwandte. »Sag mir, ohne zu lügen, dass du Jeanne aus deinem Gedächtnis verbannen kannst.«

»Wie soll das gehen?«

»Also!«

Grégoire tauchte auf. »Wir machen uns mit dem ersten Morgenlicht auf den Weg. Dann brauchen wir nur eine Nacht im Freien. Die Frauen! Sie mögen es nicht, im Regen zu wandern und in nassen Kleidern zu schlafen, äh?« Er lachte, als hätte er eine besonders seltsame Marotte des weiblichen Geschlechts erwähnt.

»Denkst du, dass es regnen wird?«

»Das riecht man doch«, sagte Grégoire, nahm Damian den Becher ab und trank ihn in einem Schluck leer. Dann legte er sich ohne Umschweife in eine Ecke ins Stroh.

»Es hilft nichts, wir gehen nach Montaillou«, sagte Damian zu Marcella.

Für Grégoire schien das erste Morgenlicht noch vor dem Sonnenaufgang zu leuchten. In der Hütte war es so dunkel, dass sie einander anrempelten, als sie aufstanden und sich das Stroh aus den Kleidern schüttelten. Marcella fand hinter dem Haus einen Gebirgsbach, der in den Tümpel mündete, und in dem sie sich Gesicht und Hände waschen konnte. Als die Dämmerung das erste Licht in die Hütte sandte, stellte die alte Frau einen Körnerbrei auf den Tisch und schenkte dazu wieder von dem sauren Bier ein. Kurz darauf machten sie sich auf den Weg. Ohne die Pferde allerdings, die ihnen von nun an nur hinderlich sein würden.

»Manchmal ist Monsieur Tristand zu misstrauisch und manchmal zu leichtsinnig«, flüsterte Camille Marcella zu, als sie sah, wie das zahnlose Mädchen einem der Pferde die Mähne streichelte. »Wir kennen die Leute doch gar nicht. Was, wenn sie die Pferde verkaufen und hinterher leugnen, dass wir sie hier gelassen haben?«

Marcella nickte geistesabwesend.

»Nicht, dass ich schlecht von ihnen reden will, aber man muss es doch sagen können«, meinte Camille.

Sie wanderten der Sonne entgegen, dann, nach einer ausgiebigen Mittagspause, kehrten sie sich nach Westen. Die Wege wurden steiler und bald so schmal, dass sich jede weitere Diskussion wegen der Pferde erübrigte. Die Vegetation verkümmerte, dafür wärmte sie die Sonne und heiterte sie mit ihrem Licht auf.

»Ich glaube nicht, dass es regnen wird«, sagte Damian, als es Nachmittag wurde und die Sonne immer noch aus einem strahlend blauen Himmel schien.

»Es wird«, entgegnete Grégoire gleichmütig. »Seid Ihr müde, Herr?«

Damian schüttelte den Kopf.

»Ihr seht aber so aus.«

»Nein.«

»Er ist nicht müde, er ist niemals müde, das ist ein Gesetz«, murmelte Marcella. Sie sah, wie Damian ihr einen Blick zuwarf.

Sie befanden sich auf einem Gebirgspfad, der sich in unregelmäßigen Serpentinen höher wand. In den Ritzen des weißen, porösen Felses hatte sich mickriges Buschwerk festgesetzt, etwas anderes wuchs hier nicht mehr. Aber unten im Tal schlängelte sich ein Bach durch eine Wiese, und am Waldrand ästen Rehe, ein Anblick, der so schön war, als hätte der Herrgott einen zweiten Garten Eden angelegt.

»Achtet auf den Boden, das Moos ist glitschig«, mahnte Grégoire.

Wenig später erfüllte sich seine Prophezeiung. Innerhalb kürzester Zeit bezog sich der Himmel: Der Garten Eden zu ihren Füßen, eben noch von rötlichem Abendlicht verzaubert, erinnerte plötzlich an ein graues Hexenreich.

»Achtet auf das Moos«, wiederholte der alte Mann.

Er führte sie auf einem Seitenpfad, auf dem sie sich durch dornige Zweige kämpfen mussten, bergab, bis sie eine kleine Schlucht erreichten. Dort blieb er stehen. Schwer atmend, stützte er sich auf seinen Stock. Er legte den Kopf in den Nacken, musterte die Wolken, dann die Schlucht und dann wieder die Wolken.

»Kein gutes Wetter zum Reisen.« Zum ersten Mal an diesem Tag wirkte ihr Führer unsicher. »Wir gehen hier durch und rüber ins Wolfswäldchen, das wird das Beste sein«, meinte er. Und fügte, ein wenig überrascht, hinzu: »Nun bin ich sogar selbst müde.«

Marcella blickte sich um. Die Schlucht sah aus, als hätte ein Riese mit einem Beil in den Berg geschlagen, oben breit und unten schmal. Der Weg zwischen den Felswänden wurde von einem Bach begleitet und war so eng, dass man ihn nur im Gänsemarsch begehen konnte.

»Also los«, meinte Grégoire.

Sie bekamen fast augenblicklich nasse Füße. Der Bach schien hier oft über die Ufer zu treten. Der Boden war mit Wasser voll gesogen wie ein Schwamm. Außerdem wurde es jetzt schnell dunkel.

»Bist du sicher, dass wir es bis zu diesem Wäldchen schaffen?«, fragte Damian.

»Hier ist kein guter Platz für die Nacht«, meinte Grégoire.

Wieder wirkte er unsicher. Er blieb stehen und schaute zum Himmel, an dem sich schwarze Wolken zusammenzogen.

»Aber auch kein schlechter.« Damian wies mit der Hand über den Bach. Etwa in Kopfhöhe befanden sich dort einige dunkle Löcher, die aussahen wie geplatzte Blasen in einem Teig. »Was ist das?«

»Höhlen.« Der alte Mann wollte etwas hinzufügen, aber er schüttelte nur den Kopf. »Der Regen bricht bald los. Ist nichts für vornehme Frauen.«

»Dann lass uns sehen, ob wird dort ein trockenes Plätzchen finden können.«

»Nun ja ...« Grégoire schwankte und nickte dann.

Ihre Schuhe waren inzwischen völlig durchnässt, da schadete es auch nicht, dass sie den Bach durchwateten. Inzwischen war es fast völlig dunkel geworden. Sie kletterten einige Felsblöcke hinauf, bis sie zu einem der Löcher kamen. Es war keine Höhle, wie Grégoire behauptet hatte, sondern nur eine tiefe Einbuchtung in der Felswand, die allerdings einen flachen Boden hatte und genügend Platz für sie alle bot, wenn sie eng genug zusammenrückten. Mit einem Donnerschlag kündigte sich ein Gewitter an, doch vorerst blieb es noch trocken. Sie breiteten die Decken aus, die die Männer getragen hatten, und machten es sich, so gut es ging, bequem.

Damian rückte neben Marcella und hüllte sie beide in seinen grünen, wunderbar warmen Mantel. Er drückte ihre Hand und schlief fast augenblicklich ein.

»Diesmal sind es die Männer, die am wenigstens vertragen«, sagte Grégoire.

Matteo murmelte etwas. Es klang wie: die *alten* Männer. In diesem Moment setzte der Regen ein. Er kam mit der gleichen Wucht wie der Donnerschlag, und kurz darauf war das schönste Gewitter in Gang. Sie saßen nun völlig im Dunkeln, und Marcella beobachtete über Damians Arm hinweg die Blitze, die durch das Gebirge zuckten wie die Bannstrahle eines zornigen Gottes. Damian hatte den Kopf an ihre Schulter gelehnt, und sie fuhr vorsichtig mit der Hand über seine Wange. Sie war kühl, das Fieber war nicht zurückgekehrt. Marcella merkte, wie müde sie selbst war, aber aus Angst, Damian zu wecken, verzichtete sie auf eine bequemere Lage.

Grégoire nickte ebenfalls ein, und kurz darauf schlief auch Camille. Ihr Hicksen war das einzige Geräusch neben dem Rauschen des Wassers. Matteo hatte sich an den Rand der Höhle gesetzt und spielte mit kleinen Steinchen.

Marcella nahm Damians Hand zwischen ihre eigenen und kuschelte sich an ihn. Wenn ich gelangweilt in meinem venezianischen Haus sitze und mit Caterina über das beste Mittel gegen Wanzen plaudere, wird dies vielleicht eine meiner schönsten Erinnerungen sein, dachte sie, und mit diesem bittersüßen Gefühl schlief sie ebenfalls ein.

Es war kein weiterer Donnerschlag, sondern ihr kaltes Hinterteil, das sie weckte. Marcella brauchte einen Moment, ehe sie sich zurechtfand und wusste, wo sie war. In der Felsspalte konnte man kaum noch die Hand vor Augen sehen, und auch die Blitze, die gelegentlich die Finsternis aufbrachen, hatten nachgelassen. Der Regen pladderte so laut, dass es wie ein Trommelwirbel klang. Sie hatte Angst.

»Damian?« Er schlief immer noch.

Sie saß im Nassen – das war es, was ihr Angst machte. Um ihren Körper spülte Wasser.

»Damian!« Sie rüttelte ihn heftig. »Matteo, Grégoire!« Die kleine Höhle stand bereits einen halben Fuß tief unter Wasser. Wenn es nicht durch die Decke oder die Wände der Höhle gesickert war, konnte man sich denken, wie rapid das Wasser in der Schlucht gestiegen sein musste. Gab es so etwas überhaupt? Vage erinnerte sie sich an Erzählungen über schmale Bäche, die im Unwetter zu reißenden Strömen wurden.

Damian wurde allmählich wach, und Marcella überließ

ihn sich selbst. Sie starrte über Knie und Beine hinweg zum Ausgang und meinte, Äste und Blätter vor dem Eingang vorbeischwimmen zu sehen.

»Peste!« Damian stieß sich den Kopf an, als er aufstand. Mit steifen Gliedern tastete er sich über die langsam erwachenden Kameraden hinweg. Matteo murmelte schlaftrunken einen Mädchennamen.

»Grégoire ... Grégoire!« Damian beugte sich über ihren Führer und schüttelte ihn. »Grégoire?« Er stockte und murmelte dann etwas auf Italienisch, die Sprache, in die er immer verfiel, wenn er erregt war. »Grégoire ...« Er bückte sich, so gut es in der Enge ging, kniete sich dann gar ins Wasser und fasste die beiden mageren Schultern, aber der alte Mann gab keinen Ton von sich.

Verschlafen murmelte Camille: »Was ist denn das? Ich bin ... wie eklig.«

Grégoire war tot. Marcella wusste es, bevor Damian sich aufrichtete und es aussprach.

»Alte Menschen sterben. Aber es hätte nicht jetzt sein sollen«, sagte er.

Mit dem Unwetter war ein ordentlicher Wind aufgekommen, und in dem Schweigen, das seinen Worten folgte, hörten sie es durch die Ritzen und Öffnungen pfeifen, die die Felslöcher miteinander verbanden. Damian trat zum Ausgang. Er beugte sich ins Freie, zog aber den Kopf rasch wieder zurück. »Der Himmel ist schwarz. Keine Ahnung, wie lange es noch bis zum Morgen dauert.«

»Hier ist Wasser«, flüsterte Camille in dem furchtsamen Ton eines Menschen, dem zu dämmern beginnt, dass er sich in einer gefährlichen Lage befindet.

Als Marcella aufgewacht war, hatte ihr das Wasser bis zum Knöchel gereicht. Inzwischen war es über die Wade gestiegen. Sie sah, wie vor der Höhle weiße Krönchen vorbeischäumten. Das Rinnsal in der Schlucht war tatsächlich zu einem Fluss geworden.

»Ich sehe, ob ich irgendwie nach oben klettern kann«, erklärte Matteo.

Damian hielt den Jungen, der zum Eingang drängelte, zurück. Er streckte noch einmal den Kopf in das Unwetter, spähte in jede Richtung und sagte hoffnungslos: »Niemals. Nie im Leben kommst du heil hier fort. Gott, was haben wir verbrochen?«

»Warten hilft nichts. Ich versuche es einfach.« Matteo klang begeistert, es war offensichtlich, dass er die Situation genoss.

»Der Stein ist so glitschig wie Seife. Und du kannst nicht einmal so weit sehen, wie die Hände greifen. Nein! Tut mir Leid, Matteo, nein. Es ist zu gefährlich.«

Das Wasser stieg atemberaubend schnell. Es reichte ihnen mittlerweile bis zu den Knien.

»Gefährlich. Es ist immer gefährlich. Das ist doch das Leben.« Matteo schubste Damian übermütig zur Seite. Er wog nicht ab. Er tastete mit einer Hand seitlich hinaus und schwang sich, sobald er etwas zu fassen bekam, in den Sturm. Damian versuchte, ihn an den Kleidern zu packen, aber der Junge war zu schnell.

»Idiot!« Damian lehnte sich, so weit es ging, hinaus. Er rief etwas, bekam aber keine Antwort, und offenbar konnte er auch nichts erkennen. Prustend zog er den Kopf zurück. »Himmel, dieser Bursche!«

In diesem Moment schrie Matteo. Sie hörten kein Aufplatschen, aber der gurgelnde, schnell abbrechende Hilferuf verriet, dass der Junge in die Fluten gestürzt war.

»Reich mir die Hand, halt mich!« Damian beugte sich mit Marcellas Hilfe weit hinaus. Er versuchte, mit den Augen die Dunkelheit zu durchdringen, während er gleichzeitig mit der freien Hand nach etwas angelte. Marcella konnte nicht sehen, was er trieb. Sie hatte alle Mühe, das Gleichgewicht zu halten.

»Da ist er. Drüben! Er klammert sich … Matteo …« Damian rutschte aus und im selben Moment löste sich von irgendwo eine Lawine aus Steinchen und Kieseln, die auf ihn niederging. Mühsam zerrte Marcella ihn in die Höhle zurück. Sie fühlte, dass er klatschnass war.

»Er scheint sich an etwas festzuhalten, aber … dort ist die Hölle los.«

»Dann tut doch etwas, Monsieur!«, schrie Camille.

Nur – was hätte das sein sollen? Marcella konnte Matteos dunklen Körper erkennen, der dicht am gegenüberliegenden Fels entlangtrieb. Sie blinzelte die Wassertropfen aus den Augen. Nein, Matteo trieb nicht. Er schien sich an etwas festzuklammern. Nur war dort überhaupt nichts zu entdecken – kein Busch, schon gar kein Baum. Ein Blitz durchzuckte den Himmel, und dann sah sie, wie Matteo wie durch Zauberhand dem Wasser entstieg.

»Damian!«

Matteo kletterte den Fels hinauf, als hätte er … Ja, er musste ein Seil in den Händen halten, an dem er sich heraufhangelte. Marcella fühlte, wie Damian sie um die Taille fasste.

»Der Lümmel hat so ein Glück«, sagte ihr Verlobter.

Jemand musste oben auf der Felskuppe stehen, und er hatte es offenbar geschafft, einen Stock mit einem Seil ins Wasser zu schleudern, so dass der leichtsinnige Italiener es ergreifen konnte. Ein weiterer Blitz erhellte das Unwetter, und sie sahen, wie Matteo mit rudernden Beinen gegen die gegenüberliegende Felswand schlug. Sie hörten ihn aufschreien. Der Junge stemmte die Füße gegen den Stein, um sich vor einem zweiten schmerzhaften Aufprall zu schützen.

Damian ging in die Hocke. »Ich sehe niemanden, aber dort oben muss jemand sein. Da … jetzt hat er ihn. Er zieht ihn in Sicherheit.«

»Das Wasser steigt«, sagte Marcella. Es reichte ihr schon über die Hüfte und dem knienden Damian bis zum Hals. Ihr Verlobter richtete sich auf.

»Könnt Ihr schwimmen, Camille?«

»Barmherziger, wie denn?«

»Marcella?«

Sie schüttelte den Kopf und sagte »Nein«, weil er die Bewegung im Dunkeln nicht erkennen konnte.

Damian ließ sie los. Er machte eine rasche Bewegung, fasste mit dem Arm ins Wasser und ergriff etwas, das sich als riesiger Strauch entpuppte. »Festhalten!«

Marcella packte in Zweige. Sie spürte, wie ein Dorn ihr die Haut aufratschte.

»Niemals!«, hörte sie Camille kreischen.

Im selben Moment wurde der Busch fortgerissen. Marcella hatte keine Wahl. Sie hatte sich so weit vorgebeugt, dass sie auf alle Fälle ins Wasser gestürzt wäre. Also umklammerte sie die Zweige, und schon schoss sie durchs Wasser. Sie schloss die Augen, als sie das erste Mal unterging. In Todesangst schnappte sie nach Luft, als ihr Kopf wieder auftauchte. Der Strauch war groß und verzweigt. Sie langte nach einem dickeren Ast, um besseren Halt zu finden. Hilflos machte sie mit den Beinen einige Schwimmbewegungen. Der Strauch bewegte sich wie ein Mensch beim Veitstanz.

Eine neue Welle schwappte über ihr Gesicht und gleich darauf eine zweite. Das Wasser war eisig kalt. Gott im Himmel! Sie überlegte, wann sie das letzte Mal gebetet hatte. Flüchtig dachte sie an Damian und Camille, aber sie brauchte zu viel Kraft, um sich festzuklammern, als dass sie ihnen mehr als einen Gedanken hätte widmen können. Die Kälte drang in ihren Körper, und es war nur eine Frage der Zeit, wann ihre tauben Finger sich lösen würden. Festhalten … dachte sie, festhalten …

Wurde es heller? Auf jeden Fall ließ die Kraft, die an ihr zerrte, plötzlich nach. Undeutlich erkannte sie, dass der Strom die Schlucht verlassen und die Wasser sich verteilt hatten. Sie wurde nicht mehr fortgerissen, sondern trieb nur noch dahin. Und schließlich schob der Strauch sie an eine seichte Stelle.

Sobald Marcella Grund unter den Füßen spürte, ließ sie den Busch fahren und stolperte und kroch einen Hang hinauf. Als sie festen Boden erreichte, knickten ihr die Beine unter dem Körper ein. Sie lag in matschiger Erde zwischen nassem Gras und angeschwemmten Zweigen und schaute auf ihre linke Hand, auf der sich das kalte Regenwasser mit warmem Blut mischte. Seltsamerweise fühlte sie keinen Schmerz. Sie blickte zurück in das schwarze Loch, aus dem sie gekommen war, und brach in Tränen aus.

13. Kapitel

Gott hatte das flammende Schwert erhoben und mit der Schärfe seines Zorns zugeschlagen. Rechtschaffenes Glück erwarb sich der Mensch durch Büßen, durch Nächte auf den Knien und tränenvolle Entsagung. Nun schaute er auf seine Tochter herab, und mit derselben Strenge, mit der er die Menschen in den brennenden Straßen von Gomorrha beobachtet hatte, blickte er jetzt auf das Geschöpf, das geglaubt hatte, seinem Auge entfliehen und in einem Winkel des Gartens Eden das sündige Glück der Liebe genießen zu können.

Denn Liebe war sündig.

Was man ohne Schwierigkeiten daran erkennen konnte, wie diese Tochter Gottes trauerte. Nicht mit einem Herzen voller Mitleid, weil ihre Mitgeschöpfe ohne den heiligen Beistand der Kirche gestorben waren oder weil ihnen die Zeit genommen worden war, zur Einsicht über ihr sündhaftes Tun zu gelangen – sie trauerte, weil die Sehnsucht nach ihrem Liebhaber, nach seinen Händen, seiner Stimme, sie schier zerriss. Um Camille trauerte sie gar nicht, und das bewies, wie schamlos und verdorben sie sogar im Augenblick der Strafe empfand.

Die Sonne ging auf.

Nicht Gott hatte die Erde geschaffen, sondern sein ungehorsamer Sohn Luzifer. Die Schönheit des leuchtenden Himmels, der seinen Rosenglanz auf die überschwemmte Senke warf, die Emsigkeit der Käfer, die über taufeuchte Grashalme krabbelten – alles Trug und verdorben. Wahrhaft und wirklich war das geronnene Blut in der Wunde, das sich mit Erde und Schlammresten gemischt hatte.

Marcella setzte sich auf. Sie wusste, dass sie die Hand im Wasser reinigen sollte. Andererseits – wozu? *Liebe bringt den Tod.* Wer hatte das gesagt? Gleichgültig.

Die Sonne kletterte am Rand eines Berges hinauf. Von seinem Gipfel stieß sie sich ab und stieg in den weißen Himmel.

Gott war nicht nur zornig, sondern auch tückisch. Er liebte es, seine Tochter mit einem Trugbild zu strafen. Hinter dem kantigen Fels, dort wo die Schlucht begann und wo immer noch das Wasser stand, tauchte Damian auf. Er fuhr gemeinsam mit einem silberhaarigen Engel auf einem Floß. Marcella schaute hinüber. Gott hatte die Männer Pharaos ertränkt, die sein Volk durch das rote Meer verfolgten, er würde auch dieses Trugbild im glitzernden Wasser vergehen lassen.

Nur geschah es nicht. Das Floß wurde mit einem langen Stab, den der Engel hielt, vorangestakt. Mit brennenden Augen sah Marcella es über das Wasser gleiten. Das Floß erreichte das Ufer. Damian fluchte und versuchte an Land zu kommen, und der Engel des Herrn sicherte sein Gefährt.

Marcella schob die Hand vor den Mund.

Damian fiel vor ihr auf die Knie, packte sie an den Armen und schüttelte sie. Der Engel des Herrn starrte auf sie herab. Marcella sah ihm an Damians Schulter vorbei in das blasse Gesicht. Die langen weißen Haare – sie waren weiß, nicht silbern – wehten um hagere Züge.

»Gott steh mir bei«, sagte er und blickte sie zu Tode erschrocken an.

Der Engel des Herrn hieß Arnaud. Er war Schäfer, und seine Schafherde, die er ihretwegen im Stich gelassen hatte, befand sich eine Stunde Fußmarsch bergauf. Er eilte ihnen mit der Geschwindigkeit eines Mannes, der das Marschieren in den Bergen gewohnt ist, voran und wartete auf sie, wenn sie zu stark zurückfielen, aber ohne sich umzudrehen oder sie anzusehen. Sein Hirtenstock bohrte sich so hart in den Boden, dass die Erde aufspritzte.

Damian hielt Marcellas Arm und half ihr über einen mit Unkraut durchzogenen Graben. »Matteo hatte gesehen, wie du im Wasser untergingst. Ich hab eine Begabung, das Falsche zu tun, wenn ich dir helfen ... Vorsicht ... vorsichtig ... Arnaud, der Brave, hat für uns sein Leben riskiert. Der Mann wurde uns wahrhaftig vom Himmel geschickt, auch wenn er kein Engel ist.« Er zwinkerte ihr zu. Er musste große Angst ausgestanden haben, denn ganz gegen seine Gewohnheit redete er ohne Unterlass.

Arnaud hatte den brüllenden Matteo gehört, als er nach einem verirrten Schaf gesucht hatte. Er hatte ihn aus dem Fluss gezogen und dann aus Ästen und seinem Seil hastig ein provisorisches Floß zusammengezimmert, mit dem er sich zur Höhle hatte treiben lassen. Dort hatte er Camille und Damian aus dem Wasser gefischt. Ein mutiger Bursche, der nicht viele Worte machte. Matteo hatte geholfen, das Floß an Land zu ziehen, was ein verfluchtes Stück Arbeit gewesen war, und wofür ...

»Er hat seine guten Augenblicke«, gestand Damian.

»Hast du gesehen, wie er mich angeschaut hat?«

»Matteo?«

»Arnaud.«

»Als würde er eine ungewöhnlich hübsche Frau sehen?« Unwillig schüttelte sie den Kopf.

»Wie auch immer er schaut oder nicht schaut – alles soll ihm vergeben sein«, meinte Damian.

Sie wanderten lange. Kurz vor Mittag erreichten sie ein

kleines Plateau, auf dem mehrere Dutzend Schafe an dürrem Gras knabberten. Sie wurden von einem riesigen Hund bewacht, dessen wollweißes Fell ihn wie ein zu sehnig geratenes Schaf aussehen ließ. Er schien seine Aufgabe gut erledigt zu haben, denn Arnaud tätschelte ihm den Nacken, nachdem er seine Schafe beäugt hatte. Ein schlechter Weidegrund, dachte Marcella und wurde im nächsten Moment stürmisch von Camille umarmt.

»Madame – ich glaubte fest, Ihr wäret tot. Ich war so unglücklich. In den Schlund dieses ... bösen, bösen Wassers gerissen. Ertrinken ist wie ersticken, o barmherzige Mutter Gottes.« In ihren Augen standen Tränen, und in ihren Zügen malte sich ehrliche Freude über den glücklichen Ausgang des Abenteuers. Sie fasste Marcella an beiden Armen, blickte sie prüfend an und rief dann erschrocken: »Mein Mantel ist schon fast wieder trocken. Nehmt ihn und ruht ein wenig. Ihr seid so blass ... oh, Monsieur, seht Ihr, wie blass sie ist?«

Das Plateau war ein ungemütlicher Ort. Sie standen wie auf der offenen Handfläche eines Riesen, über die der Wind pfiff. Selbst die Schafe blökten unglücklich. Und dennoch war Marcella, kaum dass sie sich niedergelegt hatte, eingeschlafen. Das Letzte, was sie spürte, war ein Stück Stoff, das sich warm um ihren Körper legte.

Sie wachte einige Male auf. Matteo putzte sein Messer, das er irgendwie durch das nasse Abenteuer gerettet hatte, Camille streichelte den Hund.

Marcella schlief wieder ein, und es war tiefe Nacht, als sie endgültig die Augen aufschlug. Trotz der Decke war ihr kalt geworden, und sie erhob sich und tat einige Schritte, um sich aufzuwärmen. Ein Stück weit entfernt brannte ein Feuer, an dem der Schäfer saß. Er schien als Einziger noch wach zu sein. Arnaud pulte mit seinem Messer die Rinde von einem Zweig und warf die Stückchen in die Flammen. Er sah mit den langen weißen Haaren wie die Zauberer aus den Märchen aus, fand Marcella. Der wollweiße Hund lag neben ihm und schnarchte leise. Einen Moment wusste sie nicht, wie sie ihn ansprechen sollte.

»Und du schläfst gar nicht?«

Er schüttelte den Kopf.

Sie wollte sich bedanken. Das war das Wenigste, was sie ihm schuldete. Unsicher blickte sie auf den weißen Schopf herab, in dessen Strähnen der Wind zauste. »Du hast uns das Leben gerettet.«

Der Schäfer wandte das Gesicht ab.

Nach einem weiteren Moment des Zögerns setzte Marcella sich ihm gegenüber auf den Boden. Im Schein des Feuers konnte sie die Falten erkennen, die Wetter und Strapazen in seine Haut gegraben hatten. Sie versuchte, sein Alter zu schätzen. Dreißig Jahre? Fünfunddreißig? Älter als Damian? Nicht sehr viel, wenn überhaupt. Er trug einen Bart, wie fast alle Leute in den Bergen, und die glatten Haare fielen ihm bis auf die angewinkelten Knie.

»Du starrst mich an. Bald weiß ich nicht mehr, wo ich hinschauen soll«, sagte Arnaud.

Marcella lachte. »Das war nicht meine Absicht. Entschuldige. Du musst ein einsames Leben führen – Tag um Tag nur die Schafe und der Hund.«

»Mir gefällt's.« Arnaud stand auf. Er ging zu einigen Schafen, die sich abgesondert hatten, starrte einen Moment auf sie herab, als wüsste er nicht recht, was er mit ihnen anfangen solle, und kehrte zum Feuer zurück. Widerwillig, wie es schien, nahm er seinen Platz hinter den Flammen wieder ein.

»Mein Name ist Marcella Bonifaz. Ich bin …«

»Nein.«

»Wie bitte?«

»Man … man kann das glauben oder nicht.«

Marcella lachte unsicher. »Wie meinst du das?«

»Ich glaub es nicht.«

»Ich *bin* Marcella Bonifaz. Und ich bin auf dem Weg …«

»Der Hund«, unterbrach Arnaud. Beide schauten zu dem Tier, das im Schlaf mit den Ohren zuckte.

»Was ist mit ihm?«

»Er wittert was.«

»Vielleicht einen Hasen, der durch seine Träume fegt. Für mich sieht er ganz friedlich aus.«

Arnaud biss sich auf die Lippe. Wieder warf er einen Zweig in das Feuer.

»Was meinst du damit: Man kann es glauben oder …«

»Denk jedenfalls nicht, dass du mir Angst einjagst.«

Marcella starrte den Schäfer an. Seine Lippen zuckten. Er vermied es, ihr ins Gesicht zu sehen, aber sie fühlte seine Aufregung. Unvermittelt sprang er auf. Er tat zwei Schritte auf sie zu, änderte aber im nächsten Moment die Richtung. Mit langen Schritten marschierte er zu dem Weg, den sie am Mittag hinaufgekommen waren, und gleich darauf verschluckte ihn die Dunkelheit.

»Ein merkwürdiger Mensch«, sagte Damian.

»Wir haben ihn in seiner Ruhe gestört.«

»Mag sein, aber würdest du deshalb deinen Besitz … würdest du dein Safrandöschen bei Wildfremden zurücklassen, von denen du nicht mehr weißt, als dass sie dumm genug sind, bei Regen in einer Schlucht Unterschlupf zu suchen?«

Damian hatte schlecht geschlafen. Aber das Wasser und die Kälte schienen ihm nicht wirklich geschadet zu haben. Er bewegte sich rasch und schien vor Ungeduld zu bersten.

»Er ist meinetwegen fortgegangen«, sagte Marcella. »Er wurde ganz sonderbar, als ich ihm meinen Namen nannte. Er war vorher schon sonderbar.«

»Du meinst also, dass er dich kennt?«

»Vielleicht. Ich weiß nicht.«

»Dann hätte er uns nach Montaillou bringen können. Oh, verflucht. Matteo!«

Der Venezianer führte wieder eines seiner Scheingefechte. Die Schafe blökten und brachten sich ungeschickt in Sicherheit, und der Hund sprang wie tollwütig geworden um sie herum.

»Lass den Unfug!«, brüllte Damian.

»Er ist ein merkwürdiger Mensch«, sagte Marcella.

»Matteo, zur Hölle!« Damian winkte dem Jungen, der sich nur widerwillig von seinem geisterhaften Schwertkämpfer trennte. »Wir haben keine Zeit zu warten, bis dieser Arnaud wiederkommt. Also bleibst du hier und gibst auf die Herde Acht.«

»Ich?«

»Rede ich mongolisch? Der Mann hat dir das Leben gerettet, es ist also das Mindeste ...« Er sagte einige ärgerliche Worte auf Italienisch. »Wenn ich mich nicht gründlich verschätze – und das glaube ich nicht –, dann sollte das Dorf etwa einen halben Tagesmarsch in diese Richtung liegen.« Er wies nach Südwesten. »Du wartest also auf Arnaud und lässt dir von ihm den Weg erklären. Dann folgst du uns.«

»Ich soll Schafe hüten?«

»Reiz mich nicht über das Maß, Junge.«

Da sie keinen Besitz mehr bei sich trugen, konnten sie ohne Zeitverlust aufbrechen. Der »Weg«, von dem Damian hoffte, dass er nach Montaillou führte, ging steil bergan. Sie kletterten wagemutig über Felsbrocken, durchwateten Pfützen, die sich zu regelrechten Seenplatten zusammengeschlossen hatten, folgten Pfaden, bei denen man nur raten konnte, ob es sich um Wege handelte, und erreichten schließlich ein Hochplateau.

Montaillou lag im Sonnenglanz, ein kleines, freundliches Bauerndorf mit Lehmhütten und Gärten. Die Gegend war hügelig, und das Land wirkte wellig wie ein Meer in sanfter

Brise. Gelegentlich stieß weißer, buckliger Sandstein durch die Vegetation. Man musste sich keine Gedanken mehr um Schluchten und steile Abhänge machen. Die nächsten Berge schienen meilenweit entfernt zu sein.

»Dort drüben …«, Marcella zeigte nach Westen, »das ist der Pic-de-St.-Barthelemy.«

»Hübsch«, sagte Damian.

Montaillou besaß eine Burg. Das war ihr entfallen. Sie thronte über dem Dorf, ein weiträumig ummauertes, etwas heruntergekommenes Areal mit einem Donjon und drei weiteren kleineren Schutztürmen, die in die Mauer eingefügt waren. Die Häuser von Montaillou drängten sich am Hang des Burghügels und auf der Fläche davor. Einige wenige Gehöfte standen abseits, vielleicht weil die Bewohner näher bei den Feldern wohnen wollten. Auch die Pfarrkirche stand ein Stück vom Ort entfernt. Ein schmaler Pfad führte schnurgerade vom Dorf zur Gottesstätte. Warum hatten die Leute ihr Kirchlein nicht auf den Marktplatz gebaut? Marcella konnte sich nicht erinnern, und wahrscheinlich hatte sie es nie gewusst.

»Und wo habt Ihr gewohnt, Madame?«, fragte Camille artig, aber erschöpft. Wenn sie müde war, sah man ihr an, was sie dachte: So viele Gefahren und Strapazen, nur um einen Blick auf das Haus zu werfen, in dem man die Kindheit verbracht hat. Man musste schon ziemlich reich sein, um sich solche Dummheiten zu erlauben!

»Ich weiß nicht.« Marcella tat einen Schritt und blieb wieder stehen. Die Sonne stand im Zenit. Zu dieser Zeit hielt man in Montaillou sein Mittagsschläfchen, meinte sie zu wissen. Sie schaute erneut zur Kirche. Im Inneren stand die Statue einer Madonna mit Furcht einflößenden, viel zu großen Augen. Und unter einem Fenster auf der Rückseite der Kirche wuchs ein Busch, an dem gelbe Raupen hingen. War das nun Erinnerung oder Einbildung?

»Du weißt nicht, wo du gewohnt hast?«, fragte Damian.

»Ich weiß nicht, was ich weiß. Jedenfalls kann ich mich nicht erinnern. Es sieht alles gleichzeitig vertraut und fremd aus.«

Die Häuser waren aus Stämmen, Ästen und Lehm gebaut und mit Flachdächern versehen worden. Die Fenster hatte man klein gelassen, wegen der Winterkälte, die Misthaufen türmten sich fast so hoch wie die Dächer. Sie müssen unser Haus abgerissen haben, dachte Marcella. Man erinnert sich doch an das eigene Zuhause. Ich war acht Jahre alt, als ich fortgegangen bin!

Unwillig rieb sie am Nasenrücken, und merkte doch, wie ihr Tränen in die Augen stiegen. Sie hatte als Kind einen immer wiederkehrenden Albtraum gehabt, in dem sie sich verlief und sich plötzlich an Orten befand, die ihr zwar vertraut waren, die sich aber, sobald sie den Heimweg antreten wollte, wie von Geisterhand veränderten, so dass sie nicht nach Hause konnte. Genauso fühlte sie sich in diesem Augenblick.

»Wir fragen im Ort, und dann wissen wir Bescheid«, sagte Damian.

Die Siedlung hatte beim ersten Anblick menschenleer gewirkt, aber jetzt sah Marcella, wie sich die Seitentür eines der ärmlichen Häuser öffnete und ein Mann ins Freie trat, der die Hand über die Augen legte und zu ihnen hinüberstarrte. Er trug eine Lederschürze. Sein Gesicht war nicht zu erkennen. Zwei Häuser weiter standen zwei alte Weiber, die ihre Unterhaltung abgebrochen hatten und ebenfalls hinüberschauten.

»Eine Herberge wird es hier wohl nicht geben«, meinte Damian zweifelnd. Sein Blick wanderte wieder zur Burg. Wahrscheinlich graute ihm bei den Gedanken, in einem der Lehmhäuser übernachten zu müssen.

»Man muss durch den Ort und einmal halb um den Hügel herum, um zum Tor zu gelangen«, sagte Marcella. Keine Ahnung, warum, aber daran konnte sie sich plötzlich erinnern. »Wir werden ja nicht lange bleiben«, sagte sie.

Die Burg besaß ein Wachhäuschen, aber der Wächter schlief. Sie hörten ihn durch das schmale, hohe Fensterchen, das etwas über Kopfhöhe in den Turm eingelassen worden war, schnarchen. Im Schutz der Burgmauern wehte kaum Wind, und zum ersten Mal an diesem Tag war es Marcella in ihren klammen Kleidern nicht kalt. Damian versuchte erst mit lauten Rufen und dann mit Hilfe kleiner Steinchen, die er bemerkenswert geschickt durch die Schießscharte warf, den tumben Träumer zu wecken, aber dessen Schlaf musste der des berühmten Gerechten sein, denn mehr als eine kurze Unterbrechung im Schnarchkonzert war durch die Störung nicht zu erreichen.

»Die Tür steht offen«, sagte Camille und drückte das schmucklose, aber solide gezimmerte Holztor auf. Sie stiegen eine Pferdetreppe hinauf und gelangten in den Burghof. Eine Frau in einem viel zu engen Kleid – sie sieht aus wie eine zu stramm gestopfte Wurst, dachte Marcella – stand vor einer Holztränke und versuchte, eine Ziege zum Trinken zu bewegen. Der Zopf, der unter ihrem Kopftuch hervorlugte, war schlohweiß. Sie schimpfte leise im Dialekt der Bergdörfer.

Damian räusperte sich. »Wir suchen … hallo? Wir würden gern dem Herrn der Burg unsere Aufwartung …«

Die Frau ließ sich Zeit mit der Antwort. Sie tränkte erst die Ziege fertig, dann wischte sie mit dem Ärmel die Nase sauber. Endlich drehte sie sich um. Ihr schien eine bissige Antwort auf der Zunge zu liegen – bei dem Gesicht, dass sie machte –, aber dann fiel ihr Blick auf Marcella. Sie öffnete mehrere Male den Mund, ohne ein Wort hinauszubekommen.

Marcella suchte nach einer Beschwichtigung, aber bevor sie etwas sagen konnte, fand das Weib seine Stimme wieder.

»Fort … fort … fort … fort …« Ihre Arme fuchtelten wild durch die Luft.

»Aber Madame …«

»Was ist denn los? Brune!« Eine zweite Frau beugte sich aus einem Fenster oben im Donjon. Sie stellte eine Frage, doch die Worte gingen im Gebrüll unter. Das Gesicht verschwand, und in erstaunlich kurzer Zeit erschien eine ältere Dame von vielleicht fünfzig Jahren in der Tür zum Hof. Sie war klein und flink, und ihre eleganten Röcke flatterten, als sie zu der Kreischenden stürzte und ihr eine Ohrfeige gab.

»Brune, bei allen Heiligen! Hör auf der Stelle damit auf! Ihr müsst schon verzeihen ...« Sie wandte sich zu den Gästen. »Ich weiß wahrhaftig nicht ...« Ihr Blick blieb an Marcella hängen. »Sacristi!« Sie schlug die Hand vor den Mund.

»Madame ...«, versuchte Marcella es von neuem.

»Du ... Nein, nein, du bist es nicht. Jeanne, sag, dass du es nicht bist, sonst müsste ich auf der Stelle den Verstand verlieren.«

»Madame! Ich bin ihre Schwester. Ich bin Marcella.«

Hatte die Frau ihr überhaupt zugehört? Sie trat näher, zögerte und berührte schließlich vorsichtig mit den knotigen Fingern Marcellas Wange. In ihren Wimpern, die trotz ihres Alters noch schwarz und dicht waren, hingen plötzlich Tränen.

»Ich bin ihre Schwester«, wiederholte Marcella.

»Oh! ... Oh!« Die Frau fuhr herum und gab der Magd erneut eine Ohrfeige. »Das ist Jeannes Schwester. Begreifst du es nun, Brune? Es ist das Mädchen! Die Kleine, die die Glutperlen an Fabrisses Sau verfütterte.«

Madame Béatrice de Planissoles bewohnte die beiden untersten Stockwerke des Donjons von Montaillou. Sie war die Witwe des alten Kastellans, der in Montaillou und den umliegenden Dörfern im Namen des Grafen von Foix für Ordnung gesorgt hatte. Der neue Kastellan, der ihrem Gatten ins Amt gefolgt war, lebte nicht gern in einem Dorf in den Bergen. Er hatte seine Abneigung in eine gute Tat umgemünzt und Madame de Planissoles Wohnrecht in der Burg eingeräumt, während er selbst in Pamiers ein komfortableres Haus bezogen hatte.

»Hier passiert ja auch nichts«, sagte Madame. »Mon dieu, ich rede, als gäbe es für jedes Wort einen Tag im Himmelreich.«

Sie öffnete die Tür zum Wohnraum des Donjons. »Ich bewohne nur zwei Zimmer, es lohnt nicht, sämtliche Stockwerke sauber zu halten«, erklärte sie, während sie den großen Raum mit seinem Überfluss an Truhen und Tischen in Augenschein nahm, als hätte sie ihn zum ersten Mal betreten. Überall herrschte Unordnung. Aus den Truhen lugten Kleiderzipfel, die von den Deckeln eingeklemmt wurden, schmutziges Geschirr stand auf dem größten Tisch, verwirrtes Garn – Teil einer Stickarbeit – auf einem der kleineren, Kämme, ein Handspiegel und ein Brenneisen bedeckten einen eisernen Faltstuhl, auf der Fensterbank lag ein angefaulter Apfel.

»Marcella hat Glutperlen an eine Sau verfüttert?«, fragte Damian.

»Rubine.« Madame nahm einen Krug zur Hand und goss mit zitternder Hand etwas Wein in einen Becher, den sie auf der Stelle herunterstürzte. »Es waren Rubine aus dem Armschmuck ihrer Frau Mutter. Die Leute hier kennen sich mit Edelsteinen nicht aus. Daher Glutperlen. Heiliger Sebastian, war das eine Schweinerei, sie aus dem Mist herauszusuchen. Aber ein gutes Herz, Monsieur, die kleine Marcella. Der Kopf voller verrückter Ideen, aber ein gutes Herz.«

Sie goss nach. Sie hatte schon im Hof nach Wein gerochen. Er schien ihr Lebenselexier zu sein, denn er gab ihr fast augenblicklich das seelische Gleichgewicht wieder. Ein wehmütiges Lächeln glitt auf ihre Lippen. Sie fegte einen Schnabelschuh von einem Schemel und einen Surcot, in dessen Saum eine dicke Nadel steckte, von einem anderen.

»Setzt Euch«, sagte sie und deutete vage in den Raum, wobei sie offen ließ, wie drei Personen auf dem zweiten

Schemel Platz finden sollten. »O ja, ein gutes Herz. Nur war Marcella damals ein mageres und immer schmutziges Geschöpf, da ahnte man noch nichts von der Schönheit. Ich weine nicht, ich habe ein Staubkorn im Auge.«

Sie hob erneut den Krug und füllte den Becher. Aber dieses Mal trank sie nicht. »Marcella hat die Sau mit Rubinen gefüttert, weil Jean, der Schwachkopf, erzählt hatte, dass der heilige Vater zerstoßene Diamanten gegen sein Darmleiden nimmt. Was ich für eine Lüge halte, und wenn es stimmt, dann ist es eine Dummheit. Nehmt, Monsieur.« Sie reichte den Becher an Damian weiter. »Marcella … verzeih, wenn ich dich anstarre, als wärst du der Knochen eines Heiligen. Ich bin völlig durcheinander. Was … was tust du hier?« Sie hatte bisher in einem weichen, zerstreuten Tonfall gesprochen, der ihrem Naturell zu entsprechen schien. Die letzte Frage kam aufmerksamer.

»Eigentlich gar nichts. Ich wollte meine Heimat wiedersehen. Ich war ja so lange fort.«

Madame nickte.

»Nur kann ich mich nicht mehr besinnen, wo unser Haus gestanden hat. Ich weiß es einfach nicht mehr.«

»Hinter dem Wäldchen bei der Kirche. Es liegt ziemlich einsam an einem Hang, an dem Weinreben wachsen – was sehr ungewöhnlich für das Alion ist. Der Wein, meine ich. Aber euer Wein war gut. Besinnst du dich? Jeanne hat ihn mit Maulbeeren gewürzt.«

»Um ehrlich zu sein, ich erinnere mich an gar nichts mehr«, sagte Marcella.

»An nichts? Tatsächlich? Wie ist das möglich?«

»Ich weiß nicht. Aber es ist, als hätte sich über meine Erinnerung eine Decke gelegt. Manchmal glaube ich ein Gesicht zu sehen oder eine Stimme zu hören, aber es ist sofort wieder weg, wie sehr ich mich auch konzentriere.«

»Wie merkwürdig.« Mit einem Mal sah Madame de Planissoles unbeschreiblich erleichtert aus.

14. Kapitel

Brune und der Wächter – ein älterer Mann mit einem Ekzem an den Armen, an dem er unablässig kratzte – räumten zwei Zimmer in den oberen Geschossen frei. Spinnweben wurden beiseite gekehrt, das alte, nach Urin stinkende Stroh zusammengefegt und durch sauberes aus einem der Wachtürme ersetzt, und die Betten unter Madames Anleitung von Plunder befreit und entstaubt.

Damian entfloh dem Angriff auf den Schmutz, indem er einen Spaziergang machte, und Camille entwich mit der Erklärung, dass sie in der kleinen Kirche für Théophiles Rückkehr beten würde.

Marcella blieb.

»Hier haben meine Töchter gewohnt, erinnerst du dich, Kindchen? Du hast gern mit Azéma gespielt.« Madame nahm einen Schluck aus ihrem Becher, der wie durch Zauberei ständig gefüllt zu sein schien. »Sie hat inzwischen selbst drei Töchter, die allerdings, was die Schönheit angeht, nach dem Vater ... Brune, schüttle die Betten durch das Fenster aus ... Ich werde kochen, Marcella. O ja, und ich mache es selbst, mit eigenen Händen. Ich bin eine begabte Köchin, auch, wenn es nicht das Erste ist, dessen sich eine Dame rühmen sollte. Aber was schadet es? Hier oben zerreißt sich über so was niemand das Maul. Hier darf eine Madame ko-

199

chen und eine Bäuerin ... Es ist anders als in den Städten, aber nicht schlechter.«

»Ihr seid sehr freundlich, Madame. Würde es Euch etwas ausmachen, ein Gericht ohne Fleisch zu kochen?«

Madame, die schon auf dem Weg hinaus war, stockte kurz. »Aber gewiss nicht«, sagte sie leichthin.

Damian kehrte kurz vor Einbruch der Dunkelheit zurück. Er trug einen Korb mit Eiern bei sich, die er unverzüglich in die kleine Küche brachte, die zum Schutz vor Flammen in einer Ecke des Burghofs im unteren Teil eines Wachturmes errichtet worden war. Marcella, die ihm vom Fenster ihres Zimmers aus zusah, hörte, wie Madame de Planissoles einen erstaunten Ruf ausstieß.

»Ein aufmerksamer Herr, wahrhaftig. Wie seid Ihr drauf gekommen, dass mir Eier fehlen würden? Wartet, ein Strohhalm, nein, hier, auf der Schulter ... Ist die traurige Madame zurück? Sagt Marcella, bei Einbruch der Nacht wird gespeist ... vielleicht ein wenig später ...«

»Was hast du gesehen?«, fragte Marcella, als Damian kurz darauf ihr Zimmer betrat. Sie hatte sich gewaschen und trug ein Kleid von Madame, dessen Pracht vor allem in einer Unzahl verschiedenfarbiger Bordüren und Spitzen bestand.

»Hübsch«, spöttelte Damian und setzte sich auf Camilles Bett.

Genau wie damals, dachte Marcella. Als wäre der Schleier zum Gestern gerissen, glaubte sie ein Mädchen zu sehen – ein gertenschlankes Geschöpf mit wehenden blonden Haaren –, das sich auf die Matratze plumpsen ließ. Das Mädchen verschwand, und sie sah, dass Damian sie prüfend betrachtete.

»Ein bisschen geschlafen?«

»Ein bisschen ... gar nichts getan. Und du?«

»Ich habe einen Mann gebeten, ins Dorf des armen Grégoire zu gehen, damit sie, wenn möglich, von dort aus seine Leiche bergen. Ich habe Eier gekauft, um Madames Herz zu stehlen. Ich habe einen Blick auf das Haus geworfen.«

Er brauchte nicht zu sagen, welches Haus er meinte. »Und?«

»Die Türen sind verrammelt und mit Schlössern versehen. Die Fenster im Erdgeschoss sind mit Brettern vernagelt. Ein altes Haus. Aus dem Stein dieser Gegend gebaut, aber mit der Zeit fast schwarz geworden. Das muss schon so gewesen sein, als du hier gelebt hast. Inzwischen sind die Mauern teilweise mit Wein zugewuchert.«

»Gibt es den Rosengarten noch?«

»Alles ist verwildert und wächst durcheinander. Ich glaube nicht, dass du einen Garten finden könntest.«

»Ich will es mir ansehen.«

»Darum sind wir hierher gekommen.«

»Sie hatte Jeanne gern.«

Damian war einen Moment verwirrt.

»Madame de Planissoles«, sagte Marcella.

»Zumindest scheint sie sie gut gekannt zu haben.«

»Sie hat sie gut gekannt, und sie hatte sie gern. Und da sie selbst ein freundlicher Mensch ist … ich meine, das lässt doch Schlüsse zu.«

Damian nahm Marcellas Hände. »Wir werden das alles herausfinden«, sagte er.

Madame hatte auch das große Zimmer putzen lassen – den Palas, wie sie es ein wenig übertrieben nannte –, und als Marcella und Camille den Raum am Abend betraten, strahlte er vor Sauberkeit. Verschwenderisches Kerzenlicht ließ das Tischtuch weißsilbern aufleuchten. Ihre Gastgeberin hatte ihnen zu Ehren Schmuck angelegt, einen Stirnreif, in den Perlen eingearbeitet waren. Den Schleier, Symbol ehrbarer Ehelichkeit, hatte sie verschmäht, dafür fielen üppige schwarze Locken auf ihre Schultern. Pechschwarze Haare –

und das in diesem Alter. Marcella sah, wie Camille die Stirn runzelte. Sie selbst musste lächeln.

Aufgeregt kam Madame ihnen entgegen. »Er scherzt«, erklärte sie und deutete auf Damian, der bereits zu Tisch saß. »Ich höre nicht mehr auf zu lachen. So ein fröhlicher und gebildeter Herr. Hier Marcella, setze dich gleich neben mich … und Madame Camille … Das ist das Einzige, was mir in Montaillou fehlt: die höfischen Sitten. Wusstet ihr, dass ich in meiner Jugend neun Wochen am Hof des Grafen von Foix verbracht habe? Ich habe dort Italienisch gelernt. Aber mit wem soll ich es sprechen? Mit Brune?« Sie wackelte mit dem Kopf bei dieser überaus komischen Vorstellung. »Ich bin einmal ein fröhlicher Mensch gewesen, aber das Alter hat mich schwermütig gemacht. Wie … belebend, wieder einmal von Herzen lachen zu können. Brune, trag das Brot und die Schüssel mit der Rübensuppe auf.«

Madame kochte in der Tat delikat. Vor allem aber liebte sie den Wein. Sie besaß zwei Becher aus dickem, blauen Glas. Einen hatte sie Damian gegeben, den anderen teilte sie mit den Frauen.

»Trinkt«, forderte sie ihre Gäste auf und ging ihnen unverzüglich mit gutem Beispiel voran. »Er ist aus Bordeaux. Für mich muss Wein rot sein – wie die Liebe, wie das Leben in seinen aufregendsten Zeiten. Und süß. Oder mit Nelken oder Maulbeeren gewürzt, so wie Jeanne es immer machte. Dann steigt er zu Kopf wie der Falke in den Himmel. A notre santé, liebe Freunde!«

Sie füllte sofort nach, ließ Camille und Marcella kosten und trank den Rest des Glases leer. Der Rübensuppe folgte ein Salat mit Eiern, dazwischen Wein, dann kam ein weicher Käse. Und wieder Wein.

»Madame«, begann Marcella, als die Burgherrin eine Pause machte in ihren Erzählungen über den Hof von Foix und die Segnungen und Kümmernisse der Mutterschaft. »Madame, ich bin hierher gekommen, weil ich etwas über

Jeanne erfahren möchte. Ich sagte es schon. Wollt Ihr nicht ein wenig über sie erzählen?« Sie stockte. Über das Gesicht ihrer Gastgeberin hatte sich ein Schatten gelegt. Ganz leicht zwickte sie das Gewissen. Madame war betrunken, und sie nutzte diesen Umstand schamlos aus.

»Jeanne«, wiederholte Madame mit schwerer Zunge.

»Was ich bisher über sie erfahren habe, war … traurig. Ich kann das einfach nicht glauben. Auch wenn ich mich an vieles nicht erinnere …«

»Jeanne, ja.« Madame hob einen Zipfel ihrer Kotte, um sich einen Fleck vom Kinn zu wischen. »Jeanne war ein … ein Engel. Stimmt's, Brune?«

Die alte Frau, die sich mit den Resten der Rübensuppe auf einen Schemel in der Ecke des Raums verzogen hatte, schielte beunruhigt zu ihrer Herrin.

»Hatte geschickte Finger zum Lausen und konnte … Gedichte rezitieren. Auf Italienisch. Sie sprach italienisch, die Süße. Wenigstens eine in diesem Schweinenest«, nuschelte Madame.

»Sie sprach italienisch?«

»Und sang.« Madame nickte trübe. »Schöne tiefe Stimme. Kannst du singen?«

»Bischof Fournier nannte Jeanne eine Hure«, sagte Damian.

Madame stockte, als sie den Namen des Inquisitors hörte. Sie streckte die Hand nach dem Käse aus, bohrte mit dem Zeigefinger in der weichen Masse und führte die dicken Fäden zum Mund. »Hure?«

»Ja.«

»Soll ich dir was sagen? Also …« Madame kaute gelassen zu Ende, bevor sie weitersprach. »Hure?«

Damian nickte.

»Der Bischof … war von der Inqui… Inquisition. Kommt hierher, weil er Huren sucht, ja?«

»Eigentlich eher Ketzer«, meinte Damian.

»Madame ist müde.« Brune war aufgestanden und griff nach dem Ellbogen ihrer Herrin. Aber Madame schob ihre Hand beiseite.

»Ketzer, ja. Aber auch Huren. Weil er nämlich selbst brennt. Die nichts dürfen, brennen am heißesten.«

Damian verdrehte bei dem abgedroschenen Vorwurf, der allen Geistlichen gemacht wurde, die Augen. Er hatte wohl gedacht, seine Gastgeberin wäre zu betrunken, um es zu merken, aber sie warf ihm einen vorwurfsvollen Blick zu.

»Wenn Brune fegt, sucht sie Dreck – und findet Dreck. Jacques Fournier …« Madame lächelte, weil sie den Namen ohne Stolpern über die Lippen gebracht hatte. »… findet Huren.«

»Ihr meint, es war gar nichts dran an dem Vorwurf?«, fragte Marcella.

»Hm? Ja.« Madame starrte trübsinnig in den Becher, den dieses Mal niemand wieder gefüllt hatte. »Schönes Dorf. Mehr Ketzer als Ratten in den Scheunen. Auch Huren. Aber Jeanne …«

»Madame!«, unterbrach Brune sie wild.

Ihre Herrin rülpste.

»Sie ist betrunken. Heilige Odette, so sollte eine Dame nicht trinken«, flüsterte Camille voller Abscheu.

»Hatte Jeanne gern«, meinte Madame versonnen. »War nur ein bisschen … was war sie, Brune, äh?«

Die Magd schüttelte den Kopf.

»Dumm«, erklärte Madame. »Sie war … dumm.«

Die Sonne ging auf, und sie war in Montaillou. Die Hähne des Dorfes krähten um die Wette, irgendwo schlug jemand Holz, ein Kind weinte, ein Auerhahn balzte. In Marcellas Schlafkammer drang Sonnenlicht und außerdem ein besonderer Geruch, der sie an Harz erinnerte. Sie wusste nicht, welchen Ursprung er hatte, aber er überschwemmte sie mit dem Gefühl, heimgekommen zu sein.

Jeanne war keine Hure gewesen. Madame hatte es gesagt, und jeder wusste, dass Kinder und Betrunkene nicht logen. Da siehst du es, Damian, flüsterte sie. Was auch immer Jeanne getan oder nicht getan hatte – für das Leben jetzt, für Damians Liebe, für die Stellung, die sie in Zukunft in Venedig einnehmen würde, spielte es keine Rolle. Und dennoch war Marcella überschwänglich guter Laune, als sie aus dem Bett kroch.

Camille gab im Halbschlaf einen Jammerton von sich. Hatte sie, ungeachtet ihrer eigenen Strafpredigt, selbst mehr von dem Wein genossen, als ihr gut tat? Oder träumte sie von ihrem Théophile? Egal.

Leise und auf nackten Sohlen wandte Marcella sich zu einem der drei Fenster, die die Kammer besaß. Der Blick ging nach Prades. Dieser Name kam ihr ohne Überlegung in den Sinn, und sie war überzeugt, dass er stimmte. In Prades konnte man Schuhe besohlen lassen. Es gab dort einen guten Schuster. Und er hieß ... Sein Name fiel ihr trotz Grübelns nicht ein. Enttäuscht gab sie es auf. Nun, zumindest eines stand fest: Ihre Anwesenheit hier ließ die Kindheit wieder erwachen. Sie musste nur hartnäckig genug danach bohren.

Das zweite Fenster zeigte auf den Burghof. Sie blickte auf die sechs Fuß hohe Mauer, die alt und bröcklig war, auf die Viehtränke, deren Holz zu faulen schien, und hinüber zur Küche und zu den Ställen: nichts. Eine Burg, heruntergekommen, als hätte sich seit Jahren niemand mehr um den Besitz gekümmert, was ja auch zutraf. Aber kein Ort, der eine Erinnerung weckte.

Vom dritten Fenster aus konnte sie das Dorf in Augenschein nehmen. Ziemlich genau in seiner Mitte lag der Dorfplatz mit einer stattlichen Ulme, unter der mehrere Holzbänke standen – offenbar der einzige öffentliche Platz in Montaillou, wenn man von der Kirche außerhalb des Ortes absah. Die Häuser hatten flache, grasbewachsene Dächer, und Marcella meinte sich zu erinnern, dass man auf ihnen spielen konnte.

Der Reichtum war in Montaillou unterschiedlich verteilt: Neben Dutzenden ärmlicher Hütten gab es einige ansehnliche Höfe, die durch ihre Größe, durch separate Kornscheunen und einige sogar durch Hauswände aus Stein auf sich aufmerksam machten.

Ihr Blick fiel auf ein Gehöft, dessen Haus als Einziges im Dorf zwei Geschosse besaß. War das ihr Heim gewesen? Nein, Damian hatte doch von Unkraut und vernagelten Fenstern geredet. Trotzdem schien ihr dieses Haus vertrauter als die anderen zu sein. Sie mochte es nicht. Das war alles, was ihr einfiel, als sie auf den halbkreisförmig von einer Mauer eingeschlossenen Garten starrte, in dem auf einem Rasenstück Wäsche bleichte. Die Haustür, die nach vorn zur Straße ging, war rot gestrichen. Es gab noch eine zweite rote Tür an der Seite des Hauses, zu der mehrere Stufen hinabführten: offenbar eine Kellertür.

Abrupt wandte Marcella sich ab. Das Haus hatte ihr, aus welchen Gründen auch immer, die Laune verdorben. Ärgerlich blickte sie sich im Zimmer um. Sie hätte wieder zu Bett gehen können, aber danach war ihr nicht zumute. Sie sah, wie Camille ein Auge öffnete und es mit einem verschlafenen Seufzer gleich wieder schloss.

Schließlich trat sie zu der Waschschüssel, wusch sich hastig, schlüpfte in ihr eigenes Kleid, das inzwischen trocken war, und machte sich auf den Weg hinaus.

Es gab noch einiges zu entdecken. Vielleicht das Überraschendste: Die Menschen von Montaillou hatten Zeit. Anders als in der Stadt war hier die harte Arbeit des Jahres getan. Die Leute standen in den Türen oder an den Zäunen ihrer kleinen Gärten und unterhielten sich miteinander. Unterbrachen sie ihre Gespräche, wenn sie die Besucherin erblickten, die den Weg hinunterspazierte? Erst kam es

Marcella nicht so vor, aber dann merkte sie, wie manche die Köpfe wegdrehten und Gespräche verstummten, die, wenn sie vorüber war, umso lebhafter wieder aufflammten. Man hatte sie also auch im Dorf wiedererkannt!

Gütiger Himmel, vor fünfzehn Jahren hätte ich die Leute angesprochen, dachte sie. Ich hätte ihre Namen gewusst und darauf spekuliert, wer mir einen Apfel schenkt. Was sprach dagegen, an die alten Bande wieder anzuknüpfen? Eigentlich nichts. Dennoch hielt sie eine unbegreifliche Scheu zurück.

Sie erreichte den Dorfplatz und fand hinter der Ulme den Dorfbrunnen, der von einer niedrigen Mauer umgeben war. Um den Brunnen hatten die Leute eine Pflasterung angelegt, sicher ein guter Gedanke, denn hier mussten oft Wasserlachen stehen. Ein blanker Schöpfeimer hing an einer Kette, die über eine Winde lief. Marcella fühlte sich versucht, ihn in die Tiefe zu lassen. Hatte sie früher dergleichen getan? Hatte man sie Wasser holen geschickt? Sie legte die Hand auf die Kurbel und versuchte, sie in Bewegung zu setzen. Nein, der Eimer wäre für ein sieben- oder achtjähriges Mädchen zu schwer gewesen.

Als sie sich umdrehte, erblickte sie plötzlich eine Frau, die hinter dem Mäuerchen kauerte. Das Weib hatte den Kopf über den Rand geschoben und stierte sie an. Ihr Haar war zottelig wie ein graues, verfilztes Schafsvlies und bildete einen sonderbaren Gegensatz zu dem weinroten, sicher nicht billigen Surcot, den sie trug. Verlegen und zornig, weil sie ertappt worden war, sprang sie auf die Füße und lief davon.

Marcella zuckte die Achseln. Sie nahm denselben Weg wie die Zottelfrau, konnte sie aber nirgendwo mehr entdecken.

Montaillou war ein beschauliches Plätzchen in einem beschaulichen Flecken Land. Als Marcella die letzten Höfe hinter sich gelassen hatte, breiteten sich vor ihr terrassenförmig angelegte Felder aus. Die Felder waren von einem erdigen Braun, die Wiesen dahinter gelb. Da die Sonne schien, wirkten sie wie ein Meer aus Goldwogen, die sich am Grün der umstehenden Nadelwälder brachen. Ihr wurde warm ums Herz. Doch, ja, ich bin nach Hause gekommen, dachte sie. Die Felder waren abgeerntet. Magere Ziegen und knochiges Rindvieh zupften an den letzten Halmen und düngten die Äcker für die kommende Saat. Ein Junge, sicher der Schäfer, schlief in einer Sandmulde.

Sie kam an eine Kreuzung. Der eine, breitere Weg verlor sich rasch in den Feldern. Sie nahm an, dass er nach Prades führte. Der zweite hielt geradewegs auf die Kirche zu. Marcella entschied sich für das Kirchlein, und als sie es erreichte, ging sie noch ein Stück weiter. Schließlich entdeckte sie inmitten eines Wäldchens einen verfallenen Turm.

Von einem Moment zum nächsten schlug ihr das Herz bis zum Hals. *Der Turm ist innen mit Moos bedeckt, und eine Treppe führt in eine Kuhle, in der man ein Feuer entzünden kann.* Sie wusste es so genau, wie sie ihren Namen kannte oder das Ave Maria.

Unsicher blickte sie sich um. Keine Menschenseele war zu entdecken, natürlich nicht. Auch wenn die Bauern von Montaillou ihr nachgeschaut hatten – ihr Interesse würde kaum so groß sein, ihr aus dem Dorf zu folgen.

Marcella erreichte den Turm und umrundete vorsichtig den Erdbuckel, auf dem er errichtet war. Der Eingang befand sich auf der Nordseite und ließ sich über die Reste einiger alter Steinstufen erreichen. Das kleine Viereck innerhalb der Mauern – vielleicht zehn mal zehn Fuß groß – war tatsächlich mit satten, hellgrünen Moosfladen besetzt, die an den Wänden hinaufkrochen. Aber es gab keine Kuhle. Oder doch?

Marcella schob mit den Füßen einen mürben Blätterhaufen beiseite, der sich in einer Ecke türmte. Schwarzorange Totengräber flitzten verschreckt durchs Licht. Nein, keine Stufen, sie fand nur eine Senke in einer der Turmecken, vielleicht einen ehemaligen Vorratsraum, der früher unter einer Falltür versteckt gewesen war. Sie bückte sich und schaufelte den Rest der Blätter beiseite. Was sie entdeckte, bedeutete keine Überraschung. Die Blätter hatten eine Kuhle gefüllt, gerade groß und tief genug, damit zwei Kinder gemütlich einander gegenübersitzen und zwischen sich ein Feuerchen entzünden konnten.

Marcella schob die Blätter zurück und kletterte wieder ins Freie. Sie wusste plötzlich, wohin sie sich wenden musste, um zu ihrem Elternhaus zu kommen. Sie durchquerte das Wäldchen – einen kleinen Nutzwald, aus dem die Bauern so viel Bau- und Brennholz geholt hatten, dass er von Sonnenlicht durchflutet war – und folgte kurz dem Lauf eines Baches. Da tauchte das Haus auch schon auf.

Es ist gefangen, war ihr erster überwältigender Eindruck.

Tatsächlich hatten die Weinreben, die früher vielleicht einmal Teil eines Weingartens gewesen waren, die Mauern erklommen und sich wie das Netz einer Spinne um das Gebäude gelegt. Sie hatten sich in den Mörtel gebohrt und die Bretter, die vor die Fenster genagelt waren, überwuchert und teilweise gesprengt. Letzte Blätter des roten Weinlaubes, in denen sich die Sonne fing, erinnerten an Feuerfunken.

Marcellas Blick wanderte. Sie starrte hinauf zu einem kleinen Fenster auf der linken Seite. Es unterschied sich in nichts von den anderen Fenstern, und doch schien es damit eine besondere Bewandtnis zu haben. Gehörte das Fenster zu ihrem ehemaligen Zimmer?

Ich geh da nicht rein, Elsa! Ihr Herz hämmerte so stark, dass es regelrecht wehtat. Ihr war, als ob das Haus sie anblickte. Als ob es sie mit blinden Augen – vorwurfsvoll! – anblickte.

Stürmisch drehte Marcella sich um. Sie würde dieses Haus weder mit Damian noch ohne ihn je betreten, das war ihr innerhalb dieses kurzen Augenblicks zur Gewissheit geworden. Es war töricht gewesen, überhaupt hierher zu kommen. Wer hatte etwas davon, die Vergangenheit aufzuwühlen? Welchen Nutzen brachte es, die Toten zu stören? Sie raffte den Kleidersaum und hastete, als wäre ihr etwas Böses auf den Fersen, in den Wald zurück.

Nur langsam beruhigte sie sich wieder. In den Baumkronen zwitscherten und flatterten Vögel, es war geradezu unnatürlich mild. Der laue Wind und das Licht halfen ihr, sich wieder zu entspannen. Als die Turmruine in Sicht kam, schlug ihr Herz wieder im gewohnten Takt.

Marcella zögerte, als sie das alte Gemäuer erreichte. *Ich habe mich hier verkrochen, wenn ich in Schwierigkeiten steckte, Elsa. Dies war meine Trutzburg.*

Doch das war vorbei. Die schmutzige kleine Marcella war von ihrem Vater in ein buntes Kleid gesteckt und nach Deutschland geschickt worden. Und wusste nicht einmal mehr, wer der Spielgefährte gewesen war, mit dem sie hier ihre Zeit vertrödelt hatte.

Schweren Herzens wollte sie dem Turm den Rücken kehren, da hörte sie plötzlich, wie ein kräftiger Zweig knackte.

Die Frau mit dem verfilzten Haar schien geradewegs aus dem Boden gewachsen zu sein. Ihr rotes Kleid trug Schmutzspuren und Reste von Blättern, als wäre sie wie ein abenteuerlustiges Kind über den Waldboden gekrochen. Wie alt mochte sie sein? Wie Madame de Planissoles? Wahrscheinlich jünger. Ihre Hände waren schwielig, und Arbeit macht bekanntlich alt. Der elegante Surcot passt nicht zu ihr, dachte Marcella. Er sieht aus wie eine Verkleidung.

Nur widerwillig blickte sie der Fremden ins Gesicht. Zwei nackte Augen – weder Wimpern noch Augenbrauen waren zu erkennen – starrten sie an. Die Höflichkeit hätte geboten, etwas zu sagen, und sei es nur, einen guten Tag zu wünschen. Aber unter dem stieren, unheimlichen Blick versiegten die Worte auf Marcellas Zunge.

Irgendwo trommelte ein Specht und ein Tier, vielleicht ein Kaninchen, huschte durch die dürren Blätter.

»Mein Name ist Marcella Bonifaz. Ich … kenne ich Euch?«

Die Frau besaß doch Wimpern. Sie waren nur so hell, dass sie unsichtbar schienen. Ihre Nase war breit, mit großen, rosigen Nasenlöchern, und die Oberlippe schob sich über ihre Unterlippe. Nicht nur das Haar – auch das Gesicht verlieh ihr das Aussehen eines Schafs.

»Ihr seid aus dem Dorf?«

Die Schafsfrau hatte eine dünne Strohtasche hinter dem Rücken verborgen gehalten, die sie nun hervorzog.

»Ich muss heim«, sagte Marcella. »Einen guten Tag noch.« Und danke für das Gespräch, dachte sie ärgerlich.

Die Frau fasste in die Tasche. Sie zog einen Stein hervor und warf ihn auf Marcella. Dabei verfehlte sie nur knapp ihr Gesicht, streifte dafür aber ihr Kinn. Mehr aus Überraschung als wegen des Schmerzes fasste Marcella an die Stelle, an der sie attackiert worden war.

Die Frau griff erneut in den Beutel.

Entsetzt wandte Marcella sich zur Flucht.

Der nächste Stein traf sie am Hinterkopf, ein zweiter an der Wade. Die Frau konnte nicht gut zielen. Marcella hörte noch drei- oder viermal einen Stein in das Laub fallen, dann hatte sie den Rand des Wäldchens erreicht. Montaillou lag vor ihr im Sonnenschein. Sie rannte noch ein Stück weiter. Als sie sich schließlich umwandte, war die Frau verschwunden.

15. Kapitel

Ich weiß nicht, wer sie war.«

Damian nickte. Er versuchte, ihre Wunde am Hinterkopf zu untersuchen, aber sie hielt es nicht aus, still zu sitzen.

»Sie ist mir gefolgt. Lass ... lass! Ich sag doch – es ist nichts.« Die Schlafkammer, dieser ganze Donjon mit seinen dicken Mauern machte sie verrückt. Rastlos ging Marcella zum Fenster und kehrte gleich wieder um. »Sie *kannte* mich. Sie ist mir nicht zufällig begegnet. Sie ist mir erst zum Brunnen nachgeschlichen und dann zum Haus meines Vaters und dann durch den Wald. Sie muss die ganze Zeit hinter mir gewesen sein mit ... mit ihrem verfluchten Steinebeutel.« Sie konnte nicht verhindern, dass sie erneut in Tränen ausbrach.

Die Tür wurde geöffnet. Camille schob den Kopf durch den Spalt. »Ach du heilige ...! Madame ... so viel Blut.«

»Es sind nur ein paar Kratzer. Hoffe ich«, sagte Damian. »Ich wünschte, du würdest einen Moment ...«

»Und *ich* kenne sie auch. Vielleicht nicht ihren Namen, aber ... Hölle noch mal! Ich ersticke ...« Marcella stürmte zur Tür und schob Camille zur Seite. Sie hatte es zu eilig. Sie rutschte auf der Wendeltreppe aus und ratschte sich den Ellbogen auf. Aber schlimmer als das waren diese Mauern. Erst hatte sie nicht schnell genug in die Burg kommen können, jetzt fühlte sie sich, als würde ihr jemand die Gurgel zudrücken. Sie eilte in den Palas, vorbei an den Resten der vorabendlichen Mahlzeit.

»Was tut Ihr, Madame? Was tut sie denn, Monsieur?«, jammerte Camille, die ihnen folgte. Damian hatte Marcella erreicht und packte sie.

»Was soll der Lärm?«, ertönte Madame de Planissoles' Stimme aus dem oberen Stockwerk.

Camille lief zur Tür und rief durch den Treppenschacht: »Könnt Ihr vielleicht eine Schüssel Wasser besorgen?«

Mit sanftem Druck nötigte Damian Marcella, sich zu ihm umzudrehen.

»Sie wollte mich töten!«

»Du warst acht Jahre alt, als du Montaillou verlassen hast. Was könnte ein acht Jahre altes Kind getan haben, um einen Hass auf sich zu ziehen, der einen Mord auslöst?«

»Das weiß ich nicht.«

»Und sie hat *kein* Wort …? Nun setz dich endlich und lass mich sehen, wie die Wunde aussieht. Du hast zu viele Haare, mein Schatz. Kein einziges Wort?«

Madame erschien in der Tür. Sie trug noch die Röcke des vergangenen Abends und hatte weder ihre Frisur gelöst noch ihr Gesicht gewaschen. Am Kinn klebten Eireste.

»Nein doch«, fauchte Marcella.

»Stellt Euch vor, Madame de Planissoles, jemand hat Marcella mit Steinen beworfen«, erklärte Camille ihrer Gastgeberin, die mit verständnisloser Miene zu erfassen versuchte, was in ihrer Stube vor sich ging.

»Wer?«

»Ja, wer?«, echote Camille.

»Sie trug ein rotes Kleid. Mit Krapp gefärbt«, sagte Marcella, wobei das Letzte keine Rolle spielte und wahrscheinlich nicht einmal stimmte.

»Grazida Maury. Der Himmel weiß, warum Belot, der Schwachkopf, ihr ein rotes Kleid kaufen musste. Sie sieht darin aus wie eine Gans im Hochzeitsstaat«, sagte Madame.

Eine Spange löste sich aus ihrem Haar, die schwarzen Locken rutschten auf ihre Schultern.

»Und warum wirft das Weib mit Steinen?«, fragte Damian, während er Marcellas Kopfhaut untersuchte.

Madame blickte sich fahrig um. Auf der Fensterbank entdeckte sie eines der Gläser vom Vorabend. Erleichtert stellte sie fest, dass noch ein Rest Wein darin war. Ein roter, flüssiger Faden rann aus ihrem Mundwinkel, als sie ihn hinabstürzte.

»Madame! Diese Grazida ist Marcella vom Dorf aus zu ihrem Vaterhaus gefolgt – und dort hat sie begonnen, sie mit Steinen zu bewerfen. Warum?«

»Aus … keinem besonderen Grund. Außer weil sie schwachsinnig und ein verqueres Huhn ist.«

»Und Ihr Schwachsinn ist von der Art, dass sie fremde Leute angreift?«

Madame de Planissoles' Blick irrte zu dem Weinkrug. »Sie hasst jedermann.«

»Nein«, brauste Marcella auf. »Sie hasst durchaus nicht jedermann. Sie hatte es auf mich … sie hatte es auf *Jeanne* abgesehen!«

»Jedenfalls hat sie nicht viel Kraft – und zielt erbärmlich. Zum Glück«, sagte Damian.

Gegen Mittag pochte es unten am Tor, und der Wächter führte Matteo in den Palas. Der Italiener war schlechter Laune und berichtete, dass Arnaud nicht wieder aufgetaucht sei.

»Was ich aber eher glaube, ist, dass er doch zurückkehrte, sich aber nicht zeigte, sondern mich heimlich beobachtete«, sagte der junge Mann. »Der Hund ist manchmal wie verrückt zwischen die Sträucher gefegt. Warum soll ich mich von einem dämlichen Narren beobachten lassen und seine Schafe hüten? Ich hatte gedacht, Narbonne ist Einsamkeit, aber diese von allen Geistern verlassenen Berge …«

Erschöpft von dem langen Weg, den er zu Fuß hatte zurücklegen müssen, ließ er sich auf eine der Bänke in Madame de Planissoles' Fenster sinken. Ein Mann hatte ihn ein Stückchen mitgenommen und ihm den Weg gewiesen. Aber wer sollte das Kauderwelsch, das sie hier sprachen, verstehen? Der Mann hatte ständig gegrinst, und die Bretter seines Ochsenkarrens waren voller Vogelkacke gewesen.

»Das tut mir Leid«, sagte Marcella, ohne wirklich bei der Sache zu sein. Madame de Planissoles war in ihr Zimmer geflüchtet, nachdem Damian ihr wie ein Inquisitor den Namen des Bayle herausgepresst hatte, der für die Ordnung in Montaillou zuständig war. *Bernard Belot.*

»Sucht ihn nicht auf, Monsieur«, hatte sie geraten und zwei Finger ihrer Hand gegen die Schläfe gepresst, als hätte sie fürchterliches Kopfweh, was nach dem Saufgelage der vergangenen Nacht wahrscheinlich auch stimmte.

Damian hatte den Rat in den Wind geschlagen und sich unverzüglich auf den Weg gemacht, um Anzeige zu erstatten. »Zumindest will ich wissen, was es mit dieser Grazida auf sich hat«, hatte er ärgerlich erklärt.

»Ich bin gefangen wie ein Vogel in der Leimtüte«, murmelte Matteo mit auf die Hände gestütztem Kopf. »Jeder Ritter kann, wenn er will, Kaufmann werden. Er verliert dadurch seine Ehre, aber was kümmert sich ein Händler schon um Tugenden. Nur umgekehrt ist's nicht möglich. Théophile nimmt mich zu seinen adligen Freunden mit, und die meisten sind liebenswürdig, weil ... weil ich gut mit Waffen umgehen kann ... oder ... weil ich Geld habe. Aber ich werde in ihren Augen niemals gleichwertig sein.«

»Ja, das ist wirklich traurig«, sagte Marcella und wünschte sich, er würde gehen. Aber Matteo war offenbar zu lange ohne Gesprächspartner gewesen.

»Ich bin wie ein Adler zwischen Hühnern. Die Hühner legen die Eier und keiner könnte bestreiten, dass sie nützlicher sind. Aber trotzdem kann ein Adler unter ihnen nicht glücklich sein. Begreift Ihr, was ich meine?«

»Einigermaßen, ja. Oben habt Ihr ein Bett zum Ausruhen.«

Matteo nickte trübe. »Ihr seid ziemlich nett. Das meine ich jetzt ehrlich.« Er ging zur Tür, aber plötzlich hielt er inne, wandte sich um und wirkte auf einmal beschämt und schrecklich verlegen. »Da ist noch etwas, was mir auf dem Gewissen liegt. Ich weiß nicht, wie ich's Euch sagen soll, und vielleicht wäre es sowieso besser, wenn ich den Mund hielte ...«

»Ja?«

»Aber einmal muss es doch heraus. Dann kann ich's auch gleich beichten.« Er blickte zu Boden.

Herr im Himmel, dachte Marcella und starrte den Jungen an. Damian hat Recht. Es ist doch Matteo gewesen, der Robert Lac tötete, um den Betrug an seinem Onkel zu verschleiern. *Ich will das nicht hören, Elsa. Er soll sich jemand anderen suchen, um seine Untaten zu gestehen.*

»Ich habe Euch belogen, Marcella.«

»*Bitte?*«

»Die Wahrheit ist ...«

Sie wartete.

»Schwört Ihr, dass Ihr mir nicht zürnt?«

Er hat Lac umgebracht und Angst, dass ich mit ihm schelte. *Elsa, er ist verrückt.* »Was ist die Wahrheit?«

»Dass ich Euch mag, ja«, platzte Matteo heraus, »aber ich habe niemals die wahre und tiefe Liebe für Euch empfunden, die das Herz eines edlen Mannes beseelen und zu großen Taten aufstacheln sollte. Ich habe mir gewünscht, dass es so ist, und lange auch daran geglaubt. Ein Held braucht nämlich beides – den Zorn für große Taten und das Herz für die Liebe. Manchmal war ich düster vor Eifersucht und hoffte, das als Zeichen nehmen zu können ...«

»Jetzt reicht's«, sagte Marcella.

»Nicht, dass Ihr denkt, es habe etwas damit zu tun, dass Ihr schon älter seid oder nicht schön genug …«

»Verschwinde, Matteo, bevor es ein Unglück gibt!«

Er ließ die Schultern noch ein Stück tiefer hängen. »Denkt Ihr, dass Ihr mir irgendwann vergeben könntet?«

»Nein«, sagte Marcella und schob ihn hinaus.

Damian hatte den Bayle nicht angetroffen. Der Mann war nach Ax hinuntergegangen, um ein paar Säcke Gerste in der Grafschaftsmühle mahlen zu lassen. »Das halbe Dorf hängt im Fenster, wenn ich die Straße entlanggehe«, sagte er.

»Ich weiß. Mich haben sie auch beobachtet.« Marcella hielt einen Handspiegel in der Hand und begutachtete die Wunde an ihrem Kinn. »Hier wird es eine Narbe geben.«

»Ist das schlimm?«

»Ich weiß nicht«, sagte sie. »Ich muss mich ja selbst nicht anschauen.«

Damian lächelte sie an. »Und ich schiele habgierig nur auf den Safran, den du in die Ehe bringst.«

»Den hab ich gerettet.«

»Tatsächlich? Er ist nicht Opfer der Fluten geworden?«

»Erinnerst du dich an die Dose mit Lakritzen, die du mir geschenkt hast? Darin ist er trocken durchs Wasser gekommen.« Marcella beobachtete ihren Verlobten durch den Handspiegel. *Ich liebe ihn, Elsa. Wenn du sehen könntest, wie er lächelt! Wie zärtlich seine Augen leuchten! Ich würde verzweifeln, wenn er mich verließe.*

Damians Lächeln verblasste. »Ich dachte, wir würden in ein Dorf kommen, das dir fremd ist, und ich hoffte, wir könnten nach wenigen Tagen ein Gespenst hinter uns lassen. Ich habe nicht damit gerechnet, dass sich das Dorf *an dich* erinnern könnte. Das war ein Fehler von mir. Marcella, diese Grazida macht mir wirklich Sorgen.«

»Wann wollte der Bayle aus Ax zurück sein?«, fragte sie.

»Heute Abend.«

»Das ist schon bald.«

»Ja. Und ich werde ihn heimsuchen, bevor er in den Federn verschwinden kann, verlass dich drauf.«

Aber daraus wurde nichts. Der Bayle hatte sich offenbar entschlossen, in Ax zu übernachten. Das war die Ansicht seiner ruppigen Ehefrau oder Haushälterin, die Damian kurz vor Anbruch der Dunkelheit die Tür geöffnet und ihn sogleich wieder fortgewiesen hatte.

»Die Leute von Montaillou sind so liebenswürdig wie eine Schar Gänse, in deren Gatter du einbrichst«, sagte er und zog den regenfeuchten Mantel aus, den Madame de Planissoles ihm geliehen hatte. Ihr verstorbener Gatte musste ein Riese von Mann gewesen sein, denn der Mantel reichte Damian bis über die Waden. Marcella nahm ihn entgegen und hängte ihn über einen Schemel in die Nähe des Kamins, so dass er trocknen konnte.

»Madame de Planissoles ist freundlich zu uns«, nahm Camille das Dorf in Schutz.

»Und vielleicht«, meinte Marcella, »sind auch die Mädchen hier freundlich, denn Matteo ist schon seit Stunden im Dorf und kommt nicht zurück, obwohl er doch bestimmt weiß, dass es hier etwas zu essen gibt.«

»Ich dachte, seine Sonne scheint nur in diesen Räumen«, sagte Damian.

»Er hat sich die Augen geputzt und festgestellt, dass die Dame seines Herzens älter und hässlicher ist, als er beim ersten Hinsehen glaubte.« Marcella schaute aus dem Fenster, das zum Dorf hinabzeigte. Unten am Hang war kaum ein Licht zu sehen. Die meisten Leute in Montaillou waren zu arm, um Kerzen brennen zu lassen, wenn es dunkel wurde. Man legte sich aufs Bett und erzählte sich etwas, dann schlief man. An einigen Stellen allerdings brannte noch Licht. Zum Beispiel in dem Haus mit den roten Türen. Zwei kleine Fensterchen waren erleuchtet, hinter denen Menschen saßen, die offenbar Dringliches zu besprechen hatten. Meine Ankunft hat sie aufgescheucht, dachte Marcella. Aber worüber machen sie sich Sorgen?

»Sie wünschen uns zum Teufel«, sagte sie, als sie am nächsten Vormittag mit Damian auf das doppelstöckige Haus zuschritt, das dem offenbar reichsten Mann des Dorfes gehörte.

»Du übertreibst. Vielleicht hatte der Bayle wirklich länger als vorgesehen in Ax zu tun.«

»Ich meine nicht nur ihn. Auch Madame hatte heute Morgen keine Lust auf Gesellschaft. Brune hat mich ziemlich unfreundlich fortgescheucht. Und Madame lag mit offenen Augen in ihrem Bett und ließ sie gewähren.«

»Wahrscheinlich brummt ihr der Schädel. Die ehrenwerte Dame muss in Alkohol konserviert sein wie ein Stück Obst.« Damian klopfte an die rote Tür. Als sich nichts rührte, trat er einen Schritt zurück, legte den Kopf in den Nacken und starrte zu den höher gelegenen Fenstern im oberen Stockwerk. »Jemand zu Hause?«

»Sie werden nicht öffnen«, prophezeite Marcella.

Damian blickte die Hauswand entlang. Sie mündete an beiden Seiten in eine hohe Mauer, die das Grundstück umzog. »Warum hat sich der Bursche dermaßen eingeigelt? Sieh dir das an. Alle Häuser haben Zäune, wenn überhaupt. Nur dies hat eine Mauer.«

»Vielleicht, weil er der Bayle ist. Er muss Steuern einziehen und wahrscheinlich auch den Zehnt eintreiben und Leute festnehmen. Da mag ihn seine Mauer beruhigen.« Vage zog das Bild von einem Mann, der einen anderen unter den Buhrufen der Umstehenden vor sich herprügelte, durch Marcellas Kopf. Aber diese Erinnerung konnte aus jedem Jahr ihrer Kindheit stammen, auch aus denen, die sie in Trier verbracht hatte. Büttel gab es überall.

Marcella ging zur Mauerecke. Das Grundstück senkte

sich auf der Rückseite ins Tal hinab, wie bei den meisten Anwesen am Burghang. Steinstufen, die viel älter als die Mauer und vielleicht sogar älter als das Gebäude waren, markierten einen vergessenen Weg.

»Hier geht es abwärts. Kommst du mit, Damian? Aber du musst vorsichtig sein.« Sie griff nach der Mauer, um für den Notfall einen Halt zu haben. Einige der Stufen waren aus dem Untergrund gebrochen. Vorsichtig belastete sie die Steine. »Die Treppe scheint seit Ewigkeiten nicht mehr benutzt zu werden. Man kann sich den Hals brechen.«

»Sie benutzen sie ganz sicher nicht – sie haben eine Haustür vorn an der Straße«, erinnerte Damian. Er folgte ihr. Die Steine endeten vor zwei Stechpalmenbüschen, die im Lauf der Jahre so eng ineinander gewachsen waren, dass sie wie eine einzige Pflanze wirkten. Marcella starrte auf die ledrigen Blätter und die Dornen. »Früher ist man hier durchgekommen.«

»Um wohin zu gelangen?«

Marcella zuckte die Achseln.

»Wir sollten umkehren, meine Schöne. Hier gibt es nichts.«

Sie schüttelte den Kopf. Vorsichtig drückte sie die Stechpalmenzweige von sich fort und quetschte sich an der Mauer entlang, während sie weiter abwärts stieg. Was von den Steinplatten noch übrig war, war hier von Moos überwuchert und so glitschig, als wäre es mit Seife beschmiert. Sie sah, dass Damian ihr folgte.

»Was denkst du, Marcella? Werden wir immer noch vom halben Dorf beobachtet?«

»Sicher. Sie schließen Wetten ab, wie viele Löcher unsere Kleider haben, wenn wir unten ankommen. Und sie wundern sich, warum die kleine Marcella und der reiche dumme Kaufmann durch Dornenbüsche kriechen, wo man doch auf tausend bequemeren Wegen zu den Feldern gelangen kann.«

»Am Ende unseres Wagemutes werden wir also mit dem

Anblick eines Stoppelfelds belohnt?« Damian nutzte die Gelegenheit, sie an sich zu ziehen, und ihr einen Kuss aufs Haar zu hauchen.

»Psst ... Schau, da!« Marcella wies triumphierend mit der freien Hand auf eine Lücke in der Mauer, in die man eine Pforte eingesetzt hatte.

»Du möchtest für dein Gedächtnis bewundert werden? Aber dieser Mauerdurchbruch ist noch nicht einmal ein Jahr alt.« Er deutete mit dem Kinn auf die blanken Stellen, an denen die Steine abgeschlagen worden waren, um Platz für das Gatter zu schaffen. »Siehst du? Kein bisschen Moos, kein Unkraut in den Ritzen. Nicht deine Erinnerung – Fortuna hat unsere Schritte gelenkt. Kommst du mit hinein, oder willst du hier warten?«

»Was tun wir, wenn sie uns erwischen?«

»Aber das sollen sie doch. Wir wollen nicht Kirschen stehlen, sondern uns den Herrn des Hauses vorknöpfen.« Damian ließ sie los und öffnete die Pforte. Einladend streckte er ihr die Hand entgegen.

Der Garten, in dem sie standen, war größer, als es oben vom Schlossfenster ausgesehen hatte. Die Wäsche war fortgeräumt worden. Kahle Obstbäume trennten den Bleichrasen von einer Reihe Gemüsebeete, die sorgsam umgegraben worden waren. Mehrere Holzwannen lehnten an einem niedrigen Schuppen. In einer Ecke zwischen dem Haus und dem Misthaufen lag ein zerbrochener Handkarren.

Marcella fühlte ihr Herz klopfen. *Ich kenne das, Elsa, und ich mag es nicht ...*

Damian ging zur Tür und pochte. Ihm fehlte der Respekt vor fremdem Boden, wie Marcella es oft bei weit gereisten und reichen Leuten gesehen hatte. »Jemand da?«

Im Haus erscholl eine Stimme, eine Tür knallte.

Sie haben einen Keller. Elsa, ich kenne das Haus. Und ihre Treppe besitzt kein Geländer, die Stufen sind verfault ...

Etwas schepperte. Dem Mann, den sie hörten, schien ein

Eimer im Weg gestanden zu haben, und er hatte ihn zur Seite getreten.

Er ist wütend …

Marcella sah, wie Damian zwei Schritte zurücktrat. Ein schmales Lächeln zog über seine Lippen. Damian hatte für Jähzorn nichts übrig. Manche denken mit dem Kopf, andere mit den Fäusten, hatte er einmal gesagt. Marcella trat mit einem flauen Gefühl im Magen einen Schritt zurück.

Die Tür wurde aufgerissen. Der Mann, der den Rahmen füllte, war mager und ungewöhnlich groß, und obwohl er einen grauen Bart trug, der das Gesicht bis zu den Ohren überwucherte, konnte man deutlich sehen, dass seine Wangen eingefallen waren wie bei einem Kranken oder Hungernden. Dennoch wirkte er nicht schwach, keineswegs.

Damian lächelte. »Es tut mir Leid, dass wir durch die Hintertür kommen. Wir haben es vorn versucht, aber keinen Erfolg gehabt. Damian Tristand, Tuchhändler aus Venedig. Ihr seid Bernard Belot?«

»Hrmm«, machte Belot und rieb mit dem Handrücken über die Nasenlöcher. Er sah dumm und unbeholfen aus. Aber das war er nicht. *Er wirft einen Stuhl durch den Raum, so dass er an der Wand zerbirst, Elsa …*

»Ich fürchte, ich muss Eure Hilfe in Anspruch nehmen. Wenn wir einen Moment hineinkommen könnten?«

Belot machte keine Anstalten, sich zu rühren. Er spie seitlich aus dem Mund, der Auswurf landete auf einer der Holzwannen. Mit einem dummdreisten Lächeln starrte er Damian an.

»Gut.« Damian nickte langsam. Wie immer, wenn er sich aufregte, wurde seine Stimme leiser. »Vielleicht ist es tatsächlich besser, ich wende mich gleich nach Foix. Jemand aus meiner Begleitung wurde angegriffen. Ein Überfall auf Kaufleute ist etwas anderes als eine Tavernenprügelei. Ich denke, man wird Interesse daran haben, die Unverfrorenheit aufzuklären.«

Bernard stierte ihn weiter an, aber Damian hielt dem Blick stand. Und er brachte den Bayle dazu – wütend und reich, wie er war –, den Kopf zu senken. Am Ende, dachte Marcella, senkten die Bauern immer den Kopf vor den Herren.

Belot drehte sich um und kehrte in sein Haus zurück, ließ aber die Tür offen stehen.

Damian verdrehte die Augen. »Sind wir beleidigt oder gehen wir rein?«

»Vor allem sind wir vorsichtig«, gab Marcella zurück.

Die Stufen der Treppe mussten ausgetauscht worden sein, denn sie waren keineswegs faulig, wie Marcella angenommen hatte, auch wenn sie knarrten. Sie versuchte, sie näher in Augenschein zu nehmen. Nein, sie waren auch nicht ausgetauscht worden, dafür waren sie zu abgetreten. Ihre Erinnerung musste sie getrogen haben. Die Treppe, an die sie dachte, musste zu einem anderen Haus gehört haben.

Der Wohnraum, in den sie Belot folgten, nahm das ganze Ergeschoss ein und war, für dörfliche Verhältnisse, reich möbliert. Ein Tisch mit zwei Bänken und einem Lehnstuhl, mehrere Truhen und – sonderliches und gänzlich unerwartetes Möbel: ein Schreibpult auf zierlichen Füßen. Wer hätte solch ein Ding vergessen können? War sie tatsächlich einmal hier gewesen?

Eine weitere Treppe führte von der Stube ins Obergeschoss, wohl zur Schlafkammer oder zu irgendwelchen Vorratsräumen. Auch hier waren die Stufen in gutem Zustand. Außerdem besaß die Treppe ein Geländer. Sie war auf keinen Fall mit der Stiege identisch, an die Marcella sich zu erinnern glaubte. *Warum denke ich ständig an Treppen, Elsa?*

»Angegriffen«, wiederholte Belot, was Damian gerade noch einmal zu ihm gesagt hatte.

»Von einer Frau, die möglicherweise den Namen Grazida trägt. Ich möchte niemanden zu Unrecht beschuldigen. Wir wissen nur, dass die Frau ein auffallendes rotes Kleid trug.

Aber vielleicht reicht das ja schon, um sie ausfindig zu machen.«

Belot stand steif neben seinem Pult. »Gibt hier niemanden, der Grazida heißt.«

»Grazida Maury«, sagte Damian.

»Gibt es hier nicht.«

»So wenig wie es Schafe, Fische, Ziegen und einen Himmel gibt?«, mischte Marcella sich ein. »Was soll der Unfug? Ich habe sie doch selbst gesehen.«

Belot zwinkerte nervös. Er antwortete, aber er richtete seine Erklärung nicht an Marcella, sondern an den Mann, der sie begleitete, wie es hier üblich war. »Grazida ist weggelaufen. Zu Verwandten. Sie schämt sich für ihr Benehmen.«

»Für das es aber sicher eine Erklärung gibt? Ich will das Weib nicht erschlagen, Mann. Aber ich will und ich werde auf jeden Fall mit ihr sprech...« Damian wurde unterbrochen. Die Haustür erbebte, jemand hämmerte mit der Faust dagegen. »Wollt Ihr nicht öffnen?«, fragte er, als Belot sich nicht rührte.

»Bernard!« Ein Gesicht schob sich in eines der kleinen Fenster. »Ich seh doch, dass du da bist. Nun mach schon auf.«

Widerwillig stapfte der Bayle zur Tür.

»Was sperrst du ab? Äh? Sind die Sarazenen im Dorf?« Der Mann, der Belot ins Haus folgte, war ein kleinwüchsiger, älterer Herr mit blonden, lichten Haaren und einem lebhaften Lächeln. »Bernard! Du hast Gäste. Sag das doch gleich. Willst du mich ...« Er stockte. Wieder wurde Marcella angestiert. Doch dieses Mal währte die Musterung nur kurz, und der Mann schien nicht erschüttert, sondern erfreut zu sein. Er schüttelte den Kopf und fasste nach ihren Händen. »Nicht Jeanne, natürlich nicht. Aber ihr Ebenbild. Die liebe Béatrice hat völlig Recht. Marcella, Kindchen, ich kann es beinahe nicht glauben. Da meint man, die Vergangenheit wird lebendig.«

Sie nickte benommen.

»Verzeiht, mein Herr ...« Ohne Marcellas Hände loszulassen, wandte der kleine Mann sich an Damian. »Ich bin Pierre Clergue, der Pfarrer dieses verschlafenen Dorfes. Ihr seid zu beglückwünschen, Monsieur, wenn ich das sagen darf. Eine reizende, eine wahrhaft bezaubernde Braut. Ich hoffe, es stört Euch nicht, dass jeder hier Bescheid weiß? Klatsch gehört zum Alion wie Sonne und Regen. Und Ihr seid ...« Er lächelte. »... ja schon mehr als einen Tag im Dorf. Auf dem Weg nach Venedig, heißt es? Normalerweise tut, wer in diesem Dorf geboren wird, keine drei Schritte hinaus. Aber Marcella bereist, wie es aussieht, die ganze Welt.« Endlich ließ er sie los.

»Grazida hat Steine nach ... nach dem Weib geworfen«, sagte Belot.

Der Pfarrer schwieg bestürzt.

»Und wir wüssten gern, welchen Grund sie dafür hatte. Sie schien überaus aufgeregt«, erklärte Damian.

»Welchen Grund? Monsieur, Ihr seid wahrhaftig großzügig. Ihr fragt nach Gründen, statt nach Strafe zu rufen!«

»Ich gerb ihr das Fell. Der Kuh«, sagte Belot.

Pfarrer Clergue zuckte ein wenig zusammen.

»Den Grund. Wir wüssten gern den Grund für diesen Anschlag«, wiederholte Damian.

»Du gerbst ihr nicht das Fell, Bernard. Bedenk, dass deine Faust wie ein Schmiedehammer ist, und suche lieber nach eindringlichen Worten der Mahnung. Marcella ... mein lieber Monsieur – wenn Ihr mir vielleicht zurück ins Sonnenlicht folgt? Es hat keinen Sinn, einen Menschen seiner törichten Gedanken wegen zu verprügeln. Wenn Prügel die Übel des Herzens kurieren würden, lebten wir in einer besseren Welt.« Der Pfarrer hielt ihnen die Tür auf und bat sie mit einer schwungvollen Handbewegung ins Freie. »Und schließ nicht wieder ab, Bernard. Und sag Grazida ... sag ihr, sie soll zur Beichte kommen. Ich knöpfe sie mir vor. Ach

Marcella, was musst du glauben von dem Dorf deiner Kindheit.«

Der Pfarrer schien im Sonnenschein aufzublühen. Sein Gesicht mit den feinen, beweglichen Zügen entspannte sich. Er fuhr mit der Hand durch das spärliche Haar und nahm vertraulich Marcellas Arm, während er zum Dorfplatz wies.

»Du hast mich nicht erkannt, Mädchen, richtig? Den alten Pfarrer Clergue. Ich habe dir wöchentlich die Beichte abgenommen – aber was ist für ein Kind schon ein Mann im langen Rock mit strengen Ansichten.«

»Ich fürchte, ich erkenne überhaupt niemanden. Ich … ich komme in ein Dorf, das mein Dorf ist und doch nicht mein Dorf, und die Leute … Ich weiß gar nichts mehr. Und ich habe auch Grazida nicht erkannt«, fügte sie wahrheitsgemäß hinzu. »Aber gleich, als ich sie gesehen habe, hatte ich ein unangenehmes Gefühl, als müsste ich mich in Acht nehmen. Was ist mit ihr los?«

Sie hatten die Dorfulme erreicht. Der Pfarrer wischte mit der Hand die Blätter von der Sitzfläche und wartete höflich, bis Marcella und Damian sich niedergelassen hatten, bevor er selbst Platz nahm.

»Tja, Grazida.« Er seufzte, beugte sich vor und stützte die Arme auf die Oberschenkel. Nachdenklich schaute er einem Vogel zu, der über den Boden hüpfte und nach Futter Ausschau hielt. »Grazida mochte Jeanne nicht. Das muss man leider sagen. Ich nehme an, als sie dich im Dorf gesehen hat, glaubte sie, Jeanne zu erkennen. Und daran siehst du, wie es um den armen, kleinen Verstand der Frau bestellt ist. Hätte sie nicht begreifen müssen, dass Jeanne heute eine Dame von weit über dreißig Jahren wäre?«

»Jeanne ist tot. Vielleicht hat sie geglaubt, dass sie einer Toten gegenübersteht«, sagte Damian.

Der Pfarrer nickte und zuckte gleichzeitig mit den Achseln.

»Oder nicht?«

»Oder …? O doch, selbstverständlich ist sie tot. Nur …«
Er seufzte. »Jetzt kommt der ganze Tratsch wieder hoch. Ich
muss ehrlich zugeben, es fällt mir nicht leicht, darüber zu
sprechen, Monsieur. Die Menschen in Montaillou wollen
vergessen, und in diesem Fall halte ich das für vernünftig.«

»Welcher Tratsch?«, fragte Marcella.

»Ihr müsst versprechen, es nicht zu glauben, denn es ist
… eben Tratsch. Einer meint, es gehört zu haben, und der
Nächste schmückt es aus und erzählt es weiter. Man weiß,
wie das geht.« Der Pfarrer räusperte sich. »Wie Ihr vielleicht wisst, oder auch nicht: Es war Euer Vater, Monsieur
Bonifaz, der Jeannes Leichnam fand. Natürlich war er außer sich. Er hat das Mädchen – er hat euch beide – wie närrisch geliebt. Also rannte er ins Dorf, um Hilfe zu holen,
aber als er mit – ich kann mich gar nicht mehr besinnen, wer
dabei war … Jedenfalls, als er mit den Leuten zum Haus zurückkehrte, gab es dort keine Leiche mehr. Nur Blutspuren
an den Zinken einer Pflugschar, in die das arme Kind …« Er
schwieg betreten. »Es ist abscheulich, die ganze Sache. Der
Bischof ordnete eine Untersuchung an und …«

»Fand er es nicht sonderbar, dass keine Leiche gefunden
wurde?«, fragte Damian.

»Er *fand* es sonderbar. Natürlich schossen die Gerüchte
ins Kraut. An den Zinken wäre Hühnerblut gewesen, ach
was … Am Ende, Monsieur, musste doch jeder einsehen,
dass Jeanne tot war. Denn warum sonst hätte Monsieur Bonifaz sich das Leben nehmen sollen?«

»Das Haus von Monsieur Bonifaz stand abseits. Hatte
der Bischof keine Wachen aufstellen lassen, um zu verhindern, dass Jeanne floh? Immerhin drohte ihr ein Ketzerge-
richt.«

»Doch, gewiss. Der Mann wurde bewusstlos in einer
Ecke des Gartens gefunden. Man hatte ihn niedergeschla-
gen, und er konnte sich an nichts erinnern. Ein wertloser
Zeuge.«

»Und was ist Eure Meinung?«, fragte Damian.

Der Pfarrer wollte keine Meinung haben, das war ihm anzusehen, denn jede Meinung hätte bedeutet, an etwas Unerfreuliches zu glauben. Bischof Fournier hatte deutlich erklärt, was er selbst für wahr hielt: Jeanne war bei einem Fluchtversuch gestorben. Ihr Liebhaber hatte ihre Leiche gestohlen.

»Ich denke, das Mädchen verzweifelte über seinen Taten. Es starb bei dem Versuch einer Flucht, und ihr Vater, völlig von Sinnen bei dem Gedanken, sie könnte noch im Tode schuldig gesprochen und ihr Leichnam von der Inquisition verbrannt werden, schlug den Wächter nieder, nahm seine tote Tochter und begrub sie in einer stillen Ecke. Der Herr wird ihn richten. Das ist alles …«

»Seigneur curé! Seigneur curé!« Ein kleiner Junge kam die Straße hinabgelaufen. Seine Füße wirbelten den Staub auf, die langen Haare und das Kittelchen flogen im Wind. »Raymonde wirft. Ihr müsst kommen. Sie ist zu eng, sagt Mutter, und ihr müsst zur Stelle sein, wenn …«

»Sie wirft nicht, deine Schwester kommt danieder.« Der Pfarrer hob beide Hände, als wolle der Junge, der knapp vor ihm zum Stehen kam, ihn über den Haufen rennen. »Verzeiht, Monsieur, aber so reden sie hier. Ist Raymonde bereits zu Bett?«

»Sie will noch rasch die Fischköpfe salzen, die Brune ihr gebracht hat.«

»Und gestern wollte sie noch buttern, und vorgestern wollte sie zu ihrer Tante hinab. Sag deiner Mutter, sie macht sich zu viele Sorgen. Raymonde wird ein prächtiges Kind zur Welt bringen und mich überhaupt nicht brauchen. Und wenn es tatsächlich … ach was, sag ihnen einfach, ich komme. Nun lauf schon.« Clergue seufzte und lächelte gleichzeitig. »Die Liebe einer Mutter sieht das Boot sinken, noch während es vertäut im Hafen liegt.«

»Und was war mit Grazida?«

Er erhob sich. »Grazida … Die Arme traf ein tragisches Geschick. Sie war mit einem Mann namens Guillaume Maury verheiratet gewesen, einem einfältigen, aber gutherzigen Burschen, der für sie sorgte und … nun, sie führten eine glückliche Ehe, soweit eine Ehe glücklich sein kann. Eines Morgens fand man Guillaume ertrunken im Graben der Burg. Das war zu der Zeit, als die Inquisition sich dort oben einquartiert hatte. Es gab natürlich eine Untersuchung, und der Inquisitor …«

»Jacques Fournier«, warf Damian ein.

»Richtig. Jacques Fournier kam zu dem Schluss, dass Guillaume ermordet wurde, weil er verraten wollte, welche Dorfbewohner heimlich dem Glauben der Katharer angehörten. Kein Wunder also, dass Grazida alle Katharer hasste. Und Jeanne …«

»… gehörte zu den Ketzern«, sagte Marcella.

Pfarrer Clergue stand auf. »Und sie war hübsch und – gemessen an den Verhältnissen hier – reich. Das weckt Neid und macht ungerecht.«

»Seigneur curé.« Der kleine Junge erschien wieder oben an der Straße. Er schwenkte aufgeregt die Arme.

»Aber man hat Jeannes Leiche nie gefunden?«, fragte Marcella.

»Nein, mein Kind. Das hat man nicht.«

16. Kapitel

Sie war klug, hat Fournier gesagt. Sie war dumm, sagt Madame. Wie passt das zusammen, Damian?«

Ihr Verlobter hatte es sich auf ihrem Bett bequem gemacht. Sie selbst strich unruhig durch den Raum. Sie wusste nun, dass Grazida aus alter Eifersucht heraus mit Steinen nach ihr geworfen und dass der Bayle unbegreiflicherweise die Frau in Schutz nahm. Aber was half ihr das weiter?

Damian wünschte sich fort von hier. In Venedig lockten Tuchgeschäfte und Versicherungen und ein Garten mit gelben Sternenblumen. Sie blickte zu ihm herüber. Ihm waren die Augen zugefallen. Jeanne, Jeanne … wahrscheinlich war er ihrer so überdrüssig wie eines tagelangen Kopfschmerzes.

»Es passt schon.« Aha, er war also doch nicht eingeschlafen. »Man kann in einem Bereich gescheit handeln und in einem anderen wie ein Esel. Das ist kein Widerspruch.«

»Gescheit zum Beispiel, indem man mit scharfem Verstand über Kirchenlehren disputiert, und wie ein Esel, indem man diesen Verstand in den Schmutz tritt, um sich irren Sinnes der Fleischeslust hinzugeben?«

»So würde ich es niemals sagen. Es klingt scheußlich.«

»Es klingt … es *klingt* nur scheußlich? Was soll das heißen? Findest du es in Ordnung, wenn ein Mädchen sich heute mit diesem und morgen mit jenem Mann im Heu wälzt?«

»Ich finde es ... *nicht* in Ordnung. Und ich finde es auch nicht in Ordnung, wie schnell du den Stab über deine Schwester ...«

»Ich breche nicht den Stab. Sie war keine Hure. Ich habe sie gekannt!«

Das stimmte nicht, und sie beide wussten es. Heilige Maria, warum musste sie jedes Mal aus der Haut fahren, wenn das Gespräch auf ihre Schwester kam?

»Es tut mir Leid«, sagte sie lahm. Aber sie hatte auch keine Lust, weiter mit Damian zu diskutieren. Was verschweigen die Leute hier?, fragte sie sich.

Marcella sah durch einen Schlitz im Mauerwerk, dass Brune im Hof stand und Blätter aus der hölzernen Zuleitung fischte, die das Regenwasser in die Küchentonne leitete. Doch auch wenn sie im Zimmer von Madame gewesen wäre, hätte sie sich nicht aufhalten lassen. Sie klopfte an die Tür der Schlafkammer, und als niemand antwortete, öffnete sie sie. Madame lag in ihrem Bett, erschöpft, die Wangen eingefallen, die Decke bis zum Kinn hinaufgezogen.

Leise trat Marcella zu ihr. »Ich fürchte, dass ich störe.«

»Ach, Kindchen«, flüsterte Madame und lächelte. »Ich bin ja nicht krank. Nur ... müde. Diese Müdigkeit will mich gar nicht mehr verlassen. Ich schlage die Augen auf und fühle mich, als hätte ich Sandsäcke geschleppt.«

»Darf ich Euch trotzdem belästigen? Versteht mich bitte, Madame, ich weiß nicht, an wen ich mich sonst wenden soll. Mein Verlobter will nach Hause, doch wie soll ich von hier fort, wenn Jeanne ... Ich muss wissen, was mit ihr geschehen ist.«

Madame seufzte. Sie nahm Marcellas Hand und streichelte sie mit ihren knochigen Fingern.

»War sie eine Hure?«

Die alte Frau brachte ein trockenes Lachen über die Lippen. »Was, Mädchen, weißt du eigentlich über die Liebe? Nichts, möchte ich wetten. Wahrscheinlich schaut er deshalb so verzweifelt drein, dein Kaufmann. Sieh mir ins Gesicht. Komm, mach schon.« Sie schob ihren Zeigefinger unter Marcellas Kinn.

»Ich weiß, was in … was zwischen den Laken geschieht. Das hat mir Jeanne erklärt. Sie hat gesagt, es ist abstoßend.«

»Hm. Die … Umarmung«, Madame lächelte, weil sie einen unverfänglichen Namen für das gefunden hatte, was so peinlich und beschämend war. »Die Umarmung ist … tatsächlich eine abscheuliche Sünde.«

Marcella nickte.

»Zusätzlich ist sie aber ein Vergnügen. Sprechen wir das mal aus. Doch zunächst von der Sünde. Wenn die Umarmung eine Sünde ist, könnte Gott sie dann gutheißen?«, fragte sie, wobei sie den Tonfall eines Scholastikers anschlug.

»Er tut es nicht.«

»Richtig. Und wenn er die Umarmung verdammt …« Die Frau im Bett rülpste, und eine nach Wein riechende Wolke entquoll ihrem Mund. »… wird er dann die Ehe, die zum Zweck des Umarmens geschaffen wurde, gutheißen?«

»Das ist wegen der Kinder.«

Madame schüttelte verächtlich den Kopf. »Pfaffengeseire. Gott verdammt die Ehe. Und wenn er die Ehe verdammt, und wenn er die …«

»… die Umarmung …«

»… verdammt, wird es ihn dann nicht ergrimmen, wenn die Menschen sich voller Heuchelei innerhalb eines Ehebundes … umarmen? Wenn sie so tun, als sündigten sie mit seinem Segen?«

Marcella erinnerte sich dunkel an Bischof Fourniers Worte über die Katharer. Hatte er nicht gesagt, dass die Ketzer von Montaillou das Sakrament der Ehe in den Schmutz ge-

233

zerrt hatten? Entsetzt flüsterte sie: »Madame! Gehört Ihr etwa auch zu … *ihnen*?«

»Zu wem?« Brune war schneller mit ihren Reinigungsarbeiten fertig geworden, als Marcella vorausgesehen hatte. Mit in die Hüften gestemmten Fäusten stand die dicke Frau in der Tür. »Sie ist müde, sie ist krank! Kennt Ihr gar kein Erbarmen? Raus mit Euch. Aber auf der Stelle!« Sie blickte sich um, als suche sie eine Waffe, mit der sie ihrer Forderung Nachdruck verleihen könnte.

»Jeanne war ein liebes Mädchen«, murmelte Madame. »Nur machte sie alles … so kompliziert.«

Camille hatte im Dorf ein Hirsebrot und einen Eimer voller Schweinebohnen erstanden. Sie kochte die Bohnen, und gegen Abend gab es eine fade schmeckende Pampe aus Bohnenmatsch und dazu trockenes, mit Steinchen durchsetztes Brot. Madame de Planissoles nahm an der Mahlzeit nicht teil. Brune saß auf einem schäbigen Hocker vor ihrer Tür und knurrte jeden an, der auch nur den Versuch machte, sich der Tür zu nähern.

»Ich geh noch ein bisschen runter ins Dorf«, meinte Matteo, der mit Widerwillen Camilles Brei hinunterwürgte.

»Warum?«

Er blickte Marcella bei der Frage erst überrascht und dann betont harmlos an. »Hier passiert doch nichts. Unten kann man sich wenigstens unterhalten.«

»Mit den Bauern?«

»Ist daran was verkehrt? Ich würde auch lieber mit meinesgleichen verkehren. Aber in diesem Nest gibt es außer Schweinen und …«

»Lasst Eure Finger von den Dorfmädchen. Bei allem, was Euch lieb ist – lasst die Mädchen in Ruhe!«

Unsicher blickte Matteo von Marcella zu Damian.

»Genau wie sie sagt: Lass sie in Ruhe.« Damian nickte streng, und der Junge zuckte ergeben die Schultern.

234

Marcella war froh, als das Mahl beendet war. Glücklicherweise wurde es zu dieser Jahreszeit schnell dunkel. Sie verabschiedete sich kurz und ging hinauf in ihre Schlafkammer. Auch wenn sie zum Schlafen noch nicht müde genug war, hätte sie gern gedöst, doch gleich darauf kam Camille.

»Théophile weiß, dass Monsieur in dieses schreckliche Dorf wollte, Monsieur hat doch in Mirepoix eine Nachricht für ihn hinterlassen. Er würde uns geschwind nachreiten. Zwölf Tage, Madame! Und er ist immer noch nicht hier. Es bringt mich schier um den Verstand.«

»Es gibt viele Gründe, warum er aufgehalten worden sein kann. Sicher wird er bald kommen«, sagte Marcella. Sorge und Beschwichtigung wiederholten sich ein Dutzend Mal. Schließlich ließ Marcella ihr Bett und Camille im Stich und flüchtete. Alles war besser als dieses Jammern! Sie tastete sich durch den finsteren Treppengang in den ebenso finsteren Palas hinab, in dem immer noch der Geruch der Bohnen hing. Niedergeschlagen stand sie am Fenster und schaute zum Dorf hinab, in dem dieses Mal keine Fenster leuchteten.

Ich bin verrückt, Elsa. Ich jage Gespenster, statt zu leben. Noch schlimmer, ich zwinge Damian und Matteo und die bedauernswerte Camille, an meiner Gespensterjagd teilzunehmen. Warum kann ich nicht Ruhe geben?

Sie schaute über das Dorf hinaus zu dem schwarzen Fleck des Waldes, hinter dem ihr Vaterhaus lag. Es musste kurz vor Weihnachten sein, und sie glaubte sich daran zu erinnern, dass in ihrer Kindheit in einem durch mehrere dicke Kerzen erleuchteten Zimmer eine Weihnachtskrippe gestanden hatte. Einen Moment lang meinte sie, eine Puppe in einem Bett aus Stroh zu sehen. Aber wie immer, wenn sie besonders sehnsüchtig nach einer Erinnerung greifen wollte, glitt sie augenblicks ins Dunkel zurück. Was blieb, war das schmerzliche Gefühl der Leere.

Jeanne hatte sie geliebt. Davon sprach niemand in Montaillou, aber es war wichtig. *Sie hätte mich nicht angelogen,*

Elsa. Das war nicht ihre Art. Wenn sie mit sich selbst im Unreinen gewesen wäre, dann hätte sie geschwiegen. Aber sie hätte nicht gelogen. Sie war keine Hure ...

Marcella hielt es im Donjon nicht mehr aus. Sie schlich die Treppe hinab und öffnete die Tür zum Burghof. Die Viehtränke lag im Mondlicht, ein Abklatsch der Weihnachtskrippe aus ihrer Erinnerung. Jemand hatte ein paar alte Säcke und einen zerbrochenen Schemel in eine Ecke geworfen. Der Rest des Hofes einschließlich des Küchenturms verschmolz mit dem Schatten der Mauer.

Leise schlüpfte sie die Pferdetreppe hinab. Vom Wächter war nichts zu sehen. Sonderlich ernst schien er seinen Dienst nicht zu nehmen. Wahrscheinlich lag er auf einer Strohschütte und schnarchte. Wer hätte auch kommen und sie bedrohen sollen?

Marcella entriegelte die Tür und schlich hinaus. Es war kalt, die sonnigen Tage hatten sie vergessen lassen, dass der Winter vor der Tür stand. Sie fror, hatte aber keine Lust umzukehren und ihren Mantel zu holen.

Nach kurzer Zeit erreichte sie das Haus des Bayle. Die hölzernen Fensterläden vor den der Straße zugewandten Fenstern bewiesen einmal mehr, dass der Mann, der in Montaillou die Behörden vertrat, wohlhabend sein musste. Seine Vorliebe für rote Farbe zeigte sich auch an den Holzklappen. Sie waren im gleichen Ton wie die Türen gestrichen.

Zögernd wandte Marcella sich der Treppe zu. Es musste geregnet haben, denn die Steine waren noch glitschiger als am Tag. Sie tastete sich mit den Fußspitzen voran. Bei den Stechpalmenbüschen blieb sie stehen.

Ich weiß, wie es hier bei Dunkelheit aussieht, Elsa. Ich bin schon früher nachts über diese Stufen gestiegen. Das könnte ich schwören.

Vorsichtig bog sie die Dornenzweige zur Seite und zwängte sich durch das Gehölz.

Und ich bin über diese Mauer geklettert.

Unsicher schaute sie das brusthohe Hindernis an. War das überhaupt möglich? Konnte ein Kind von acht Jahren sich auf eine Mauer ziehen, die über seinem Kopf endete? Mit Schaudern blickte sie in den Hof, der dunkel und still zwischen den Mauern lag.

In dem Haus haben sie eine Treppe. Ich bin hinuntergestürzt, weil die Stufen angefault waren und weil sie kein Geländer hatte. Ich weiß das, Elsa. Und ich weiß, dass ich geheult und mich schrecklich gefürchtet habe.

Es begann zu nieseln. Ein Mensch mit klarem Verstand würde zurückgehen. Sie konnte hier schließlich nicht die Nacht verbringen. Aber Marcella rührte sich nicht von der Stelle. Nach einer Weile setzte sie sich auf die alten Treppensteine.

Über den Feldern, hinten bei den Tannen, würde der Mond stehen, wenn es nicht so viele Wolken gäbe. Wie ist es möglich, dass ich mich an unnützes Zeug erinnere, aber alles Wichtige vergessen habe?

Das Nieseln wurde stärker und steigerte sich zu einem handfesten Regen. Marcella seufzte. Sie lehnte den Kopf an das Mäuerchen, schaute an die Stelle, an der der Mond stehen sollte, und spürte den Tropfen nach, die ihren Hals hinabrannen. Plötzlich zuckte sie zusammen. Hatte da nicht eine Tür geknarrt? Sofort war sie hellwach und richtete sich auf. Ein Rascheln. Etwas bewegte sich in dem Garten hinter der Mauer. Es hörte sich an, als wenn sich jemand durch einen Haufen Heu arbeitete.

Sie ging in die Hocke und spähte vorsichtig über die Bretterpforte. Der Hof war zu dunkel, um auf Anhieb etwas zu erkennen, aber auch nach längerem Hinsehen konnte sie nichts Auffälliges entdecken. Das Geräusch schien vom Schuppen zu kommen. Wahrscheinlich das Obdach für einen Hüte- oder Wachhund. Einen Moment fragte Marcella sich, was sie tun würde, wenn er sie witterte. Sie musterte misstrauisch die Mauer und fand sie gar nicht mehr so hoch.

Tatsächlich kroch der Hund ins Freie. Marcella hielt den Atem an. Sie zuckte zusammen, als etwas knallte. Da richtete der Hund sich auf, und nun sah sie, dass es in Wirklichkeit ein Mensch war, eine Frau in einem leuchtend roten Kleid, Grazida.

»Mir ist kalt«, jammerte sie. »Ich verfluche dich, Bernard. Soll ich sterben in dieser Drecksmälte? Willst du dein verdammtes Essen selbst kochen und dir deinen verdammten Hintern mit einem Ziegelstein wärmen?«

Marcella hörte, wie erneut etwas knallte. Grazida warf Steine gegen die Hauswand.

»Komm raus, du Mistkerl, ich weiß, dass du nicht schläfst!«

Eine Weile blieb es still. Dann begann Grazida zu weinen. Es hörte sich an wie das Miauen einer rolligen Katze. Sie stand in der Mitte des Hofs in einer jammervollen und zugleich dramatischen Pose. Ihre nassen Kleider klebten am Körper und ließen sie nackt aussehen. Marcella zuckte zurück, als die Tür zum Haus aufgestoßen wurde. Licht drang in den Hof.

»Noch nicht genug Prügel, Miststück?« Bernard Belot hielt die Hand über seine Lampe, um sie vor dem Regen zu schützen.

»Ich werde krank«, heulte Grazida.

Der Bayle kletterte die Treppe hinab. Er versetzte ihr eine Ohrfeige, tat das aber so beiläufig, so als wäre er sich über seine eigenen Absichten nicht ganz im Klaren.

Auch Grazida machte kein Aufhebens um die Attacke. »Du nimmst mich wieder mit rein, ja?«, bettelte sie.

Marcella konnte die Antwort des Bayle nicht verstehen, aber sie sah, wie die beiden gemeinsam zum Haus zurückgingen. Auf den Stufen kicherte Grazida, und der Bayle knuffte sie in die Seite. Es sah aus, als wären sie wieder ein Herz und eine Seele. Das Licht erlosch.

Marcella ließ sich gegen die Mauer zurücksinken. Grazi-

238

da, die Frau, die die Ketzer hasste, gehörte also zur Domus des Bayle, sie führte ihm den Haushalt und machte ihm offenbar auch anderweitig das Leben angenehm. Was konnte man daraus schließen? Dass der Bayle die Ketzer ebenfalls hasste? War es womöglich gerade dieser Hass gewesen, der die beiden zusammengeführt hatte?

Sie kehrte auf die Straße zurück. Überall standen Pfützen. Erst versuchte Marcella, ihnen auszuweichen, dann stapfte sie mitten hindurch. Ihre Schuhe waren klitschnass, was schadete es also? Die Lust auf Abenteuer war ihr vergangen. Rasch schritt sie zur Burg hinauf. Die Häuser wurden von Gebüschen abgelöst, und bald tauchte die hohe, schwarze Mauer des Donjon auf. Marcella bildete sich ein, oben aus den Fenstern Stimmen zu hören, und als sie den Kopf hob, meinte sie den schwachen Widerschein eines Lichts zu sehen.

Sie wollte weitergehen. Sie hatte auch schon den ersten Schritt getan, als sie vor sich, dort, wo der Weg zum Tor abbog, eine Bewegung zu erkennen glaubte.

Die Wälder gehören den Bären und Wölfen.

Der Schreck traf sie wie ein Schlag. Im nächsten Moment ärgerte sie sich über ihre Ängstlichkeit. Sie wartete einen Augenblick. »Ist da jemand?«

Im Gebüsch glitzerte der Regen. Bewegte sich etwas? Marcella schrie auf, als ihr plötzlich ein riesiges Tier entgegenstürzte. Wobei sie im ersten Moment eher an eine Schneekugel als an etwas Lebendiges dachte, denn das Tier war völlig weiß. Es versuchte, kurz bevor es sie erreichte, die Richtung zu ändern, als hätte es sie nur erschrecken wollen, aber sein Schwung ließ sie beide zu Boden gehen.

»Lass, Brodil, du dummes ... nun lass!«

Eine hühnenhafte Gestalt griff nach dem Halsband des Hundes und riss ihn zurück. »Er denkt, wir jagen.«

»Arnaud! Was ... was treibst du denn hier?«

Der Hirte starrte Marcella an. Es fiel ihm nicht ein, ihr zur Hilfe zu kommen, als sie sich aufrappelte, und als sie stand, wich er einen Schritt zurück.

»Was *machst* du denn hier, Arnaud?«

»Sie sagen, du bist wegen Jeanne hier.« Arnaud leckte über die Lippen und grinste etwas dümmlich. »Ich hab gemeint ... also, wenn du willst, könnt ich dich zu ihr bringen.«

»Jeanne ist tot.«

»Nein, ist sie nicht.« Er schüttelte völlig überzeugt den Kopf. »Kommst du mit?«

»Ich kann nicht.«

Unschlüssig schaute Arnaud sich um. Er hatte etwas von einem Tier an sich, das wittert, weil es von etwas beunruhigt wird, fand Marcella.

»Also – kommst du mit? Aber du musst dich beeilen!« Arnaud tat einen Schritt auf sie zu, und Marcella wich um dasselbe Maß zurück.

»Arnaud ...« Sie hatte ihn beschwichtigen wollen, und eigentlich war sie sicher gewesen, dass ihr das gelingen würde. Es traf sie daher völlig unvorbereitet, als der Schäfer auf sie zusprang und sie zu Boden riss. Der Angriff kam wie aus dem Nichts, Marcella hatte keine Möglichkeit zur Gegenwehr. Arnaud krallte seine Hände in ihre Kleider, und sie rollten beide dem Abhang entgegen. Und darüber hinaus. Ihr Sturz verlief keineswegs sanft. Der Hang war an die hundert Fuß tief und gerade so steil, dass sie nicht durch die Luft wirbelten, sondern immer wieder auf Vorsprünge und Buckel knallten. Steine bohrten sich in Marcellas Rücken, und Dornen rissen ihren Arm auf. Die letzten Fuß segelte sie doch noch im freien Fall, und der Aufprall war so heftig, dass er ihr durch Mark und Bein fuhr. Wenn sie nicht auf Arnaud gestürzt wäre, hätte sie sich mit Sicherheit etwas gebrochen.

Wendig schob er sie beiseite und hockte sich auf die Fersen. »Keine Angst.«

Marcella merkte, dass er zitterte. Über ihnen wurden Stimmen laut. Die von Matteo, die von Damian, der ihm antwortete, eine andere, die sie nicht erkannte. Sie konnte nicht verstehen, worüber die drei sich unterhielten. Kurz darauf waren die Stimmen verklungen.

»Man muss aufpassen. Sie sind überall.« Arnaud wandte sich ihr wieder zu. Sein Gesicht sah aus wie eine bleiche Scheibe, in der sich die schwarzen Bögen der Lippen auf und ab bewegten. Er beugte sich über sie. »Hast du dir wehgetan?«

»*Wer* ist überall?«

»Allgütiger! Sogar ihre Stimme. Ich … ich hatte vergessen, wie schön du bist. Ich hatte das ganz vergessen. Du …« Der Hund schlug an, und Arnaud verstummte. Wieder diese seltsame Kopfbewegung, als würde er wittern.

»Wer ist überall? Arnaud …«

Marcella konnte nicht weitersprechen. Der Hirte riss sie an sich und presste seinen Mund auf ihre Lippen. Er biss sie. Nicht heftig, aber es tat weh. Gleich darauf stieß er sie von sich und pfiff.

Der Hund schlitterte die Anhöhe hinab. Er bewies dabei mehr Geschick als die beiden Menschen. Mit einem Knurren rieb er sich am Bein seines Herrn. Ein kurzer Laut von Arnaud – dann wurden die beiden von der Dunkelheit verschluckt.

Den Hang wieder hinaufzuklettern war unmöglich. Also machte sich Marcella auf in Richtung Dorf. Doch obwohl es nur einen Steinwurf entfernt lag und sie sogar die Umrisse der Häuser erkennen konnte, verirrte sie sich. Ihr Weg unter den schwarzen Bäumen und durch das Gehölz wurde zu einer Odyssee. Sie verstrickte sich zwischen Zweigen, die sich in ihren Kleidern festhakten, und musste sich durch Senken voller Unkraut kämpfen. Maulwurfshügel und Fuchslöcher bildeten immer neue Fallgruben. Endlich erreichte sie das

Dorf, allerdings von einer Seite, die ihr völlig unbekannt war.

Sie schlich auf leisen Sohlen an den Häusern und Hütten vorbei. Arnaud war zweifellos verrückt, aber seine Warnung, dieses: *sie sind überall*, saß ihr immer noch in den Knochen. Das Dorf wirkte keineswegs heimelig. Die Hausmauern schienen sich in der Dunkelheit zu einem Wehrwall zusammenzudrängen, der keinen anderen Zweck erfüllte, als sie auszusperren. Statt sich sicherer zu fühlen, wuchs Marcellas Empfindung, bedroht zu sein. Und obwohl das Dorf klein war, meinte sie, durch ein Labyrinth zu irren, in dem hinter jeder Ecke Gefahren lauern konnten.

Der Dorfplatz mit der Ulme tauchte auf.

Die Häuser, die hier standen, mussten reichen Bauern gehören. Marcella erkannte schemenhaft Gärten mit akkuraten Zäunen. Der Platz selbst war groß genug für einen Pfingsttanz oder andere Festlichkeiten. Vage meinte sie sich an würfelnde Männer zu erinnern, und mit diesem Bild ließ ihr Unbehagen etwas nach. Sie fand sogar die Ruhe, sich auf eine der Bänke zu setzen und ihre Kleider zu untersuchen.

Ihr Ärmel war eingerissen. Sie ertastete eine Schürfwunde am Schulterblatt. Angestrengt verdrehte sie den Hals, konnte in der Dunkelheit aber nicht erkennen, ob Blut aus der Wunde geflossen war.

Auf einmal hörte sie erregte Stimmen, und ihr fiel ein, dass Damian und Matteo zu den Häusern hinabgegangen waren. Die Stimmen kamen allerdings von den Feldern. Wahrscheinlich hatten sie auf der Suche nach ihr erst das Dorf und anschließend die Umgebung durchkämmt. Marcella zwickte das Gewissen, und sie erhob sich. Als Damian um die Ecke bog und sie auf der Bank sitzen sah – klatschnass und mit zerrissenen Kleidern, was musste sie für einen Anblick bieten! –, blieb er stocksteif stehen. Dann lief er auf sie zu.

Er nahm sie nicht in die Arme, sondern packte sie an den Schultern, hielt sie von sich und musterte sie. Marcella unterdrückte ein Lachen, denn einen Moment lang fühlte sie sich wie ein Ballen Seide, der auf Beschädigungen begutachtet wird. Ja, Monsieur Tristand, Ihr habt Recht, die Braut ist zerzaust und in üblem Zustand. Sie merkte, dass sie tatsächlich ein hysterisches Geräusch von sich gab, und verstummte rasch.

»Alles in Ordnung?«

»Aber sicher. Ich bin … ich war spazieren.«

Sie merkte an der Art, in der Damian sich den Mantel von den Schultern zog und sie darin einhüllte, wie aufgewühlt er war. Ohne ein weiteres Wort trat er den Rückweg an. Matteo versuchte eine Unterhaltung mit dem Torwächter, aber der Mann war kaum gesprächiger, und so legten sie den Rest des Weges schweigend zurück.

Die arme Camille saß mit verweinten Augen im Fenster. Als sie Marcellas ramponierten Zustand sah, warf sie die Männer hinaus. Damian mit dem Auftrag, eine Decke zu besorgen, und Matteo und den Wächter, um Wasser, Wein und Tücher herbeizuschaffen. »Barmherzigkeit! Und sie braucht ein trockenes Kleid!«

Aufgeregt nötigte sie Marcella auf den besseren von Madames Stühlen.

»Eure Lippe ist angeschwollen und blutig. Heilige Barbara, aber das wird wieder, keine Sorge. Was haben wir für Angst ausgestanden! Wo seid Ihr nur gewesen? Monsieur war außer sich. Wobei ich nicht weiß, warum er *mir* Vorwürfe machen musste. Einen Moment, ich tupfe das ab …«

Damian brachte die Decke, und Matteo kam mit dem Wasser und einem von Madames Leinenhandtüchern. Camille nahm ihnen alles ab und wies sie wieder hinaus. Im Schein einer stinkenden Unschlittkerze versorgte sie jede auch noch so unbedeutende Kratz- und Schürfwunde.

»Lasst doch, das heilt von selbst«, versuchte Marcella mehrmals zu protestieren, aber Camille kannte keine Gnade.

»Und wo *seid* Ihr nun gewesen, Madame?«

»Spazieren«, erwiderte Marcella so einsilbig, dass Camille sich weitere Fragen verkniff.

Erst als sie aufstand und zu ihrer Schlafkammer hinaufging, merkte Marcella, dass ihre Rippen bei jeder Bewegung schmerzten. Kein Wunder, nach so einem Sturz! Wie es sich anfühlte, hatte sie sich die ganze linke Seite geprellt. Das würde prächtig aussehen, wenn erst einmal die blauen Flecken kamen.

Auf halber Treppe fing Damian sie ab. Er nahm ihren Arm und geleitete sie zu ihrer Schlafkammer. Höflich wie immer, aber der Nachdruck, mit dem er sie anfasste, erinnerte ein wenig an Arnaud, und sie merkte, wie ihre Haut zu kribbeln begann. Sie hatte erwartet, dass er sie auf der Schwelle zum Zimmer verlassen würde, aber er kam herein, stieß mit dem Hacken die Tür ins Schloss und sah zu, wie sie ins Bett kroch.

»Wein?«

Sie schüttelte den Kopf.

»Sonst etwas? Weitere Decken?«

»Nein.«

»Dann also von Anfang an. Was ist geschehen?«

Irgendwo draußen in der Nacht bellte ein Hund, vielleicht der von Arnaud. »Ich bin müde«, sagte sie.

»Nicht zu müde für ein paar Antworten. Marcella, wenn du dich einmal selbst sehen könntest! Du schleichst heimlich fort und kommst zurück wie … wie ein Huhn, das sich mit einem Fuchs angelegt hat!«

»Ich …«

»Das ist verrückt.«

»Ich will's ja gerade erklären.«

Er nickte. Einen Moment sah es aus, als wolle er sich auf die Bettkante setzen, aber er blieb stehen.

»Ich war bei Bernard Belot. Diese Grazida wohnt bei ihm. Ich habe gesehen, wie die beiden miteinander stritten. Aber sie haben sich wieder versöhnt und sind zusammen ins Haus zurück.«

»Und das war es wert, sich nachts im Dorf herumzutreiben? Marcella … Warum gerade nachts? Und warum allein?«

Er hatte ein Recht zu fragen, kein Zweifel.

»Deine Kleider sind zerrissen. Was ist also weiter passiert?«

»Ich bin spazieren gegangen.«

Ungeduldig schüttelte er den Kopf.

»Und auf dem Rückweg zur Burg fehlgetreten und einen Hang hinuntergefallen. Dann habe ich mich verlaufen.«

»Was ist mit deiner Lippe?«

»Ich sag doch, ich bin gestürzt.«

Damian trat zu ihr, beugte sich über sie und stützte die Hände rechts und links neben ihren Schultern ab. »Du redest Unsinn.«

»Ich bin gestürzt. Ich bin … gestürzt.« Das Blut in ihrer Lippe pulsierte. Sie starrte in die vor Sorge und Ärger dunklen Augen und schwieg. Er musterte sie, ohne ein Wort zu sagen; es schien eine Ewigkeit zu währen, in der sie sich beherrschen musste, ihn nicht von sich zu stoßen. Schließlich richtete er sich auf.

»Du vertraust mir nicht«, stellte er bitter fest. »Du gehst deiner eigenen Wege und wünschst dir … ja, was wünschst du dir eigentlich? Wenn ich das begreifen könnte! Wenn ich nur einmal in deinen Kopf hineinschauen könnte.« Er ging zum Fenster, blieb stehen und drehte sich wieder um. »Ich habe keine Ahnung, was heute Nacht geschehen ist, Marcella. Aber da wir verlobt sind, sage ich dir jetzt, dass ich nicht will, dass du während meiner Abwesenheit einen Schritt aus dieser Burg tust.«

17. Kapitel

Am nächsten Tag kehrte Théophile zurück.

Camille, die das Trappeln eines Pferdes hörte und ihn vom Fenster des Palas als Erste erblickte, verlor vor Freude die Fassung. Heulend rannte sie in den Hof, und Marcella, die sich seitlich ans Fenster stellte, beobachtete das stürmische Wiedersehen mit jenem Stich Neid, den sie immer empfand, wenn sie Zeuge dieser unkomplizierten Liebe wurde.

Théophile bedeckte Camilles Gesicht mit Küssen, und da er sich unbeobachtet glaubte, wirbelte er seine Frau gegen jede höfische Sitte im Kreis herum. Marcella sah sein Gesicht, und ihr Neid und das Lächeln, das inzwischen auf ihren Lippen lag, schwanden. Der Ritter war verwundet. Camille hatte es ebenfalls bemerkt. Sie betastete aufgeregt den Schmiss, der sich als verschorfte Wunde vom Ohr zur Wange zog. Marcella wandte sich ab und stieg die Treppen hinauf zum obersten Zimmer, in dem Damian mit Matteo hauste.

Sie hatte ihn seit dem vorherigen Abend nicht mehr allein gesprochen. Beim Frühstück war er zugeknöpft gewesen und hatte sich bald wieder in sein Zimmer zurückgezogen.

»Théophile ist wieder da«, sagte sie.

Das Zimmer besaß nur zwei Fenster, die auf die Felder zeigten. Damian musste die Wendeltreppe hinab, ehe er einen Blick auf den Ritter werfen konnte, den Camille mittler-

247

weile in die Stube geführt hatte. Théophile saß am Tisch und aß, und die Gier, mit der er die Reste des Frühstücksbreis in sich hineinstopfte, zeugte davon, wie wenig Pausen er sich auf dem Weg nach Montaillou gegönnt hatte. Er warf Damian einen düsteren Blick zu, aß aber erst auf, ehe er den Löffel aus der Hand legte.

»Es tut mir Leid, Monsieur Tristand.«

Damian ergriff einen Schemel und setzte sich ihm gegenüber.

»Dieser Emile ist tot, und Noël ist ebenfalls tot.«

»Tot!«

Théophile nickte. Er begann zu erzählen, und seine Geschichte war traurig genug. Er war mit Noël in Varilhes angekommen. Sie hatten nach diesem Emile gesucht, dann aber gehört, dass er nach Rieux de Pelleport geritten war. »*Geritten*, er war also wirklich reich geworden, der Kerl. Wollten auf ihn warten. Hatte ja keinen Sinn, hinterherzureiten und ihn dann zu verfehlen. Er wohnte in einem Haus aus Stein. Klein, heruntergekommen, aber kein Haus für einen gewöhnlichen Goldschürfer.«

Damian nickte.

»Wir warteten zwei Tage. Noël ging ein paarmal zum Haus, aber der Mann ließ auf sich warten. Seine Frau war zu Hause. Freundliche Person. Viele Kinder. Sie lud uns ein, bei ihr Quartier zu nehmen. Waren aber lieber in der Herberge.«

»Da habt ihr recht getan. Es ist immer besser, sich seine Unabhängigkeit zu wahren«, stimmte Camille ihm zu.

»Das war abends am dritten Tag. Merkwürdige Stadt. Die Leute haben getrunken, sind aber früh heimgegangen. Noël hatte auch getrunken. Haben uns schlafen gelegt. Mitten in der Nacht merke ich, wie Noël aufsteht und hinuntergeht.«

»Er musste austreten«, sagte Camille.

Damian sagte gar nichts. Er schaute auf seine Hände, als wüsste er schon, worauf alles hinauslief.

»Wäre möglich gewesen. Kam mir allerdings ... seltsam vor, wie er hinausschlich. Verstohlen. Wie ein Dieb. Ihr erinnert Euch, Monsieur, Ihr hattet mich gebeten, ein Auge auf ihn zu haben. Hatte nicht verstanden, wie genau Ihr das meint, fiel mir nun aber wieder ein. Bin ihm also nachgeschlichen.«

Camille riss die Augen auf.

»Noël ist zum Haus von diesem Emile. Immer im Schutz der Mauern. Ich hatte nichts gegen den Mann, war ein angenehmer Reisegefährte. Sah aber nicht gut aus, was er tat. Wollte nicht gesehen werden, war offensichtlich. Ein ehrlicher Mann geht in der Mitte der Straße.« Théophiles Gesicht schien unbewegt, und doch merkte man ihm an, wie nah ihm sein Bericht ging.

»Er versteckte sich hinter einem Gebüsch gegenüber von Emiles Haus. Kauert da und wartet. Wäre besser gewesen, ich hätte ihn angesprochen. Hab ich aber nicht getan. Irgendwann kommt ein Mann die Straße runter. Emile. Ist von der Reise heimgekommen, war zu Pferde. Noël tritt ihm in den Weg, sagt etwas. Emile antwortet.«

»Und dann?« Damian starrte immer noch auf seine Hände.

»Ich dachte an Eure Warnung. Wollte zu den beiden hinüber. Bin auch schon auf wenige Schritte da. Da steigt der Mann vom Pferd. Schreit im selben Moment auf und geht in die Knie. Noël hat ihn niedergestochen. Als er mich bemerkt, hebt er wieder das Messer.«

»O Himmel«, ächzte Camille und starrte entsetzt auf die Wunde im Gesicht ihres Liebsten.

»Bringt keine Ehre, einen Ganoven zu töten. Ich wollte ihn entwaffnen. Ließ sich aber nicht machen. Er war verflucht schnell mit dem Messer.«

»Das hat er in der Gosse gelernt«, flüsterte Camille.

»Sind Leute zusammengelaufen?«, wollte Damian wissen.

»Ja, habe das aber nicht abwarten wollen. Ungute Lage – du bist fremd in der Stadt und wirst mit zwei Toten erwischt. Da wird eher aufgeknüpft als zugehört. Die Geschichte ist traurig genug, auch ohne so ein Ende.« Théophile stand sichtlich niedergeschlagen auf, und Camille beeilte sich, ihm zu erklären, dass er unbedingt Schlaf benötige. Damian hielt die beiden nicht zurück.

Matteo riss die Augen auf, als er die Neuigkeit hörte. Auch er hätte Noël niemals eine wirkliche Niedertracht zugetraut. Mit offenem Mund lauschte er Damians Erklärung von dem Goldsucher, der seine Goldklumpen nach Narbonne gebracht und sie dort offenbar gutgläubig in Noëls Hände gelegt hatte, der sich aus irgendwelchen Gründen gerade im Kontor aufhielt. Noël musste das Gold unterschlagen haben. Damit war er als Bücherfälscher entlarvt, und man musste ihn auch für überführt halten, sein Einkommen mit Verrätereien an Robert Lac aufgebessert und ihn womöglich ermordet zu haben.

»Das hätte ich nie gedacht. Ich meine, er machte schon seine eigenen Geschäfte. Hier und da ein bisschen Verkauf am Gesetz vorbei, aber nie so, dass es dem Kontor schadete. Das hat er einmal zu mir gesagt: Die Hand, die dich füttert, beißt du nicht. Also wirklich …« Matteo schüttelte den Kopf und wirkte wie ein Kind, das zum ersten Mal das Böse in der Welt kennen gelernt hat. »Deshalb wollten wir also in dieses Varilhes reiten.«

Damian nickte.

»Und ich hatte die ganze Zeit gedacht, es geht um geheime Geschäfte. So wie damals in Famagusta, wo wir überall rumgeritten sind, und nachher waren es Kubeben. Warum hast du mir nicht gesagt, was los ist?« Er ersparte Damian die Anwort, weil er gleich weiterredete. »Aber dann können wir ja nach Hause zurück.«

»Nein«, sagte Marcella.

Damian schwieg. Er war in der Hoffnung nach Montaillou gekommen, jemanden zu finden, der erklären konnte, was mit Jeanne geschehen war. Er hatte geglaubt, Klarheit sei die Medizin, die seine Braut in einen unbeschwerten Menschen verwandeln würde. Aber statt Klarheit waren sie mit Ketzern konfrontiert worden, die sich fürchteten, und mit Ketzerhassern, die mit Steinen warfen.

»Was denn dann?«, fragte Matteo.

»Emile ist tot. Das Kontor trägt die Verantwortung«, sagte Damian. »Ich muss dafür sorgen, dass seine Witwe entschädigt wird.«

»Dann reitet nach Varilhes, und ich warte hier und höre mich noch ein wenig um«, sagte Marcella.

»Das ist mir zu gefährlich.«

»Warum?«, fragte Matteo.

Damian maß den Jungen mit seinen Blicken. Er dachte nach. Es war nicht schwer zu erraten, was ihm durch den Kopf ging. Er konnte auch Matteo nach Varilhes schicken. Dann musste er aber damit rechnen, dass der Neffe seines Kompagnons in der Stadt Händel anfangen oder sich sonstwie in Teufels Küche bringen würde, wozu er ja seine Begabung bewiesen hatte. Auch Théophile konnte er nicht schicken. Der Ritter hatte mit Noël in der Herberge gewohnt und galt wahrscheinlich als Spießgeselle eines Mörders.

Marcella sah ihrem Bräutigam zu, wie er einmal mehr beunruhigt durch Madame de Planissoles' Stube schritt.

»Mit wem würdest du denn reden wollen?«

Mit Arnaud, der Jeanne geliebt und mich geküsst hat, dachte Marcella, aber das konnte sie schlecht sagen. Nicht nach der letzten Nacht. Laut erklärte sie: »Noch einmal mit dem Pfarrer.«

»Er ist einer von den Reinen, denen alles rein ist. Er würde den Biss einer Schlange für eine misslungene Liebkosung halten. Nein, Marcella, das hat keinen Zweck, und ich will nicht …«

»Auch Madame de Planissoles könnte noch etwas einfallen.«

Damian kaute an seiner Lippe. Marcella sah, dass er mit sich haderte. Er traute ihr nicht – und er hatte damit Recht, in gewisser Weise. Sie war nicht ehrlich. Das hatte es zwischen ihnen bisher nicht gegeben.

»Verschwinde, Matteo.«

»Ich soll …?« Der Junge blickte zwischen ihnen hin und her. »Na schön.«

Damian wartete, bis die Tür klappte und die Schritte treppab polterten. Dann setzte er sich auf die Tischkante. »Ich bin Kaufmann, Marcella. Wenn ein Geschäft ansteht, dann wäge ich ab und treffe aufgrund der Fakten, die mir bekannt sind, meine Entscheidung. Ich muss nach Varilhes, das ist so ein Faktum. Ich kann mich davor nicht drücken. Wir schulden Emiles Frau etwas. Aber dieses Dorf … kommt mir vor wie ein großer, stinkender Misthaufen, in dessen Inneren sich etwas Abscheuliches verbirgt. Ich weiß nicht, was das ist. Aber es ist mir zuwider, dich hier allein zu wissen.«

»Ich weiß. Ich habe auch Angst.«

»Wer Angst hat, sollte Schutz annehmen.«

»Ich werde ja nicht wirklich bedroht. Oder glaubst du, Grazida würde sich noch einmal trauen, Steine zu werfen?«

Er schüttelte den Kopf. »Soll ich dir sagen, wovor mir vor allem graut? Ich sehe, wie du dich veränderst. Wie dieses Dorf *dich* verändert. Gerade hattest du die Fühler aus deinem Schneckenhaus gestreckt, und nun … Ich fühle mich so hilflos. Ich will dich nicht einsperren. Ich liebe dich. Aber wie soll ich dich behüten, wenn du mir nicht vertraust?«

»Ich liebe dich auch«, sagte Marcella. Es klang hohl, und das war abscheulich, weil Damian gerade so völlig ehrlich gewesen war. Anstatt auf ihn einzugehen, waren ihre Gedanken bei Arnaud, der ihr vielleicht etwas über die dunkle Seite von Jeannes Vergangenheit erzählen konnte.

»Ich liebe dich auch«, wiederholte sie.

Damian nickte düster.

Er brach noch am selben Tag auf. Er wollte hinunter nach Ax-les-Thermes und von dort dem Flusslauf des Ariège folgen – das war der Weg, den auch Théophile genommen hatte, und der nach allem, was der Ritter erzählte, kürzer und weniger beschwerlich als der Weg durch die Berge war.

Marcella machte sich auf vier Tage Wartezeit gefasst. Vielleicht nur drei? Nein, sicher vier.

Den ersten Tag nach seiner Abreise saß sie im Palas oder lag auf ihrem Bett, ohne schlafen zu können. Anders als Camille machte sie sich keine Sorgen um Damian – er konnte auf sich aufpassen, da hatte sie keine Zweifel. Es war die eigene Untätigkeit, die sie verrückt machte. Sie strich die Treppen hinauf und hinab und drängte sich schließlich ihrer Begleiterin auf, der sie beim Kochen helfen wollte. Camille nahm Fische aus. »Schmecken Euch meine Gerichte nicht?«, fragte sie so offensichtlich beleidigt, dass Marcella sich wieder von dannen machte.

Bei der Pferdetreppe fand sie Matteo, der im Sonnenschein auf dem Boden saß und seine Messer und ein Schwert reinigte, Waffen, die er in den vergangenen Tagen erstanden haben musste.

»Damian hat mir Geld dafür gegeben«, erzählte er. »Das Schwert gehörte dem Dorfschmied, der es aber nie benutzt hat und eigentlich wohl auch gar nicht besitzen darf … na ja. Es ist nie verkehrt, wenn ein Mann eine Waffe besitzt, sagt Damian. Er hat sich selbst auch versorgt.«

»Das ist gut.«

»Ich mag ihn gern, wisst Ihr – wenn er nicht gerade den Kaufmann rauskehrt, der weiß, wie sich das Universum bewegt. Warum kann er nicht begreifen, dass ich mir nichts aus Zahlen und staubigen Verträgen mache? Soll ich Euch ein Geheimnis verraten, Marcella?«

»Noch eines?«

Matteo ging auf die Stichelei nicht ein. »Ich gehe nach Venedig zurück. In Italien ist die Welt anders. Nehmt zum Beispiel Oberto Doria. Er war Kaufmann in Genua – und er hat sich mit einem anderen zusammen an die Spitze der Flotte gestellt und sie gegen Pisa in die Schlacht und in den Sieg geführt. Habt Ihr von der Seeschlacht von Meloria gehört? Über zweihundert von den Dorias waren dabei! *Das* ist eine Familie! Aber ich brauche überhaupt nicht nach Genua. Venedig hat auch eine Kriegsflotte. Mein Onkel soll mich dort einkaufen. Damit ich endlich beweisen kann, was in mir steckt. Es steckt etwas in mir, Marcella.«

»Wird Euer Onkel zustimmen?«

»Ich spreche mit meiner Tante.« Matteo strahlte im Vertrauen auf seine Strategie, die offenbar schon als Kind immer aufgegangen war.

»Eine gute Idee. Aber Ihr solltet sie vorbereiten und ihr schreiben – für den Fall, dass Damian Euch in Frankreich festhalten will.«

»Schreiben.«

»Ja. Ich glaube, dass oben in Eurem Zimmer Papier, Tinte und Feder liegen. Damian muss so etwas haben. Nun ab, hinauf.«

Matteos Lächeln erlosch. »In unserem Zimmer?«

»Sicher.«

»Ich weiß nicht.«

»Was wisst Ihr nicht?«

Er grinste verlegen. »Kommt Ihr mit und helft mir?«

»Bei einer so privaten Angelegenheit? Das wäre Caterina kaum recht.«

»Ihr seid mir draufgekommen, ja?« Der Junge ließ Waffe und Putztuch sinken und stieß einen Seufzer aus. »Warum ist es eigentlich immer so, dass *ich* den Ärger kriege? Es war Damians Idee, dass ich auf Euch Acht geben soll. Bleib beim Tor und rühr dich nicht weg, bis ich zurück bin! Wobei ich gar nicht weiß, wie er sich das vorstellt. Irgendwann muss der Mensch ja auch mal schlafen. Und … eigentlich sollte eine Frau von sich aus tun, was ihr Mann sagt«, erklärte er mit frommem Augenaufschlag.

»O ja. Die Ehefrauen und die Lehrlinge. Brav, mein Junge. Wenn er Euch jetzt hörte, würde er Euch lieben.« Aufgebracht kehrte Marcella zum Turm zurück. So stand es also mit dem Vertrauen. Einen Glückwunsch zu dem, was ihr in Zukunft noch blühte! *Du hattest Recht, Elsa.* Sie wollte die Treppe hinaufstürmen, aber auf der untersten Stufe blieb sie stehen. Sie drehte sich um und blickte über die Burgmauer zum Col de sept Frères, dessen Kuppen in einen seidig blauen Himmel ragten.

Ich platze vor Ungeduld. Das ist es, Elsa. Aber Damian hat Recht. Unten im Dorf lauert etwas Böses. Und es hat mich im Visier. Was auch immer vor fünfzehn Jahren geschehen ist – es ist noch nicht vorbei.

»Madame de Planissoles ist unpässlich«, giftete Brune, als Marcella an der Tür der Schlafkammer klopfte.

»Das weiß ich, und gerade deshalb bin ich gekommen. Ich bin Gewürzhändlerin, liebe Brune, ich kenne die Kräuter, die bei den verschiedenen Beschwerden helfen.« Marcella schob die Dienerin resolut beiseite.

Madame lag unter ihren Decken und hielt die Augen geschlossen. Die Sonne schien durch das Fenster schräg hinter dem Bett, und so konnte Marcella den feinen Schweißfilm sehen, der in Form winziger Perlen zwischen den Stirnrunzeln der alten Dame stand.

»Sie isst Fenchelsamen, mehr braucht sie nicht, um wieder hochzukommen.« Brune schob sich schützend zwischen den Eindringling und das Bett.

»Sie braucht etwas ganz anderes«, sagte Marcella. Auf dem Hocker neben dem Bett stand ein Krug, aus dem es nach billigem Wein roch. Sie nahm ihn und goß den Inhalt aus dem Turmfenster.

»Das war nicht freundlich«, erklärte Madame mit tiefer, rollender Stimme und erstaunlich nüchtern. »Füll den Krug wieder auf, Brune.«

»Später, Madame.«

»Jetzt.«

Widerstrebend wandte die Dienerin sich zur Tür. Sie trödelte herum, wahrscheinlich, um Madame die Möglichkeit zu geben, den Befehl zu widerrufen. Aber die Frau im Bett blieb stumm.

Als Brune draußen war, zog Marcella sich den Schemel heran. »Ihr geht mir aus dem Weg, Madame, ich bemerke es, und doch müsst Ihr mir jetzt zuhören.«

Madame de Planissoles rührte sich nicht.

»Wer ist Arnaud?«

Schweigen.

»Ich will Euch nicht quälen, aber ...«

»Welch ein Witz. Das war der Lieblingssatz von Fournier. *Ich will Euch nicht quälen, Madame ...* Und trotzdem brannten am Ende die Feuer.«

»Erzählt mir, was Ihr über Arnaud wisst.«

»Kenne ich nicht.«

»Er ist Schäfer.«

»Schäfer gibt's wie Vögel am Himmel. Der Älteste erbt den Hof, die jüngeren verdingen sich auf den Weiden.«

»Dieser Arnaud ...«

»Sie heißen alle Arnaud.«

»Er hat gesagt, er könne mich zu Jeanne bringen.«

Madame seufzte. »Sie ist tot.«

»Das weiß ich, aber warum sagt er es dann?«

»Besorg mir was zum Trinken. Mir zittern die Hände, und ich habe Krämpfe, wenn ich meinen Guten-Morgen-

Trunk verpasse. Das war wirklich nicht … Geh ihm aus dem Weg, Kindchen.«

»Und wenn Jeanne doch noch lebt?«

»Dann wüsste ich es.«

»Aber Madame, warum sagt Arnaud …«

»Geh ihm aus dem Weg. Das ist ein Rat, Marcella, und zwar ein verdammt freundlicher für jemanden, der den guten Wein zum Fenster hinauskippt. Du kriegst ihn auch nur, weil ich Jeanne so gern hatte.«

»Nun ist er also doch heil zurückgekommen«, sagte Marcella zu Camille, die mit dem Kochen fast fertig war und die Fische in der Pfanne wendete.

»Ach ja.« Die junge Frau strahlte. »Gott liebt uns.«

»Wahrscheinlich seid Ihr heilfroh, wenn es endlich nach Narbonne zurückgeht.«

»Aber Madame – ich bin daheim, wenn ich bei Théophile bin. Dann ist mir im Grunde alles andere gleich.«

Marcella nickte. »Wahrscheinlich fragt Ihr Euch …«

»Warum wir bleiben? Nun, wegen Eurer Schwester. Ich bin doch nicht taub. Ich hatte nie Geschwister, aber ich stelle mir vor, dass es doch eine besondere Art von Liebe sein muss. Obwohl – nicht immer, denn die Schwester von meiner Schwiegermutter …«

Marcella hörte sich geduldig an, was zwischen Théophiles Mutter und seiner Tante vorgefallen war.

»Um auf meine eigene Schwester zurückzukommen … Ich habe diesen Schäfer wiedergetroffen, der uns das Leben gerettet hat. Arnaud. Er scheint etwas über Jeanne zu wissen. Er wollte mir davon erzählen, aber wir wurden unterbrochen, und … Sicher versteht Ihr, dass ich diesen Mann noch einmal sehen muss.«

»Wie wollt Ihr das anstellen?«

»Er ist es selbst, der mich treffen will. Ich glaube, er beobachtet mich. Und wenn ich ins Dorf ginge …«

»Oh, Madame!« Camille ließ die Messer, mit denen sie den Fisch wendete, sinken und stampfte mit dem Fuß auf. »Ihr wollt einen Mann treffen. Während Euer Bräutigam auf Reisen ist. Verzeiht, aber manchmal bin ich verzweifelt.« Sie legte die Messer beiseite und stemmte die Hände in die Hüften. »Monsieur Damian ist ein Wunder an Geduld. Wisst Ihr, wie man es bei uns daheim nennt, wenn ein Mädchen auf die Art, wie es bei Euch der Fall ist, an der Lippe … Nein, ich sage es nicht, es ist unanständig. Monsieur ist voller Vertrauen, und damit hat er Recht. Aber hier geht das Wort *Hure* um, dass einem die Ohren klingeln, und da muss man doch nicht …«

»Hure?«

»Nicht über Euch, aber ich habe Brune … Ich kann doch nicht ständig weghören. Und wenn die eine Schwester Schmutz auf der Nase hat, wird man bei der anderen … Madame – Ihr seid schön. Ihr seid verlobt. Und ein Ruf ist zerbrechlicher als Schmetterlingsflügel. Gut, dass ich es ausgesprochen habe, denn es ist die Wahrheit.«

»Ihr würdet von mir denken …«

»Nein, denn ich kann beobachten – und ich habe keinen Grund zur Eifersucht.«

»Aber Ihr begreift doch, dass ich herausfinden muss, was mit Jeanne geschehen ist.«

»Dann wartet, bis Monsieur zurück ist. Oder sprecht mit den Frauen. Auch eine reiche Dame kann sich herablassen, mit Bauersfrauen zu sprechen. Ihr seht, wie umgänglich Madame de Planissoles mit dieser Brune verkehrt. Daran wäre nichts auszusetzen.«

Nur war die einzige Frau im Dorf, die Marcella außer Brune und der betrunkenen Madame kannte, Grazida. Und die war vermutlich die Letzte, die ihr helfen würde.

Camille wandte sich wieder den Fischen zu. »Ihr müsst doch Dienerschaft gehabt haben, als Ihr hier wohntet, Madame. Jemand hat das Haus geputzt, jemand hat gekocht, es muss eine Amme gegeben haben, die Euch säugte. Da werden sie nicht Leute von weit her geholt haben. Man wird schwanger, die Zeit naht – und man schaut sich dort nach einer Amme um, wo man wohnt. Oder etwa nicht?«

»Madame de Planissoles! Es gab eine Frau, die mir zu Essen gab und mich zu Bett brachte. Sie hatte schwarze Haare und einen … einen Bart über der Lippe. Sie roch nach Schafstall. Sie sang Lieder. Sie war freundlich.«

Die alte Dame hatte es geschafft, sich während Marcellas kurzer Abwesenheit wieder zu betrinken. Nun schien sie Bauchweh zu haben. Brune saß in dem auf halber Höhe der Treppe durch Bretter abgetrennten Kämmerchen, in dem sich der Aborterker befand. Marcella hatte sie ächzen und pressen hören, als sie an dem Brettergelass vorbeigehuscht war. Aber wie lange würde sie dort hocken bleiben? Nein, man konnte keine Rücksicht auf Madames Zustand nehmen.

»Wie heißt sie und wo wohnt sie?«

Marcella verstand nicht, was Madame über die Lippen krächzte. »Bitte, was?«

»Fabrisse. Und fass mich nicht an. Ein Teufel kriecht durch meine Eingeweide. Er säuft gern, aber in letzter Zeit verliert er den Spaß daran und quält mich stattdessen. Du meinst Fabrisse.«

»Fabrisse. Genau! Ich … ich erinnere mich. Wo wohnt sie?«

»Im Dorf.« Die alte Frau stieß ein röchelndes Schmerzgeräusch aus. Es hörte sich schrecklich an.

»Ist sie ein guter Mensch?«

Madame drehte sich auf die Seite und krümmte sich unter Qualen. Es war nicht nur niederträchtig, sondern auch zwecklos, weiter in sie zu dringen. »Fabrisse Maury, ja?« Marcella streichelte kurz ihre vom Liegen verfilzten Locken, bevor sie sie verließ.

Die Zeit schlich dahin. Es wurde Abend und wieder Morgen. Außerhalb der Burg fand das normale Leben statt. Auf der Dorfstraße, soweit man sie vom Donjon aus einsehen konnte, unterhielten sich Leute. Im Garten des Bayle reparierte ein Mann – es war aber nicht der Bayle – eine Bank. Durch das andere Fenster konnte man zwei andere Männer und eine Frau beobachten, die mit einem Handkarren auf dem Weg nach Prades waren. Auf dem Karren lag mit gebundenen Füßen eine Ziege. Langsam wie Schnecken erklommen sie einen Hügel.

Wo wohnte Fabrisse?

Ich erinnere mich an sie, Elsa, sogar ihr Name ist mir vertraut. Sie muss eine wichtige Rolle in meinem Kinderleben gespielt haben. Sie könnte wissen, was im Haus Bonifaz vor sich gegangen ist.

Madame hatte ihren Namen preisgegeben, während sie leugnete, Arnaud zu kennen. Warum? Weil sie Arnaud für gefährlich hielt? Oder weil Arnaud Geheimnisse kannte, von denen Fabrisse nichts wusste?

Beklommen dachte Marcella über den Schäfer nach. Wenn sie ehrlich mit sich war, musste sie gestehen, dass sie ihn nicht einschätzen konnte. Ganz normal war er nicht. Und trotzdem hatte sie sich schon beim ersten Mal, als sie ihn gesehen hatte, zu ihm hingezogen gefühlt. Sie war beinahe sicher, dass sie früher mit Arnaud einen freundlichen Umgang gehabt hatte. Aber die Menschen veränderten sich. Ach was, dachte sie, das Grübeln nutzt gar nichts.

Ich muss zu Fabrisse, Elsa. Als der Bayle dahinter kam, dass wir Grazida suchen, hat er gesagt, sie sei zu Verwandten gegangen. Vielleicht schickt man auch Fabrisse auf Tantenbesuch, wenn man sich erinnert, dass sie in unserem Haus arbeitete.

Der Tag schlich dahin. Matteo hielt auf der Pferdetreppe ein Schläfchen. Sie hätte leicht an ihm vorbeihuschen können.

Aber das wäre gegen Damians ausdrückliche Anweisung gewesen. Welch eine merkwürdige Fessel, dachte Marcella und spürte wieder ihre alte Gereiztheit. Was hatte er gesagt? Er wolle nicht, dass sie die Burg verließ? Oder dass sie es allein tat?

Mit einer neuen Idee beschloss sie, Camille zu suchen. Sie schaute erst im Palas nach, dann nahm sie das nächste Stockwerk in Angriff, dann das übernächste, und dort, im Zimmer der Männer, fand sie sie. Die Situation war mehr als peinlich. Théophile lag auf dem Bett, und Camille saß auf der Kante und zog flattrig ihre Röcke herab, als Marcella eintrat. Der Ritter starrte an die Decke. Er versuchte erst gar nicht, seinen Ärger über die Störung zu verbergen.

Marcellas erster Impuls war, wieder hinauszustürmen, aber das hätte die Situation kaum verbessert. Also beschloss sie, so zu tun, als hätte sie nichts bemerkt. »Madame ist krank. Wir müssen weiter selbst für Essen sorgen. Ich will ins Dorf hinab. Möchte jemand mitkommen?«

»Wenn Ihr mir *sagt*, was Ihr essen wollt …«, begann Camille.

»In Montaillou isst man, was gerade angeboten wird. Ich will selbst nachschauen.«

Théophile erhob sich und zog provokant umständlich sein Wams zurecht. »Wenn ich es richtig verstanden habe, gefällt es Monsieur Tristand nicht, wenn Ihr im Dorf herumstreunt.«

Einen Moment war Marcella sprachlos vor Zorn, mehr noch über die Art, wie er sich ausdrückte, als über den Sinn der Worte. »Ich warte am Tor, Camille. Aber wenn es nicht passt, gehe ich auch gern allein.« Sie knallte die Tür ins Schloss und stieg wutentbrannt die Treppe hinab. Wenn Matteo immer noch geschlafen hätte, wäre sie einfach an ihm vorbeigestürmt, doch der Venezianer rieb sich die Augen und begann, sie pflichtbewusst in ein Gespräch zu ver-

wickeln, das keinem anderen Zweck diente, als sie aufzu-
halten.

Théophile und Camille kamen gemeinsam in den Hof
hinab. Camille schwenkte einen Henkelkorb. Sie hatte ihre
eigene Art, mit schlechter Stimmung umzugehen, indem sie
sie nämlich ignorierte. Théophile war anders. Er schritt
brüsk an Marcella vorbei und schien zu erwarten, dass sie
ihm folgte.

»Ich liebe Narbonne«, zwitscherte Camille. »Aber eines
muss man sagen, Heimat oder nicht Heimat – die Luft hier
oben ist köstlich. Man ist so ... so nah am Himmel. Wobei
Narbonne ja noch ein Segen ist, denn es gibt das Meer, und
oft vertreibt die frische Luft den Gestank aus den Abortgru-
ben und Handwerksbetrieben und so, aber Madame Pier-
rier, die im Haus neben unserem, also im übernächsten,
wohnte, sagte immer, wenn man nach Carcassonne kommt,
bringt einen der Dreck und Gestank ...«

Sie kamen am Haus des Bayle vorbei. Die Fenster waren
geöffnet, aber kein Laut drang heraus. Die Kinder, die um
die Dorfulme Blindekuh spielten, lärmten dafür umso mehr.
Sie wichen respektvoll zurück, als der Ritter den Platz betrat. Männer wurden in Montaillou geachtet, und fremde
und reiche sowieso.

»Madame!« Camille stieß sie in die Seite. »Ich glaube, Ihr
hört gar nicht zu.«

»Théophiles Familie wohnt auch in einem Turm. Ich bin
ganz Ohr.«

»Ist es nicht seltsam, wie das Leben uns hin- und her-
wirft? Wenn seine beiden Brüder stürben, würde ich Burgherrin und wohnte ebenso wie Madame de Planissoles.
Aber ob ich das auch wirklich wollte ...«

»Dort hinunter?« Théophile wies in eine schmale Dorf-
gasse, an die Marcella sich nicht erinnerte.

»Ja«, rief Camille. »Bis zu dem Haus mit den Birnbäumen im Garten. Er ist nämlich zugig, der Turm, meine ich,

und schon im Herbst – wir haben seine Eltern im November besucht – entsetzlich kalt. Théophiles arme Mutter litt unter Gicht, und sie tat mir Leid, auch wenn sie sich mir gegenüber äußerst hochnäsig benahm. Da lob ich mir eine Stadtwohnung, hab ich gesagt ...«

Das Haus mit den Birnbäumen war eine verkommene Hütte, und Théophile blieb naserümpfend auf der Straße zurück, als sie eintraten.

Die Frau, die sie begrüßte und in dem einzigen Raum ihrer Behausung die Hühner aufscheuchte, um ihnen die Eier fortzunehmen, sah alt und mürrisch aus. Sie zählte zehn Eier ab und legte sie in Camilles Korb. Dabei vermied sie es, Marcella anzusehen.

»Und könnten wir irgendwann in den nächsten Tagen auch Fleisch bekommen? Hasenbraten? Was auch immer?«, erkundigte sich Camille.

»Wir wildern nicht.«

»Das hätte auch niemand vermutet.« Camille lächelte und knirschte mit den Zähnen. »Aber Ihr werdet uns sicher zwei oder drei Hühnchen geben. Sie sind natürlich mager, viel könnte ich nicht zahlen ...«

Die Frau öffnete eine Hintertür und rief einen Mann herein, der sich nach einer kurzen Erklärung daranmachte, die aufgeregten Tiere einzufangen und ihnen den Hals umzudrehen. Er knallte sie auf den Tisch, und die Frau streckte eine Hand aus, in die Camille eine Münze legte. Hatte Damian seiner Vermieterin Geld zum Haushalten gegeben? Zum ersten Mal kam Marcella der Gedanke, dass ihr gewisse Aufgaben zukamen und Damian vielleicht erwartete, dass sie sie erfüllte. Warum sollte ein Mann heiraten, wenn seine Frau ihn nicht einmal von den täglichen Sorgen befreite? *Ach, Elsa.*

Die Frau wartete, dass sie endlich gingen.

»Wo finde ich Fabrisse Maury?«, fragte Marcella.

Der Alten wollte die Antwort herausrutschen. Sie hatte

schon den Mund geöffnet, nahm dann aber aus den Augenwinkeln wahr, wie ihr Mann verhalten den Kopf schüttelte.

»Weiß nicht.«

»Ich verstehe. Ein riesiges Dorf. Wer wollte da den Überblick haben?«

Der Mann trat neben die Frau. Er war weder größer noch älter als sie, in seinem schlotternden Kittel wirkte er sogar ausgesprochen mickrig. Dennoch wurde Marcella schwül zumute. Der Mann rieb die Finger gegeneinander. Es lagen Prügel in der Luft, nicht für sie, aber für seine Frau, die vielleicht gegen seinen Willen angefangen hatte, mit Camille Geschäfte zu machen.

Camille fasste Marcellas Ärmel und zog sie aus dem Haus. »Himmel, was für Leute!« Sie sah sich nach Théophile um, aber ihr Ritter war bereits auf dem Rückweg. »Jedenfalls waren das die letzten Hühner, die ich ihnen abgekauft habe – und wenn wir Würmer fressen müssen. Théophile hat schon Recht. Unter den struppigen Schädeln sitzen nur Dummheit und schlechte Manieren. Wer um alles in der Welt ist Fabrisse?«

»Meine Kinderfrau.«

»Ich wusste, dass es jemanden geben würde.« Camille drängte vorwärts, weil sie zu ihrem Mann aufschließen wollte. »Ich verstehe bloß nicht, warum dieses grässliche Paar Euch nicht sagen wollte, wo die Frau zu finden ist.«

Bei der Burg angekommen, ließ Théophile das Tor rechts liegen und ging den Pfad weiter, wobei er offensichtlich erwartete, dass seine Frau ihm folgte. Camille kicherte leise und wünschte Marcella einen schönen Abend.

Bitte, ihr war das nur recht. Mochten die beiden treiben, wonach es sie verlangte.

Matteo hatte seinen Platz bei der Pferdetreppe verlassen. Um ins Dorf hinabzuschleichen und ebenfalls …? Widerlich!, dachte Marcella. Nicht das, was die Leute, mit denen sie zusammenwohnte, unternahmen, sondern was sie ihnen ständig unterstellte. Es war ihr eigenes Seelenheil, um das sie sich sorgen sollte.

Dieser löbliche Vorsatz wurde sogleich wieder auf die Probe gestellt, als sie in den Burghof kam. Denn auch aus dem Donjon hörte sie eine Männerstimme.

»… ist es nicht. O nein. Du trinkst zu viel, Béatrice. Wie oft habe ich dir das schon gesagt: Iss vernünftig, schlafe, wie der Herrgott es vorgesehen hat, und schwöre dem Wein ab.«

Dann erkannte sie, dass es Pfarrer Clergues Stimme war, die sie hörte, und sie errötete. Hastig eilte sie die Treppe hinauf. Wenigstens brauchte sie dieses Mal nicht zu klopfen, bevor sie eintrat.

Als Madame Marcella erblickte, lächelte sie. Wie durch ein Wunder schienen ihre Beschwerden verschwunden zu sein. Sie sah lebhaft und aufgeräumt aus und hatte sich zu Ehren des Pfarrers sogar ein besonders hübsches Kleid angezogen.

»Ah, Marcella.« Der Pfarrer beeilte sich, einen der beiden Schemel für den Neuankömmling zurechtzurücken. »Wie geht es dir, Kindchen? Du warst im Dorf? Eine gute Idee. Nutze die Zeit. Wer weiß, ob du je wiederkehren wirst, wenn du einmal in deinem Venedig bist. Und beginnst du dich an deine Kindheit zu erinnern? Sie war schön über die meiste Zeit. War Marcella nicht ein glückliches Kind, Béatrice?«

Die Burgherrin antwortete nicht. Aber das Leuchten ihrer Augen schien plötzlich getrübt.

»Ich erinnere mich, dass ich eine Kinderfrau hatte«, sagte Marcella.

»Vermutlich. Deine Mutter war schwach nach der Geburt, und natürlich hattest du ein reiches Elternhaus. Wer war es gleich?«

»Fabrisse.«

»Eine freundliche Seele. Dreimal verheiratet. Kurz bevor deine Mutter niederkam, waren gerade ihr letzter Mann und ihre beiden Jungen verstorben. An einem Fieber?« Pfarrer Clergue grübelte, aber auch nach Rücksprache mit Madame konnte nicht entschieden werden, ob es wirklich ein Fieber gewesen war oder diese Lungenkrankheit, die damals im ganzen Alion gewütet hatte.

»Man wollte mir im Dorf nicht sagen, wo sie wohnt«, erklärte Marcella.

»Wie meinst du das?«, fragte Clergue.

Madame beugte sich vor. Der Stoff ihres Kleides war schockierend dünn. Ihre Formen, besonders die Brust, die sie hochgebunden haben musste, zeichneten sich deutlich ab. Einen Moment hatte Marcella den verwirrenden Eindruck, Madame wolle den Pfarrer aus der Fassung bringen. Wenn das stimmte, dann verfehlte sie ihr Ziel. Clergue lächelte sie unbefangen und voller Zuneigung an. Vielleicht waren seine Augen schlecht.

Marcella erzählte, was ihr im Dorf widerfahren war, und kam sich selbst ein wenig dumm vor, als der Pfarrer lachte.

»Blanchette und Pons. Ach, mein armes Kind. Soll ich dir erzählen, was sich im Haus der beiden vermutlich abgespielt hat, bevor du eingetreten bist? *Was wollen die Fremden?«*, imitierte er eine zänkische Männerstimme. *»Was weiß ich? Hühnchen kaufen?«*, antwortete er sich selbst in höherer, genauso zänkischer Tonlage. *»Warum bei uns? ... Warum nicht? ... Sicher führen sie was im Schilde ... Sie wollen nur Hühnchen kaufen ... Wir sagen kein Wort ... Du denkst, sie führen was im Schilde? ...«*

Madame entschlüpfte bei der witzigen Vorstellung ein Lachen.

»Du hast in der Stadt gelebt, Marcella«, meinte der Pfarrer gut gelaunt. »Du hast vergessen, wie die Menschen in Montaillou sind. Wenn etwas Fremdes eindringt, macht ihnen das Angst. Du bist fein gekleidet und ... völlig anders als die Frauen hier. Sie sind eingeschüchtert. Aber es ist wie bei Hunden: Zuerst bellen sie, dann schnuppern sie, und dann laufen sie schwanzwedelnd hinter dir her. Wobei Menschen natürlich keine Hunde sind. Fabrisse …« Der Pfarrer lächelte auf Madame herab. »… wohnt mit ihrer Mutter im unteren Dorf an dem Weg, der nach Prades führt. Du kannst das Häuschen nicht verfehlen. Im Garten ist ein Ziegenbock angepflockt, ein … nun ja, ein wildes und störrisches Geschöpf, aber was kann man einem unvernünftigen Tier schon vorwerfen?«

18. Kapitel

Pfarrer Clergue hat mir gesagt, wo Fabrisse wohnt: Unten an der Straße nach Prades«, sagte Marcella am nächsten Morgen, als sie mit Camille, Théophile und Matteo vor einem Topf mit Brei saß, der aus den Resten der vergangenen Mahlzeiten bestand.

»Er hat sie geküsst.« Camille kicherte.

»Wer wen?«, fragte Matteo.

»Der Pfarrer die Madame. Ich hab's gesehen. Als sie unten im Hof standen. Er hat sie auf den Mund geküsst. Laaange. Ich will's mir gar nicht vorstellen. Madame wusste Bescheid, als sie sagte, die Gottesmänner brennen am heißesten.«

»Sie ist doch viel älter als er.«

»Ach was. Sie trinkt und macht sich zu viele Sorgen. Davon kriegt man Falten. Und ein Pfarrer hat ein leichtes Leben.« Camille steckte den Löffel in die Breischüssel und tat, als bemerkte sie den vorwurfsvollen Blick ihres Mannes nicht.

»Ich werde heute Vormittag zu Fabrisse gehen.«

Sofort hob Théophile den Kopf. »Ich sagte schon – es entspricht nicht dem Willen von Monsieur, wenn Ihr allein …«

»Wie wollt Ihr wissen, was seinem Willen entspricht, wenn er nicht hier ist, um ihn kundzutun?«

»Na ja, das merkt man doch«, kam Camille ihrem Mann zur Hilfe. »Als er zum Beispiel …«

»Ein Weib ist zum Gehorchen geboren, und wenn sie es nicht tut, ist was mit ihr verkehrt«, fiel Théophile ihr grob ins Wort.

Was ist denn in diesen Kerl gefahren, dachte Marcella entgeistert. Lief Camilles hochgepriesenes Eheleben so ab? Sie wollte aufstehen, aber Matteo tippte sie mit dem Finger an.

»Damian ist nervös. Das ist alles. Donnerwetter, an dem Abend, als Ihr plötzlich verschwunden wart … Er ist durch die Zimmer wie ein … keine Ahnung. Ich glaub, er hat Euch einfach so gern.«

»Vielleicht wäre es sowieso am besten«, ergänzte Camille, »wenn Théophile ins Dorf geht und diese Fabrisse hierher bringt. Ich meine – warum sollte sich eine Madame die Füße wund laufen?«

Weil sie Angst hat, dass Fabrisse einem fremden Ritter nicht folgen könnte? Weil sie befürchtet, dass Fabrisse bei seinem Auftauchen verschwinden und alle Geheimnisse mit sich nehmen könnte? Zur Hölle, Damian!

Hatte sie das Letzte laut gesagt? Théophile starrte sie an.

»Also gut, bittet sie, zu mir zu kommen«, sagte Marcella.

Als sie später in ihre Schlafkammer hinaufging – *es ist das Schicksal der Frauen zu warten, und ich beklage mich auch nicht, Elsa –*, lief sie rastlos hin und her. Es dauerte lange, ehe sie Théophile auf seinem braunen Hengst im Hof auftauchen sah. Er verschwand durchs Tor, und am gegenüberliegenden Fenster konnte Marcella sehen, wie er die Straße hinabritt. Aber er verließ sie bald wieder und schlug den Weg in Richtung Wald ein. Und das, dachte Marcella empört, wird ihn ganz sicher nicht ins Dorf bringen. Es ist die völlig falsche Richtung!

Ich könnte aus der Haut fahren, Elsa. Ich könnte dem Kerl mit bloßen Händen an die Gurgel gehen. Fassungslos starrte sie auf die Bäume, die den Reiter verschluckten.

Es war früher Nachmittag, als Théophile endlich in die Burg zurückkehrte. Marcella hörte den Hufschlag seines Pferdes und eilte zum Hoffenster. Sie sah ihn einreiten – und er war allein.

»Pest und Krätze auf dich!« Einen Moment erwog sie, in den Hof zu stürzen und ihrer Wut mit lautem Gebrüll Luft zu verschaffen. Stattdessen tat sie ein paar tiefe Atemzüge.

Der Tag war nicht ganz so sonnig wie die vorhergehenden, und durch die Fenster wehte ein kalter Luftzug. Marcella griff sich ihren Mantel und wartete. Wie sie vorhergesehen hatte, hörte sie schon bald die leisen Stimmen des Ritters und seiner Camille im Treppenaufgang. Sie hielten es nicht für nötig, an ihrer Tür zu klopfen, sondern gingen schnurstracks hinauf zum Zimmer der Männer. Bitter legte Marcella den Mantel um.

Der Hof lag vereinsamt. Sie hatte keine Ahnung, wo Matteo sich herumtrieb. Vielleicht doch wieder im Dorf, das mehr lockte als die langweilige Aufgabe, eine Dame zu bewachen, die überhaupt nicht bedroht wurde. Schnell eilte sie den Weg hinab. Die Leute, die sie traf, taten, als seien sie in Gespräche oder ihre Beschäftigungen vertieft. Sie meinte das Gesicht einer Frau wieder zu erkennen, die auf dem Kopf einen Wasserkrug balancierte. Einen Moment lang sah es so aus, als wolle ihr ein Name einfallen. Ba… Babette … Barbe… Nichts, es war wieder fort.

Das Haus mit dem Ziegenbock tauchte auf. Das schmutzig graue Tier mit dem verfilzten Bocksbart zerrte an seinem Strick und senkte die gedrehten Hörner, als sich die Besucherin näherte. Wie ein Wachhund, dachte Marcella und vergaß über ihrer Belustigung einen Moment ihren Zorn. Die Belustigung schwand, als sie sah, wie lang der Strick des Tieres war. Er erlaubte ihm problemlos, nicht nur jedes Büschel Gras in dem ungepflegten Garten zu erwischen, sondern auch die Haustür zu erreichen.

Marcella biss sich auf die Lippe. Sie stand nicht gerade einsam vor dem Häuschen. Auf einem Schemel auf der anderen Seite der Straße saßen zwei Frauen, die Federvieh rupften. Ein Bauer schob müßig mit einer Gabel Mistklumpen umher.

Marcella tat einen Schritt in Richtung Haus. Der Bock hob den Kopf. Sein Blick war tückisch. Es griff nicht an, aber er verfolgte jede Bewegung des Eindringlings mit den Augen.

Vorsichtig näherte Marcella sich der Haustür, die aus nachlässig zusammengenagelten Brettern bestand und so schief in den Angeln hing, als wolle sie beim nächsten Windstoß herausbrechen. Die Hühner rupfenden Frauen lachten. Galt das ihr? Marcella tat einen weiteren Schritt. In dem Augenblick stürzte der Bock los. Ob er nun überlegt handelte oder sie einfach Pech hatte – er erwischte sie im ungünstigsten Moment. Sie war zu weit voran, um noch auf die Straße zurückzugelangen, aber noch nicht dicht genug an der Tür. Wahrscheinlich hätte das Vieh sie auf die Hörner genommen, wenn es nicht plötzlich von einem Stein getroffen worden wäre. Marcella hatte keine Ahnung, wer den Stein geworfen hatte, flüchtete aber dankbar in die Hütte hinein.

Dämmriges Licht und ein schwacher Geruch nach Kräutern empfing sie. Sie zog die Tür hinter sich zu. Es wurde noch ein wenig dunkler, und sie musste warten, bis sich ihre Augen an das schlechte Licht gewöhnt hatten. In der Mitte des Raums befand sich eine gemauerte Feuerstelle, über der an drei gekreuzten Stangen ein Topf baumelte. Zwei Schemel bildeten das einzige Mobiliar der ärmlichen Behausung. An der niedrigen Decke hingen Kräuterbündel, von denen der Duft ausströmte. Und in einer Ecke, auf einigen Lagen Stroh, die als Bett herhalten mussten, lag eine alte Frau.

Ein Rums gegen die Tür ließ Marcella einen Satz nach vorn machen. Der Ziegenbock hatte seine Hörner gegen das Holz gerammt.

»So ein … meine Güte.« Sie lachte halb erschrocken und halb verlegen. »Er mag es nicht, wenn ihm jemand zu nahe kommt, was?« Trotz der Armseligkeit strahlte die Hütte Behaglichkeit aus. Vielleicht, weil nicht nur Kräuter von der Decke baumelten, sondern auch Sträuße aus getrocknetem Lavendel und anderen gelben, roten und hellblauen Blüten.

»Fabrisse liebt Blumen«, sagte Marcella und freute sich wie ein Kind, weil sie sich wieder einer Sache mit Sicherheit entsann. Und als wolle ihr Gedächtnis sie für den Erfolg belohnen, wusste sie mit einem Mal auch den Namen der alten Frau, die die Mutter von Fabrisse sein musste. »Na Roqua. Wie schön, Euch zu sehen. Es ist … es ist Jahre her. Darf ich näher kommen? Ich bin Marcella Bonifaz. Ich weiß nicht, ob Ihr Euch an mich erinnert.«

Die alte Frau lag unter einer Decke, die aus den Flicken alter Kleider zusammengesetzt worden war. Die meisten Flicken waren grau oder wollweiß, wie die Bauern ihre Kleider eben trugen, aber es gab auch bunte dazwischen. Kleine Fingerzeige darauf, dass Fabrisse einmal wohlhabend gewesen war oder zumindest bei wohlhabenden Leuten gearbeitet hatte.

Marcella ergriff die Hände der Greisin. »Ich suche Fabrisse.«

Die alte Frau sah sie nicht an, sondern starrte an ihr vorbei zur Decke.

»Ich möchte mit ihr über alte Zeiten sprechen. Ich … ich erinnere mich kaum noch an meine Kindheit und dachte mir, es wäre doch schön, wenn Fabrisse mir ein wenig erzählt. Na Roqua?«

Keine Antwort. Einen unbehaglichen Augenblick lang fragte Marcella sich, ob sie die Hände einer Leiche hielt. Aber dann spürte sie, wie ein Zittern durch den mageren

Körper lief. Vielleicht hatte sie die Alte aus dem Schlaf geweckt. Marcella begann noch einmal von vorn und nannte ihren Namen. »Wo steckt Fabrisse denn nun? Sie wohnt doch hier, nicht wahr?«

Draußen gab der Ziegenbock ein meckerndes Geräusch von sich. Auch die Frau auf dem Stroh hatte es vernommen. Sie reckte den Hals und starrte zur Tür. Marcella wusste nicht, was Na Roqua über ihrer Schulter erspähte, aber sie fühlte, wie die knochigen Hände ihre eigenen Finger zusammenquetschten. Langsam drehte sie sich um.

»Alle lieb beieinander?« Ein Lichtstreifen fiel quer durch den Raum bis zum Strohlager. Die Person, die in der Tür stand, war im ersten Moment nur als Schatten im Licht erkennbar, als roter Farbfleck. »Wie in alten, schönen Zeiten, ja? Man mauschelt hinterm Misthaufen, in den Büschen … psss … psss … und tauscht Geheimnisse aus.«

Grazida trat in die Hütte, und ihr Schafsgesicht gewann Konturen.

Marcella wollte aufstehen, aber Na Roqua umklammerte ihre Hände und hielt sie mit erstaunlicher Kraft fest.

»Und, Herzchen?« Das rotgewandete Weib warf Marcella einen boshaften Blick zu. »Was hat dir die Alte erzählt? Oh … nichts? Wie schade. Wo sie doch so gern plaudert. Ist das nicht so? Mütterchen?« Grazida traute sich nicht heran, aber ihre spitze Zunge blieb in Bewegung. »Was willst du ihr denn ins Ohr flüstern? Dass dein prächtiger Sohn seine Mutter mit Honig füttert, aber seine Frau einen Tritt in den Hintern kriegt, wenn sie ein bisschen Ziegenmilch säuft? Dass seine Mutter ein Kleid bekommt und seine Frau mit alter Wolle ihre Lumpen stopfen muss? Ein feiner Sohn. Wirklich ein feiner Sohn. Und? Hat's dir gefallen, wie sie Guillaume aus dem Graben zogen? Ein weißer Fisch mit blanken, toten Augen …«, fragte sie mit bösartigem Vergnügen.

Marcella machte sich frei und sprang auf. »Raus!«,

fauchte sie. Sie sah mit Genugtuung, wie die Frau zurück-
wich, aber noch war Grazida nicht fertig.

»Los, Na Roqua, erzähl ihr noch, was mit ihrer Schwester geschehen ist. Ein schönes Ende. Aufgespießt an bösen,
spitzen Zinken. Ihr könnt miteinander weinen.«

»Raus!, sag ich.« Marcella spürte kalte Wut durch ihre
Adern rollen. Sie hatte die letzten Worte leise gesprochen,
aber Grazida musste wohl einen besonderen Ton wahrgenommen haben, denn sie entschloss sich zur Flucht und
rannte ins Freie. Der Ziegenbock ergriff die Gelegenheit und
versetzte ihr den Stoß, zu dem er vorher nicht gekommen
war. Keifend raffte Grazida sich wieder auf.

Das Weib, das die Straße hinaufrannte, gab einen lächer-
lichen Anblick ab, aber Marcella war nicht zum Lachen zumute. Ihre Hände zitterten, und vor lauter Zorn hatte sie
weiche Knie. Grazida war am Ende der Straße angekommen. In einer obszönen Geste hob sie den Rock und zeigte
Marcella ihr nacktes Hinterteil.

Als Marcella sich abwandte, sah sie, dass der Bauer von
gegenüber sie anstarrte. Ihre Blicke trafen sich, und er senkte verlegen den Kopf und begann wieder, Mist zu kehren.

Wütend schlug Marcella die Tür zu. Sie wollte zum
Strohlager zurückkehren, aber da entdeckte sie, dass das
Bett leer war. Verwirrt blickte sie sich um. Es gab nur eine
einzige Möglichkeit, die Hütte zu verlassen. Nämlich durch
die Tür, die sie selbst gerade geschlossen hatte. Und möglicherweise, wenn man mager genug war, durch das kleine
Fenster, das der Tür gegenüberlag?

Zweifelnd schüttelte sie den Kopf. Das Loch war nur
etwa zwei Fuß breit und drei Fuß hoch. Ein weiteres Mal
blickte sie sich ungläubig um, dann ging sie zu der Öffnung.
Sie streckte den Kopf hinaus. In dem matschigen Gras erkannte sie Abdrücke von Händen und Füßen.

Na Roqua war geflohen.

»Sie ist geflohen, Seigneur curé. Eine alte Frau. Aus ihrer eigenen Hütte. Wie konnte ihr dieses Weib so viel Angst einflößen? *Womit* konnte es ihr Angst einflößen?«

»Aber bitte …« Pfarrer Clergue rang die Hände und schaute sich im Zimmer um, als erwarte er aus irgendeiner Ecke eine Erleuchtung. Er musste aus einer wohlhabenden Familie stammen, denn sein Haus war aus Stein, und die Möbel – mit Rindsleder bezogene Schemel, ein Tisch, über dem vornehm eine Decke lag, Truhen mit glänzenden Schlössern und bunt bestickte Wandbehänge – sahen allesamt aus, als hätten sie einmal viel Geld gekostet.

»Nimm Platz und hole Luft, Kind. Warte, ich besorge etwas zu trinken. Grazida war also bei Na Roqua? Ich verbringe meine Tage damit, die Sünden meiner Beichtkinder anzuhören und hoffe, ihnen zu helfen, aber begreifen werde ich sie niemals.«

Der Pfarrer trug eine silbern glänzende Karaffe herbei und schenkte Marcella ein. »Ich sage zu ihnen: Wenn ihr einander nicht in Liebe zugetan sein könnt, dann geht euch zumindest aus dem Weg. Ich halte nichts davon, vom Menschen zu fordern, was er nicht zu vollbringen vermag. Aber aus dem Weg gehen … man sollte doch meinen, das wäre möglich.«

»Sie hat von Jeanne und … und einem Guillaume gesprochen. Ihrem toten Mann doch sicher, nicht wahr? Ihr hättet es hören sollen. Es klang so höhnisch. Was war mit diesem Guillaume, dass sie der alten Frau einen solchen Schrecken einjagen konnte, als sie ihn erwähnte?«

Der Pfarrer fuhr sich durch das schüttere Haar. Er setzte die Kanne mit dem Wein an den Mund, ein Zeichen, wie verwirrt er war, denn er hatte sich wohlerzogen einen eigenen Becher auf den Tisch gestellt. »Zunächst einmal scheine ich dir erklären zu müssen, dass Na Roqua die Mutter von Guillaume ist. Ich kann mich nicht daran gewöhnen, dass du tatsächlich alles und jeden vergessen hast, sonst hätte ich es dir schon gesagt, als du nach Fabrisse fragtest. Nun ja, Na Roqua und ihre Schwiegertochter sind nicht gut miteinander ausgekommen. Die alten Eifersüchteleien, die oft zwischen den Generationen herrschen. Was Grazida und ihren Mann angeht … sie kamen miteinander zurecht. Was braucht es in der Ehe Liebe, sage ich immer, wenn wieder jemand mit brennendem Herzen zu mir schleicht. Doch obwohl die beiden sich gelegentlich schlimme Dinge an den Kopf warfen und oft nicht miteinander sprachen, war Grazida von einer geradezu widernatürlichen Eifersucht besessen. Sie richtete diese Eifersucht auf Jeanne. Verstehst du?«

»Ihr sagtet, Grazida hasste Jeanne, weil sie zu den Katharern gehörte. Weil Guillaume von Katharern getötet wurde.«

»Die Sache ist verwickelt, wie immer, wenn Menschen in etwas verstrickt sind. Jeanne gehörte zu den Katharern, und Guillaume – der Himmel sei seiner verwirrten und nicht allzu gescheiten Seele gnädig – hatte ebenfalls an diesem Irrglauben Gefallen gefunden. Die Häretiker trafen sich heimlich, und genau das brachte Grazida auf den Gedanken, dass ihr Guillaume Jeanne schöne Augen macht. Was natürlich völliger Unfug war.«

»Davon bin ich überzeugt.«

»Ich weiß nicht, was Guillaume zur Einsicht seines Irrtums brachte – vielleicht die brennende, von heiligem Zorn durchdrungene Rede, mit der Bischof Fournier bei seiner Ankunft die vom Wege Abgewichenen zur Besinnung bringen wollte. Jedenfalls – so heißt es im Dorf – entschied sich Guillaume kurz nach der Ankunft des Bischofs, seinem Irrglauben abzusagen und zum Zeichen der Reue die Namen der anderen Ketzer preiszugeben. Er ging zur Burg hinauf …«

»Ich weiß. Und wurde auf dem Weg ermordet. Das hattet Ihr schon gesagt. Grazida wollte, dass Na Roqua mir etwas erzählt.«

»Wie meinst du das?«

»Oder sie hatte Angst, dass sie es tut.«

Der Pfarrer setzte erneut den Weinkrug an. Er trank so überstürzt, dass ihm die rote Flüssigkeit übers Kinn lief. Wie ähnlich er plötzlich Madame de Planissoles sah, die er angeblich küsste.

»Ach, Kindchen! *Richtet nicht, auf dass ihr nicht gerichtet werdet.* Mit dieser Mahnung stehe ich auf und gehe ich zu Bett. Und auch Grazida Maury hat Anrecht auf ein wenig Mitleid. Aber … nein, das war boshaft. Zu ihrer Entschuldigung darf man nur hoffen, dass sie nicht gemerkt hat, wie grausam sie ist. Ich denke, sie wollte dich und Na Roqua nur ein wenig necken. Die alte Frau ist nämlich stumm.«

Der Weg zur Burg führte an Na Roquas Hütte vorbei. Der Ziegenbock hatte seinen Strick ein paar Male um den Pflock gewickelt und sich so selbst die Freiheit beschnitten. Marcella hätte also ohne Gefahr nach der Alten sehen können. Dennoch zögerte sie. Der Mann mit der Mistgabel hatte seine Arbeit erledigt und stand mit verschränkten Armen in einem schmalen Gang, der sich zwischen seinem Haus und einem Schuppen auftat. Er schien sie wieder zu beobachten.

Marcella zuckte die Achseln. Sie tat die wenigen Schritte und war nicht überrascht, die Hütte so leer vorzufinden, wie sie sie verlassen hatte.

Als sie wieder auf die Straße trat, sah sie, dass es bereits dämmerte. Eine merkwürdig schwermütige Stimmung lag in der Luft. Die Luft roch nach Regen, und der Donjon, der sich auf der Spitze des Hügels unter den grauschwarzen Wolken duckte, erschien ihr plötzlich wie eine Festung aus der Vorzeit. Die Häuser, die Dorfulme, von der sie einen Teil der Krone sehen konnte – alles wirkte seltsam unwirklich im Zwielicht des trüben Nachmittags. Sie fühlte sich auf einmal schrecklich allein. Aufgeben und fortgehen. Was hatte sie mit diesem Dorf zu tun, das so weit ab von jeder Zivilisation lag und vor sich hin dämmern würde, bis das Jüngste Gericht kam?

Der Mann wartete immer noch. Sonst war weit und breit keine Seele mehr zu sehen. Marcella ging zu ihm hinüber. »Ich suche Fabrisse.«

Er war schon älter, um die vierzig, musste also in ihrer Kindheit bereits im Dorf gelebt haben. Aber sein Gesicht kam ihr nicht bekannt vor. Oder doch? Als er lächelte, war ihr einen Augenblick, als stiege ihr der Geruch von Äpfeln in die Nase.

»Sie ist runter nach Ax«, sagte der Mann. Er drehte sich um. Im Schlupf schien es einen Seiteneingang zu seinem Haus zu geben, denn er war innerhalb eines Augenblicks verschwunden.

Erstaunlicherweise schlief Marcella gut in dieser Nacht, und am nächsten Morgen platzte sie vor Tatendrang.

»Es ist mir gleich, was Ihr für angemessen oder nicht haltet«, sagte sie Théophile. Sie hatte ihm von ihrer Absicht, nach Ax zu reiten, erzählt, und wie erwartet hatte er ihre Wünsche mit einer Mischung aus Überheblichkeit und Ärger abgetan. »Es ist mir egal, ob Ihr mich begleiten wollt. Wenn Fabrisse mit schlechten Schuhen und zu Fuß nach Ax gehen kann, dann kann ich es auf einem Pferd schon lange.«

»Aber Madame«, flehte Camille, »die Schicklichkeit ...«

»... ist eine Eisenkugel, die sich die Einfalt ans Bein schmieden lässt«, erklärte Marcella kalt. »Ich habe keine Zeit dafür.«

Sie standen im Hof. Théophile und Matteo hatten ihre Pferde aus dem baufälligen Stall geholt und offenbar vorgehabt, auszureiten. Kein Wort der Absprache, und das sicher nicht aus Versehen.

»Ihr bleibt hier! Monsieur Tristand erwartet das«, schnaubte der Ritter.

Marcella kehrte ihm und dem Rest der Gesellschaft den Rücken.

Sie ging in den Turm und packte einige Sachen zusammen. Und fühlte sich dabei nicht schuldbewusst, sondern so beflügelt, wie seit Wochen nicht mehr. Sie hatte Beine, auf denen sie stehen und einen Hintern, auf dem sie reiten konnte. Sie brauchte keinen Ritter. Sie brauchte überhaupt keinen Mann. Schließlich war sie auch in Trier zurechtgekommen. Man musste nur beherzt genug an die Dinge herangehen. Und genau das hatte sie vor. Sie würde mit fliegenden Kleidern ins Tal hinabpreschen und Fabrisse an ihr Herz drücken.

Einen Moment wurde sie unschlüssig, als sie vor ihrem Bett stand. Die Dose mit dem Safran lag unter der Strohmatratze, auf der sie schlief. Sie war in dem Donjon wahrscheinlich sicherer als auf einem Ritt über die Weiden und Berge. Weder Brune noch ihre Herrin wirkten wie Diebe. Dennoch steckte sie sie schließlich ein. Geld und Freiheit gehörten zusammen wie Pferd und Sattel.

Zur Hölle mit allen, die ihr eines davon nehmen wollten!

19. Kapitel

Sprecht ihn nicht an«, sagte Matteo. »Er ist furchtbar wütend. Ihr müsst das verstehen. In ihren Adern fließt das alte, tapfere Blut ihrer Väter. Sie sind empfindlicher als wir, was die Ehre angeht, und Ehre zeigt sich eben auch im höfischen Benehmen und … Ihn einfach stehen zu lassen. Also wirklich.«

»Also wirklich – was? Ich habe in Deutschland einige Wochen mit ihnen Tür an Tür gewohnt und ihre Ehre zu spüren bekommen. Heil davongekommen zu sein ist meine glücklichste Erinnerung an diese Zeit.«

»Wie Ihr immer redet!«, sagte Matteo.

Théophile hatte beschlossen, dass sie trotz der entsetzlichen Manieren der unedlen Dame weiterhin zusammenbleiben würden. Wie Marcella vermutete, aus finanziellen Gründen, was ihm sicher den Magen umdrehte. Oder weil er es Damian versprochen hatte, das war auch möglich, man sollte nicht zu schlecht von ihm denken. Jedenfalls ritten sie zu viert den halsbrecherischen Pfad hinab, der nach Ax führte.

»Ich gehe zur Flotte, Marcella. Ich habe mich entschlossen. Ich werde meinem Onkel gegenübertreten und ihm in aller Festigkeit …«

»Ich dachte, Ihr wolltet zuerst zu Eurer Tante?«

»Ich habe es mir anders überlegt. In einigen Dingen ist sie eigen. Sie wollte nicht einmal, dass ich in Schwert- und Axtkampf unterrichtet werde. Heiliger Joseph – ich bin ein Findelkind, einer edlen Dame geraubt und von den Entführern ausgesetzt. Wenn man mich doch nur endlich fände …«, jammerte Matteo, gab seinem Pferd die Sporen und ritt die nächsten Stunden düsteren Sinnes voran.

Sie erreichten Ax-les-Thermes beim höchsten Stand der Sonne. Die Stadt schlängelte sich wie ein Wurm durchs Tal des Ariège, ein Haus saß am nächsten, und in der Mitte der Stadt konnte man Dach und Turm einer Kirche erkennen. Überall pulsierte das Leben. Händler boten ihre Waren an, Hausfrauen und Mägde verweilten an Buden mit Gemüse, Fleisch, Stoffen, Bändern oder Haushaltsgegenständen und beäugten kritisch die Qualität. Ax besaß nicht nur eine Kirche, sondern gleich mehrere Gasthäuser und Tavernen. Wahrscheinlich weil es Durchgangsort auf dem Weg in die spanischen Berge ist, dachte Marcella. Théophile ritt ein helles Gebäude mit offenen Ställen an, das im Schatten einiger Linden lag und aus dem es lecker nach frischem Brot duftete.

Sie stieg vom Pferd. »Ich höre mich nach Fabrisse um«, sagte sie und übergab Matteo die Zügel.

»Und wo wollt Ihr das tun?«, fragte Matteo.

Sie zögerte kurz. »In der Mühle.« Wieder war dieses Zucken da gewesen, dieser Riss, der für einen Moment einen Blick in die Vergangenheit freigab und sich sofort wieder schloss. Sie war als Kind mit Fabrisse zu einer Mühle gegangen. Fabrisse hatte geredet, die Mühle war an einer Straßenkurve aufgetaucht. Sie hatten einen Sack abgeliefert. War außer Fabrisse noch jemand bei ihr gewesen? Wahrscheinlich. Montaillou besaß keine eigene Mühle. Sie nahm an, dass sich einige Frauen aus dem Dorf zusammengeschlossen hatten, um in die Stadt zu wandern. Getreide zur Mühle zu bringen, das war in Montaillou Frauengeschäft.

Unentschlossen blickte Marcella die Straße hinunter. Nur

ein einziger Esel war zu sehen. Er trug keinen Getreidesack, sondern rechts und links jeweils eine ramponierte Kiste.

»Madame, ich rede schon wieder und Ihr hört nicht zu.« Camille hatte Marcella am Ärmel gefasst. »Ich sagte, wir Frauen könnten einen Happen essen und hier warten, während Matteo und Théophile …«

»Es tut mir gut zu laufen, danke Camille.«

Marcella machte sich auf den Weg in Richtung Kirche. Seltsamerweise schien die Erinnerung an diese Stadt, die sie sicher nicht oft besucht hatte, stärker zu sein als die an Montaillou. Sie erkannte ein Messingschild in Form einer Brezel wieder, das an einer Holzstange über der Haustür eines Bäckers schwankte. Zwischen dem Haus des Bäckers und einer Schneiderwerkstatt floss ein Gebirgsbach, in dem kalbsgroße weiße Felsbrocken lagen, und auch an diesen Bach erinnerte sie sich. Sie blieb stehen, als sie sah, dass weiße Dampfwölkchen aus dem perlenden Wasser aufstiegen. Einen Moment war sie irritiert, aber es war nicht ihr Anliegen, seltsame Phänomene zu erforschen.

Sie ging weiter und traf auf einen Brunnen, in dessen Mitte auf einer gemauerten Säule eine asketische weibliche Heiligenfigur stand, deren Schuhe und Waden rot bemalt waren, als wäre sie durch Blut gelaufen. Die Heilige kannte sie auch – sie hatte ihr immer missfallen und ihr einen Schauder über den Rücken gejagt, auch daran erinnerte sie sich. Hatte Fabrisse sie ausgelacht? Sie wusste es nicht. In größeren Zusammenhängen wollte sich die Erinnerung nicht einstellen.

Und dann sah sie die Mühle. Sie musste noch einen Bach und einen kleinen Platz überqueren, und schon stand sie in einem staubigen Raum, in dem in einer Schlange mehrere Frauen mit ihren Säcken warteten. Es schien gerade einen Engpass zu geben. Der Müller reinigte mit einem Federkiel die Furchen des Mahlsteins, in denen sich Kleie festgesetzt hatte.

»War Fabrisse heute hier?«, fragte Marcella.

Der Müller reagierte nicht, aber eine seiner Kundinnen gab Antwort. »Welche Fabrisse? Fabrisse d'Ascou oder …«

»Fabrisse aus Montaillou.«

»Fabrisse Maury lässt in der gräflichen Mühle mahlen. Wie alle aus Montaillou«, sagte die Frau.

»Wo ist das?«

Es folgte eine umständliche Beschreibung. Marcella spürte, wie die Leute sie anstarrten, und fragte sich, ob Jeanne auch in Ax bekannt gewesen war, oder ob die Leute nur ihre Kleidung interessierte, der man ansah, wie viel Geld dafür einmal gezahlt worden war.

»Fabrisse ist diesmal aber nicht zum Mahlen hier«, sagte die Frau.

»Bitte?«

»Sie besucht die alte Marguerite. Ist schon vor über einem Monat gekommen und hilft ihr. Marguerite arbeitet nämlich für den Bader. Ihr könnt die beiden in dem Bad neben dem Aussätzigenhospital finden. – Ihr seid sehr schön.« Ein Grinsen huschte über das rotwangige Gesicht der Frau. Sie schaute rasch zur Seite wie ein Kind, das vorwitzig auf sich aufmerksam gemacht hat, und eine der anderen Frauen lachte.

Bei der alten Marguerite also.

Marcella bedankte sich und trat den Rückweg ins Zentrum der Stadt an. Sie musste zweimal fragen, ehe sie das Hospital fand. Zu ihrer Überraschung stieß sie dort auf ein gemauertes Becken, das mitten in den Platz eingelassen war, ohne Überdachung, ohne Sichtschutz, wie ein zu groß geratener Brunnen. In das Becken führten Stufen hinab, auf denen Leute saßen. Die meisten hatten Schuhe und Strümpfe ausgezogen und ließen die Beine im Becken baumeln, zwei alte Männer planschten völlig nackt durch das Wasser. Sie amüsierten sich damit, einem Mädchen, das mit hochrotem Kopf einen Hauseingang fegte, obszöne Angebote zu machen.

»Meine liebe Madame, wenn ich helfen darf …« Ein geschäftiger Mann mit einer Wollmütze über dem kahlen Schädel trat zu Marcella und lenkte ihren Blick zu einem Portal. »Für drei Pfennige ein Platz im Frauenbad. Reines Schwefelwasser, wie es aus der Erde kommt, ein Quell der Gesundheit. Dazu ein völlig ungestörter Raum, nur für Damen, und zwar höchstens zehn auf einmal im Becken und heute sogar noch weniger, frisches Linnen zum Abtrocknen. Aromatische …«

»Ich suche Marguerite.«

Enttäuscht blickte der Mann sich um. Er setzte zu einer Erklärung an, vielleicht in der Hoffnung, die Kundin für ein späteres Bad gewinnen zu können, doch in diesem Moment ertönte ein erstickter Schrei.

Marcella erkannte Fabrisse sofort wieder. Dieses Mal gab es keinen Riss, kein kurzes Aufblitzen – sie sah die Hüterin ihrer Kindheit wie jemanden, den sie erst gestern verlassen hatte. Fabrisse war nicht dick und rosig, was man bei dem Wort Amme hätte erwarten können, sondern eine schlanke, braunhäutige Frau mit freundlichen Gesichtszügen, die gern lachte, wie zahllose Fältchen in ihren Augenwinkeln bewiesen.

»Ich bin es – Marcella.« Nur nicht noch einmal mit Jeanne angesprochen werden.

Einen Moment stand Fabrisse still da. Wasser tropfte von ihren Armen, in denen sie schmutzige Laken trug. Dann ließ sie die Laken fallen, lief auf Marcella zu und schloss sie in die Arme. Sie flüsterte ihr heisere Koselaute ins Ohr und hielt sie mehrere Male von sich, nur um sie dann noch fester an sich zu drücken.

»Ma belle, welches böse Schicksal hat dich hierher geführt? Komm, komm, mein Häschen.« Sie raffte die Laken auf, warf einen raschen Blick um sich und zog Marcella durch das Portal in einen dunklen Gang. Die Luft war von Dampf erfüllt wie von einem warmen Nebel. Es roch nach Kräutern und Parfümen.

»Fabrisse, wo bleibst du?«, ertönte eine Greisinnenstimme aus einer der Kammern, die sich an den Gang anschlossen.

»Wie kommst du …? Ach Kindchen. Ich denke, du bist im fernen Deutschland, und in Wahrheit stehst du hier in Ax am Brunnen. Madonna, was für eine Freude! Bleib hier stehen. Rühr dich ja nicht vom Fleck.«

Fabrisse verschwand mit wehenden Röcken in einer Tür. Die Greisinnenstimme beklagte sich über Rückenschmerzen, die ihr das Bücken zur Plage machten, und ordnete an, Laken, die nur feucht geworden waren, einfach wieder zu falten. Sie jammerte, weil Jean ihr angedroht habe, sie im Aussätzigenbad Dienst tun zu lassen, wenn sie nicht fröhlicherer Stimmung würde. »Aber wie soll man fröhlich sein, wenn das Kreuz bricht? Alt sein heißt, dass auf einem rumgetrampelt wird. Gott weiß, ich hab mir das nicht gewünscht, nicht das Alter und nicht die Hin…«

»Gewiss, ja, ich bring nur rasch die Laken fort, Tantchen.« Fabrisse kehrte zu Marcella zurück. »Hierher, Kind, hier hinein, es ist das Zimmer für die Wäsche, aber in nächster Zeit wird niemand kommen. Warte auf mich.« Sie wollte fort und drehte sich noch einmal um. »Du hast doch nicht etwa vor, ins Dorf hinaufzugehen?«

»Ich war schon dort, Fabrisse.«

Marcella hörte, wie ihre Kinderfrau ächzte. »Dem Himmel sei Dank, jetzt bist du hier, und niemand soll es wagen, meinem Engelchen …«

»Fabrisse!«, brüllte jemand, dieses Mal nicht die Greisin, sondern eine Frau, die es gewohnt war, andere herumzukommandieren. Der Vornehme-Leute-Ton.

»Die ganze Bagage …«, flüsterte Fabrisse. »Aber du brauchst vor ihnen keine Angst zu haben. Ich habe gelernt, wie man auf sich aufpasst. *Ja doch, Madame Autier! Bin ich ein Vogel?* Wir müssen in Ruhe reden, Schätzchen, mein Zuckerengel. Rühr dich nicht vom Fleck!« Wieder eilte Fabrisse davon.

Dieses Mal wurde sie länger in Beschlag genommen. Marcella hörte, wie sie mit den Frauen redete, denen sie Salben und Öle in die Haut massierte. »Das mag sein, Madame. Aber der Himmel soll mich bewahren, es zu probieren. Wenngleich ich nicht wüsste ... zu stark? Ich wüsste nicht, was daran verkehrt sein sollte, die Nabelschnur aufzubewahren. Eine Bekannte meiner Cousine ...«

In der Wäschekammer war es dämmrig, nur aus dem Flur fiel ein wenig Licht hinein. Marcella gähnte, sie merkte, wie sie müde wurde. Wahrscheinlich von der stickigen, feuchten Luft und dem Kräuterduft, mit dem sie gesättigt war. Die Kammer enthielt zwei hohe Regale. Dazwischen stand eine Holzbank, die wohl zum Falten der Laken und Handtücher benutzt wurde oder auch als Ruheplatz für die Bediensteten, wenn ihnen die Beine wehtaten. Marcella schob ein Bündel feuchter Tücher beiseite und setzte sich.

Mit halbem Ohr hörte sie zu, wie die Frau, von der Fabrisse erzählte, einen Prozess wegen eines Bohnenackers geführt und gewonnen hatte, weil sie während der Verhandlung die Nabelschnüre ihres ältesten Enkels um den Hals getragen hatte.

Die Dame, die von Fabrisse umsorgt wurde, berichtete, dass in Pamiers ein Wahrsager und Tagwähler unterwegs war.

Fabrisse gab ein verächtliches Geräusch von sich. »Wenn der Kerl, den ein Mädchen heiratet, anständig verdient und nicht säuft – was soll man sich den Hals nach dem Mond verrenken?«, fragte sie prosaisch. Es schien um ein Hochzeitsdatum zu gehen.

Marcella gähnte erneut. Es ist zu heiß hier, dachte sie und öffnete die Mantelfibel. Ungeschickt streifte sie den Mantel ab. Das Bad und das Steinbecken für die armen Leute draußen auf dem Platz wurden offenbar aus unterirdischen heißen Quellen gespeist. Auch die Wölkchen über dem Fluss hatten nun ihre Erklärung. Ax war auf heißen Quellen errichtet worden. Der Dampf wurde, wahrscheinlich über Rohre, ins Badehaus geleitet, so dass immer heißes Wasser vorhanden war. Heißes Wasser, ohne dass man es umständlich über einem Feuer erwärmen musste. Heilige Marta, ist das schön, dachte Marcella. Heißes Wasser in Hülle und Fülle. Kein Wunder, dass die reichen Damen von Ax dieses Haus liebten.

Sie lehnte den Kopf gegen die Wand. Fabrisse lachte über etwas. Ihre Kundin lachte ebenfalls, und die beiden lieferten sich ein freundschaftliches Wortgeplänkel, bei dem Fabrisse die Oberhand zu gewinnen schien. So war sie. Sie wusste über alles und jedes Bescheid.

Die Wälder gehören den Bären und Wölfen. Auch das war eine von Fabrisses Allerweltsweisheiten gewesen. Kleine Mädchen streunten nicht im Wald herum, und wenn sie aus gutem Hause waren, schon gar nicht. Marcella merkte, wie sie einnickte. In ihrem Kopf mischten sich Traumfetzen mit dem, was sie aus dem Nebenraum hörte.

»Kein Wiesenkümmel, Kamille, meine Beste«, sagte Fabrisse. Das war das Letzte, was Marcella vernahm, bevor ihr die Augen zufielen.

Sie erwachte davon, dass jemand schrie. Der Laut riss sie aus dem Schlaf wie ein kalter Wasserguss. Als sie hochfuhr, wäre sie fast von der Bank gestürzt. Um sie herum war es völlig finster, und einen Moment lang wusste sie nicht, wo sie war. Panisch griff sie neben sich, fasste in feuchte Tücher – und erinnerte sich. Fabrisse! Sie starrte zur Tür, in der ein blasses, unregelmäßiges Licht auftauchte und die Dunkelheit verscheuchte. Ein paar Männer mit Fackeln eilten vorbei, dann war es wieder finster. Hatte tatsächlich jemand geschrien?

Verstört tastete Marcella sich zur Tür. Sie glitt auf einem nassen Lappen aus, kam aber zum Glück nicht zu Fall. Die Tür stand offen, und als sie den Gang hinunterblickte, sah sie, dass sich die Männer mit den Fackeln an einer Stelle gesammelt hatten. Sie unterhielten sich aufgeregt, wobei sie ständig von einer Frau unterbrochen wurden.

Marcella ging den Gang hinauf. Es musste Abend sein, denn durch die wenigen Fenster, die gelegentlich die Mauer aufrissen, drang kaum Licht.

Am Ende des Ganges lag ein Wasserbecken. Es war nur etwa ein Viertel so groß wie das Becken draußen auf dem Platz, aber dafür tiefer, und auch hier stiegen Dämpfe empor. Marcella sah einen Mann, der mit nacktem Oberkörper bis zur Taille im Wasser stand.

»Ich versuche es noch mal«, sagte er gerade und ging in die Knie, bis Wasser und Dämpfe über ihm zusammenschlugen.

»Da ist sie«, schrie eine Männerstimme auf.

Die Leute wichen zur Seite. Der Mann im Becken tauchte immer noch, und da Marcella nun einen freien Blick hatte, sah sie, dass er sich in der Nähe eines Kupferrohres befand, aus dem heißes Wasser strömte. Dort, wo es auf den Wasserspiegel traf, bildeten sich weiß schäumende Strudel.

»Sie stand vor dem Bad und fragte nach Fabrisse, und dann tauchte Fabrisse auf, und die beiden gingen hier hinein.«

»Zu mir hat Fabrisse nichts gesagt«, meinte eine Greisin in einem ärmellosen Kleid voller Wasserflecken.

Der Mann tauchte prustend wieder auf – und stieß im selben Moment einen Schrei aus. »Verfluchtes …!« Erneut fuhr er ins Wasser hinab, und als er sich dieses Mal aufrichtete, hielt er triumphierend etwas Gebogenes, Glitzerndes in die Luft, einen Dolch.

Einen Herzschlag lang standen die Leute am Becken wie erstarrt. Dann drehten sie sich um, und sämtliche Gesichter wandten sich Marcella zu. Zwischen zwei Männern entstand dabei eine Lücke. Wie magisch wurde Marcellas Blick von einem roten Rinnsal angezogen, das in einer Furche zwischen zwei Steinen zum Stehen gekommen war.

Sie folgte dem Rinnsal mit den Augen, und einer der Männer trat beiseite, um ihr den Blick freizugeben.

Fabrisse lag in ihrem Blut. Ein Schnitt lief quer über ihre Kehle, etwas schief, als hätte einem Metzger die Hand gezittert. Ihre Gesichtszüge waren schlaff und beinahe friedlich. Aber ihr Kopf, der unnatürlich weit nach hinten gebogen war, viel weiter, als der Hals eines lebenden Menschen es zugelassen hätte, bezeugte, dass hier ein Mensch auf grausame Art ermordet worden war.

Marcella führte die Hände zu den Ohren. Jemand schrie. Erst als man ihre Hände wieder herabriss, merkte sie, dass sie selbst es war, die das schreckliche Geräusch verursachte. Sie verstummte. Der Ton hallte in dem hohen Raum nach. Die Leute starrten sie furchtsam an.

»Warum hat Fabrisse nichts von ihr gesagt, wenn sie eine Freundin war. Sie erzählt mir alles«, meinte die Greisin.

»Es scheint eine … eine Dame zu sein.« Der Mann im Becken stieg über eine schmale Treppe ins Trockene. Von seiner Hose tropfte Wasser und vermischte sich mit dem Rinnsal aus Blut.

»Jedenfalls hat Fabrisse sie mit ins Bad genommen. Sie kannten einander also. Und nun ist Fabrisse tot, und ich finde, das macht das Weib verdächtig«, sagte ein Graubart, dem die Männer Respekt zu zollen schienen. Die Umstehenden nickten.

Der Mann aus dem Wasser trat vor Marcella. Er nahm jemandem die Fackel aus der Hand und leuchtete ihr ins Gesicht. Ein nervöses Zucken glitt über seinen Mundwinkel, und er fuhr sich mit der Zunge über die Lippen. Sie sah ihm an, dass er sich an sie … nein, an Jeanne erinnerte.

»Mein Name ist Marcella Bonifaz«, erklärte sie hastig. »Ich bin zu Besuch in der Stadt. Ich wollte meine Amme …« So sachlich und überzeugend, wie sie begonnen hatte, so plötzlich brach sie in Tränen aus.

»Ich denke, wir setzen sie erst einmal fest«, sagte der Graubart.

Fabrisse war ermordet worden.

Wie versteinert saß Marcella in der kleinen Kammer, in die man sie eingesperrt hatte. Es war kein Kerker – offensichtlich war man sich noch nicht einig, wie man die Frau einzuschätzen hatte, die sich während Fabrisses Ermordung verdächtig im Bad herumgetrieben hatte. Aber vor dem kleinen Fenster war ein Gitter eingelassen. Wahrscheinlich handelte es sich bei dem Raum um ein Lager, in dem ein Kaufmann einmal seine kostbarsten Waren aufbewahrt hatte.

Marcella hörte schlurfende Schritte vor der Tür, doch sie gingen vorbei, hielten irgendwo inne und machten sich wieder auf den Rückweg.

Mein Schätzchen ... mein Zuckerengel ... Fabrisse war jemand gewesen, der es immer eilig gehabt hatte. Ein wolleweicher Wirbelsturm. *Keine Zeit, mein Liebes, nimm einen Apfel ...* Nein, manchmal hatte sie Zeit gehabt. Abends zum Beispiel hatte sie Lieder gesungen. Eines davon handelte von einer Ente, die auf Stelzen ging. Marcella summte einige Töne, aber dann fiel ihr ein, dass die Leute, die sie eingesperrt hatten, sie vielleicht hören konnten. Sicher fänden sie es merkwürdig, wenn ihre Gefangene Kinderlieder sang. Das irre Mädchen aus Montaillou. Wer wusste schon, wozu so eine fähig war.

Zwei Menschen haben mich geliebt, als ich ein Kind war, dachte Marcella: Fabrisse und Jeanne. Die beiden haben sich Sorgen um mich gemacht, mir warme Ziegel ins Bett gelegt, mir Honig eingelöffelt, wenn ich erkältet war, mir gut zugeredet, wenn ich das Essen nicht mochte. Ihr war bittersüß zumute, wie einem Menschen, der gerade die Kostbarkeit gefunden hat, die seinem Leben Sinn gibt, nur um sie sofort wieder zu verlieren. Eine Zeit lang schwelgte sie in ausgedachten Erinnerungen, in denen ihre Amme sie umsorgte, dann hielt sie mit schlechtem Gewissen inne. Die arme Fabrisse lag in ihrem Blut, und sie dachte eigensüchtig nur an sich selbst.

Ich werde tatsächlich verrückt, Elsa.

Liebe. Zu lieben war gefährlich, und es war genauso gefährlich, geliebt zu werden. Einen Moment lang glaubte Marcella das Splittern eines Kruges zu hören. Sie legte den Kopf auf die Knie, und das Lied von der Ente auf Stelzen geisterte durch ihren Kopf.

Irgendwann erklangen Stimmen. Marcella hörte die von Théophile heraus und die des Mannes, der im Bad nach dem Messer getaucht war. Ein Schlüssel drehte sich im Schloss.

Théophile betrat den Raum. Obwohl er von der Statur her nicht kräftiger als die beiden Männer in seiner Begleitung war, schien er sie förmlich beiseite zu drücken.

»Ja, das ist die Dame. Lasst sie frei.« Eine unverblümte Forderung. Sein Schwertgehänge blitzte, und sein Gesichtsausdruck war so hochmütig wie der eines Königs.

»Ich muss es wiederholen – diese Frau hat sich verdächtig benommen«, erklärte ein Mann, den Marcella nicht kannte. Er trug ein langes, schwarzes Gewand, das am Saum und am Halsausschnitt mit Wappen besetzt war. Marcella hielt ihn für den Kastellan des Ortes.

»Unfug. Ich sag doch schon: Sie ist auf dem Weg nach Venedig, um einen reichen Händler zu heiraten. Idiotisch anzunehmen, dass sie sich in finstere Machenschaften verwickeln lässt.«

Der dritte Ankömmling – ein breitnackiger Kerl in einem braunen Rehlederwams, in dem Marcella den Mann erkannte, der nach der Waffe getaucht war – machte ein nachdenkliches Gesicht.

Marcella raffte sich auf: »Wie ich schon sagte: Mein Name ist Marcella Bonifaz aus Montaillou. Ich bin … bestürzt und bekümmert über den Tod von Fabrisse. Habt Ihr etwas herausgefunden, das Licht auf den Mord werfen könnte?«

»Aus Montaillou!«

»Aus dem Ketzernest, jawohl.« Marcella starrte den Kastellan – oder was er auch immer sein mochte – herausfordernd an.

»Es gibt keine Ketzer mehr in Montaillou, Madame«, erklärte der Mann mit einem verdrießlichen Lächeln, das zeigte, wie empfindlich man immer noch war, wenn die Sprache auf die Katharer kam. »Diese Pest wurde glücklicherweise vor vielen Jahren durch die Hand unseres Bischofs ausgerottet. Montaillou ist ein friedliches, gottesfürchtiges Dorf geworden.«

»Und weshalb ist Fabrisse dann tot?«

»Wisst Ihr etwas, mit dem Ihr zur Aufklärung dieser schrecklichen Schandtat beitragen könntet? Dann sagt es bitte.«

Marcella zögerte. Nein, wenn sie ehrlich war: Sie *wusste* gar nichts. Und ihre Vermutungen, die so schwammig waren wie eine Hand voll Matsch, würden die Justiz von Axles-Thermes kaum interessieren.

»Also bitte. Wir lassen Euch frei, Madame. Da Fabrisse Eure Amme war, ist Euer Aufenthalt im Bad hinreichend erklärt.« Der Kastellan machte eine einladende Bewegung zur Tür, und Marcella folgte ihm und den Männern ins Freie.

Es hatte geregnet. Die Luft war nur wenig trockener als in den Badestuben, allerdings sehr viel kälter. Théophile schritt zu seinem Pferd, und Marcella sah, dass er siegesgewiss ihr eigenes bereits mitgebracht hatte. Er wartete. Sein Erfolg hatte ihn so fröhlich gestimmt, dass er ihr in den Sattel helfen wollte. Aber noch war Marcella nicht so weit.

»Monsieur.« Sie packte den Mann aus dem Bad am Ärmel seines Rehwamses und flüsterte: »Stimmt es, was der Kastellan sagt? Sind die Ketzer in Montaillou tatsächlich ausgerottet?«

Er musterte sie prüfend. »Da Ihr aus Montaillou stammt …«

»Ich bin als Kind fortgeschickt worden. Ich habe keine

Ahnung, was dort oben los ist. Ich weiß nur, dass ich Fabrisse sprechen wollte, und bevor ich das tun konnte, wurde sie ermordet.«

»Kommt Ihr?«, nörgelte Théophile.

Der Mann musterte Marcella. Er zauderte. Dann zuckte er die Achseln. »Wenn Ihr meine Meinung hören wollt: Der Teufel ist wie Unkraut – im Herbst rupft man es aus, im Frühjahr ist es wieder da.«

»Kanntet Ihr Fabrisse?«

»Was heißt kennen?« Er warf einen Seitenblick auf den Kastellan, der gerade einem Bediensteten einige Aufträge erteilte. »Ich weiß, dass Fabrisse die Ketzer gehasst hat. Und das ist auch kein Wunder. Die Teufel haben ihrer Mutter die Zunge rausgeschnitten. Sie selbst hat draus gelernt und das Maul gehalten. Zwölf Jahre hat sie so überlebt. Und nun hat es sie doch erwischt. Gott ist geduldig, aber der Böse auch.«

»Fabrisse hat die Ketzer nicht gehasst. Meine Schwester gehörte zu den Ketzern, und Fabrisse hat sie geliebt.«

»Jeanne Bonifaz, ja?« Der Mann warf erneut einen Blick über die Schulter, als fürchte er, belauscht zu werden, was wirklich absurd war. »Ich kann Euch nur einen Rat geben, und nach dem, was Ihr heute erlebt habt, solltet Ihr ihn befolgen: Macht Euch unverzüglich auf den Weg nach Venedig.«

Matteo und Camille warteten in der Herberge, in der der tüchtige Théophile ihnen Betten verschafft hatte.

Ich bin ungerecht, Elsa. Wer weiß, wie dieser Albtraum geendet hätte, wenn Théophile sich nicht um mich gekümmert hätte, dachte Marcella, als sie hinter dem Ritter die Stube betrat. Wahrscheinlich nicht anders als so auch, spottete eine Stimme in ihrem Kopf, für die sie sich sofort schämte. Um Dankbarkeit bemüht, sah sie zu, wie Camille ihrem Ritter unvermeidlich um den Hals fiel.

Während Théophile erzählte, was sich ereignet hatte, brachte Matteo Reste eines Essens, das er in einer Garküche erstanden hatte. Kaltes, fettes Schweinefleisch, an dem Geleereste hingen. Angeekelt wandte Marcella sich ab.

»Wir reiten morgen zurück nach Montaillou«, verkündete Théophile.

»Ins Ketzernest?«, fragte Marcella.

»Ihr hört doch – es gibt dort keine Ketzer mehr«, knurrte der Ritter. Sie hatte nicht den Eindruck, dass es ihm wichtig war, ob sie zurückgingen oder blieben. Er wollte nach Narbonne zurück. Und war doch an sie geschmiedet. In Montaillou wie in Ax. Alles, was sie sagte, würde ihn reizen.

Marcellas eigene Gefühle waren zwiespältig. Fabrisse hatte nicht gewollt, dass sie Montaillou noch einmal betrat, und ihr Tod und auch die Warnung des Mannes, der nach der Mordwaffe getaucht war, schienen ein Siegel auf diese Warnung gesetzt zu haben. Aber wie sollte sie Antworten auf ihre Fragen bekommen, wenn sie dem Ort fernblieb, in dem man die Antworten kannte?

»Die Leute im Dorf sind seltsam«, sagte Matteo. »Sie beobachten einen. Im Ernst. Ewig hast du ihre Blicke im Rücken. Und wenn du dich umschaust, huschen sie davon wie Asseln, auf die ein Lichtstrahl fällt. Damian hat ihnen nicht getraut. Ich hab zwar selbst keine Angst …«

»Wer könnte das denken«, lächelte Camille.

Matteo warf ihr einen warmen Blick zu. »Nur muss man eines wissen – Leute, die mit dem Bösen im Bund sind, kämpfen nicht mit offenem Visier.«

»Monsieur Tristand muss durch Ax reiten, wenn er zurückkommt. Wir könnten ihn abfangen und sehen, was er meint«, sagte Théophile.

»Dann müssten wir auch nicht in diesen Turm zurück.« Camille seufzte. »Wir sind dort nicht mehr willkommen, auch wenn Madame de Planissoles nichts sagt. Und ich kann es nicht ausstehen, wie diese Brune rumkeift. Nachdem ich gekocht hatte, war das Geschirr sauberer als zuvor, das brauche ich nicht zu schwören. Sie ist nicht nur fett, sondern halb blind und so boshaft wie ...« Ihr fiel kein Vergleich ein.

»Dann bleiben wir also«, sagte Théophile.

Die Nacht war kurz. Marcella hatte den Eindruck, von den Sonnenstrahlen geweckt zu werden, gleich nachdem sie sich niedergelegt hatte.

Camille stand vor einer Waschschüssel und reinigte ihren üppigen Oberkörper. Offenbar hatte Théophile ihr ein Duftwasser gekauft, mit dem sie sich verschwenderisch einrieb.

Marcella kleidete sich an, sobald die duftende Frau durch die Tür verschwunden war. Dann verließ sie die Herberge. Sie musste ein wenig herumfragen, ehe sie herausbekam, wo der Mann mit dem Rehwams wohnte. Er hieß Jacotte Befayt, und die Frau, die ihr den Namen nannte, erklärte ungefragt, dass er die rechte Hand des Kastellans sei und ein Mann von großem Mut und klarer Entscheidungskraft, der der Stadt seit Jahren von Nutzen war.

Sein Haus lag am südlichen Ende des Ortes. Aber er war nicht daheim, und so schlenderte Marcella durch die Gassen und machte gegen Mittag einen zweiten Versuch, der dieses Mal von Erfolg gekrönt war. Jacotte saß an einigen Schriftstücken, er musste also etwas Ähnliches wie ein Schreiber sein, was Marcella ihm bei seiner zupackenden Art gar nicht zugetraut hätte.

»Ah, Ihr!«, sagte er, als sein Diener sie hereingeführt und die Tür geschlossen hatte. Es klang nicht besonders froh.

»Monsieur, ich will Euch nicht lästig fallen. Aber ich habe nachgedacht, und meine Schwester ...«

»Ich habe ebenfalls nachgedacht, meine Dame«, fiel er ihr ins Wort. Er seufzte. »Ihr wollt wissen, was dieser Fabrisse geschehen ist, das verstehe ich. Aber im Gegensatz zu

Euch weiß ich noch, was es bedeutet, den Inquisitor in der Stadt zu haben. Fragen, Verdächtigungen, neue Fragen … Ihr habt ja keine Ahnung. Dieses Gift des Misstrauens! Ich liebe meine Stadt. Das Letzte, was ich will, ist, dass alte Geschichten wieder aufgewirbelt werden. Denkt nicht, dass man das Interesse an Ketzereien verloren hat.«

»Aber ich will doch …«

»Es hat damals nicht nur Montaillou getroffen, obwohl sich dort die meisten Ketzer aufhielten. Aber jeder zweite aus dem Dorf hat hier unten eine Schwester oder Tante oder einen Schwiegersohn, und wenn das nicht, dann geschäftliche Beziehungen. Sie haben auch hier alles von unterst nach oben gekehrt. Nein, Madame, von mir bekommt Ihr nur eines, nämlich den Rat, schleunigst zu verschwinden.«

»Und Fabrisse?«

»Wir werden unsere Ermittlungen führen.«

Jacotte Befayt sah nicht aus wie ein Mann, den man von einer einmal getroffenen Entscheidung abbringen konnte.

»Ihr seid der Schreiber von Ax?«

Jacotte murmelte etwas.

»Führt Ihr auch die Akten für die umliegenden Dörfer?«

»Worauf wollt Ihr hinaus?«

»Mir ging etwas durch den Kopf. Seht Ihr, wir hatten ein Haus in Montaillou. Ich bin dort gewesen. Es ist von Wein überwuchert und offenbar unbewohnt. Ich frage mich, wem es inzwischen gehören mag.«

»Was spielt das für eine Rolle?«

»Mich wundert nur, dass der Besitzer nichts damit anfängt. So ein schönes Haus.«

»Er wird's Euch kaum zurückgeben.«

»Was ich dachte, Monsieur – der Besitz eines Ketzers fällt doch an die Kirche, nicht wahr? Und einen Teil des Lohnes gibt sie weiter an die, die die Ketzer denunziert haben. Und so habe ich mir überlegt: Wie fühlt man sich, wenn man seinen Nachbarn an die Inquisition verrät? Gestern hast du mit ihm gescherzt, heute hörst du seine Schreie aus den Verliesen. Wird da nicht manchen das schlechte Gewissen plagen? Vielleicht so sehr, dass er mit seinem schrecklichen Gewinn nichts mehr beginnen mag?«

Jacotte dachte nach. »Ihr spekuliert, Madame. Alles Annahmen.«

»Sagt es mir einfach. Ich will's nur wissen.«

Der Schreiber starrte an seine Zimmerdecke, deren Balken schwarz vom Rauch unzähliger Feuer waren. Er rang mit sich und seufzte schließlich. »Nach den Prozessen ging ein Teil des Besitzes der Ketzer an den Bayle von Montaillou, an Bernard Belot. Und das ist nicht ungewöhnlich. Belot richtet für den Grafen von Foix, und sein Lohn wird ihm aus dem Besitz der Verurteilten zugeteilt. Ihr seht also, dass er Euer Haus bekam, war fast zwangsläufig und besagt gar nichts.«

»Nein, es besagt gar nichts. Ich verstehe.«

Es regnete wieder, und Marcella war nass bis auf die Haut, als sie die Herberge erreichte. Es waren neue Gäste eingetroffen, französische Pilger, die in Pamiers gewesen waren und sich auf dem Weg nach Spanien befanden. Sie sprachen über die Weihnachtsmesse, die sie in einem kleinen Nest in den spanischen Bergen verbringen wollten, in dem es einen wunderheiligen Marienschrein gab, und darüber, ob das Wetter ihnen einen Strich durch die Rechnung machen würde.

Marcella hatte Magenschmerzen, aber es dauerte eine Weile, bis sie darauf kam, dass sie seit mehr als vierundzwanzig Stunden nichts gegessen hatte. Sie setzte sich in die von Bier-, Schweiß- und Kochgerüchen dampfende Gaststube und ließ sich mit Gemüse gefüllte Teigtaschen bringen. Nachdem sie einmal zu essen begonnen hatte, kam der Appetit. Gierig verschlang sie das fettige Mahl und trank einen Krug Ziegenmilch dazu.

Einer der Pilger machte einen plumpen und unheiligen

Versuch, mit ihr anzubändeln, aber er zog sich bald zurück, als sie nicht reagierte.

Die Wirtin kam, um ihrem Gast Nachschub zu bringen. Beiläufig erzählte sie, dass der freundliche junge Italiener sich nach Marcella erkundigt hatte.

»Matteo? Wann?«, fragte Marcella.

»Oh, es muss …« Sie dachte nach. »Es muss um die Zeit gewesen sein, als sie von Saint Vincent zur Nona geläutet haben. Er kam mir aufgeregt vor, nicht, dass ich Euch jetzt einen Schreck einjagen will. Aber … ja, aufgeregt. Und nicht besonders glücklich. Ich wollt's nur sagen.«

Marcella bedankte sich. Ihr Appetit war schlagartig verschwunden. Sie hatte zu hastig geschlungen, und das Mahl lag ihr wie Blei im Magen. Sie winkte der Wirtin noch einmal und fragte, in welchem Zimmer Matteo und Théophile ihr Lager hatten.

»Im zweiten Stock zur Straße hin. Aber der junge Mann ist nicht wieder heimgekommen, das wüsste ich«, sagte die Wirtin.

So blieb Marcella nichts übrig, als zu warten.

Théophile, Camille und Matteo erschienen gleichzeitig und nur wenig später. Ungeduldig lauschte Marcella den Vorhaltungen des Ritters, der informiert zu werden wünschte, wenn die Dame irgendwohin gehen wollte. »Ihr seht ja, wie Euer letzter Ausflug geendet hat.«

»Und was ist nun geschehen?«

Théophiles Großtuerei wich einer besorgten Miene, als wäre ihm jetzt erst wieder eingefallen, welches Problem sie in Wirklichkeit hatten.

Aber es war Matteo, der berichtete. »Ich dachte, ich gehe mal durch die Herbergen, um herauszufinden, wo Damian auf der Hinreise übernachtet hat. Damit wir ihn nicht verpassen, wenn er zurückkommt. Er würde ja wahrscheinlich wieder dasselbe Haus nehmen. Dachte ich mir.«

»Gute Idee«, lobte Marcella. »Weiter?«

»Ich habe also in jedem anständigen Gasthaus gefragt.«

»Und keine Antwort bekommen?«

»Das waren nur zwei und natürlich unseres hier, aber dass er hier nicht gewesen ist, wusste ich schon. Dann bin ich zu den billigen Kaschemmen, obwohl ich glaube, dass Damian niemals in einem Rattenloch absteigen würde.«

»Ich verstehe«, sagte Marcella und legte die Hand auf den Magen. Die Teigtaschen dehnten sich aus wie Hefeteig. Sie verspürte Würgreiz.

»Ich weiß nicht, ob Ihr das wirklich versteht«, mischte Théophile sich ein. »Er ist gegen Mittag aus Montaillou aufgebrochen. Also hätte er am Abend hier angekommen sein müssen. Nie im Leben wäre er weitergeritten, in die Nacht hinaus. Das wäre viel zu gefährlich gewesen«, erklärte er ihr, als wäre sie ein Kind, das nichts von der Welt wusste. »Wir müssen daraus also schließen, dass er …«, er räusperte sich, »… dass er auf dem Weg von Montaillou hier hinunter ins Tal irgendwie … Madame?«

Marcella sprang auf. Sie lief in den Hinterhof der Herberge und schaffte es noch bis zum Misthaufen, bevor sie sich übergeben musste.

»Damian hat die Berge um Montaillou niemals verlassen«, sagte sie etwa eine Stunde später, als sie in ihrer Kammer am Fenster stand und in die Dunkelheit hinaussah. Die anderen hatten ihre Meinungen kundgetan. Camille ging von einem Unfall aus – sicher wird er irgendwo auf seine Genesung warten –, Herr im Himmel, was für eine idiotische Annahme! Matteo ergötzte sich in schauerlichen Szenerien über Wegelagerer. Théophile hatte sich auf ein *was weiß man schon* zurückgezogen.

»Er schüchtert die Menschen ein«, sagte Marcella. »Er glaubt daran, dass er erreicht, was er sich vornimmt, und er macht, dass alle anderen es auch glauben. Sie hatten Angst, er könnte das schmutzige Geheimnis des Dorfes aufdecken. Deshalb haben sie etwas gegen ihn unternommen, als er allein unterwegs war.«

»Also, wenn das wirklich stimmte – man müsste sich an diesen Bischof ... Bischof Fournier wenden«, sagte Camille. »Der kennt sich doch mit dem Ketzerpack aus. Er würde schon dafür sorgen, dass sie mit der Wahrheit rausrücken.«

Marcella schüttelte den Kopf. Wenn die Leute von Montaillou Damian hatten zum Schweigen bringen wollen, dann war er jetzt nicht mehr am Leben, so einfach war das. Damian Tristand tot? Sie dachte die Worte und fand, dass sie irgendetwas in ihr auslösen müssten. Schmerz ... Verzweiflung ... Hass ... Aber es war, als hätte sie mit den Teigtaschen auch jedes Gefühl aus sich herausgewürgt. Die Aufregung der anderen machte sie vor allem müde.

»Wir werden um die Leiche von Fabrisse bitten und sie nach Montaillou schaffen«, sagte sie. »Fabrisse soll bei ihrer Familie liegen. Na Roqua wird sie besuchen wollen.«

»Ihr redet dummes Zeug«, widersprach Théophile. »Natürlich werden wir *nicht* in das Dorf zurückkehren. Das Weib ist tot, Monsieur Tristand unter verdächtigsten Umständen verschwunden. Damit hat sich alles geändert. Die gehen offenbar zum Angriff über. Auch das beste Schwert hilft nicht gegen eine Brut, die sich mit dem Teufel eingelassen hat.«

»Matteo, sorge dafür, dass Théophile in Narbonne für seine Mühe entlohnt wird«, sagte Marcella und verließ ihre Kammer. Einen Moment wusste sie nicht, wohin. Sie ging in die Stube hinab und dann in den Hof mit dem Misthaufen. An den Hof war ein Pferdestall angegliedert. Sie öffnete den Riegel und trat in das dunkle Gebäude, aus dem ihr die Stallwärme entgegenströmte, tastete sich an den Pferden vorbei und ließ sich auf einem Strohhaufen in einer Ecke nieder.

Ich habe dich umgebracht, Damian. Dein eigenes Schicksal hätte dich niemals nach Montaillou geführt. Du bist gestorben, weil ich Jeanne nicht ruhen lassen konnte. Sie wartete auf den Schmerz wie jemand, der sich geschnitten hat und verwundert die blutende Wunde betrachtet. Der Schmerz blieb aus. Ich bin ein Monstrum, dachte sie und kniff sich in den Oberschenkel, um wenigstens einen Hauch von Schmerz zu spüren. Aber ihr Herz blieb leer.

Der Kastellan gab die Leiche von Fabrisse für den Transport nach Montaillou frei. Er war sichtlich froh, die Tote und damit alles, was an die Ketzer von Montaillou erinnerte, aus der Stadt zu haben. Die alte Frau aus dem Bad hatte Fabrisse in dicke Decken eingeschnürt, und Matteo sorgte für einen Karren.

»Ihr braucht nicht mitzukommen, Théophile«, sagte Marcella. »Das war mein Ernst. Ich entlasse Euch aus meinen Diensten.«

Sie standen im Hinterhof der Herberge. Matteo gab sich Mühe, die tote Frau so sicher an den Streben des Karrens festzubinden, dass sie auch auf den holprigsten Wegstrecken nicht hinunterfallen konnte. Der Ritter hatte ihm geholfen. Bei Marcellas Worten drehte er sich um. Zum ersten Mal, seit sie ihn kannte, wirkte er verlegen.

»Das Dorf ist gefährlich. So weit sind wir uns einig. Wartet.« Er hob die Hand, als sie antworten wollte. »Ich halte es für einen Fehler, wenn Ihr zurückkehrt. Aber ich habe Monsieurs Bitte angenommen, ihn und Euch zu beschützen. Und wenn es für ihn auch zu spät ist, so doch nicht für Euch. Es wäre ehrlos, Euch gerade jetzt im Stich zu lassen.«

Wider Willen war sie gerührt. Und im Grunde heilfroh, dass sie nicht allein oder nur mit Matteo in das Dorf zurückkehren musste.

»Danke«, sagte sie.

Es war Vormittag, als sie aufbrachen. Sie erreichten knapp vor dem Höchststand der Sonne den kleinen Flecken Ascou, hinter dem der steilste Abschnitt des Weges begann. Marcella hatte geschätzt, dass sie weitere fünf Stunden für den Rest des Weges brauchen würden, aber es stellte sich heraus, dass der Karren sie weit mehr aufhielt, als sie gedacht hatten. Sie waren abgesessen, und die beiden Männer stemmten sich gegen die Räder, um Fabrisses Gefährt auf eine Hügelkuppe zu bringen.

»Die arme tote Madame«, sagte Camille und schaute mitleidig zu, wie der Leichnam in den Querstreben des Karrenaufsatzes hing.

Am Nachmittag erreichten sie eine Ebene, die ihnen eine Verschnaufpause gönnte. Marcella blickte zu dem Berggipfel im Osten, den eine weiße Schneemütze zierte. Pic de Serrembarre, der Name war gegenwärtig. Die Erinnerungen kehrten zurück, eine nach der anderen. Jenseits des Pic wartete Na Roqua auf die Rückkehr ihrer Tochter. Oder sie war glücklich darüber, dass Fabrisse die Flucht gelungen war, und hoffte, dass sie niemals wiederkehren würde.

Marcella trat an den Karren, den Matteo und Théophile am Rand des Trampelpfades aufgestellt hatten. Sie schaute auf das längliche Bündel.

»Ach Madame, sie leben in unserem Herzen weiter, unsere Liebe hält sie lebendig«, sagte Camille, die ihr gefolgt war.

Abgesehen davon, dass es ein billiger Trost war – die Liebe hielt durchaus nicht lebendig. Lag Fabrisse nicht hier mit durchschnittener Kehle?

»Wir schaffen es nicht, noch heute bis Montaillou zu kommen«, sagte Marcella.

»Verfluchtes Stück Weg.« Théophile war ebenfalls zu ihnen getreten. Sein Kragen klebte am Hals, er roch nach dem Schweiß, den es ihn gekostet hatte, den Karren über die Hänge und Steine zu bugsieren. »Wenn wir es sowieso nicht schaffen, dann sollten wir unser Nachtlager aufschlagen. Dort drüben ...« Er deutete auf eine Bodensenke, die mit verdorrtem, heuartigem Gras bewachsen war und frei von Dornen schien. »… sind wir zumindest windgeschützt.«

»Und sichtgeschützt«, schloss Matteo sich ihm an.

Der junge Italiener, der großspurig verkündet hatte, dass er die Nacht über wachen würde, war mit der Hand am Schwertgriff eingeschlafen. Aber Marcella blickte hellwach in den Nachthimmel. Der Wettergott schien unentschlossen, ob er ihnen das Leben schwer machen sollte. Am Himmel zogen dunkle Wolken, doch sie wurden immer wieder von Windstößen auseinander getrieben, und in den Zwischenräumen blinkten die Sterne auf.

Wie haben sie erraten, dass ich dich ausfragen wollte, Fabrisse? Aus meinem Besuch bei Na Roqua? Oder hat der redselige Seigneur curé vor den falschen Ohren geplaudert?

Marcella drehte sich auf die Seite. Sie hatte dafür gesorgt, dass Matteo Fabrisses Leiche vom Karren nahm. Der junge Mann hatte sie möglichst weit fort zu einigen Tannen getragen und sie im Moos abgeladen. Einen Moment war ihr, als sähe sie einen Schatten über die Lichtung huschen. Sie verdrehte den Hals, um besser sehen zu können. War dort wirklich etwas? O ja! Ihr Herz setzte einen Moment aus, als sie sah, wie sich ein dunkles Geschöpf an das Leichenbündel heranmachte und daran schnupperte. Zu groß für einen Wolf, zu geschmeidig für einen Bären. Eine Gemse vielleicht. Das Tier machte sich wieder davon, und Marcella entspannte sich.

Was würde Na Roqua tun, wenn ihre Tochter tot ins Dorf zurückkehrte? Verraten, was sie wusste? Oder verängstigt in dem Versteck bleiben, in das sie sich offenbar geflüchtet hatte?

Ich vermisse dich, Damian. Warum kann ich nicht wenigstens weinen? Das ist schlimm.

Eine Wolke zog vor den Mond, riss aber sofort wieder auf. Das Tier kehrte zurück. Für eine Gemse bewegt es sich reichlich unbeholfen, dachte Marcella und war erneut beunruhigt. Sie stützte sich auf den Ellbogen. Matteo, der Held, schlief immer noch und gab zischende Schnarchlaute von sich. Marcella hätte ihn gern wachgerüttelt, aber dafür lag er zu weit entfernt. Sie blickte zur Leiche zurück. Das Tier schnupperte nicht nur. Es machte sich an dem Bündel zu schaffen. Doch ein Wolf, der hungrig nach Aas suchte?

»Matteo!«

Ein Windstoß fuhr über die Senke. Laub raschelte. Und da tauchte ein zweiter Schatten auf, dieses Mal deutlich zu erkennen als der eines … Nein, dachte Marcella. Nicht eines Wolfes. Es war ein weißer, großer Hund.

Arnaud?

Sie hatte so intensiv auf den Fleck unter den Tannen gestarrt, dass ihr die Augen wehtaten. Nun meinte sie plötzlich deutlich sein langes, helles Haar und den Bart zu erkennen.

Arnaud beugte sich vor. Niemand hätte mit Gewissheit sagen können, was er tat, doch aus Marcellas Blickwinkel sah es so aus, als hätte er die Decke auseinander geschlagen und küsste die Tote. Ihr wurde der Mund trocken.

Geräuschlos erhob sie sich. Doch anscheinend nicht geräuschlos genug. Unter ihren Schuhen raschelten Blätter, und der Hund knurrte leise. Der Mann blickte auf und wandte ihr das Gesicht zu. Arnaud, kein Zweifel.

Marcella blieb stehen. »Was tust du hier?« Sie flüsterte, und Arnaud antwortete ebenso leise.

»Geh weg.«

»Was willst du von ihr?«

Arnaud warf einen kurzen Blick über die Schulter auf die Leiche. Er hatte Fabrisse tatsächlich ausgewickelt, zumindest ihr Gesicht war frei, ein heller Fleck in dem schwarzen Moos.

»Woher wusstest du, dass sie hier ist?«

»Geh weg. Weg aus dem Alion«, wiederholte der Hirte.

305

»Bist du in Ax gewesen? Und uns vor dort aus gefolgt?«
Schüttelte er den Kopf? Oder starrte er sie nur an? »Wie
hast du erfahren, dass Fabrisse …«

»Jeder im Dorf weiß, dass sie tot ist.«

Marcella tat einen weiteren Schritt auf den Hirten zu,
blieb aber stehen, als er den Arm hob. Angst durchrieselte
sie und zähmte ihre Neugierde. Arnaud war irre, daran gab
es keinen Zweifel.

»Was ist denn?«, ertönte Matteos verschlafene Stimme
aus der Senke.

»Du wolltest mich zu Jeanne bringen.«

»Jetzt aber nicht mehr.« Arnaud warf einen Blick zu ihrem Schlafplatz. Er war ein starker Mann. Er bückte sich,
und bevor Marcella protestieren konnte, hatte er die tote
Frau über die Schulter geworfen und war im nächsten Moment zwischen den Tannen verschwunden.

20. Kapitel

Das Haus des Pfarrers lag im nebligen Morgenlicht, und irgendwann musste Marcella es einmal genau um diese Tageszeit von genau dieser Stelle des Weges erblickt haben, denn der Anblick war ihr so vertraut, dass es ihr den Atem verschlug. Die rosenfarbene Morgensonne über dem Schieferdach, deren Glanz durch den Nebel gebrochen wurde, das Wintergemüse, das im Garten rechts vom Eingang wuchs, der kleine Tümpel dahinter, in dem früher – dessen war sich Marcella sicher – Enten geschwommen waren ... Sie blieb stehen, aber wie immer, wenn sie ihr Gedächtnis zwingen wollte, weitere Erinnerungen folgen zu lassen, stellte es seinen Dienst ein.

Théophile und Camille waren zur Burg weitergeritten, denn nach Arnauds Erscheinen hatten sie lange spekuliert, was sein seltsames Tun bedeuten könnte, und danach hatte niemand mehr in den Schlaf gefunden, so dass sie todmüde gewesen waren, als sie Montaillou erreichten. Doch Matteo hatte verkündet, dass er Marcella in diesem von Gott verfluchten Dorf, in dem die Leute Leichen stahlen und Menschen entführten, keinen Augenblick mehr allein lassen würde.

Marcella klopfte und hörte, wie drinnen ein Stuhl beiseite geschoben wurde.

Pfarrer Clergue öffnete und blinzelte ihr mit ungekämmtem Haar entgegen. »Marcella ... ach, du lieber Himmel.« Er zögerte einen Moment, sah an sich hinab und schien froh zu sein, dass er vollständig bekleidet war. Er bat sie und Matteo hinein.

»Seigneur curé, Fabrisse ist tot«, fiel Marcella mit der Tür ins Haus. »Ich habe sie in Ax gesucht und auch gefunden, aber bevor ich mit ihr sprechen konnte, wurde sie ermordet.«

Der Pfarrer blinzelte gegen das Licht. »Wie bitte? Warte, Kindchen. Er... ermordet?« Er räumte hastig die Überreste seines Frühstücks, das aus einer Schale mit Brei und klein geschnittenen Omelettstückchen bestanden hatte, in einen hinteren Raum. »Aber wer wird denn etwas so Schreckliches behaupten.«

»Sie ist tot, mon père. Ihr wurde die Kehle durchschnitten. Nicht was ich sage, ist schrecklich, sondern was geschehen ist.«

»Die Kehle ...« Der Pfarrer hatte Marcella einen Schemel anbieten wollen, nun sackte er selbst darauf nieder. Er starrte sie an.

»Und dieser Arnaud hat ihre Leiche gestohlen«, begann Matteo. »Heute Nacht. Wir denken nichts Böses ...«

»Geh raus«, unterbrach ihn Marcella. Sie schob den widerstrebenden Italiener zur Tür. »Nun mach schon. Warte auf mich. Sieh dir die Berge an. Tu irgendetwas.«

Der Pfarrer saß immer noch wie ein vom Blitz Gefällter am Tisch.

»Ich habe so viele Fragen, mon père, aber wem soll ich sie stellen? Ich stelle sie Euch. Was für ein Geheimnis gibt es um den Schäfer Arnaud? Wartet. Ich habe ihn schon früher getroffen.« Sie erzählte kurz, wie Arnaud sie und ihre Begleiter gerettet hatte, wie sie ihm vor den Burgmauern begegnet war und wie er in der vergangenen Nacht die Tote gestohlen hatte. »Madame de Planissoles hat mich vor ihm gewarnt, aber mehr wollte sie nicht sagen.«

308

»Du bist also Arnaud bereits begegnet. Lieber Himmel, wenn ich das ... Wie hat er sich verhalten? Hat er irgendetwas gesagt?«

»Hat er nicht. Aber Ihr werdet es tun.«

»O Kind, ich bin der Pfarrer, der Vertreter der heiligen katholischen Kirche. Ich weiß so wenig. Und damit will ich sagen, es gibt Leute, die vertrauen mir, und andere, die gehen mir aus dem Weg. Und zu diesen Letzteren, die mir ihr Herz versperren ...«

»Arnaud gehörte zu den Ketzern?«, rief sie ungeduldig. »Aber es lässt sich doch nicht alles geheim halten. Was war mit Arnaud und Jeanne?«

Clergue hielt es nicht mehr auf seinem Stuhl aus. Er sprang auf. »Natürlich habe ich Gerüchte gehört. Ja, es hieß damals, Arnaud sei Jeanne zugetan.«

»Also war nicht Guillaume, sondern Arnaud der Mann, der ...«

»... zumindest eine leidenschaftliche Verehrung für deine Schwester hegte.« Er nickte. »So ging das Gerede.«

»Das habe ich mir gedacht. Schön. Und Fabrisse? Mon père, meine Amme wurde umgebracht. Und Arnaud hat sie geküsst. Eine Leiche. Er ist ein Mensch, der eine Leiche küsst.«

Clergue schlug bekümmert ein Kreuz. »Dieser Unglücksvogel? Hat er sich erklärt?«

»Nein. Aber man kann es doch nicht übersehen: Jeannes Leiche ist verschwunden – und nun die von Fabrisse. Jeanne kam durch einen Fenstersturz ums Leben, Fabrisse durch einen Schnitt durch die Kehle. Bitte! Wenn Ihr etwas wisst oder auch nur ahnt, dürft Ihr es nicht für Euch behalten.«

»Arnaud ... Ach, Kind. Er ist ein schwärmerischer Mann. Das bringen die Berge mit sich. Zu viel Einsamkeit. Die Hirten sprechen wochenlang mit niemandem als mit ihren Hunden und Schafen, und sie beginnen, sich eine Welt aus-

zudenken, in der die Dinge besser sein sollen, fabelhafter …
So sind sie anfällig für die Häresien der …«

Marcella hätte die unruhige Person, die wie ein Vogel
durch den Raum flatterte, am liebsten am Rock festgehalten. »Arnaud wusste, dass Fabrisse tot ist. Er wusste, dass
wir ihre Leiche bei uns haben. Er sagte, das ganze Dorf weiß
es.«

»Das dürfte kaum der Fall sein, denn wenn es so wäre,
hätte man es mir erzählt. Nein, mein Kind, ich denke, Arnaud war der Einzige … Allgütiger im Himmel«, meinte
Clergue niedergeschlagen, als ihm aufging, was er gerade
gesagt hatte. »Das kann ich mir … einfach nicht vorstellen.«

»Ich weiß. Er sieht so sanft aus.«

»Ja.« Clergue seufzte so tief, dass er zitterte.

Misstrauisch blickte Marcella ihn an. »Ist da noch etwas?«

Er zögerte erneut. »Nun, dann muss wohl auch das heraus, denn jetzt steht alles in einem neuen Licht. Es gab tatsächlich einen Skandal, damals vor fünfzehn Jahren, der mit
Arnaud zusammenhing. Na Roqua schien etwas gehört zu
haben über seine vergebliche Leidenschaft für Jeanne. Sie
mochte die Katharer nicht, und wie ich fürchte, hatte sie
Freude daran, mit ihrem flinken Mundwerk über sie herzuziehen. Sie lästerte über Arnaud – und in der folgenden
Nacht schnitt ihr jemand die Zunge ab.«

»Arnaud hat Na Roqua die Zunge abgeschnitten?«

Clergue zuckte hilflos mit den Schultern.

»Das ist … grausam.«

»Fabrisse gehörte zu Jeanne. Als Jeanne tot war, scheint
Arnaud seine Neigung auf Fabrisse übertragen zu haben. Jedenfalls lief er ihr eine Weile hinterher. Natürlich wollte sie
davon nichts wissen. Schon wegen der Sache mit Na Roqua.
Aber wie es aussieht, hat er seine schreckliche … Besessenheit auf sie übertragen. Er hat sie … geküsst? Marcella, in

jedem Menschen glimmt ein göttlicher Funke. Wenn Arnaud Euch bat, fortzugehen, so mag er das in einem Augenblick getan haben, als er dem Himmel näher ...«

»Aber gerade das kann ich nicht. Ich kann nicht von hier fort, Seigneur curé. Ich habe Euch die zweite schreckliche Sache ja noch gar nicht erzählt. Die Ketzer haben Damian Tristand entführt.«

Es war Sonntag. Menschen wurden ermordet oder entführt, Pfarrer Clergue war entsetzt, und doch musste zur festgesetzten Stunde der Gottesdienst stattfinden. Der Pfarrer war bereits spät dran. Er hörte, wie auf der anderen Seite des Feldes die Glocken von St. Marie zu läuten begannen, und schob Marcella rasch zur Tür hinaus, um sich für den Gottesdienst umzukleiden.

Er brauchte nur wenige Minuten.

»Ich gehe mit dir zum Bayle, Kind. Sofort nach dem Gottesdienst. Bernard Belot ist ein guter Mann, auf seine Art.«

»Gehörte er ebenfalls zu den Ketzern?«

»Ich bitte dich. Ein gläubiger und verlässlicher Katholik. Er und seine Mutter, die damals noch lebte, hatten dich aufgenommen, als Bischof Fournier nicht mehr erlaubte, dass du bei deiner Schwester wohnst. Weißt du nicht ... Ach, ich vergaß – du kannst dich an nichts mehr erinnern.«

Ich erinnere mich an eine brüchige Holztreppe und einen Keller und dass ich Angst vor dem verlässlichen Katholiken Belot hatte, dachte Marcella. Der Pfarrer schritt schnell aus. Er begann mit Matteo ein Gespräch, in dem er ihn pflichtbewusst ermahnte, wieder einmal zur Beichte zu gehen, aber man merkte ihm an, dass er mit seinen Gedanken woanders war.

Marcella war erstaunt, als sie sah, wie viele Menschen den Gottesdienst aufsuchten. Etwa vierzig Leute bevölkerten den kleinen Kirchenraum, als sie ihn betrat, und es wurden immer noch mehr. Verstohlen musterte Marcella die

Tür. Die Menschen trugen Sonntagsstaat. Sie beugten das Knie und bekreuzigten sich, als sie das Gotteshaus betraten, wie es sich für ordentliche Christenmenschen gehörte.

Die Frau, die gegenüber von Na Roqua wohnte, kam in Begleitung zweier Mädchen, von denen sie eines am Ohr zog. Der Mann, der Marcella verraten hatte, dass Fabrisse in Ax zu finden war, folgte ihr. Er hieß Philippe mit den Äpfeln. *Ich geh zu Philippe mit den Äpfeln.* Hatte sie das früher gesagt? Oder brachte sie etwas durcheinander? *Das verfluchte Gedächtnis! Ich will mich erinnern, Elsa, und ich will mich auch nicht erinnern, ich bin selbst schuld!* Marcella wich etwas zur Seite, um einem Mann Platz zu machen, der weiter vorn stehen wollte.

Als sie erneut zur Tür schaute, begann ihr Herz zu hämmern. Bernard Belot füllte den Türrahmen und sperrte die Sonne aus. Er maß das Kircheninnere wie jemand, der einen großen Auftritt hat und sehen möchte, ob man ihm die gebührende Achtung entgegenbringt. Sein Kniefall war nachlässig, und das Kreuz, das er schlug, glich einem Krakel. Obwohl genügend Platz war, wichen die Leute zur Seite, als er an ihnen vorbei nach vorn drängte.

Ein gläubiger und verlässlicher Mann, dachte Marcella, die sich an Clergues Worte erinnerte, bitter.

Belot gab den Blick frei auf Grazida, die gleich hinter ihm die Kirche betreten hatte. Den Kniefall hatte Marcella verpasst, aber sie sah, wie auch die schafsgesichtige Frau ihr Kreuz nur flüchtig schlug.

Kein Kreuz.

Das war doch kein Kreuz. Diese hingewischte Bewegung … Marcella musste sich beherrschen, nicht loszubrüllen: Ketzerin! Denn so war es doch gewesen: Die Katholiken schlugen ihr Kreuz, die Ketzer, die dieses Sakrileg umgehen, aber keinen Verdacht erregen wollten, schlugen einen Kreis.

Es ist ein Stück Heuchelei, Liebes, aber der Feind hat sei-

ne Augen überall. Schlag einfach einen Kreis, wenn du die Kirche betrittst. Jeannes Stimme. Jeannes nervöses Lachen.

Eine Familie – katholisch – drängte sich durch die Tür, dann kam wieder ein Ketzer, ein alter Mann mit braunem, runzligen Gesicht, das von Lachfalten eingekerbt war. Onkel Prades, der mit Hühnern handelte.

Ich werde langsam wirklich irr, Elsa. Ketzer, keine Ketzer ...

Die Tür fiel hinter Onkel Prades ins Schloss. Es wurde allerdings nicht dunkel. Durch die Glasfenster fielen breite, bunte Lichtstreifen. Drei von ihnen trafen sich beim Altar. *Das ist eine Erinnerung, die nicht trügt, Elsa: Beim linken Streifen unter den Steinen liegt die Mutter des Pfarrers begraben. Wir waren bei der Beerdigung.*

Matteo stieß Marcella an. »Dieser Drecks... also dieser unmanierliche Kerl dort drüben starrt Euch an.« Er machte eine leichte Bewegung mit dem Kopf. Marcella blickte in die Richtung, die er meinte – und schaute direkt in die Augen des Bayle. Bernard Belot grinste höhnisch, wandte sich aber sofort mit einer salbungsvollen Bewegung wieder zum Altar.

Die Messe begann.

Erst zerstreut, dann beunruhigt, lauschte Marcella den lateinischen Worten. Sie verstand natürlich nichts, aber sie fühlte sich ...

Es ist so etwas wie ein Versteckspiel, Kleines, doch der Herr, der unsere Herzen kennt, wird ein Einsehen haben. Eine Hostie ist nichts als eine gebackene Waffel. Du magst doch Waffeln gern ...

Aber ich mochte es nicht, mich wie eine Verbrecherin zu verstellen. Ich habe das gehasst, Jeanne. Es hat mir Angst gemacht.

»Was ist denn?«, fragte Matteo sie flüsternd.

»Gar nichts!«

Pfarrer Clergue sang abscheulich, aber er schien es gern zu tun, denn er kürzte die Messgesänge nicht wie viele seiner Amtskollegen in den Dörfern ab. Während seines Gesangs fiel ein weiterer Lichtstrahl in das Kirchenschiff. Die Tür hatte sich geöffnet, und eine verspätete Kirchgängerin schlich in den Raum. Erst erkannte Marcella sie nicht, und sie hätte wahrscheinlich sofort wieder fortgeschaut, wenn sie nicht gespürt hätte, wie ein Ruck durch die Gemeinde ging. Zahlreiche Köpfe wandten sich der Frau zu.

Na Roqua.

War es Zufall, dass die Leute, die dem Eingang am nächsten standen, auseinander wichen? Was ist hier los?, fragte sich Marcella, als sie die alte Frau das Kreuz schlagen sah. Na Roqua, die gläubige Katholikin, geächtet? Der Ketzer Belot hofiert. *Ihr seid blind, Seigneur curé. Euer gutes Herz schließt Euch die Augen. Und du – warst du ebenfalls blind, Jeanne?*

Pfarrer Clergue ließ der Messe noch eine Predigt folgen, in der er über Zacharias, den Vater des Täufers sprach, was niemanden interessierte. Die Leute traten von einem Fuß auf den anderen, froren und … beobachteten Na Roqua.

Sie wissen, dass Fabrisse ermordet wurde, Elsa. Der Pfarrer irrt sich. Aber sie wissen es nicht von mir. Also müssen sie es von dem Mörder erfahren haben.

Marcella war zutiefst erleichtert, als der Gottesdienst mit dem Schlusssegen und der Johanneslesung ein Ende nahm.

Die Leute verliefen sich rasch, jeder schien es eilig zu haben, nach Hause zu kommen. Nur der Bayle ließ sich Zeit. Er verleugnete Grazida nicht mehr. Sie stand neben ihm, und als sie Marcella erblickte, schien sie danach zu fiebern, eine gemeine Bemerkung von sich zu geben. Aber entweder fiel ihr keine ein, oder sie hatte zu viel Angst vor Belot.

Pfarrer Clergue eilte mit wehendem Messgewand aus der Kirche. Er blickte sich um, winkte Marcella heran und wandte sich gleichzeitig an den Bayle des Dorfes.

»Komm, Marcella, Kind. Hast du dich wieder mit Grazida vertragen? Streit unter Frauen, wo sie doch den Geist der Sanftmut verkörpern … Du hast es bereits gehört, Bernard?«

»Dass Fabrisse der Hals durchgeschnitten wurde?«

»Er hat es gehört, Seigneur curé. Jeder hier im Dorf. Aber von wem?«, fragte Marcella

»Na von Na Roqua, die jault's doch überall heraus«, spuckte Grazida ihr gehässig entgegen.

»Nun, nun …« Clergue bedachte Belots Hure mit einem zerstreut vorwurfsvollen Blick. »Aber so schrecklich Fabrisses früher Tod auch ist, das war es nicht, was ich meinte. Ich spreche vom Verschwinden des venezianischen Kaufmanns, Monsieur Tristand. Er war auf dem Weg nach Ax und ist dabei verschwunden.« Kurz berichtete er das Wenige, das Marcella ihm mitgeteilt hatte.

Belot kratzte sich hinter dem Ohr. »Und was geht uns das an?«

»Was uns das … du … dickfelliger Ochse! Da du der Bayle bist und außerdem ein guter Christ, wie ich bis jetzt immer hoffte …« Clergue gab einen ungeduldigen Laut von sich. »Du wirst die Männer zusammenrufen! Ich ziehe mich um und folge euch ins Dorf. Am besten gleich zu dir nach Hause. Man stelle sich vor, der Arme ist vom Pferd gestürzt und liegt irgendwo verletzt … das Alion ist tückisch. Es ist Eile geboten.« Mit den letzten Worten hastete Clergue in die Kirche zurück.

»Möchte die Dame uns begleiten?«, höhnte Belot, als er außer Reichweite war.

Marcella warf einen Blick den Weg hinab, wo Matteo, den die Messe gelangweilt hatte, mit dem Fuß im Sand scharrte und auf sie wartete. Der junge Mann schien ihren Blick als Aufforderung zu betrachten, denn er schlenderte zu ihnen zurück.

Ich werde dich begleiten, Bernard Belot. Aber nicht heute, sondern an dem Tag, an dem dein Weg dich zu einem geschichteten Haufen Holz führt.

Ein älterer Mann saß in Belots Lehnstuhl, sechs oder sieben verteilten sich auf die Bänke um den Tisch, andere hockten auf der Treppe zum Obergeschoss. In einer Ecke hatten sich die Frauen gesammelt, die miteinander tuschelten. Barb... Barbe... verflixt, wie hieß die Frau mit den strohblonden Haaren? Grazida war davongeeilt, als Marcella in Begleitung von Matteo und Clergue das Haus betreten hatte.

Belot stand vor seinem Schreibpult, die groben Hände auf dem Holz, das hagere Gesicht den Männern zugewandt. Er räusperte sich, damit es still wurde. »Der Venezianer wollte zu Pferd hinab nach Ax«, sagte er laut. »Schon vor fünf Tagen. Ist aber dort nicht angekommen.«

»Mistkerl«, flüsterte Matteo.

»Aber kein Mörder«, gab Marcella genauso leise zurück.

»Was?«

»Er ist nicht der, der Damian etwas angetan hat«, wisperte sie ungeduldig.

Entgeistert starrte Matteo sie an.

»Ich habe ihm ins Gesicht gesehen, als Clergue ihm von Damians Verschwinden berichtete. Er ist ein schrecklicher Mensch. Aber in dem Moment war er ehrlich überrascht. Er hat ...«

»Ihr kennt ihn alle, ja?«, übertönte die Stimme des Pfarrers ihre eigene. »Ein feiner Mann. Natürlich kennt ihr ihn. Der Herr, der zu dieser Dame gehört.«

Bisher hatten die Bauern von Montaillou Marcella ignoriert. Nun drehten sie ihre Köpfe. Philippe mit den Äpfeln nickte ihr kurz zu. Was ihm oder seinen Nachbarn durch den Sinn ging, war unmöglich zu erkennen.

»Man kann unten am Pass suchen ... und ein Stück weiter bei der Lämmerschlucht – das ist gefährliches Gebiet«, schlug Belot vor. Er kratzte sich am Kopf. »Obwohl ich denke, sein Pferd wäre heimgekommen, wenn er gestürzt wär.«

»Wenn es sich nicht auch was gebrochen hat«, knurrte jemand. »Oder es wurde vom Nächstbesten, der's gesehen hat, gestohlen.«

Ein jüngerer Mann erinnerte an einen Labasse, der mitsamt einem Esel zu Tode gekommen war. Das hatte allerdings mit einer Lawine zu tun gehabt. Und war auch oben am Pic de Serrembarre geschehen.

»Wenn dieser Ausländer nach Ax wollte, dann ist die Lämmerschlucht der erste Platz für uns«, meinte Clergue. »Jemand muss runtersteigen und das Gestrüpp absuchen. Strauch für Strauch. Gleichzeitig fragen wir bei Baptiste nach. Der sitzt seit zwei Wochen in seiner Cabana.«

»Außerdem sollten wir an Arnaud denken«, sagte ein Mann mit einer verschnupften Stimme, Marcella konnte auf die Schnelle nicht ausmachen, wer es gewesen war.

»Wieso Arnaud?«, fragte ein anderer begriffsstutzig.

Einen Moment herrschte angespanntes Schweigen.

Der erste Mann, ein hagerer Bursche mit einem tiefschwarzen, ungepflegten Bart, dem das linke Ohr fehlte, spuckte aus. »Schau sie dir doch an. Das Weib sieht Jeanne nicht nur ähnlich. Sie ist ... wie aus derselben Form geschüttet. Würde einen doch nicht wundern, wenn Arnaud, verrückt wie er ist ...«

»Dummes Zeug!«, schnitt Clergue ihm das Wort ab. »Beginnt mit der Suche. Bernard wird Euch einteilen. Und ... Jérôme, du machst dich auf den Weg zu Baptiste. Wenn er selbst nichts gesehen hat, könnte er doch von einem der anderen Hirten etwas erfahren haben.«

»Wenigstens geben sie sich Mühe«, gestand Matteo den Bauern brummelnd zu.

Genau. Das kann doch nicht gespielt sein, Elsa, dieser Eifer. Für eine Komödie – mit so einem Haufen Darsteller – wären sie zu dumm. Die Leute aus Montaillou haben mit Tristands Verschwinden nichts zu tun. Was ist nur los hier?

»Barthèlemy und Raymond – ihr habt Pferde, ihr reitet direkt zur Schlucht. Hier zählt jeder Augenblick …«

Marcella verließ das Haus des Bayle und ging zur Burg hinauf.

21. Kapitel

Théophile und Camille warteten im Palas von Madame, dieses Mal ohne sich ihre Leidenschaft zu bekunden. Camille saß mit gefalteten Händen auf der Bank im Fenster, Théophile durchmaß wie ein gereizter Tiger das Zimmer.

»Sie suchen nach Damian«, sagte Marcella. »In den Schluchten, an allen gefährlichen Orten, die ihnen eingefallen sind.«

»Sie suchen«, blaffte Camille. »Ich tu jedenfalls keinen Schritt mehr vor die Tür. Und ich will auch nicht, dass Théophile geht.« Sie war sehr bleich. »Übrigens ist Madame fort. Und diese Brune ebenfalls.«

»Wieso fort?«, fragte Matteo verdutzt.

»Weil Ratten das sinkende Schiff verlassen«, schnauzte Théophile.

»Und wenn sie nur jemanden besuchen?«

»Mit allem Schmuck? Mit den Bettdecken? Mit sämtlichen Kleidern und den beiden Broten, die noch im Backhaus lagen?«, fragte Camille.

Es wurde Mittag und Nachmittag. Die Stunden verstrichen. Der Klang der Glocke von St. Marie wehte über die Felder und verkündete die Vesper. Camille fragte, ob jemand essen wolle, was aber nicht der Fall war. Über den Bergen zeigten sich die ersten Boten der Dämmerung.

Plötzlich hämmerte jemand gegen das Tor.

Camille entglitt das Kleid, das sie in einer von Madames Truhen gefunden hatte und gerade auf Löcher und Risse untersuchte. »Mach nicht auf!«

Matteo schnitt ihr gutmütig eine Grimasse, und er und Théophile begaben sich nach unten.

Vom Fenster aus sah Marcella, wie die beiden über den Burghof gingen. Kurz darauf hörte sie Théophiles Stimme und dann die des Bayle, die antwortete.

Sie bringen ihn zurück, und er ist tot. Ich weiß es, Elsa. In diesem Dorf wird die Liebe mit dem Tod bestraft. Marcella kreuzte die Arme über der Brust, ihr war eiskalt. Sie wandte sich vom Fenster ab und stieg die Treppe hinauf. Vielleicht haben Sie nur seine Leiche in den Büschen hängen sehen. Die Abgründe sind tückisch, und vielleicht hatten sie keine Seile dabei. *Warum weine ich nicht? Warum kann ich keine einzige verfluchte Träne vergießen?*

In ihrer Kammer setzte sie sich aufs Bett. Sie lauschte auf Camilles Stimme und das Murmeln der Männer, das zu gedämpft war, um irgendwelche Worte zu unterscheiden. Die Männer kamen die Treppe hinauf. Einige Füße sprangen schneller. Die Tür wurde aufgestoßen, und Matteo stand im Rahmen. Er strahlte über das ganze junge Gesicht.

»Sie haben ihn gefunden, Maria und Joseph, ich könnte heulen vor Erleichterung. He, Marcella?« Sein Lächeln schwand. Er trat zu ihr und rüttelte sie unbeholfen an der Schulter. »Er ist wieder da. Habt Ihr das nicht verstanden? Er ist wieder da und lebt.«

»Raus, bitte«, sagte Damian. Niemand nahm ihm den Befehl übel. Der venezianische Kaufmann sah aus wie jemand, der hundert Tage nicht geschlafen hatte und am Ende seiner Kräfte war. Die Männer aus dem Dorf warfen scheue, neugierige Blicke um sich und verließen die Kammer. Matteo drängte den Letzten von ihnen resolut vor sich her.

»Ich konnte nicht weinen«, sagte Marcella.

»Konntest du nicht?« Damian schloss sie in die Arme, und sie spürte, wie er vom Treppensteigen schnaufte.

»Ich habe sogar aufgehört, an dich zu denken«, sagte sie. »Die meiste Zeit habe ich nur an Fabrisse gedacht. Fabrisse ist tot.«

»Ich weiß. Ich hab's von den Männern gehört.«

»Camille hat um dich geweint. Sie war verzweifelt und traurig. Ich habe sie dafür in die Hölle gewünscht.«

»Ach je«, sagte Damian. Er zog sie zum Bett, nötigte sie, sich zu setzen, und tat es ihr gleich. Dabei sog er scharf die Luft ein.

»Himmel, die Wunde …«

»Die Wunde, meine Süße, meine Schöne, heilt und wird mir keine Schwierigkeiten mehr machen – gesegnet sei das Johanniskraut. Ich hatte mir etwas ausgerenkt, sonst …«

»Ich will dich ansehen. Lass mich los, nun …!«

»Loslassen geht nicht. Dafür musste ich dich zu lange entbehren. Wie bringst du es nur fertig, dass du immer gut riechst?«

»Hast du mir nicht zugehört? Ich habe nicht eine Träne um dich geweint. Ich … bin eine Missgeburt!«

»Und wenn du etwas Gutes tun willst, Missgeburt, reich mir das Kissen rüber.«

Sie stopfte ihm nicht ein, sondern gleich zwei Kissen ins Kreuz, und er zog sie zu sich, und – ausgerenkt hin oder her – er bestand darauf, dass sie sich neben ihn setzte und den Kopf auf seine Schulter legte. Wie kann es wehtun, wenn man glücklich ist?, dachte Marcella und legte die Hand auf ihre Brust, in der ihr Herz wie wild klopfte. Und warum kann ich jetzt, wo alles gut ist, doch noch heulen und gar nicht mehr aufhören?

»Ich hatte wirklich Angst, dass ich sterbe, ohne dich noch

einmal in den Armen zu halten«, sagte Damian. »Oder schlimmer: dass ich lebendig davonkomme, und dir ist ein Leid geschehen.«

»Was ist denn nun wirklich passiert?«

»Ich bin vom Pferd gestürzt und mit vielen Purzelbäumen einen Hang hinabgeschliddert.«

»Dann hättest du tatsächlich tot sein können.«

»Ein Hirte hat mich gefunden. Baptiste oder so ähnlich, keine Ahnung, wie er hieß, er war erkältet und so heiser wie ein Priester nach der Weihnachtsmesse. Schneuzend und hustend hat er mich auf seinen Esel geladen und in seine Hütte geschleppt, in ein Loch irgendwo in der Einsamkeit, voller Ziegendreck …«

»Schafsdreck. Er wird dich in seine Cabana gebracht haben. Das ist der Unterschlupf der Hirten, wo sie ihren Käse machen und wo die Schafe im Frühjahr ihre Lämmer gebären.«

»Ja, etwa so hat's gerochen.«

»Du hättest Nachricht schicken sollen.«

»Das wollte ich. Sobald ich meine Sinne wieder beisammen hatte, habe ich den Schäfer gebeten, nach Montaillou zu gehen.«

»Und?« Marcella drehte sich, so dass sie ihn ansehen konnte. Sie fuhr durch Damians Haare und dann über die Bartstoppeln, die so weit gesprossen waren, dass sie sich zu kleinen, borstigen Locken drehten. »Ihr seid verwahrlost, Herr Bräutigam. Noch eine Woche, und Euer Gesicht wäre zugewachsen gewesen wie das eines Bären.«

»Sag auf der Stelle, dass du Bären liebst.«

»Ich … bin ganz rührselig vor Bärenliebe. Warum wollte Baptiste dir nicht zu Diensten sein?«

»Er freute sich über die Münze und war bereit, bis zu den Türken zu marschieren. Doch als er den Namen Montaillou hörte, erlosch sein Eifer wie ein schlecht gedrehter Docht über schmutzigem Wachs. Offenbar hatte er keine Lust, die Ketzer zu besuchen.«

Kein Wunder, dachte Marcella. Fabrisse wurde ermordet, ihre Mutter steht Todesängste aus. Hier passierte Schlimmeres, als dass man sich um seinen Glauben prügelte. »Wie ging es weiter?«

»Der Hirte hat mir Käse und Wasser hingestellt und sich davongemacht. Und wahrscheinlich gehofft, dass ich bei seiner Rückkehr verschwunden bin. Nur war ihm nicht klar, dass ich mir die Hüfte ausgerenkt hatte. Ich bin kaum von meinem Strohlager hochge…«

»Hast du immer noch Schmerzen?«

»Genau genommen … bin ich so selig, dass ich schnurren würde, wenn ich eine Katze wäre. Duftet dein Haar nach Zimt, oder bilde ich mir das ein?«

»Du bildest es dir ein.«

»Dann haben mich Feen geküsst, als ich geboren wurde. Immer, wenn ich bei dir bin, rieche ich Gewürze. Was ist?«

»Ich glaube, dass der Bayle zu den Ketzern gehört.«

Damian schüttelte den Kopf. »Belot war's doch, der mich aufgespürt hat.«

»Ja. Er … er war ehrlich erstaunt, als er von deinem Verschwinden hörte. Er stellte sofort eine Suchmannschaft zusammen, und offenbar haben sich die Leute Mühe gegeben, denn sie haben dich ja gefunden. Ich weiß nicht mehr, was ich denken soll, Damian. Ketzer, Katholiken … Ich fühle mich wie jemand, der sich zu lange im Kreis gedreht hat. Alles schwankt. Ich kann nicht mehr unterscheiden, was wahr ist und was ich mir nur zusammenphantasiere.«

Damian langte nach der Decke am Fußende des Bettes, zog sie über ihre Körper und steckte den Zipfel unter ihrer Schulter fest. Mit dem Verschwinden der Sonne wurde es empfindlich kühl.

»Hier ist kein guter Ort für die Liebe.«

»Wie meinst du das?«

»Hier wird das Lieben … bestraft. Hört sich das verrückt an?« Marcella lächelte unglücklich. »Sie haben dir geholfen – aber wir können trotzdem nicht aufatmen. Im Gegenteil. Ich war in Ax, um meine frühere Amme zu sprechen. Fabrisse hätte mir erklären können, was mit Jeanne geschah. Aber bevor sie etwas sagen konnte, wurde sie ermordet. Sie wurde *ermordet*, Damian. Begreifst du, was das bedeutet? Es gibt hier Geheimnisse, die so schrecklich sind, dass sie einander eher töten als zuzulassen, dass jemand davon erfährt.«

»Ja.« Er zögerte, und man konnte ihm anmerken, wie sehr er die Wendung des Gesprächs bedauerte. Widerstrebend löste er sich von ihr und streifte den Rock und das Hemd über die Schulter. »Kannst du etwas erkennen?«

Nein, dafür war es zu dunkel. Aber Marcella ertastete mit den Fingern eine etwa drei Daumen breite und zwei Fuß lange Stelle zwischen Hals und dem linken Schulterblatt, auf der sich eine Blutkruste gebildet hatte.

»Ich bin nicht gefallen, weil ich zu dumm bin, mich auf dem Pferd zu halten. Jemand hat mich von einem Fels aus angesprungen. Ich erinnere mich an den Schatten. Ich erinnere mich an den Schlag. Leider nicht an mehr. Aber ich denke, dass der Ausgang des Abenteuers gewiss gewesen wäre, wenn nicht Baptiste mein aufgescheuchtes Pferd gesehen hätte und hustend und brüllend über den Bergrücken gerannt wäre.«

»Wer hat Euch überfallen?«

»Nicht Bernard – wenn er tatsächlich so überrascht war, wie du meinst.«

»Wer dann?« Marcella bekam keine Antwort. Welche hätte Damian auch geben sollen? Voller Unruhe dachte sie an Arnaud, der Jeanne und Fabrisse geliebt hatte und vielleicht auch sie selbst liebte.

Sie war aus der Burg gegangen, wieder einmal ohne Damian Bescheid zu sagen, und nun war es geschehen – sie hatte sich verlaufen.

Es war Nacht. Unter ihren Füßen krümelten die Blätter, und die Luft roch nach dem Nebel, der zwischen den Bäumen schwebte, als hätten dort Gespenster ihre Kleider zum Trocknen aufgehängt. Der Mond strahlte ein warmes, anheimelndes Licht aus. Verlaufen oder nicht – es war schön hier draußen. Marcella dachte an Damian. Sie liebte ihn, und diese Liebe verlieh ihr Flügel, so dass sie mehr dahinglitt, als dass sie schritt.

Doch dann erreichte sie eine Lichtung, und schlagartig änderte sich ihre Stimmung. Besorgt schaute sie sich um. Sie konnte nichts entdecken, was Anlass zu Angst gegeben hätte. Trotzdem – etwas hatte sich verändert.

Unsicher verharrte Marcella auf ihrem Platz. Sie starrte zwischen die Bäume und Büsche, in denen noch immer der Nebel hing, dann hinauf zum Himmel, und wieder zwischen die Bäume. Sie hatte Recht. Der Wald war aus dem Schlaf erwacht. Die Gespensterkleider begannen, sich zu bewegen, als wäre boshaftes Gelichter hineingeschlüpft und gäbe den Schwaden einen Willen. Die Büsche entließen sie mit einem Rascheln aus ihren Zweigen. Aus der Ferne erklang das Jaulen von Wölfen.

Marcella tat einige Schritte zurück, aber das half ihr nicht. Sie war bereits entdeckt worden. *Die Wälder gehören den Bären und Wölfen.*

Sie begann zu rennen. Doch sosehr sie sich auch beeilte – die Verfolger kamen näher. Ihre Fähigkeit zu fliegen schwand. Stattdessen schienen sich ihre Beine mit Blei zu füllen, so dass jeder Schritt zu einer grausamen Anstrengung wurde. Als ein Berg vor ihr auftauchte, wollte sie schier verzweifeln, aber ihre Angst vor den Verfolgern war größer als ihre Erschöpfung. Sie waren mittlerweile so dicht heran, dass sie einen heißen Atem im Nacken spürte. Und plötzlich tat sich ein Loch auf.

Ohne über mögliche Gefahren nachzudenken, stürzte Marcella sich hinein. Das Loch führte wie eine Röhre abwärts und endete in einer Höhle. Erleichtert blickte sie sich um. Die Wände und die Decke ihres Verstecks waren aus Steinen gemauert – ein seltsamer Anblick, denn sie hatten trotz der Mauerfugen die unregelmäßige Form einer natürlichen Höhle. Der Boden bestand aus Fels. Sie hatte eine Trutzburg gefunden, in der niemand ihr etwas antun konnte.

So glaubte sie jedenfalls, bis sie am Ende der Höhle die Treppe entdeckte. Sie besaß kein Geländer und die Stufen waren abgetreten. Auf der obersten Stufe saß ein Bär. Er brummte, und sein Ruf wurde vom schauerlichen Jaulen der Wölfe erwidert.

»Du kannst nicht hier runter«, rief Marcella.

Das Brummen, das ihr antwortete, hörte sich an wie ein Hohngelächter. Es stimmte, der Bär konnte nicht zu ihr herab – aber sie selbst konnte auch nicht aus der Höhle heraus, und er wusste das. Und er wusste auch, dass sie herauskommen *musste*, denn sie hatte Durst, und irgendwann würde sie ihn stillen müssen.

Marcella hockte sich in eine Ecke. Die Zeit verging. Der Bär äugte und wartete ab.

Irgendwo draußen war Damian. Er suchte sie, aber er ahnte nichts von der Gefahr. Arglos rief er ihren Namen. Auch der Bär hörte es. Seine plustrigen Wangen bliesen sich erst auf, dann spannten sie sich und schließlich fielen sie ein. Als er zu lächeln begann, ähnelte sein Gesicht dem eines Menschen.

Damian kam näher, immer noch ihren Namen rufend. Langsam erhob sich der Bär. Er machte sich bereit, ihn zu töten. Die Klauen in seinen Pranken glänzten wie geschärftes Eisen.

Marcellas hatte immer noch Angst, aber unter der Angst wuchs eine neue Emotion heran: Sie wurde zornig.

Du hättest ihn nicht lieben sollen. Ihr sterbt wegen deiner Liebe, sagte der Bär zu ihr. Er rieb mit einem metallischen Kratzen die Klauen aneinander.

Marcella sprang auf die Füße. Sie raffte einen Stein auf. Ihr Schrei hallte durch die Höhle. Sie sprang zur Treppe und war zu allem entschlossen, aber sie stolperte …

… und hätte sich wer weiß was getan, wenn sie nicht gehalten worden wäre.

»Ach, du meine Güte. Marcella …«

Sie blickte in das verschlafene, erschrockene Gesicht ihres Liebsten. Damian war selbst über die Bettkante gerutscht. Er hielt sie fest, und sie merkte, dass er sich albern vorkam. »Ist dir was passiert?«

Eine blasse Sonne hatte die Nacht verscheucht. Der Morgen dämmerte. Der Bär war verschwunden.

»Ich hätte ihn getötet«, sagte Marcella.

»Wen?«

»Und ich hätte es gern getan. Ich habe es mir mehr gewünscht als irgendetwas in meinem Leben.«

Jemand pochte von außen an der Tür. »Ist alles in Ordnung?«, hörten sie Matteos Stimme. »Wer hat denn geschrien?«

»Alles in Ordnung. Geh wieder ins Bett.« Damian wartete, bis seine Schritte verklungen waren. »Wen wolltest du töten?«

»Den Bayle«, sagte sie.

Sie hätten die Beerdigung fast verpasst. Mit Madame und Brune war auch der Wächter der Burg verschwunden, und aus dem Dorf kam niemand zu ihnen hinauf. So hatten sie keine Ahnung, dass Fabrisses Leiche gefunden worden war. Zum Glück fiel Pfarrer Clergue, der das Begräbnis und gleichzeitig die Feierlichkeiten für das Weihnachtsfest zu organisieren hatte, noch rechtzeitig ein, dass Marcella sicher von ihrer Amme Abschied nehmen wollte. Er kam am Vorabend des Weihnachtstages in den Donjon, überreichte ihnen einen Hirsekuchen als Weihnachtsgruß und berichtete von den Neuigkeiten, die ihm sichtlich missfielen.

»Die Männer aus dem Dorf haben sich nicht damit zufrieden geben wollen, dass Fabrisses Leiche verschwunden war. Sie ist im Dorf beliebt gewesen. So geradeheraus und immer fröhlich. Ein frischer Wind, würde ich es nennen. Belot hat also eine Suche organisiert ... Nun ja, eigentlich war es nicht schwierig. Man kannte Arnauds Cabana und die Höhlen, in denen die Schafhirten bei Unwettern Schutz suchen. Außerdem ist man mit einer Schafherde niemals völlig unsichtbar.«

»Wo haben sie ihn gefunden?«

»Ihn selbst gar nicht. Aber die Überreste der armen Fabrisse und ... nun ja.«

»Und was?«

Pfarrer Clergue blickte sich nach Damian um, aber der zuckte nur fragend die Achseln.

»Er hatte sie in eine Höhle in der Nähe von Prades gebracht. Und sie ... Verzeiht, es ist mir schrecklich. Das ist die Ernte, die die Saat der Ketzer eingebracht hat. Verfall der Sitten, weil sie an nichts mehr glauben, auf das ein wahrer Christenmensch sich stützt. Bitte, versprecht mir, zu niemandem außerhalb des Dorfs ein Wort darüber zu verlieren. Die Inquisition ist immer noch eifrig, nicht der Bischof, aber die Dominikaner aus Carcassonne, und die sind weitaus schrecklicher.«

Ein Schauer ging über Clergues freundliches Gesicht, der mehr als Worte deutlich machte, welche Wunden die Inquisition im Alion und besonders in Montaillou hinterlassen hatte.

»Ich war ein einziges Mal in ihren Kerkern, als ich eine Aussage machen musste zu dem Geständnis eines Blechschmieds aus Ax, und in schlimmen Nächten ... Es ist natürlich zum Guten, und die Seele muss der Kirche mehr am Herzen liegen als der sündige Körper ... Verzeiht.«

Er wandte sich ab. Marcella sah, dass er zitterte und sich über die Augen wischte. »Aber wenn sie *einen* finden, dann suchen sie weiter. Sie stochern und sie fragen und bedrängen jeden im Dorf. Und am Ende ... Hier wohnen gute Menschen.«

Einen Moment lang war es still. Nur der Wind pfiff an den Mauern des Donjons entlang und irgendwo trällerte ein einsamer Vogel.

»Was haben die Männer außer Fabrisses Leiche in der Höhle gefunden?«, fragte Damian.

»Er hat seinen Unterschlupf zurechtgemacht wie einen Gottesraum, woran man erkennen kann, wie tief er in seiner Verwirrung gesunken ist. Bilder von Heiligen und ein ... die Verspottung eines Altars. Vor dem Steinhaufen lag die arme Fabrisse, aber ohne ihre Kleider. Und auf dem Altar Knochen, von denen Bernard meint, es seien ...«

»Die eines Menschen?«

»Das wollen wir nicht hoffen. Aber Bernard – nicht der Bayle, sondern der Schlachter, Bernard Bélibaste – gab ein bedrückendes Urteil über die Form der Knochen und ... Allgütiger, was rede ich. Setz dich, Kindchen, du bist ja bleich wie der Tod.«

»Warum schleppt er Leichen in seine Höhle?«, fragte Marcella.

Clergue errötete und blickte an ihr vorbei.

Ganz Montaillou schien sich eingefunden zu haben, um Fabrisse das letzte Geleit zu geben. Marcella hatte Clergue einige Silberschillinge zugesteckt, und dafür hatte jemand in aller Eile einen Sarg aus Eichenholz gezimmert. So blieb der armen geschändeten Fabrisse wenigstens der Schutz der hölzernen Wände, als ihr Leichnam während des Totenoffiziums und der Messe in der Kirche lag.

Der Pfarrer sang das Dies Irae, aber nicht der Zorn Gottes, sondern seine Barmherzigkeit war Thema der anschließenden Predigt. »Denn der Mensch sieht, was vor Augen ist, aber Gott sieht ins Herz. Und da mag er einiges finden,

329

was dem Menschenauge entgeht.« Wie Recht er doch hatte.

Marcella hatte sich absichtlich zu der einsam stehenden Na Roqua gesellt. Als diese zu zittern und zu weinen anfing, legte sie den Arm um ihre Schulter, und einen Moment schien es, als sähe das ganze Dorf zu ihnen herüber. Selbst der Pfarrer unterbrach kurz seine Predigt.

Fabrisse musste eine gute Katholikin gewesen sein. Clergue erteilte ihr Absolution und besprengte den Sarg mit Weihwasser, und danach vollführte er für sie die Inzensation, um den Nachlass der Sündenstrafen zu erbitten. Anschließend ging es hinaus zum Friedhof. Es war windig, aber sonnig.

Fabrisses Grab lag in einem entfernten Winkel des Friedhofs im Schutz einer immergrünen Hecke. Na Roqua krallte ihre Hand in Marcellas Ärmel und sah mit trockenen Augen zu, wie ihre Tochter von einigen kräftigen jungen Männern ins Grab hinabgelassen wurde. Als der Sarg den Boden berührte, kam ein gezischelter Laut über ihre welken Lippen.

Clergue sang das Laudes. Er segnete das Grab und warf eine Hand voll Erde auf den Sarg. Nach ihm wäre die Mutter an der Reihe gewesen, aber Na Roqua machte keinerlei Anstalten, sich zu rühren. Belot zuckte die Achseln und warf als wichtigster Vertreter der weltlichen Macht ebenfalls Erde in die Grube. Marcella blickte verstohlen zu Damian. Er beobachtete die Menge, und wahrscheinlich fragte er sich ebenso wie Marcella, ob es Zufall war, dass sich die Trauergemeinde in zwei Gruppen spaltete. In die der Ketzer und die der Katholiken? Tränen waren hier wie dort zu sehen. So einfach ist das nicht, dachte Marcella.

Sie spürte, wie Na Roqua an ihrem Ärmel zog. Fragend wandte sie ihr das Gesicht zu. Die alte Frau machte eine Geste, sie wollte, dass Marcella sich zu ihr hinabbückte. Marcella gehorchte, konnte aber die Laute, die Na Roqua sich abquälte, nicht deuten.

»Bitte? Was ist denn?«

Na Roqua schüttelte verzweifelt den Kopf. Sie zitterte und schielte zum Bayle hinüber. Wieder stieß sie mit ihrer verstümmelten Zunge ein Stammeln aus.

»Ihr begleitet mich nach Haus. Dort haben wir Zeit und Ruhe«, sagte Marcella.

Die Alte schüttelte den Kopf. Sie machte einen dritten Versuch, aber da kam der Pfarrer auf sie zu, um ihr sein Beileid auszusprechen. Und als er fertig war, huschte sie davon.

»Das arme, alte Mädchen«, meinte Clergue, der ihr kopfschüttelnd nachblickte.

»Wer hat Jeanne an die Inquisition verraten?«, fragte Marcella.

»Bitte? Oh!« Der Pfarrer blies in die kalten Hände. »Das ist schwer zu sagen. Du stellst dir die Zeit mit der Inquisition im Dorf falsch vor.« Er verstummte, denn einige Leute kamen, um sich von ihm zu verabschieden. Jemand wollte den Termin der nächsten Beichte wissen, ein anderer entschuldigte seine kranke Frau für die Weihnachtsmesse.

»Grüße sie und sag ihr, sie soll das Ausmisten Pierre überlassen«, meinte Clergue und wandte sich wieder an Marcella. »Was deine Frage angeht: Es war wie bei einer Seuche. Einer verriet den anderen, und wer wen zuerst nannte und ins Verderben zog, ließ sich am Ende nicht mehr feststellen. Ich halte es auch für einen Fehler, wenn du dein Gemüt damit beschwerst. Komm, Kindchen. Fort von diesem zugigen Ort, bevor du dir noch eine Erkältung holst.«

Marcella hörte, wie Damian etwas zu Théophile sagte. Camille zog ein Schmollgesicht, als der Ritter ihr seinerseits etwa zuflüsterte. Der hagere Mann machte sich auf den Weg Richtung Friedhofstor.

22. Kapitel

Erstaunlich«, sagte Théophile, als er kurz nach ihnen im Palas eintraf. »Sieht aus, als würde der erste Windstoß sie von den Beinen pusten. Ist aber flink wie eine Maus. Und kennt natürlich die Gegend.«

»Wo habt Ihr sie verloren?«, fragte Damian.

»In einem Wäldchen im Westen. Sie hat bemerkt, dass ich ihr folgte. War argwöhnisch. Verstehe bloß nicht, warum sie vor mir Angst hatte. Sie wollte doch mit der Madame sprechen, oder nicht?«

Marcella war zutiefst enttäuscht. Hatte sie das Verhalten der alten Frau missgedeutet? Nein. Na Roqua hatte ihr etwas mitteilen wollen, aber dann kalte Füße bekommen. Hatte sie nicht gewusst, wer Théophile war? Hatte sie ihn für einen ihrer Feinde gehalten? Fabrisse war ermordet worden. Wahrscheinlich war Na Roqua außer sich vor Furcht. Vielleicht bereute sie es schon, dass sie sich bei der Beerdigung zu Marcella gesellt hatte. Sie würde hier leben müssen, wenn die Fremden längst wieder fort waren. »Au diable!«, fluchte Marcella.

»Ja, genau dorthin«, meinte Damian leise. »Zum Teufel mit ihnen, und dort werden sie auch landen, und wenn es möglich ist, mit meiner Hilfe. Hast du Lust auf einen Spaziergang, Marcella? Diese Burg riecht nach Schimmel, als hätten sie die Wände damit verputzt.«

Sie wandten sich nicht zum Dorf, sondern nahmen die entgegengesetzte Richtung, den Weg, auf dem es nach Prades ging. Lange Zeit liefen sie schweigend. Hinter den Feldern begann der Wald. Durch die Zweige leuchtete die Sonne, aber schwarze Wolken am Horizont kündeten bereits den nächsten Schauer an. Und wenn schon, dachte Marcella. Es tat gut, der Burg und dem Dorf für eine Weile zu entkommen. Damian hatte seinen Arm um ihre Schultern gelegt – eine kameradschaftliche Geste, die ihr wohltat. Einen Moment musste Marcella an Arnaud denken, und sie schaute unwillkürlich zum Unterholz, das einem heimlichen Beobachter dutzende Versteckmöglichkeiten bot.

Ein paar Schritt vor ihnen huschte ein Schatten über den Weg und verschwand sogleich wieder in den Büschen. Ein Hund, aber kein weißer, sondern ein grauschwarzer, der wahrscheinlich aus dem Dorf stammte.

»Was hätte Na Roqua uns verraten können?«, fragte Damian.

»Dass Jeanne eine Ketzerin war, die ihren Irrglauben genug liebte, um dafür in den Tod zu gehen. Dass Bernard Belot sie verriet, um unsere Familie in Verruf zu bringen und an unser Haus zu gelangen. Belot fürchtet uns, weil er Angst hat, dass wir gekommen sind, um Jeanne zu rächen.«

»Präzis zusammengefasst – und doch mit einem Fehler in der Konklusion. Du erinnerst dich: Warum hat er mich suchen lassen, wenn er meinen Tod wollte?«

»Um den Schein zu wahren.«

»Den hätte er auch wahren können, wenn er mich umgebracht hätte. Nein, wenn er meinen Tod gewollt hätte, wäre ich nicht mehr am Leben.«

Ein Karren mit einer gebrochenen Achse versperrte ihren Weg. Damian musste Marcella loslassen, um das Hindernis so weit aus dem Weg zu räumen, dass sie weitergehen konnten. Danach vergaß er, erneut den Arm um sie zu legen.

»Gehen wir durchs Dorf zurück?«, fragte er, als der Wald plötzlich endete und der Weg sich gabelte.

»Wo sind wir?«

Er deutete zum Himmel und sagte etwas von Westen und Süden, was sie nicht verstand und was ihr gleichgültig war.

Sie gingen weiter. Als sie einige hohe Büsche passiert hatten, tauchte der alte Turm vor ihnen auf.

Zögernd hielt Marcella darauf zu.

»Was ist?«

Sie hob die Schultern.

»Der Turm erinnert dich an etwas Unangenehmes«, meinte Damian, der aufmerksam ihr Gesicht studierte.

»Es ist so nah, dass es mich kribbelt. Und doch ... Allgütiger! Immer wenn es mir zu dicht kommt, will ich es plötzlich nicht mehr wissen, diesen verdammten Kram.« Trotzdem stieg Marcella die Stufen hinauf und starrte in das ummauerte Viereck des Turms, in dem die Kuhle wie eine Blatternnarbe saß. »Ich hab mich hier einmal versteckt. Und scheußliche Angst gehabt.«

»Wann ist das gewesen?«

»Als ... nach Jeannes Tod.«

»Das weißt du genau?«

Gereizt blickte sie ihn an.

»Na gut. Kannst du dich erinnern, vor wem du dich versteckt hast?«

»Vor dem Bayle.«

»Den du nicht ausstehen kannst.« Er lächelte, obwohl sie ihm schon wieder einen bösen Blick zuwarf. »Was wollte er von dir?«

»Ich weiß nicht. Nur, dass es ... keinen Ausweg gab. Ich rieche das – die Hoffnungslosigkeit in den Mauern und Blättern. Damian, ich rieche die Angst, die ich damals hatte. Er war mir dicht auf den Fersen, und ich wusste, dass die paar Blätter ... Was ist los?« Sie hatte bemerkt, dass er den

Kopf in den Nacken schob und zum Himmel schaute. »Was ist?«, fragte sie irritiert.

»Siehst du nicht den Rauch?«

Er hatte Recht. Eine grauschwarze, fast durchsichtige Rauchwolke trieb aus Richtung des Dorfes zum Wald. Jetzt, wo Marcella sie sah, meinte sie sogar, einen leichten Brandgeruch wahrzunehmen. Irgendwo musste ein Feuer ausgebrochen sein.

»Wenn es zuginge wie in der Bibel, dann hat der Allmächtige die Geduld verloren und Feuer auf Montaillou geworfen.« Damian eilte los.

Als sie den Rand des Wäldchens erreichten, erblickten sie eine Rauchsäule, die inzwischen tiefschwarz qualmte. Aber es hatte nicht die Häuser von Montaillou getroffen, sondern die Marienkirche. Einsam wie ein Kämpfer, der von seiner Truppe getrennt und von den Feinden gestellt und verwundet worden war, stand sie in den Feldern. Aus den Fenstern der Apsis schlugen goldenrote Flammen.

Sie waren nicht die Ersten, die das Feuer bemerkt hatten, aber die Ersten, die die Kirche erreichten. Damian fasste nach der Türklinke. Ihm entfuhr ein Schmerzenslaut. Er riss die Hand zurück und presste sie gegen die Lippen. Wütend warf er sich mit der Schulter gegen das Holz. Doch die Tür gab keinen Zoll nach. Wie auch, war sie doch gebaut worden, um die Schätze des Kirchleins zu schützen. Damian gab auf und rannte an der Mauer entlang.

»Es gibt einen Eingang bei der Sakristei«, schrie Marcella. »Aber ich weiß nicht, was du … Nun warte doch.«

Damian hatte das Türchen schon entdeckt. Und hier war es einfach: Jemand hatte es einen Spaltbreit offen stehen lassen.

»Was willst du da drin?«

»Nachsehen!«, brüllte er zurück.

»Es gibt dort nichts, was es lohnt, das Leben zu riskieren.«

336

»Bleib draußen!«

Als hätte sie irgendeine andere Absicht haben können! Das prasselnde Geräusch des in der Hitze berstenden Holzes jagte ihr eine Heidenangst ein. Die Stimmen der Dörfler waren lauter geworden. Marcella hörte die des Bayle heraus, der im Laufen Anweisungen gab und eine Kette forderte. Was für eine Kette? Gab es in der Nähe einen Bach? Flüchtig dachte Marcella an die Brände, die Trier zerstört hatten. Eine ganze Stadt in Brand, das musste grausam sein.

Auf dem Dach knackte und knisterte es. Sie riss den Kopf hoch und starrte hinauf. Wie lange hielt so etwas, bevor es einstürzte? Und wenn bereits die ersten Schindeln gefallen waren?

Hitze und Rauch schlugen ihr entgegen, als sie sich der Sakristeitür näherte. Sie sah keine Flammen, konnte aber auch sonst kaum etwas erkennen, und als sie rief, bekam sie keine Antwort. Vor Nervosität biss sie in ihren Handballen. Was, wenn Damian schon irgendwo lag? Von einem herabstürzenden Balken eingeklemmt? Von Schindeln erschlagen?

Sie holte Luft, presste den Ärmel ihres Surcots vor die Nase und lief in die verrauchte Sakristei. Auch ohne Flammen war es heiß. Sie hielt mit tränenden Augen auf den Türbogen zu, der die Sakristei mit dem Kirchenschiff verband.

Damian kam ihr entgegen. Er schleppte sich mit einer zweiten Person ab, die an ihm hing und wankte und bei jedem Schritt einknickte. Er hustete und winkte mit dem freien Arm. Eilig hielt Marcella ihm und seinem Begleiter die Tür auf.

Draußen stießen sie mit den ersten Dorfbewohnern zusammen. Es hatte angefangen zu nieseln. Die Menschen standen zwischen den Gräbern, sie hatten offenbar gerade beraten, ob es möglich sei, das brennende Gebäude zu betreten. Eine Frau schlug die Hand vor den Mund, als sie die drei Gestalten ins Freie taumeln sah. Ein junger Kerl fing geistesgegenwärtig den Mann auf, den Damian stützte. »Es ist Pierre Clergue. Es ist der Pfarrer!«

»Ein Tuch. Er blutet«, brüllte Belot.

Damian gab seine Last bereitwillig ab. Er blickte zu Marcella und setzte mehrere Male zum Sprechen an, aber er musste zu stark husten.

»Dass Ihr schon in der Kirche wart! Wir dachten, Ihr seid noch daheim, Seigneur curé«, jammerte eine junge Frau, die eilfertig ihre Schürze abband, um dem Bayle das geforderte Tuch zu reichen.

»Er muss von einem Balken getroffen worden sein, von irgendwas Hartem«, diagnostizierte Belot, während er ungeschickt über das schüttere Haar tupfte, das bis in die Spitzen von Blut durchtränkt war.

Der Pfarrer schob seine Hand fort. Er blickte zur Kirche und dann wieder fassungslos auf die Menschenmenge, die sich um ihn gesammelt hatte. Mit einiger Willensanstrengung erhob er sich. »Lass, Bernard. Wer war mein Retter? Damian! Alles in Ordnung?« Er lächelte schwach und starrte wieder zur Kirche. »Gütiger, er wollte mich dort drinnen verbrennen lassen. Er wollte, dass ich im Hause Gottes elendig …«

Als würde eine höhere Macht den Worten Nachdruck verleihen, ertönte plötzlich ein ohrenbetäubendes Krachen. Teile des Kirchendachs stürzten ein, und die Menschen, die zu dicht bei der Mauer gestanden hatten, wichen erschreckt in die Mitte des Friedhofs zurück.

Wie ein Tier schien die Kirche zum Leben zu erwachen. Die Wände erzitterten, aus sämtlichen Fenstern züngelten jetzt Flammen. Das Feuer breitete sich rasend schnell aus. Erstaunt fragte sich Marcella, was dieser Gluthölle wohl Nahrung geben mochte.

»Ich liebe dich. Das wollte ich dir sagen«, flüsterte Damian und umschloss sie mit beiden Armen.

»Er hat sie in Brand gesteckt«, sagte der Pfarrer, immer

338

noch fassungslos. Man hatte die Schürze zerrissen und ihm aus den Fetzen einen turbanartigen Verband gemacht. Unwillig schob er seine Helfer von sich. Marcella hatte ihn noch nie so aufgebracht gesehen. Sein freundliches Gesicht hatte sich zu einer Grimasse verzogen, die sicher zum Teil von Schmerzen herrührte, aber zum Teil auch von purem Zorn.

»Wer?«, fragte Damian. »Wer hat die Kirche in Brand gesteckt?«

Der Pfarrer antwortete nicht.

»Neben Euch lag ein dicker Knüppel, der sicher nicht zur Ausstattung der Kirche gehört. Man hat Euch eins über den Schädel gegeben.«

Wieder krachte es. Dieses Mal hatte es den kleinen Glockenturm erwischt. Wie der Mast eines untergehenden Schiffes versank er in der Gluthölle.

»Ihr wart zu lange nachgiebig mit der Brut, Clergue«, sagte Belot.

»Ich wollte ihr Bestes. Ich habe sie geschützt, wie ein Hirte seine Lämmer schützt. Ich habe übel getan.« Clergues nächste Worte gingen im Lärm einstürzender Mauern unter. Die Fenster der Kirche sahen aus wie die brennenden Augen eines heidnischen Untiers, das Marcella einmal in einer Illumination im Kloster St. Maximin gesehen hatte. Instinktiv drängten die Menschen sich dichter aneinander. Auf dem hinteren Teil des Friedhofs hatte sich eine erschrockene Menge versammelt. Wer Beine hatte, war zur Brandstätte gerannt, sogar Kleinkinder waren von ihren Müttern mitgebracht worden.

Der Pfarrer erhob seine Stimme. »Im Leib unserer Gemeinde wuchert ein Geschwür. Es ist nicht mit Salben oder Kräutern auszuheilen. Es muss ausgebrannt werden!«, erklärte er zornig.

Jemand schluchzte auf, verstummte aber sofort wieder.

»Ich habe die Inquisition fortgeschickt im guten Glauben,

dass das Heilige das Schlechte überwindet, wenn man nur Geduld walten lässt. Ich habe geirrt. Aber das hat nun ein Ende. Ich werde nach Carcassonne schicken.«

»Wenn du nicht zuvor zur Hölle fährst«, ertönte eine Stimme aus der Menge. Der Mann, der die Worte gesprochen hatte, blieb unsichtbar, doch Marcella meinte, die Stimme von Philippe mit den Äpfeln erkannt zu haben. Sie drehte sich suchend um. Es war inzwischen dunkel geworden, aber sie erkannte ihn trotzdem, als er sich durch eine Lücke in der Hecke zwängte und den Friedhof verließ.

Ein Teil des Apsisdachs rutschte über die Kirchenmauern und stürzte in die Sträucher, die davor wuchsen und die sofort Feuer fingen. Doch die Sensation, das brennende Kirchlein, schien niemanden mehr zu interessieren. Einige schauten Philippe nach, andere starrten auf den Pfarrer oder hielten den Blick gesenkt.

Clergue wandte sich an den Vertreter der Obrigkeit. »Bernard, du wirst dem Inquisitor Geoffroy d'Ablis eine Botschaft schicken, die ich gleich aufsetzen werde.«

Belot nickte.

»Und du wirst herausfinden, wo dieser dreimal verfluchte Arnaud sich versteckt hält.«

»Das werde ich.«

Erst als der Pfarrer sich an Damian und Marcella wandte, wurde sein strenges Gesicht wieder weich. »Und ihr, meine Kinder, ihr werdet das Dorf verlassen. Schon morgen früh. Denn hier wird sich eine Hölle auftun.«

Camille und Théophile hatten den Brand vom Fenster des Donjons aus beobachtet.

»Ich tue keinen Schritt mehr vor die Tür, bis wir abreisen«, jammerte Camille. »Sie haben keinen Funken Scham. Sie zünden ihre eigene Kirche an. Sancta Maria, ich halte das nicht mehr aus.«

Damian erklärte ihr mit leiser Stimme, was er zuvor schon

Pfarrer Clergue gesagt hatte: Dass sie nicht gehen konnten, bevor klar war, wie Fabrisse zu Tode gekommen war.

»Als wenn ihr das hülfe, wenn wir's wissen«, sagte Camille trotzig, und wiederholte damit unbewusst Clergues Worte. Sie verließ den Raum, aber Théophile machte keine Anstalten, ihr zu folgen. Stattdessen wandte er sich an Damian.

»Erst hatten sie's auf Euch abgesehen, dann auf Fabrisse, dann auf den Pfarrer. Ist eine Mörderbande. Schätze daher, wir sollten Maßnahmen treffen. Das Tor unten verriegeln. Wache halten. Wäre das Wenigste.«

»Wo steckt Matteo?«

»War er nicht beim Brand? Er ist losgelaufen, als … nein, bevor wir das Feuer gesehen hatten. Ist irgendwann vor ein paar Stunden verschwunden.«

Marcella wollte gerade anfangen, sich Sorgen zu machen, aber da hörte sie seine Stimme. Matteo musste während ihres Gesprächs in den Hof eingeritten sein. Nun rief er herauf: »Sind Marcella und Damian daheim?« Er winkte überschwänglich, als Damian ans Fenster trat und ihm antwortete. Wenige Augenblicke später war er oben im Palas.

»Im Dorf bricht die Hölle los«, erklärte er atemlos. »Sie verbarrikadieren ihre Türen. Sie bewaffnen sich mit Mistgabeln und Sensen und allem, was sich als Waffe eignet.« Seine Augen leuchteten. »Was geht eigentlich vor?«

»Wir verriegeln das Tor«, sagte Damian und machte sich mit ihm und Théophile an die Arbeit. Es wurde eine längere Aktion, denn der alte Riegel war durchrostet und zerbrach bei dem Versuch, ihn gewaltsam in seine Halterung zu zwängen. Sie mussten ihn provisorisch durch einen Balken ersetzten.

Keiner von ihnen schlief in dieser Nacht gut. Als Marcella mit dem ersten Dämmern aufstand und zum Dorf hinabschaute, hätte sie sich nicht gewundert, wenn dort die Häuser ebenfalls in Flammen gestanden hätten. Aber alles war ruhig. Sie konnte aus ihrem eingeschränkten Blickwinkel keinen einzigen Menschen auf den Wegen erkennen.

Das Feuer von St. Marie war erloschen. Die Kirche sah gar nicht so zerstört aus, wie sie erwartet hätte. Die dicken Mauern hatten den Brand fast unbeschädigt überstanden, nur das Dach war bis auf wenige Balken fortgebrannt, und der Turm fehlte natürlich. Wie der Schaden aus der Nähe aussah, ließ sich von oben freilich nicht feststellen.

»Nein«, sagte Damian, als Matteo nach dem Frühstück ankündigte, dass er sich im Dorf umsehen wolle.

»Warum nicht?«

»Weil dort etwas ausgebrütet wird. Das fehlte noch …« Er lächelte schwach. »… dass ich Caterina bei meiner Heimkehr beichten muss, sie haben ihrem Neffen in einem Nest in den Pyrenäen den Schädel eingeschlagen.«

»Und was dann? Wir gehen nicht fort, wir schauen nicht, was los ist …«

»Geduld.«

»Pah«, machte Matteo und zog rasch den Kopf ein, aber Damian war mit seinen Gedanken schon wieder woanders.

Gegen Mittag bekamen sie Besuch von Clergue. Der Pfarrer sah übernächtigt aus. Er trug einen dicken, weißen Verband um den Kopf, der zeigte, dass es ihn doch schlimmer erwischt hatte, als sie im ersten Moment gedacht hatten. Mit seinem Anliegen hielt er nicht lange hinterm Berg.

»Ich werde nicht zulassen, dass ihr länger im Dorf bleibt. Hast du hinuntergeschaut, mein Sohn?«

»Alles scheint ruhig«, sagte Damian.

»Das ist die Stille vor dem Blasen des Horns. Ihr kennt euch nicht aus. Ihr wisst nicht … ihr wisst einfach nicht Bescheid.«

»In Montreal haben die Ketzer die Frauen geschändet und bei lebendigem Leib in einen Brunnen geworfen und sie mit Steinen zugedeckt«, meinte Camille zitternd.

Verdutzt schaute Clergue sie an. Er wandte sich wieder an Damian. »Ich habe Bernard gesagt, dass er Euch nach Ax geleiten soll. Geh, mein Sohn, geh! Wir wissen nicht, wann die Inquisition kommen wird, um für Ordnung zu sorgen. Der ... der Name Bonifaz ist bei der Inquisition bekannt. Allmächtiger ...« Er vergrub das Gesicht in den Händen.

»Ich und Théophile *werden* gehen«, flüsterte Camille. »Das hier ist nicht unsere Sache. Ich lass mich nicht umbringen für was, mit dem ich gar ...«

»Du willst gehen? Jetzt, im Augenblick der Gefahr?«, fragte Théophile. Es war das erste Mal, dass seine Stimme kalt klang, als er mit seiner Frau sprach. Entgeistert starrte Camille ihn an. »Ehre lässt sich offenbar nicht lehren«, sagte er, und sie wurde noch blasser. Mit einem erstickten Schluchzen rannte sie hinaus. »Wir bleiben«, sagte Théophile.

23. Kapitel

Marcella schreckte aus dem Schlaf hoch. Einen Moment wusste sie nicht, wo sie war. Sie hatte von gelben Sternen geträumt, die über eine Wiese schwebten und von blauen Monden attackiert wurden. Der Traum ergab keinen Sinn, aber er hinterließ ein tiefes Gefühl der Bedrohung in ihr, das sie auch nicht loswurde, als sie aufstand. Sie ging zu der Waschschüssel, die Camille trotz Kummer und Zank mit frischem Wasser gefüllt hatte.

Die Sterne waren die Blumen aus dem Garten in Venedig gewesen, von denen Damian gesprochen hatte. Was die Monde bedeuteten, mochte der Teufel wissen. Sie warf sich eine Hand voll kaltes Wasser ins Gesicht und starrte zum Fenster, während ihr die Tropfen in den Halsausschnitt rannen. Sie hatte keine Ahnung, wie lange sie geschlafen hatte. Und der Blick nach draußen brachte auch keine Klarheit über die Tageszeit. Alles war grau. Es regnete. Dieser trübe Niesel, der nichts Furioses hatte, sondern nur die Stimmung verdarb.

Marcella fand kein Handtuch und wischte das Wasser mit dem Ärmel des Unterkleides ab. Dann zog sie ihren Surcot über den Kopf. Sie fröstelte und wäre am liebsten ins Bett zurückgekrochen, aber das würde sie nur noch tiefer in die Schwermut ziehen. Wie hatte Madame de Planissoles es nur in diesen dunklen, feuchten Mauern so lange aushalten können? Vielleicht brannte im Palas ein Feuer.

Gähnend und vor Kälte zitternd, stieg sie die Wendeltreppe herab. Der Palas lag einsam, und sie musste mehrmals hinschauen, ehe sie Damian entdeckte, der es sich auf einer Bank im Fenster bequem gemacht hatte. Er hatte weder den Kamin noch ein Licht entzündet. Marcella setzte sich zu ihm auf und schmiegte sich an seine Seite. »Wohin mag sie gegangen sein?«

»Wer?«

»Na Roqua. Ich bin sicher, sie traut sich nicht mehr in ihr Haus zurück. Und draußen ist es kalt. Das ist nichts für alte Leute. Wir haben mit unserem Kommen nur Unheil angerichtet.«

Er nickte zerstreut. »Ich frage mich, was sie tun werden. Sie bringen eine Frau um. Sie zünden die Kirche an und versuchen, den Pfarrer zu ermorden. Aber sie müssen sich sagen, dass mit der Ankunft der Inquisition alles ans Licht kommt.«

»Der Inquisitor wird hier in die Burg ziehen. Hast du daran gedacht? Wir brauchen ein anderes Quartier.«

»Wir finden schon etwas. Nachdem Clergue sich entschlossen hat, reinen Tisch zu machen, ist ihre Sache verloren. Heiliger Jakob – müssen sie ihn hassen. Nicht wir, der Pfarrer sollte verschwinden.«

»Sie ist im Haus.«

Einen Moment schwieg er. »War ich unaufmerksam?«

»Na Roqua. Sie ist in unserem alten Haus.« Marcella sprang erregt auf. »Warum nicht? Sie hat zu viel Angst, um in ihre eigene Hütte zurückzukehren. Ich glaube auch nicht, dass ihr jemand Unterschlupf gewährt. Jeder weiß ja, was mit ihrer Tochter geschehen ist. Nein, sie wird sich verkriechen. Und das Haus steht leer. Sie hat uns früher dort besucht, sie kennt sich also aus. Was wäre nahe liegender …«

»Selbst wenn wir sie fänden – sie kann nicht sprechen.«

346

»Vielleicht ja doch ein wenig. Und wenn nicht, so kann sie zuhören und nicken oder den Kopf schütteln. Und wenn wir uns dabei nichts weiter holen als nasse Kleider …«

»Dann haben wir es wenigstens versucht?«

»Dann haben wir es wenigstens versucht.«

Sie wollten nicht durchs Dorf gehen und mussten daher wieder den Umweg durch das Wäldchen in Kauf nehmen. Als sie an die Stelle kamen, von der aus man den Turm sah, wurde Marcella langsamer. Damian griff nach ihrer Hand und drängte sie weiterzugehen, aber sie zögerte. Sie starrte die Fensterhöhlen an, die sich oben in der Turmruine befanden, dann die mit Moos besetzten Fugen und den Erdhügel mit den wilden Farnen, der als Fundament diente. Ein vom Alter angefressenes Gebäude, ein wenig unheimlich an diesem düsteren Regentag.

»Was ist?«, fragte Damian.

»Ich weiß nicht, aber …« Sie zögerte. *Der Wald im Dunkeln … ich hab Angst … der Turm … ich muss rennen …*

»Was fällt dir ein?«

Rennen … die Stufen hinauf …

»Du zitterst ja. Marcella!«

»Weil mein Kleid nass ist.«

»Davon rede ich. Hat uns gerade noch gefehlt, dass du krank wirst.«

Rennen … ich muss rennen … und – nichts. Die Erinnerung löste sich auf. Der Turm hatte sein Geheimnis zurückgeholt.

»Ich hatte es fast«, sagte Marcella vorwurfsvoll.

»Was?«

Sie schüttelte resigniert den Kopf.

Damian hatte es plötzlich eilig. Der Turm verschwand hinter ihrem Rücken, und kurz darauf tauchte Marcellas Elternhaus auf. Der Wein, der sich um seine Mauern rankte, hatte den größten Teil seiner Blätter bereits verloren, so dass

347

ein dichtes Geflecht von Ranken übrig geblieben war, die wie Adern wirkten. Auf den Ranken blinkten silbrig die Regentropfen.

»Wie ein Tier mit durchsichtiger Haut. Das Haus wurde gefressen«, sagte Marcella.

»Oder es war die Menschen im Dorf leid und hat den Vorhang zugezogen. Hier – der Haupteingang ist verriegelt und verrammelt und die Fenster ebenso.« Damian musterte die Stellen, an denen die Latten, die man vor die Fenster genagelt hatte, geborsten waren, und schüttelte den Kopf. »Hier ist niemand reingekommen.«

»Ich würde hinten einsteigen, wenn ich kein Aufsehen erregen wollte. Es gibt dort auch Türen. Mindestens eine, die zum Rosengarten führte. Und eine, in der … keine Ahnung. Hinter der Tür lag eine Steinplatte, unter der die Erde uneben war. Sie wippte, wenn man drauftrat. Und darunter krabbelten Asseln. Ich erinnere mich!«

Nun war sie es, die vorauseilte. Einen Moment stutzte sie, als sie um die Hausecke bog und statt gepflegter Gemüse- und Rosenbeete ein Meer aus Unkraut erblickte. Aber Damian hatte ja gesagt, dass der Garten verwildert war. Die Gartenmauer stand noch. Zwischen Ackersenf, Vogelmiere und Günsel konnte sie die Reste eines gemauerten Brunnens ausmachen, und sie erinnerte sich, wie sie daraus Wasser geschöpft hatte. *Ich kann das schon, Fabrisse.*

»Wo ist die Tür?«

»Hier«, sagte Marcella. Man konnte die Einbuchtung in der Mauer nur erkennen, wenn man genau davor stand. Es war keine richtige Tür, sondern ein nachträglich eingebautes Törchen, ein bequemer Durchschlupf für die Bewohner, wenn sie rasch in den Garten hinauswollten. Bis zur Hälfte verschwand es hinter verblühten Wiesenblumen.

»Entweder hat man vergessen, die Tür zu versperren, oder jemand hat sie geöffnet«, sagte Damian. Er widersprach sich gleich selbst. »Nein, man verrammelt nicht vorn, um hinten zum Betreten einzuladen.« Einen Moment zögerte er. »Wartest du hier?«

»Nie im Leben.«

Es war ein seltsamer Moment, als sie zum ersten Mal nach fünfzehn Jahren ihr Elternhaus betrat. Sie stand in einem dämmrigen quadratischen Raum mit einer so niedrigen Decke, dass Damian den Kopf einziehen musste. Woran erinnerte er sie? An gar nichts. Es roch nach dem abgestandenen Muff eines Raumes, der lange nicht bewohnt worden war. Kahle Wände starrten sie an. Alles, was an das Treiben der Bewohner erinnert hätte, war entfernt worden.

»Das ... erkenne ich *nicht* wieder.«

»Du brauchst dir nicht den Kopf zu zermartern. Wir suchen Na Roqua.«

Damian öffnete die einzige Tür, die weiter ins Haus hineinführte. Sie standen in einem hallenartigen Raum, und hier gab es Möbel. Einen Truhenschrank, der wohl im Haus gezimmert worden und zu groß geraten war, um ihn durch Türen zu bugsieren. In einer Ecke standen Schragen für einen Esstisch. Die Tischplatte lehnte daneben an der Wand. Alles war mit Staubflusen und Spinnweben überzogen. Unter dem Fenster lag ein Schemel, daneben ein zerbrochener Faltstuhl, der aussah, als hätte ihn jemand an der Wand zerschlagen. Nur das Leder hielt die zersplitterten Hölzer noch zusammen.

Ein großer, aus dunkelroten Steinen gemauerter Kamin beherrschte die Schmalseite des Raums. An einer der Längsseiten befanden sich die Fenster und die große Eingangstür. Damian öffnete eine kleinere Tür auf der Gegenseite und murmelte: »Die Küche.« Er blickte Marcella an, aber sie hatte keine Lust, sich dort umzusehen und ein weiteres Mal festzustellen, dass sie eine Fremde in ihrem eigenen Haus war.

Eine steile Treppe strebte ins Obergeschoss. Marcella fasste nach dem Treppenlauf, ließ ihn aber gleich wieder los und wischte die staubigen Hände am Surcot ab. Einige der Stufen wackelten – die Jahre hatten ihr Zerstörungswerk begonnen.

Und dann sah sie Fußspuren.

»Hier ist jemand gegangen, Damian ... nun komm doch!«

Er kehrte eilig aus der Küche zurück, kauerte sich neben sie und begutachtete die Abdrücke in der Staubschicht. Leider drang durch die Ritzen der Bretter vor den Fenstern nur wenig Licht. Trotzdem: Hier war eindeutig jemand die Treppe emporgestiegen. Aber ob kürzlich oder vor Tagen oder Wochen konnte man nur raten.

Marcella nahm die Stufen mit neuer Unternehmungslust. Sie erreichte einen langen, schmalen Durchgang, der nicht als Zimmer gedient haben konnte, sondern nur ...

»Ja!«, sagte sie. Es war der Durchgangsflur gewesen. An der Längswand hatte früher ein Spinnrahmen gestanden, auseinander gebaut und in Einzelteile zerlegt. *Was soll denn das, Jeanne? Du spinnst einen Abend, und den Rest der Woche tut dir das Handgelenk weh.*

»Dort drüben hat mein Vater geschlafen.«

Der Raum war heller als die anderen, denn er besaß ein rundes, kopfgroßes Fenster, das zu verbrettern man für überflüssig gehalten hatte. Marcella starrte auf das ehemals feine Bett mit dem hölzernen Baldachin und dem Samtvorhang, dessen Farbe rötlich wie die Weinblätter im Herbst leuchtete. Ein Teil des Vorhangs war herausgeschnitten worden. *Nun ist jedenfalls klar,* dachte Marcella ärgerlich, *woher Grazida den Stoff für ihr Kleid genommen hat. Aasfresser!* Sie trat näher, bewegte den Vorhang und musste husten, weil ihr eine Staubwolke ins Gesicht stieg.

»Warum haben sie die Möbel nicht mitgenommen? Warum hat der *Bayle* es nicht getan? Ihm wurde das Haus doch überschrieben, als mein Vater ...« Marcella brach mitten im Satz ab. Irritiert horchte sie. »Hast du das gehört?«

350

»Was?«

Sie schüttelte den Kopf. In alten Häusern knarrte das Gebälk. »Jeannes und meine Kammer liegen neben dieser. Schauen wir nach.«

Sie wollte sich umdrehen und stieß mit dem Fuß gegen eine Fußbank, die halb unter dem Bett hervorlugte. Sofort erstarrte sie.

Damian trat neben sie. Er bückte sich und zog das kleine Möbel vollends unter dem Bett hervor. Es gab nichts Ungewöhnliches daran. Vier gedrechselte Beine mit einem Brett darauf. Die meisten Baldachinbetten besaßen so eine Bank, um das Besteigen der hochliegenden Matratzen zu erleichtern.

»Was ist damit?«

»Nichts«, sagte Marcella.

»Sicher?«

Stell dich gerade, Marcella. Runter mit den Lumpen. Meine Tochter trägt bunte Kleider. – Ich will nicht fort. – Runter mit den Lumpen.

»Er hat mich weggeschickt.«

»Wer?« Damian packte sie an den Schultern und schüttelte sie sacht. »Marcella. Komm zurück. Das alles ist Vergangenheit.«

»Mein Vater. Er hat mich weggeschickt, als Jeanne tot war.«

»Das hätte jeder Mann mit Verstand getan.«

»Keine Ketzer mehr in seinem Haus.« Sie musste lachen, weil ihre Zähne klapperten, es klang ziemlich hysterisch. »Er war so wütend. Ich konnte ihn nicht leiden. Erst geht er fort und lässt uns allein hier in den Bergen, und als er zurückkommt, schlägt er Jeanne. Das war ungerecht. Hab ich ihm auch gesagt.«

»Wollen wir an die frische Luft gehen?«

»Ohne dir die Kiste mit meinen Puppen gezeigt zu haben?« Sie machte sich los. Die Tür zum Flur stand offen.

Die Rahmenteile des Webstuhls waren mit Stoffen bedeckt gewesen. Sie reichten bis zum Boden. Genug Platz, um sich dahinter zu verstecken. Gelbe Blumen auf blauem Seidenstoff. *Eitler Pomp, mein Liebes. Wenn die Schäfchen weiße Wolle tragen, warum sollte uns das nicht reichen?* Aber ihr Vater hatte sie gezwungen, das weiße Kleid gegen ein buntes zu tauschen. Und er hatte Jeanne geschlagen. *Keine Ketzer in meinem Haus.*

»Ich schaue durch die Räume, ob ich sie finde, und dann ist es gut.«

»Ob du was findest?«, fragte Marcella.

»Na Roqua. Mädchen …« Damian schaute sie an und schüttelte halb verzweifelt den Kopf. »Bleib hier, ich bin sofort zurück.«

Sie nickte, schlang die Arme um die Schultern und wartete, aber nicht lange, dazu war sie viel zu unruhig. Sie ging zur Tür. Kein Webstuhl, keine Seidenstoffe. Nur der Staub von fünfzehn Jahren. Und eine steile Treppe am Ende des Gangs, die ins Dachgeschoss führte.

Damian blickte flüchtig in den Raum, der ihr und Jeanne als Schlafkammer gedient hatte, und ging weiter. Er nahm mehrere Stufen auf einmal, als er die Treppe hinaufeilte. Sie hörte, wie er über ihr die Zimmer abschritt. Dienstbotenräume. Ein Trockenraum für die Wäsche. Fabrisses Zimmer, in dem es wie in einem Wunderland roch, weil sie im Dachgebälk Lavendel und wilde Rosen zum Trocknen aufhängte.

Eine Tür klappte. Wenn Na Roqua ihr Eindringen bemerkt und sich verkrochen hatte, dann würde sie mit einiger Sicherheit im letzten Winkel des Dachbodens stecken. Damian tat gut daran, gründlich zu suchen. Hoffentlich jagte er ihr keine Todesangst ein, während er sie aufspürte.

Marcella löste sich von der Wand. Die Tür zu ihrem und Jeannes Zimmer war nur angelehnt. Zögernd erweiterte sie den Spalt. Sie sah den Schemel, auf dem immer die Waschschüssel gestanden hatte. *Hör auf zu kreischen, mein kleiner Schatz. Du bist schwarz wie ein Mohr.*

Außerdem eine Kiste, gefüllt mit wolleweißen Kleidern. Die Kleider sah sie natürlich nicht. Der Deckel der Kiste war hinuntergeklappt. Aber sie wusste, dass welche darin gewesen waren. Marcella stieß die Tür vollends auf. Das Fenster, an dem die oberen Latten fehlten, befand sich der Tür gegenüber. Darunter stand das Bett, breit genug für zwei schlanke Mädchen.

Auf dem Boden lagen Scherben. Braun mit blauen Kringeln. Einige große, viele kleine. Sie sah den Krug vor sich, sie sah die Scherben. Und von einem Moment zum anderen wurde ihr so übel, dass ihr Galle in den Mund schoss. Schrittweise ging sie rückwärts. Die Scherben begannen vor ihren Augen zu tanzen. Sie presste die Hand vor den Mund.

Du stirbst wegen deiner Liebe.

Liiiiebe. Der Klang des Wortes dröhnte in ihrem Kopf, wurde schriller und schriller …

Bis auf einmal alles in einem kräftigen Schmerz verging. Marcella hob die Hand an ihre brennende Wange und starrte Damian an, der aussah, als wolle er sie ein weiteres Mal schlagen. Sichtlich erleichtert ließ er den Arm sinken. »Raus hier. Mir reicht's«, sagte er leise.

»Es war nicht der Bayle.«

»Wovon redest du?«

»Jeanne ist wegen ihrer Liebe gestorben. Nicht wegen ihres Glaubens. Begreifst du? Dieser Mann hat es gesagt. Ich habe es mit eigenen Ohren gehört. Ich war *dabei*. Ich stand hier im Flur. Ich habe gehört, wie sie stritten und wie der Krug zerschellte. Und dann seine Worte: *Du stirbst wegen deiner Liebe.*«

»Welcher Mann?«

Ratlos starrte sie ihn an. »Das weiß ich nicht. Aber nicht der Bayle.« Sie hieb die flache Hand gegen die Stirn. Angestrengt horchte sie der Stimme nach, die ihr eben noch in

353

den Ohren gegellt hatte. Aber genau wie bei dem Turm – es war vorbei.

»Wir gehen!«

»Ich glaube, dass sie danach starb. Sonst hätte doch jemand die Scherben zusammengefegt. Erst durch ihren Tod war es egal, wie es in dem Zimmer aussah. Damian – sie wurde umgebracht. Während ich mich hier im Flur versteckte.«

Damian nickte. Sie sah ihr eigenes Elend in seinen Augen gespiegelt und versuchte, sich zusammenzureißen. Es wäre falsch, gerade jetzt zu gehen. Sie war so dicht davor, sich zu erinnern. Unsicher blickte sie sich um. Sie hob den Saum ihres Surcots an und stieg über die Scherben hinweg. Die Truhe enthielt keine wollweißen Kleider mehr. Sie war bis auf den Boden leer geräumt worden. Auf dem Bett lag nur noch eine schimmelnde Strohmatratze. Wie ekelhaft, dass der Bayle die Federkissen und -decken an sich gerafft hatte. Wahrscheinlich hielten sie jetzt Grazida warm.

»Wir verschwinden«, sagte Damian.

Aber das war nicht mehr möglich.

Arnaud füllte den Türrahmen. Seine langen, weißen Haare und sein Bart sahen so struppig aus, als hätten sie seit Wochen keinen Kamm mehr gesehen. Er stand hinter Damian, war einen Kopf größer und viel breiter in den Schultern, und wenn er gewollt hätte, hätte er ihn mit einem Schlag seiner Faust niederstrecken können. Doch trotz des riesenhaften Aussehens hatte der Schäfer einen leichten Tritt. Damian drehte sich erst auf Marcellas Starren nach ihm um.

Er atmete ein und langsam wieder aus. »Guten Tag, Arnaud. Das ist … eine Weile her.«

Der Schäfer nickte.

»Du hast dich … du wohnst hier im Moment?«

Wieder nickte Arnaud. Aber er sah nicht den Kaufmann an, sondern Marcella. In seinen Augen schimmerte Schwermut.

»Wir hatten gedacht, dass wir Na Roqua hier finden würden.«

»Das stimmt auch.« Das Licht der Fackel, die Arnaud
trug, strich einmal über sämtliche Zimmerwände, als er sich
zum Flur umdrehte.

»Na Roqua ist ebenfalls hier?«, vergewisserte sich Damian.

»Unten.«

»Da haben wir sie gar nicht gesehen.«

»Noch weiter unten. Im Keller.«

Marcella erinnerte sich an keinen Keller. Besaßen die Häu-
ser hier, wo man überall schnell auf Fels stieß, überhaupt
Keller? Doch, das von Belot schon. Aber in ihrem eigenen
Haus? Sie hatte vorhin nirgends eine Kellerstiege bemerkt.

Damian nahm ihren Ellbogen und bugsierte sie zur Tür.
Sie sah, wie er dem ellenlangen Dolch am Gürtel des Schäfers einen misstrauischen Blick zuwarf.

»Ich leuchte«, sagte Arnaud und hielt die Fackel so, dass
sie auf die Stufen schien. Unten angekommen, blieb er unschlüssig stehen.

»Wir sind gekommen, weil wir uns mit Na Roqua unter-
halten wollten«, erinnerte Damian. »Wir haben sie bei der
Beerdigung von Fabrisse getroffen. Sie schien etwas auf dem
Herzen zu haben.«

Arnaud nickte. »Das geht nicht.« Er sah, wie sie beide einen Blick miteinander wechselten. »Ich meine, es ... geht
nicht«, wiederholte er.

»Warte draußen auf uns, Marcella.« Damian lächelte sein
Kaufmannslächeln, das verkünden sollte, wie normal die Situation war und wie ungezwungen sie miteinander umgin-
gen. »Ich steige mit Arnaud in den Keller ...«

»Nein!« Plötzlich nervös, stieß der Schäfer ihn beiseite
und packte Marcellas Arm. Seine Blicke glitten zu den Fenstern. »Sie soll ... es ist besser, sie bleibt im Haus. Ich sage
doch: Sie sind überall.«

»Nur mit der Ruhe, Arnaud. Lass uns …«

»Ist schon in Ordnung, ich bleibe hier«, sagte Marcella.

Sie folgte den Männern in die Küche und sah zu, wie Arnaud eine kleine Brettertür öffnete, die sich zwischen dem Ende eines Regals und dem Fenster befand.

»Da unten ist sie.«

Marcella bückte sich unter dem niedrigen Querbalken hindurch. Aus den Augenwinkeln sah sie, dass ein verrosteter Kessel an einem Haken neben dem Fenster baumelte. Alles andere hatte Grazida offenbar mitgenommen.

Im Kellergeschoss herrschte Finsternis. Keine Fenster mehr, durch die ein Funken Licht hätte fallen können. Arnauds Fackel war die einzige Lichtquelle. Der Keller hatte eine erstaunlich hohe Decke. Es war ein quadratischer Raum, in dem Krüge, Fässer und ein riesiger Stapel Feuerholz für den Winter lagerten. Naserümpfend ließ Marcella ihren Blick über einige Körbe schweifen, deren Flechtwerk mit den verwesten Resten von Obst oder Gemüse gefüllt war.

Eine Tür ging von dem Raum ab. Arnaud öffnete sie.

»Sie ist nämlich tot«, sagte er.

Damian warf Marcella einen Blick zu und rollte die Augen. Er schaute vielsagend zur Treppe. Aber Marcella schüttelte den Kopf.

»Sie ist einfach gestorben. Ich denk, aus lauter Traurigkeit. Als sie gehört hat, dass Fabrisse tot ist, wollte sie auch nicht mehr leben. Hier ist sie.« Das Licht von Arnauds Fackel zitterte über einige Fässer, die an der Wand standen, dann über einen unordentlich auf dem Boden liegenden Mantel, der ihm selbst gehören mochte, einen Wanderstab und einigen Kram bis zu einer kauernden Gestalt. Na Roquas Arme hingen herab, der Kopf war zur Seite gesackt, die Augen geöffnet und starr. Sie schien damit auf ihre abgespreizten Beine zu starren.

»Ich hätt sie ihr schließen müssen, ja? Aber ich … kann

356

sie nicht anfassen.« Der Schäfer zog die Nase hoch und wischte mit dem Ärmel darüber.

Damian nahm ihm die Fackel ab. Wieder fiel das Licht auf das Gesicht der Toten. Er bückte sich und tat, was Arnaud nicht fertig gebracht hatte: Er schob die Lider über die Augäpfel. Danach wollte er sich erheben, doch er hielt mitten in der Bewegung inne. Marcella sah, wie seine Schultern steif wurden.

»Vielleicht war sie froh, hier zu sterben«, sagte Arnaud. »Dies ist ein freundliches Haus. Nicht der Garten, aber hier drinnen.«

»Vielleicht.« Damian erhob sich und trat ein wenig zur Seite. Er wies mit dem Kinn auf das Gesicht der Alten. Marcella starrte darauf, hatte aber keine Ahnung, auf was er hinauswollte – bis ihr Blick auf Na Roquas Hals fiel. Fabrisses Mutter war eine magere Person gewesen. Entsprechend faltig war ihre Haut. Der Hals sah aus, als hätte man einen Stock mit einem viel zu großen Lappen umwickelt. Nur der voluminöse Kehlkopf wölbte sich vor. Oder hatte sich vorgewölbt.

Marcella bückte sich.

»Lasst uns wieder hochgehen«, schlug Damian vor.

Der Kehlkopf der alten Frau war eingedrückt. Man musste kein Medicus sein, um zu erkennen, dass er mit Gewalt zerstört worden war. *Du lügst, Arnaud, Na Roqua ist keines glücklichen Todes gestorben. Sie wurde erdrosselt.*

Marcella blickte dem Schäfer in die Augen. »Na Roqua wurde ermordet«, sagte sie.

Er starrte zurück. Seine Blicke wanderten zu der kauernden Gestalt. Im nächsten Moment riss er das Messer aus dem Gürtel. Damian bückte sich nach dem Wanderstock ... und hätte doch keine Chance gehabt gegen den flinken Mann.

Aber Arnaud wandte sich gar nicht gegen ihn. Er fuhr herum und stierte zur Kellerstiege. Einen Moment hielten sie alle den Atem an. Dann legte Marcella ihm behutsam die Hand auf den Oberarm. Er hat Angst, sonst nichts. Misstrauisch ließ Damian den Stock sinken.

»Sie sind überall, ich weiß«, flüsterte Marcella. »Und es ist an der Zeit, dass jemand ausspricht, was im Dorf verborgen gehalten wird. Arnaud – du hast Jeanne lieb gehabt.«

Die Bank im Rosengarten. Lächeln, verschämte Blicke, Jeannes schuldig gesenkter Kopf. *Es ist nur Freundschaft, mein Kleines. Das ist nichts Falsches.*

Aber es war mehr als Freundschaft gewesen. »Du hast sie geküsst, Arnaud.«

Der Schäfer fing an zu weinen. Er hielt sich an Marcella fest, während er sich zu Boden sinken ließ. Das Messer fiel ihm aus der Hand. Er verbarg sein Gesicht hinter den schwieligen Fäusten und begann, seinen Oberkörper zu wiegen.

Damian stieß mit dem Fuß unauffällig das Messer beiseite und warf Marcella einen Blick zu, der sie warnen sollte.

Marcella ging in die Hocke. »Du hast sie lieb gehabt, und als sie tot war, hast du sie fortgebracht.«

»Sie sollte nicht brennen.«

»Nein, das sollte sie nicht.«

»Wir wollten zu den Weiden im Süden, wo die Bäume wie Zauberer aussehen.«

»Du und Jeanne.«

»Da gibt's Wiesen voller Mauerpfeffer ... Wir wollten heiraten.«

Niemals werde ich dich verlassen, Häschen, ich versprech's dir. Es wäre schrecklich und eine große Sünde zugleich.

»Aber Jeanne hat es sich anders überlegt? Sie wollte nicht mehr mitgehen?«

Arnaud hörte auf, sich zu schaukeln. Er ließ die Hände sinken und starrte darauf, so wie Na Roqua auf ihre Füße.

»Was hast du getan, als sie nicht mit dir gehen wollte?«

»Sie wollte. Ich hab auf sie gewartet. Bei der Eberesche. Den ganzen Abend.«

»Aber sie ist nicht gekommen.«

Arnaud schwieg.

»Und dann bist du zu ihr gegangen?«

»Konnte ich ja nicht. Guillaume war tot. Überall waren Leute.«

»Hatte Jeanne Guillaume auch gern?«, fragte Marcella aus einer Eingebung heraus. Mit hämmerndem Herzen wartete sie auf die Antwort, obwohl ihr selbst nicht klar war, worauf sie hinauswollte.

»Er hat aus dem Mund gestunken.«

»Grazida mochte ihn trotzdem.«

Der Schäfer schüttelte den Kopf. »Dann hätte sie ihn doch nicht umgebracht«, meinte er. Es klang äußerst vernünftig. Nicht, was er sagte, sondern, wie er es sagte. *Was* er sagte, war …

Marcella holte tief Luft. »Grazida hat Guillaume getötet? Es war Grazida? Sie hat ihren eigenen Mann getötet?«

»Und jetzt«, sagte Damian leise und beugte sich zu ihnen herab, »würde ich auch gern mehr hören.«

»Und ich ebenfalls«, meinte eine Stimme in ihrem Rücken.

Clergue trug eine bauchige Windlampe, und sein Gesicht, das davon angeleuchtet wurde, sah aus wie ein freundlicher Vollmond. Er kam die letzten Kellerstufen herab und trat in den Raum. Als er die Tote erblickte, schüttelte er den Kopf.

»Arnaud. Wir haben dich gesucht. Aber wir waren nicht schnell genug, wie ich sehe. Nicht für die arme Na Roqua. Du warst also dabei, als der arme Guillaume starb? Hab ich das eben richtig verstanden?« Er hielt seine Lampe so, dass Arnauds Gesicht mit Helligkeit übergossen wurde. Der Schäfer kniff die Augen zusammen. »Nun?«

Arnaud schüttelte den Kopf.

»Du warst also *nicht* dabei? Er war nicht dabei, Bernard, weiß aber trotzdem über alles Bescheid. Das sind die Zeugen, die die Inquisition liebt.« Clergue machte Platz für den Bayle, der den Türrahmen besetzte.

»Ich hab dich bei der Messe vermisst – das nur nebenbei, mein Lieber. Aber dafür hast du mich ja später allein aufgesucht, nicht wahr? Keine schöne Sache, wenn das Schaf seinen Hirten braten will. Ich habe eine ordentliche Beule.« Der Pfarrer lächelte, und zum ersten Mal mochte Marcella sein Lächeln nicht leiden. Na Roqua hockte tot zu ihren Füßen, und Arnaud war … ein armseliges Häuflein Unglück.

Auch Clergues Blick wanderte zu der Leiche. Bedauernd meinte er: »Die Arme. In einem Kellerloch zu sterben. Welche Sünden sie auch begangen haben mag, das hat sie nicht verdient. Marcella, Damian – geht hinauf. In der Küche warten ein paar Jungen. Sagt ihnen, sie sollen eine Trage …«

»Ich hab's nicht gesehen, dafür aber andere. Grazida und Bernard …« Arnaud verstummte, als der Bayle ihn ins Visier nahm. Nervös leckte er sich über die Lippen.

»Geht rauf, Kinder«, sagte Clergue. »Es sieht so aus, als gäbe es hier etwas zu beichten.«

Weder Damian noch Marcella rührten sich.

»Na Roqua ist katholisch«, murmelte Arnaud. »Aber sie hat gesagt, was wir uns nicht trauten – dass ein Mann seine Nachbarn nicht an die Inquisition verrät.« Er blinzelte, als Clergue näher trat. »Ich bin nicht dumm. Na Roqua hat böse über dich gesprochen, und kurz drauf hat ihr jemand die Zunge abgeschnitten. Als Guillaume das sieht, will er zum Inquisitor. Und dann ist er auch tot. Und nun wurde Fabrisse ermordet. Und Fabrisse hatte ich gern.«

»Arnaud … Arnaud! Du redest irre.« Clergue hatte die Blüte seiner Jahre hinter sich. Sein Kreuz schmerzte, seine Augen machten ihm zu schaffen … Er sah aus wie ein gütiger alter Mann, dem man zu viel zumutet, als er sich zu dem Schäfer hinabbeugte.

»Ich wollt sie begraben, bei mir oben, aber nicht mal das hast du zugelassen. Du bist kein guter Mann, Clergue. Du bist ein hundsgemeiner ...« Arnaud sackte mit einem Klagelaut zusammen.

Damian stieß einen Schrei aus. Er hob Arnauds Wanderstab und wollte vorspringen, aber er blieb erschrocken stehen, als er sah, wie Belot sein Schwert zückte. Belot schien es fast zu bedauern. Er grinste ihn an. »Runter damit.«

Widerstrebend ließ Damian die provisorische Waffe fallen.

»Ich habe das nicht gern getan«, meinte Clergue und wischte das blutige Messer an Arnauds Kittel trocken. Der Hirte war noch nicht tot. Blutblasen sickerten aus seinem Mund und färbten den weißen Bart rosa. Seine Augen waren aufgerissen. Angeekelt wandte Clergue sich ab. »Ich möchte, dass ihr es begreift. Na Roqua war auf dem Weg, mich an die Inquisitoren zu verraten. Und wie hätte das geendet? Für das Dorf, meine ich?«

»Ihr gehört zu den Ketzern.«

Er nickte. »Ja, Marcella. Sie nennen mich ihren kleinen Bischof. Ich bin ihr Hirte – wie eh und je. Sie verlassen sich auf mich. Ich musste also reagieren, als die Alte zur Verräterin wurde. Und war es nicht barmherzig von mir, dass ich ihr nur die Zunge nahm?«

»Und mit derselben Barmherzigkeit habt Ihr Guillaume ...«

»Guillaume!«, unterbrach Clergue sie hitzig. »Er wusste, was er tat. Er war gewarnt und wollte uns trotzdem an die Inquisition ausliefern. Marcella! Du hast doch gesehen, wie es ist, wenn die Scheiterhaufen brennen. Er war wie von Sinnen. Er wollte jeden Namen nennen, den er wusste. Was hatte ich für eine Wahl. Er hat mich förmlich gezwungen ...«

Ein schreckliches Geräusch, ein Ringen nach Atem, als wenn jemand erstickt würde, kam aus Arnauds Mund.

Dann fiel der Schäfer vornüber und hauchte endgültig sein Leben aus.

»Und Fabrisse?«

»Ein Hirte schützt seine Herde. Sie kann den Mund nicht halten. Sie hätte geredet.«

»Warum Jeanne?«

»Ach. Jeanne war ein braves katharisches Mädchen. Ich mochte sie. Ihr Unglück hatte sie sich selbst zuzuschreiben. Vom Feuer in den Lenden getrieben, hinaus zum Schäferstündchen mit dem Schäfer.« Er zuckte die Schultern über den seichten Witz. »Sie wollte sich mit ihm treffen – und dabei hat sie zu viel gesehen. Pech für sie. Ich habe versucht, ihr die Sache mit Guillaume zu erklären. Genau genommen, hatte sein Tod doch auch *ihr* Leben gerettet. Sie gehörte schließlich auch zu uns. Guillaume hätte sie wie jeden auf den Scheiterhaufen gebracht. Ich habe ihr das mit Engelszungen auseinander gesetzt. Wenn sie den Mund gehalten hätte …«

»Aber das wollte sie nicht.« Trotz der beiden Toten im Raum, trotz des schrecklichen Mannes, der im gleichmütigen Tonfall von seinen Morden berichtete, fühlte Marcella eine Welle des Triumphs.

»Sie wollte wohl – als sie begriff, dass ihre Schwester unter der Obhut des Bayle stand. Das haben wir ihr schon klar gemacht. Heiliger Petrus, wir mussten dich in Bernards Keller sperren, weil du immerzu ausbüchsen wolltest, weißt du das noch?« Clergue lachte.

Die Treppe. Es hatte sie also doch gegeben.

»Kein Grund, so ein Gesicht zu ziehen. Im Grunde ist deiner Schwester nichts Schreckliches widerfahren. Die Endura, das Fasten bis zum Tod, ist eine Gnade für einen wie uns. Keine Strafe. Sie empfing ein wenig früher, wonach sie sich sehnte. Du begreifst das nicht, denn du hast die reine Lehre vergessen, die uns erklärt, dass die Körperlichkeit eine abscheuliche …«

Marcella sah, wie Damians Blicke zwischen Clergue und Belot hin und her irrten. Aber der Stock lag zu seinen Füßen und Arnauds Messer außer Reichweite in der Ecke, in die er es selbst gestoßen hatte.

»... und lebt nun in einer Welt, in der liebliche Freuden ...«

»Sie ist nicht verdurstet. Und sie starb auch nicht wegen ... wegen irgendeiner Liebe. Was für eine schreckliche Behauptung. Ihr habt sie aus dem Fenster gestoßen, weil sie Euch nicht länger decken wollte. Sie hat sich gewehrt. Der Krug ist zu Bruch gegangen. Sie hat ... o Gott ...« Marcella merkte, wie Damian nach ihr griff. »Sie hat gesagt, dass sie zu Fournier wollte. *Ich höre es wieder.* Sie wollte den Mord bezeugen, den sie beobachtet hat, als sie auf dem Weg zu Arnaud war. Sie hat Euch einen Schweinepriester genannt. Und Ihr habt sie umgebracht!«

Es war hassenswert, dieses sanfte Geistlichengesicht, von dem die Maske der Anteilnahme nicht weichen wollte.

»Ich dachte, es wäre der Bayle gewesen, der sie ermordet hat, aber es war Eure Stimme, die ich in Jeannes Zimmer gehört habe. Ich hatte mich versteckt, erst hinter dem Webstuhl, dann bin ich rausgelaufen und zum Turm gerannt. Ich hatte die Blätter über mich geworfen, aber Ihr habt mich ...«

»Nicht er. Das war wirklich ich«, sagte Belot. »Du hast mich gebissen.« Er zeigte seine Hand, aber in dem schlechten Licht war nichts zu erkennen.

»Bernard brachte dich in sein Haus und sperrte dich in den Keller, und dort ... wir wussten nicht recht. Wer bringt es übers Herz, einem Kind etwas anzutun?«

»Aber wer kann sich andererseits auf das Schweigen eines Kindes verlassen?«, sagte Marcella.

»Und wer kann sich auf das Schweigen einer rachsüchtigen Schwester verlassen? Es wäre besser gewesen, du hättest weiter an Arnauds Schuld geglaubt. Gott, ist mir das schrecklich.«

Damian räusperte sich. »Es ist nicht mehr wie vor fünfzehn Jahren. Man wird uns vermissen, es wird Untersuchungen geben ... Ihr könnt das nicht wollen.«

Clergue nickte.

»Und die Inquisition ist gründlich.«

»Aber sie ...« Clergue lachte. »Natürlich hole ich uns *nicht* die Inquisition ins Dorf. Es ist nur nützlich, gelegentlich damit zu drohen. Und man wird euch *selbstverständlich* vermissen, und man wird euch finden – im Keller dieses Hauses, mit den Überresten von Arnaud und Na Roqua, falls man das noch identifizieren kann, nach dem Feuer. Euer wackerer Ritter wird den verdammten letzten Katharer verfluchen, der euch ums Leben brachte. Und dann ist es vorüber.«

Belot sah nicht erstaunt aus. Offenbar hatten er und Clergue alles fein säuberlich besprochen, bevor sie sich aufmachten, ihr Mordgeschäft zu erledigen.

»Die Leute im Dorf kennen die Wahrheit«, sagte Damian.

»Sie werden schweigen wie immer. Denn sie wissen, was ... *wer* ihnen gut tut.« Clergue schüttelte den Kopf. »Du verstehst das nicht, mein Sohn. Hier gehen keine Gespenster um. Wir sind erleuchtet. Wir haben erkannt, dass aus der Beichte und dem Brimborium der Taufe und der Totensakramente kein Heil entstehen kann. Eine Hostie ist ...«

... nichts als eine gebackene Waffel ...

»... ein Stück Brot. Wir sind von den Irrtümern der römischen Metze befreit.« Clergues Gesicht verlor die Härte, als er weitersprach: »Zuerst ist es schrecklich. Aber dann ... wunderbar, wenn man den wahren Weg des Heils erkannt hat. Der Leib ist die Sünde. Einmal befreit von seiner Last ...«

»Lass uns ein Ende machen. Die andern warten«, sagte Belot.

Clergue nickte. Er nahm Arnauds Fackel auf und löschte

364

sie in den Kleidern des Toten. Dann verließ er rückwärts den Kellerraum, wobei er Damian und den Stock misstrauisch im Auge behielt. Belot folgte ihm, und im nächsten Moment flog die Tür zu. Es wurde stockdunkel. Sie hörten, wie etwas Schweres vor die Tür gerollt wurde – vermutlich eines der Fässer, die im Vorkeller standen.

»Ich hab euch von Anfang an gesagt, ihr sollt aus Montaillou verschwinden«, rief Clergue gedämpft.

»Und du wirst in der Hölle schmoren, in der es heißer sein wird als in diesem Keller«, brüllte Marcella zurück.

Sei nicht so wild, Mädchen. O doch, Fabrisse!

»Ich werde sterben im Kreis der Vollkommenen mit dem Consolamentum, das die wahre Vergebung bringt. Und werde mit reinem Herzen und weißen Händen vor dem Richter ...«

»Mein Fluch wird dein Jammern übertönen. Und wer immer dich richtet, Engel oder Teufel ...«

»Halte den Mund, Hexe!«

»... wird deine scheinheilige Seele braten lassen, bis der letzte Funken Feuer im Universum erloschen ist!« Marcella trat so heftig gegen die Tür, dass sie mit einem Klagelaut zu Boden stürzte.

Damian tastete nach ihr. »Gut gesprochen, Mädchen«, sagte er, zog sie auf die Füße und nahm sie in die Arme. »Draußen liegt das Holz für einen ganzen Winter gestapelt. Sie werden's anzünden. Die Außenmauern sind aus Stein, aber hier drinnen – Zwischenwände, Böden, Dach –, alles Holz.«

Marcella musste an die Gluthölle in der Kirche denken, und ihre Wut schwand und machte nackter Furcht Platz. Sie krallte die Hände in Damians Surcot.

»Was ist in den Fässern, die an der Wand lagern?«, fragte er.

»Welche ... Oh! Ich weiß nicht. Bestimmt Wein. Hilft uns das? Können wir damit löschen?«

Marcella fühlte, wie Damian den Kopf schüttelte. »Im Gegenteil, wenn es richtig heiß wird … Immer mit der Ruhe, wir müssen nachdenken.«

Draußen vor der Tür erhob sich ein Freudengejohl. Die beiden Mörder oder ihre Kumpane aus der Küche schienen den Holzstoß entzündet zu haben.

»Wenn es hier heiß genug ist, wird der Wein das Feuer zu einem Spektakel machen. Aber … wie ist er hier heruntergekommen?«

»Was?«

»Der Wein. Wie habt ihr die Fässer in den Keller geschafft?«

Marcella versuchte, sich zu erinnern. Nur schienen sich achtjährige Mädchen nicht für Transportprobleme zu interessieren. Durch die Küche, die Stiege hinunter? Nein. Das wäre umständlich gewesen, und die Gefahr, dass ein Fass über die Stufen polterte und zu Bruch ging …

Damian ließ sie los, und sie hörte, wie er sich an der Wand entlangtastete. Natürlich wäre es vernünftig gewesen, die Fässer direkt von außen durch ein Fenster über eine Rutsche in den Keller zu rollen. Hatte ihr Vater das getan? Schemenhaft meinte Marcella eine dickliche Gestalt zu sehen, eher betrübt als böse. *Was spielt es für eine Rolle, jetzt, wo Maman tot ist?* Nichts hatte eine Rolle gespielt, seit Maman gestorben war. Wenn ihr Vater jemals Wein in den Keller hatte schaffen lassen, dann musste es vor ihrer Geburt gewesen sein.

Vielleicht keinen Wein, schoss es Marcella durch den Kopf. Aber Fabrisse hatte körbeweise Obst eingelagert. Vage erinnerte sie sich an eine Schräge, durch die die Körbe an einem Seil herabgelassen wurden. Direkt vom Garten in den Keller.

»In der Ecke«, sagte Marcella. »In einer der Ecken. Ich bin durch ein Fenster gerutscht und habe mir beim Fallen ordentlich wehgetan. Und es war …«

Stimmte es, dass durch die Tür Brandgeruch drang. Oder bildete sie sich das ein?

Sie orientierte sich an den Geräuschen, die Damian machte, und tastete sich in seine Richtung vor. Ihr entfuhr ein Schrei, als sie über ein Bein stolperte, wahrscheinlich das des armen Arnaud.

Es war tatsächlich wärmer geworden, aber es wurde auch heller. Durch die Ritzen in der Brettertür drang Licht. Sie konnte Damian jetzt als schwarzen Schemen vor der etwas helleren Wand ausmachen. Er war auf ein Fass geklettert und wollte auf ein zweites hinauf, das mit anderen eine Pyramide bildete. Sie stellte sich so hin, dass er mit dem Fuß auf ihre Schulter treten konnte.

»Es müsste … verflucht, es müsste doch hier irgendwo …«

»Es war in einer Ecke.«

Damian nahm sich die Zeit, dennoch den obersten Teil der Wand abzutasten. Er hatte Recht. Ihre Erinnerungen hatten sie oft genug getrogen.

Es wurde beängstigend schnell wärmer. Marcella horchte und meinte das Prasseln von Flammen zu hören. Sie schrak zusammen, als Damian zu Boden sprang. »Dort drüben«, sagte sie und vergaß, dass er nicht sehen konnte, wohin sie zeigte. Sie zog ihn mit sich. »Lass das Fass. Du hältst mich, ich klettere. Das geht schneller.«

Damian nickte und bot ihr seine verschränkten Hände, und mit seiner Unterstützung und der Hilfe der Mauer gelangte sie bis fast zur Decke. Als sie mit dem Ellbogen an die Wand stieß, die den Keller vom Vorkeller trennte, zuckte sie zurück, so warm war das Lehmgeflecht. Einen Moment überfiel sie Panik, und sie begriff nicht, was Damian über die Aufteilung der Räume sagte. Aufgeregt fingerte sie über Fugen und abgeblätterten Putz.

»Hier. Hier! Unter dem Dreck und den Spinnweben ist eine Fuge. Und das ist … Holz! Ich hab's Damian. Dahinter liegt die Schräge.« Ihre Stimme war hell vor Triumph.

»Bekommst du's auf?«

»Nein, ich kann sie nicht einmal anheben. O Himmel, und wenn sie etwas darüber gefüllt haben?«

Ihr Teil war getan. Damian beeilte sich, ein Fass zu verrücken, denn die Wärme, die von der Lehmwand ausstrahlte, wandelte sich beunruhigend schnell zu wirklicher Hitze. Er stieg mit ihrer Hilfe auf das Fass und stemmte sich gegen die Tür. Nichts. Sie bewegte sich keinen Zoll. Nach mehreren von Flüchen begleiteten Versuchen sprang er zu Boden.

»Ein Hebel.«

»Was?«

»Ein …« Er unterbrach sich. »Arnaud, verflixter Kerl, ich liebe dich. Wo ist sein Stab?«

Marcella musste trotz ihrer Angst lächeln, als sie Damian mit Arnauds Wanderstab einen neuen Versuch machen sah. Über das Ende des runden Holzes war eine angespitzte Eisenkappe gestülpt worden – vermutlich hatte der Stab als Waffe im Kampf gegen Wölfe, Bären oder menschliche Feinde gedient. Damian schob die Spitze in eine der Ritzen zwischen den Brettern, die er mehr fühlte als sah. Sie hatte erwartet, dass er ihre Hilfe bräuchte, um die Klappe zu sprengen, aber plötzlich schien alles ein Kinderspiel zu sein. Die Bretter brachen – und schwarzer Sand rutschte in den Keller.

Damian sprang zur Seite. Er grinste Marcella triumphierend an, als Licht und ein leichter Luftzug in ihr finsteres Gelass drangen. Eilig riss er die letzten Bretter aus der Öffnung. Als er den Stock sinken ließ, gab es ein gewaltiges Krachen, und er musste einen Satz machen, sonst hätte ihn die in sich zusammenstürzende Wand des Vorkellers unter sich begraben.

Ohne ein Wort riss er Marcella an sich und bot ihr erneut seine Hände. Es war schwierig, sich durch den Schacht zu zwängen, und es gelang Marcella nur, weil Damian mit dem

368

Wanderstock nachschob. Flüchtig dachte sie, dass sie einen blauen Fleck am Hintern haben würde.

Als sie den Kopf ins Freie streckte, schnappte sie nach Luft. Aber sie gönnte sich keine Pause. Sie arbeitete sich heraus, ergriff das Ende des Stabes und hielt ihn mit beiden Fäusten. »Nun mach schon!«

Keine Antwort. Keine Reaktion. Einen Augenblick wurde Marcella schwach vor Angst, als sie den beißenden Qualm roch, der aus dem Loch stieg.

Dann fühlte sie einen Ruck, und kurz darauf erschienen Damians Hände in der Öffnung. Sie packte sie und zog, und gemeinsam fielen sie auf die weiche, nasse Erde.

Damian sprang sofort wieder auf. »Weg von hier.«

Es schien, als habe die fallende Wand ein Inferno ausgelöst. Flammen loderten durch den Schacht, aber bald auch aus den verbretterten Fenstern des Erdgeschosses. Sie zogen sich in den hinteren Teil des verwilderten Gartens zurück und setzten sich neben den Brunnen. Damian hatte sich die Handkante verbrannt und hielt sie still an die Lippen, während er das Feuer beobachtete. Es war inzwischen Nacht geworden.

»Warum ging das so leicht mit dem Hebel?«, fragte Marcella.

Er lächelte sie an und wandte den Kopf wieder zum Haus zurück, wo das Feuer rasend schnell auf das Dach übergriff.

»Und nun?«, fragte er.

24. Kapitel

Die Entscheidung wurde ihnen abgenommen. Die Bewohner von Montaillou hatten sich aufgemacht und strömten zum Brandherd. Damian und Marcella sahen aus dem Schatten der Bäume heraus zu, wie ihre Fackeln durch das nächtliche Wäldchen tanzten und wie sie sich der Vorderfront des Hauses näherten. Die Neugierde musste beträchtlich sein. Marcella schätzte, dass sich mindestens hundert Leute auf den Weg gemacht hatten, jeder in Montaillou, der Beine hatte. Sie erkannte Philippe mit den Äpfeln. Und ... Matteo.

Pfarrer Clergue führte den Zug an, und der Bayle schritt gewichtig neben ihm. »Nicht zu dicht heran«, dröhnte Clergues Stimme. »Das Haus könnte jeden Moment ... Was hast du vor, mein Sohn?«

Matteo trennte sich von der Menge und streifte an der brennenden Wand entlang.

»Es geht ihm nahe«, sagte Damian leise.

»Das hätte ich dir sagen können.«

»Komm zurück!«, rief Clergue dem Jungen zu. »Niemand kann ihnen mehr helfen. Sie waren bereits tot, als Arnaud das Haus in Brand steckte. Heiliger Joseph, dieser Verrückte.« Er drehte sich zur Menge um und hob die Arme, als wolle er predigen. »Arnaud hat Na Roqua erschlagen, weil sie ihm den Mord an Fabrisse vorgeworfen hat, und ich nehme an, dass Marcella und ihr bedauernswerter Monsieur zu den beiden stießen, und als sie begriffen, was es mit Arnaud auf sich hatte ... Wir kamen leider zu spät.«

»So ein Mistkerl«, ärgerte sich Damian. »Er erklärt den Leuten, was sie zu sagen haben, wenn die Behörden Nachforschungen anstellen. Prägt sich auch wunderbar ein beim Anblick eines brennenden Hauses. So geht es den Verrätern. Was ist? Nein, Marcella, warte.«

Er hatte sie von dem zu überzeugen versucht, was vernünftig war: das Dorf still und heimlich zu verlassen, den Bayle von Ax aufzusuchen und den Mord an Arnaud und Na Roqua und den Mordanschlag, der ihnen beiden galt, zu melden. Danach würden die Mühlen der Justiz zu mahlen beginnen. Er hat gut reden, dachte Marcella. *Dem Mädchen ist ja auch nichts Schlechtes widerfahren.* Ein Schauer aus Hass rieselte ihren Rücken hinab.

Clergues Stimme übertönte die prasselnden Flammen. »Unser Kirchlein ist niedergebrannt, aber, liebe Freunde, wir sollten dennoch für die armen Opfer dieses verwirrten Ketzers ...«

Dem Mädchen ist ja auch nichts Schlechtes widerfahren. Erstick an deiner Falschheit!

»Sie sind tatsächlich tot?«, fragte jemand aus der Menge.

»Das sind sie, und wir sollten ihnen eine Totenmesse ...«

»Zu früh, Clergue!« Marcella streifte Damians Arm ab und trat unter den Bäumen hervor. Es hätte ihr Genugtuung bereiten sollen, zu sehen, wie der Pfarrer für einen Moment die Fassung verlor. Stattdessen packte sie Nervosität. Als sie zu dem Halbkreis trat, den die Leute bildeten, kam sie sich vor wie die Hauptdarstellerin eines Marktspektakels mit schlechten Schauspielern und hämischen Zuschauern, die nur darauf warteten, ihre faulen Tomaten und Kohlköpfe loszuwerden.

»Euer Pfarrer lügt. Arnaud liegt erstochen im Keller dieses Hauses. Und es war Clergue, der ihn umgebracht hat. Ihn und Na Roqua. Und Fabrisse.«

Niemand erschrak. Niemand stellte eine Frage. Die Leute starrten sie an, als hätte sie in einer fremden Sprache gesprochen. Nur Matteo grinste selig. Er trat zur ihr, aber sie schob ihn beiseite.

»Guillaumes Blut klebt ebenfalls an seinen Händen. Und seit heute weiß ich, dass er meine Schwester Jeanne ermordet hat.«

Na und? Marcella Bonifaz – du enthüllst hier kein Geheimnis. Jeder im Dorf weiß Bescheid, genau wie damals alle Bescheid gewusst hatten. Sie versuchte, in die braunen Gesichter unter den glatten und geringelten schwarzen Haaren zu sehen, irgendjemandes Blick festzuhalten, aber alle wichen ihr aus.

»Soso«, sagte Clergue. Er rieb nervös die Hände. »Soso … das … sind natürlich … Hirngespinste. Und … sie versteht nichts davon. Erst war sie ein Kind, und dann lebte sie in diesem … Deutschland. Marcella Bonifaz ist eine feine Dame. Glaubt ihr, dass sie jemals die Kerker von Carcassonne gesehen hat? Den gelben Turm, in dem die Anhänger der wahren Lehre von den Mönchen …« Ihm brach die Stimme, als würde ihn eine Erinnerung schmerzen, und diese Regung schien echt zu sein. »Sie binden euch Hände und Füße zusammen und zwingen euch, stundenlang so auszuharren. Sie entzünden Feuer unter euren Fußsohlen …«

»Feuer unter den Füßen von Vital Piquier«, sagte Philippe mit den Äpfeln.

Hitzig drehte Clergue sich zu ihm um. »Feuer für den Mann, der nicht wusste, wann man den Mund zu halten hat.«

»Feuer für den Mann, der dir sechs Ferkel verkaufte und nie sein Geld dafür bekam. Feuer für Pierre Azéma, der sich beklagte, dass du seine Tochter und seine Schwester geschwängert hast …«

Ein Raunen setzte in der Menge ein. Marcella spürte, wie Damian neben sie trat. Sie fasste nach seiner Hand.

»Ah, Philippe, so ist das also! Du wünschst sie dir ins Dorf, die Männer mit den Kutten? Du willst, dass sie durch die Häuser schleichen? In Rixendes Haus, wo die kleine Ava von der Geisttaufe brabbelt? In Onkel Prades' Haus, in dem sie einen Kalender des heiligen Glaubens und das rote Buch finden? Ins Haus …?« Clergue brach ab, als er Philippes dünnes Lächeln sah. »Ins Haus deiner Schwester?«

»Es ist bereits vorbei, Clergue, père.« Höhnisch betonte Philippe das letzte Wort.

»Wovon redest du?«

Philippe schwieg, sein Lächeln wurde breiter, wenn auch nicht fröhlich.

»Wovon redest du?«, wiederholte der Bayle sehr viel unbeherrschter als der Pfarrer und packte Philippe am Arm.

Der Angegriffene riss sich los und spuckte ihm auf den Stiefel. »Béatrice de Planissoles. Hat niemand sie vermisst? Hat sich keiner gewundert, warum Brune nicht mehr zum Fluss geht und Madames Laken wäscht? Dann will ich euch sagen, was los ist. Sie sind fortgeritten. Auf Madames weißem Pferd. Erst nach Ax und von dort den Fluss hinab Richtung Mirepoix. Das eine hab ich gesehen, und das andere hat mir Jean von der Schmiede bezeugt. Und warum haben sie niemandem Bescheid gesagt, als sie gingen? Weil sie uns besser kennen als wir uns selbst.«

»Madame verrät uns nicht«, sagte eine Frau, die Marcella nicht kannte, mit zittriger Stimme. Niemand antwortete ihr. Das Feuer prasselte, es stank nach Rauch und brennendem Holz.

»Béatrice ist zum Bischof geritten?«, fragte Clergue wie betäubt. »Dann … soll er doch kommen.« Er bemühte sich, seiner Erschütterung Herr zu werden. »Vielleicht ist sie wirklich nach Mirepoix. Aber wenn dieses Dorf zusammensteht … Niemand wird einer alten Frau … Wer sollte ihr denn glauben? Wenn wir zusammenhalten, Freunde, wenn wir uns einig sind wie immer ... Béatrices Vater war ein verurteilter Ketzer.«

Sein Blick fiel auf Marcella, und es schien fast zwangsläufig, dass auch die anderen sich den drei Personen vor dem Feuer zuwandten, die das ganze Unglück mit ihrer Ankunft und ihren Fragen ins Rollen gebracht hatten. Marcella sah, wie Matteo nach dem Gürtel tastete, aber ausnahmsweise hatte er kein Schwert dabei.

Jemand in den hinteren Reihen begann zu weinen.

»Grinse nicht, Philippe«, flüsterte Clergue. »Denkst du, es wird dich retten, dass du uns hasst? Es spielt keine Rolle mehr, wer Katholik oder Katharer ist. In den Augen der Inquisition gibt es nur das Dorf. Das Dorf, das schwieg und dafür brennen soll. Das Dorf – und die Fremden.«

Und damit standen sie wieder im Licht der Aufmerksamkeit. War es Einbildung oder hatte sich die Haltung der Menschen geändert? Blickten sie düsterer? Entschlossener? Marcella fühlte Damians Händedruck. Er wies mit dem Kopf fast unmerklich zum Garten.

»Paul, Jérôme ... Baptiste«, flüsterte Clergue.

Drei Männer traten zögernd aus der Menge. Einer von ihnen war der hagere Bursche von der Suchaktion, dem das Ohr fehlte. Er trug einen Prügel in der Hand, ein bäuerliches Handwerkszeug, das aussah wie der vergrößerte Schlegel eines Trommlers. Die anderen beiden umklammerten lange Messer, mit denen sie sonst ihre Schweine zerlegen mochten.

Matteo ballte tapfer die Fäuste.

»Tut das nicht«, sagte Damian.

Der Mann mit dem Schlegel war der mutigste. Er kam näher und gesellte sich zu Belot und Clergue. Auch der Bayle hatte inzwischen seine Waffe gezogen. Er trug als Einziger ein richtiges Schwert.

»Tut das nicht«, wiederholte Damian und drängte Marcella hinter sich. Er verdrehte ihr Handgelenk und wies damit erneut zum Garten. Als wenn sie entkommen könnten.

Der Mann tat einen Schritt voran und hob den Schlegel …

Und ließ ihn ins Gesicht des Bayle krachen.

Es war totenstill.

Das Knistern der Flammen, das Marcella kaum noch wahrgenommen hatte, erschien plötzlich überlaut, das Knallen und Prasseln wie Explosionen. Der Bayle sackte zu Boden, ohne auch nur einen Wehlaut von sich zu geben. Der Schlag musste ihn auf der Stelle umgebracht haben. Er kippte in das Weinlaub.

»Gott steh uns bei«, flüsterte jemand.

Als wäre das ein Signal gewesen, erhob der Mann seinen Schlegel ein zweites Mal. Er drehte sich um zu Clergue.

»Du Idiot«, flüsterte der Pfarrer. Er bewegte sich langsam rückwärts, hatte aber genug Nerven, um Belots Mörder fest im Auge zu halten. Tatsächlich zögerte der Mann. Er starrte auf das blutige Ende seines Schlegels.

»Geht und gießt sieben Schalen mit dem Zorn Gottes über die Erde«, kreischte plötzlich eine Frau.

Der Mann zuckte zusammen und blickte zu ihr hinüber. Dann machte er zwei schnelle Schritte – und der Schlegel fuhr ein zweites Mal nieder.

Davon werde ich träumen bis ans Ende meiner Tage, dachte Marcella. *Sieben Schalen mit dem Zorn Gottes.*

»An Dornen also«, sagte Bischof Fournier und strich sich mit einer ungeduldigen Bewegung über das glatt rasierte Kinn. Er hatte beschlossen, sein Verhör noch in der Nacht seiner Ankunft zu führen, in dieser schrecklichen Nacht, die gar kein Ende zu nehmen schien. Hätte ich auch getan, dachte Marcella. Müde Leute verplappern sich. Sie gähnte, obwohl sie vor Aufregung immer noch zitterte.

»Und du hast keine Ahnung, wo der Pfarrer und der Bayle des Dorfes geblieben sein könnten?«

»Wirklich nicht«, wiederholte Marcella, was sie seit ihrer Ankunft im Donjon gesagt hatte. »Das Haus brannte, ich rannte hinzu, und ... meine Lippen werden wund. Ich weiß nicht, was passiert ist, das habe ich doch schon hundertmal gesagt.«

Es stimmte. Sie vermutete, dass Philippe mit den Äpfeln die beiden Toten in die Flammen des Hauses geworfen hatte, aber wissen konnte sie das nicht, denn Damian hatte sie fortgebracht, als sich die Dorfbewohner auf ihren Pfarrer stürzten.

Madame de Planissoles, die auf dem Stuhl beim Kamin saß, lächelte.

»Béatrice de Planissoles, du bist keinesfalls zu alt für eine strengere Befragung«, grollte Fournier. »Marcella Bonifaz ist in Gefahr. Das waren deine Worte. Das waren deine eigenen ... sehr eindringlichen ...«

Madame lächelte weiter. Ihr Blick ging ins Leere. Sie war eine alte Frau, der Ritt nach Mirepoix und zurück hatte sie über die Maßen angestrengt, sie sah so durchsichtig aus wie jemand, der schon fast aus der Welt geschieden ist.

»Marcella Bonifaz, glaubst du, ich weiß nicht, dass du einen Haufen von Gott verdammter Katharer zu schützen suchst?«

Und genau da hat er Unrecht, dachte Marcella. Es ging nicht darum, wer Katharer und wer Katholik war in Montaillou. Die reine Lehre – ob der Körper eine Schöpfung Satans oder Gottes war und ob es dem Himmel gefiel, wenn Menschen sich zu Tode dürsteten –, das hatte in Montaillou niemals die Rolle gespielt, die Fournier vermutete. Die Menschen hatten geglaubt, was sie glaubten, und sich gelegentlich darum gestritten und dann wieder versöhnt und Eier getauscht und einander auf den Feldern ausgeholfen. Bis ihr Pfarrer, der gleichzeitig der Einflussreichste und Gerissenste der Katharer war, bemerkt hatte, welche Macht ihm die Inquisition in Verbindung mit seinem Amt bescherte. Du willst das Geld für deine Ferkelchen? Findest du es klug, mir zu drohen? Der Inquisitor sitzt täglich bei mir zu Tisch.

Schmore in der Hölle, Clergue, dachte Marcella mit Leidenschaft.

Sie wusste, dass Bor de Tignac unten im Haus des Bayles die Bauern verhörte, aber sie war sicher, dass Philippes Botschaft bis in die letzte Hütte gedrungen war: Das Haus der Bonifaz' war aus unerklärlichen Gründen in Flammen aufgegangen, und niemand wusste, wo der Bayle und der Pfarrer abgeblieben waren. Und der Kirchenbrand ging offenbar auf das Konto eines schwachsinnigen Schäfers, der ebenfalls verschwunden war.

»Es scheint«, sagte Damian, der neben dem Kamin lehnte und seinen Rock an dem Ruß auf der Umrandung verdarb, »dass dieser Clergue und der Bayle nicht die Ehrenmänner waren, für die sie allseits gehalten wurden. Wie sonst sollte man ihre Flucht im Angesicht der Inquisition deuten? Und es würde mich nicht wundern, wenn sie vor dem Davonlaufen noch das Haus in Brand gesteckt haben. Vielleicht, um irgendwelche alten Beweise zu vernichten. Leuchtet das nicht ein?«

»Nein«, sagte Fournier und ärgerte sich.

Madame de Planissoles stand auf. Sie küsste Marcella auf den Scheitel, bevor sie zur Tür schlurfte. Ahnte sie, dass Clergue tot war? Trauerte sie ihm nach? Was hatte sie überhaupt an ihm gefunden? Die Liebe macht uns zu Idioten, dachte Marcella. »Bitte?«, fragte sie. Sie hatte die letzten Worte des Bischofs nicht mitbekommen.

»Verschwindet, sagte ich. Mir ist schlecht von diesem Lügenpampf.«

Die Befragung der Bewohner von Montaillou dauerte zwei Tage. Man hatte Knochen im niedergebrannten Haus gefunden, aber niemand konnte erklären, um wessen Knochen es sich handelte. Grazida war aus dem Dorf verschwunden.

Die Männer, die mit Clergue das Haus angesteckt hatten, ebenfalls. Und auch etliche Kinder und Leute wie Onkel Prades, denen das Herz zu offen auf der Zunge lag. Die anderen wussten von nichts.

Fourniers Männer fanden im Heu auf Rixendes Dachboden das rote Buch, in dem über den Segen der Endura geschrieben und darüber spekuliert wurde, ob eine Rezeption durch Gottes gute Geister möglich wäre, wenn beim Sterben eines Gläubigen keiner der *boni christiani* zur Verfügung stände. Wer mochte es dort vergessen haben? Rixende, Philippe und andere wurden befragt. Philippe gab zu Protokoll, dass Rixende manchmal aus Mitleid Wanderer bei sich übernachten ließ. Hatte nicht erst vor kurzem ein Kerl aus Saverdun dort Halt gemacht? Ja, daran erinnerten sich viele.

Jacques Fournier war geduldig. Er hielt nichts von der Folter, weil niemand beurteilen konnte, ob die anschließenden Aussagen der Wahrheit entsprachen oder nur aus Angst vor neuen Schmerzen gegeben wurden. Stattdessen befragte und notierte er, er dachte nach, er befragte von neuem, und kein Widerspruch entging ihm. Marcella war sicher, er hätte am Ende die Wahrheit herausgefunden, aber dann ereilte ihn ein Ruf aus Avignon.

Ein Ruck der Erleichterung ging durch das Dorf, als die Männer mit den weißen Kreuzen auf den roten Umhängen abzogen. Camille lief jubilierend durchs Haus. Sie bereitete mit Brune, die ihnen ungewohnte Herzlichkeit entgegenbrachte, ein Festmahl zu, und Madame ließ ausrichten, dass sie sich dafür aus dem Bett begeben würde.

»Und?«, fragte Marcella ihre Gastgeberin. »Wenn Seigneur curé, wie es nun aussieht, nicht zurückkehren wird nach Montaillou?«

»Ich weiß, dass er nicht zurückkehrt. Aber …«, sagte Madame und seufzte, »… kein Mensch ist nur schlecht, wie auch kein Mensch nur gut ist.« Sie hing Gedanken nach, die sich vermutlich weit in die Vergangenheit zurückbewegten, und lächelte wehmütig.

Idioten, genau, dachte Marcella. »Wisst Ihr, wohin Arnaud Jeannes Leichnam verschleppt hat?«

»Er hat sie in der Nähe seiner Cabana unter einer Eibe begraben. Jedenfalls behauptete Fabrisse das, der er den Ort gezeigt haben soll. Herr im Himmel, waren die beiden verliebt – ich meine Jeanne und Arnaud.«

»Aber sie wollte nicht mit ihm gehen«, sagte Marcella.

»Um deinetwegen, Mädchen. Und ich denke – nimm mir das bitte nicht übel –, da hat sie falsch entschieden. Wir sehen ja, dass du auch ohne sie groß geworden bist. Aber die Liebe …« Madame schaute in ihr Glas, seufzte und trank es bis auf den Grund leer.

25. Kapitel

Damian wies auf die steilen Buchstaben am Bug des Schiffs. »*L'Aigle, Adler* – hört sich das nicht an, als würden wir schon morgen den Fuß in den Fondaco dei Tedeschi setzen?«

»Was ist das?«

»Das Haus der deutschen Kaufleute. Ein Palast am Canalazzo.«

»Die Kaufleute, die *deutschen* Kaufleute haben einen eigenen Palast?«

Damian lachte. Sie standen am Schiffsanleger im Narbonner Hafen und schauten sich die prächtige Galeere an, die am übernächsten Tag nach Venedig ablegen sollte. Natürlich wieder im Konvoi. *Piraten* war für Marcella bisher nur ein Wort gewesen, mit dem sie vage schnelle Schiffe, verrohte Gestalten, Kämpfe auf blutigen Planken und Sklavenhandel in Heidenstädten wie Tunis oder Bidschaja verband. Einen Moment lang hatte sie ein dumpfes Gefühl im Magen, aber sie verscheuchte die Regung.

»Es muss unbedingt das Haus mit den gelben Sternenblumen sein«, sagte sie, als sie Damian am Arm nahm und sie den windigen Anlegeplatz verließen. »Ich habe in der Ecke neben der Steinbank bereits einen Kräutergarten angelegt. Ich werde Süßholz anbauen und … Ich werde gar nicht dazu kommen. Wenn Caterina erfährt, dass ich Matteo ermutigt habe, sein Glück bei der Flotte zu suchen, wird sie mir den Hals umdrehen. Wohnt sie in der Nähe des Sternenhauses?« Sie schlug die Kapuze ihres Mantels hoch, als ein Windschauer ihr in den Kragen fuhr.

»Sie wird dich ins Herz schließen und dich wunderbar finden, weil du dem Nichtsnutz dein Wohlwollen schenkst«, sagte er und bewies damit, dass er keine Ahnung von Müttern und Tanten hatte. Er steuerte das unförmig wirkende Haus an, in dem die Hafenkanzlei arbeitete. Er hatte die beiden Tage, die sie bereits in Narbonne waren, dazu genutzt, Bleizinnober aus Bagdad zu erstehen, das er an einen seiner Stofflieferanten in der Nähe von Florenz weiterverkaufen wollte.

Damians Geschäftspartner erwartete sie bereits vor der Tür. Gemeinsam betraten sie das Kontor, in dem ein junger Schreiber dem Notar gerade die Reinschrift des Vertrages zur Kontrolle vorlegte. Das Geschäft ging schnell über die Bühne. Damian wünschte einen Usowechsel, der Franzose war einverstanden, beide siegelten und schüttelten einander die Hände – fertig. Man muss sich das merken, dachte Marcella. Geschäfte über hohe Beträge benötigen nicht mehr Aufwand, als wenn man um Pfennige feilscht. Es ist eine Frage des Überblicks und der guten Nerven.

Damian wandte sich wieder an den Notar. »Habt Ihr in letzter Zeit etwas von Henri Lagrasse gehört?«

Der Mann schaute von seiner Kladde auf, in die er einen Eintrag über den Verkauf notierte. Er suchte kurzsichtig nach Damians Geschäftspartner, aber der hatte das Zimmer bereits verlassen.

»Henri Lagrasse. Ich wüsste gern, ob man hier in Narbonne etwas über seinen Verbleib weiß.«

»Ich dachte, er arbeitet für Euch«, sagte der Notar.

Damian zuckte die Achseln. Er hatte bereits am Tag ihrer Rückkehr mehrmals bei seinem ehemaligen Faktor ge-

382

klopft, aber niemand hatte geöffnet. Auch Espelette, der Mann, der während seiner Abwesenheit die Interessen des Kontors wahrgenommen hatte, konnte keine Auskünfte geben. Lagrasse war hier und da gesehen worden, aber er hatte ihn nie selbst erwischen können und es schließlich aufgegeben. Vielleicht war Lagrasse fortgezogen, in der Annahme, dass seine Dienste nicht mehr gewünscht würden.

»Er sitzt im Roseraie und säuft«, sagte der Schreiber. »Schon seit Wochen. Manchmal holt ihn die Hexe, die bei ihm sauber…« Er verstummte unter dem Blick seines Vorgesetzten und blinzelte Marcella zu.

Damian schickte Matteo zu der Taverne, die der Schreiber genannt hatte, und tatsächlich fand der Venezianer dort einen ziemlich verstörten und derangierten Lagrasse, der kaum glauben mochte, dass man ihn nach seinem Verschwinden nicht einfach hinausgeworfen hatte. Mit Tränen in den Augen nahm der Faktor die Einladung zu einem Mittagessen für den nächsten Tag an, die Matteo ihm überbrachte.

»Ich weiß, ich hätte mich vergewissern müssen, aber ich bekam die Nachricht aus dem Kloster und war völlig bestürzt, und der Bote war so rasch wieder fort – ich konnte kaum denken. Ich griff meinen Mantel und etwas Geld und war unterwegs.«

»Verständlich«, sagte Camille. »Das arme Mädchen.«

»Und ich war wie vom Donner gerührt – in glücklichster Weise, in allerglücklichster Weise natürlich –, als ich Sibille im Garten nach den Hühnern jagen sah. Ich bin immer noch beschämt, dass ich auf einen so üblen Betrug hereinfiel. Und Euch wirklich dankbar, Monsieur, dass Ihr so viel Verständnis habt für einen Vater …«

Damian nickte freundlich, obwohl ihm sicher unbegreiflich war, wie ein Mensch sich Hals über Kopf auf eine Reise begeben konnte, ohne jemanden zu benachrichtigen, ohne auch nur einen Fetzen Papier zu hinterlegen. Nun ja, Noël hatte es vorausgesehen, weil er Lagrasse und seine Liebe zur kranken Tochter kannte.

»Und welch ein Segen, dass es ein Irrtum …«, begann Camille.

»Kein Irrtum«, unterbrach Lagrasse die Frau. »Begreift Ihr nicht? Es war ein absichtliches Verwirrspiel.« Er schob das Geleeschnittchen, an dem er gerade säbelte, beiseite. »Das Kloster hatte doch niemanden auf die Reise geschickt. Warum auch, wo mit Sibille alles in Ordnung war? Ich verstehe noch immer nicht, wie Noël …« Er zuckte die Achseln. »Ohne darauf herumreiten zu wollen, aber der Mann hatte mir einiges … er hatte mir sein gesichertes Leben zu verdanken. Und dann das!«

Sie saßen in einer seltsamen Runde zusammen, sicher nicht passend für die Tafel eines reichen Geschäftsmanns, aber an diesem letzten Tag in Narbonne trotzdem richtig, fand Marcella. Sie hatte Camille und Théophile gebeten, ihnen Gesellschaft zu leisten. *Ich habe sie eingeladen, ich habe gehandelt wie eine richtige Hausfrau, ich habe sogar das Essen selbst bestellt, Elsa,* dachte sie nicht ohne Stolz.

Matteo hätte ebenfalls bei ihnen am Tisch sitzen sollen, aber er hatte sich auf eine Bank in der Ecke verzogen, wo er verliebt mit einem Paar ledergefütterter Panzerhandschuhe hantierte, die Damian ihm in einem Anfall von Reue wegen seines falschen Verdachts geschenkt hatte. Aus einer Gravur an der Krempe des rechten Handschuhs ging hervor, dass sie von einem Plattner namens Benedetto in Brescia gefertigt worden waren, was offenbar etwas Großartiges war. Matteo wog sein Schwert in den kostbar geschmückten Händen und war für ihre Runde rettungslos verloren.

»Es war ein böser Streich, und trotzdem kann ich nicht anders – Noël tut mir Leid. Die Damen mit den weichen Herzen werden das verstehen«, murmelte Lagrasse. »Er hat für das Kontor viel Gutes bewirkt und mich mit seinen Späßen und drolligen Einfällen …«

»Er täte Euch nicht leid, wenn Ihr Robert Lac gesehen hättet, wie er mit zerschmetterten Gliedern in seinem Innenhof lag, oder den toten Goldschürfer. Seid froh, dass er Euch nur fortschickte«, sagte Marcella, und Lagrasse bekam eine Gänsehaut.

Er legte sein Messer beiseite und wusch sich die Hände in der Wasserschale, die Camille ihm reichte. »Es ist schon so, wie das Sprichwort sagt: Gold blendet schlimmer als Feuer. Und der Weg zur Hölle ist mit Edelsteinen gepflastert.«

»Auch Robert Lac starb am Ende wegen seiner Geldgier, nicht wahr?«, meinte Camille und reichte ihm ein Handtuch. »Wäre er nicht so gierig gewesen, dann hätte er nicht alle Welt betrogen, und wenn er nicht betrogen hätte, dann wäre er nicht gestorben. Wenn man es genau nimmt, trug er an seinem Tod selbst Schuld.«

»Ich hätte das gern gesehen«, meldete sich Matteo. »Ob er nun gestoßen wurde oder nicht – dass er in seiner letzten Stunde dem Teufel ins rote Auge geschaut hat, glaub ich. Man stelle sich vor …«

»Halte den Mund«, sagte Damian.

»Sogar der arme Monsieur Vidal«, meinte Camille, während sie trübsinnig das Gelee wendete. »Warum konnte er nicht bei seinem Geschäft bleiben und wie seine Kameraden in den Gruben arbeiten? Stattdessen trägt er Goldklumpen nach Narbonne und beschwört sein Unglück herauf.«

»*Ihm* Schuld zu geben finde ich verkehrt«, widersprach Lagrasse. »Etwas verdienen zu wollen, in aller Ehrbarkeit, versteht sich, ist nur recht und billig. Es war Noëls Raffgier, die zu dem Verbrechen führte. Man macht ja auch nicht dem Kaufmann Vorwürfe, der überfallen wird, sondern dem Räuber.«

Damian blickte auf. Er sah aus, als wolle er etwas sagen, aber dann schwieg er. Monsieur Lagrasse machte eine missbilligende Bemerkung über die Zollstationen, die er auf seinem Ritt zum Kloster passiert hatte und in denen Reisende –

besonders, wenn sie aus Frankreich kamen und die Sprache schlecht beherrschten – nach Strich und Faden ausgenommen wurden. Matteo unterbrach sein Lamento, indem er zu ihnen an den Tisch kam und einem nicht besonders geneigten Publikum die Vorzüge des geschlossenen Plattenharnischs pries.

Sie brachten dieses Essen, von dem Marcella sich erhofft hatte, dass es ihren Aufenthalt in Frankreich versöhnlich ausklingen lassen könnte, einigermaßen mühsam hinter sich, und am Ende war sie froh, als Lagrasse sich auf den Heimweg machte und Théophile und Camille in ihren Räumen verschwanden.

»Weckt mich nicht zu früh«, bat Matteo.

»Mit dem ersten Sonnenstrahl«, gab Damian zurück. »Und was immer du heute Nacht vorhast – es wird in diesem Haus stattfinden. Nein, bitte bleib«, sagte er, als Marcella ebenfalls aufstand. »Oder vielmehr, komm mit mir in den Garten. Ich brauche etwas frische Luft.«

Es begann gerade zu dämmern, als sie den Innenhof betraten. Die Sonne schien mit goldenem Licht auf die sauber geharkte Erde der Gemüsebeete und die festgetretenen Wege dazwischen. Es roch nach Kälte. Der Schnee kündete sich an.

»Ich muss dich festhalten, du weißt, man heiratet nur, damit man sich an Tagen wie diesen gegenseitig wärmen kann«, sagte er, trat mit dem Hacken die Tür ins Schloss und nahm sie in die Arme.

Sie lachte leise, und einen Moment genoss sie seine Nähe und die Zärtlichkeit, mit der er seine Wange an ihrem Haar rieb. »Was bekümmert dich, mein Herz? Du bist so still geworden. Irgendetwas hat dir heute die Laune verdorben.«

»Vidal hat Goldklümpchen ins Kontor gebracht.«

»Aber ja, das weiß …« Das weiß ich doch, hatte sie sagen wollen. Sie hielt inne. Dann seufzte sie. »Goldklümpchen.«

»Ich habe weder mit Théophile noch mit Camille über

Gold gesprochen. Auch nicht mit Noël. Und gegenüber Lagrasse habe ich es erst kurz vor dem Essen erwähnt, und da waren wir allein im Kontor«, sagte Damian.

»Das muss nichts bedeuten. Théophile ist in Varilhes gewesen. Er hat Emiles Frau getroffen. Vielleicht hat *sie* ihm erzählt, warum Vidal immer nach Narbonne geritten ist. Vielleicht wurde im Wirtshaus darüber geredet. Und Théophile hat es Camille weitergesagt.«

»Alles ist möglich.«

»Nicht Camille, Damian. Sie hat zu uns gehalten, in allen Gefahren. Hätte Emile einer fremden Frau sein kostbares Tauschgut überlassen?«

»Einer Frau, die sich durchs Kontor bewegt, als sei es ihr ureigenes Reich? Einer Frau, die wichtig aussehende Bücher anschleppt und schreiben kann und es auch tut, als wäre es das Natürlichste der Welt? Emile kam aus einem kleinen Nest in den Bergen. Ich bin *sicher*, dass ihr Auftreten ihn beeindruckt hätte.«

»Aber Camille …«

»… hat schon früher bei Abrechnungen betrogen. Immer nur ein klein wenig. Kein Grund, sich aufzuregen. Das war meine Meinung, aber ich fürchte, noch mehr die ihre. Die reichen Leute haben so viel Geld, denen fällt gar nicht auf, wenn etwas fehlt. Ihre Moral ist biegsam.«

»Ich will nicht, dass es so ist.«

»Man müsste Lagrasse fragen, ob Noël die Möglichkeit hatte, an den Büchern zu manipulieren. Dieser Punkt hat mich immer gestört. Camille konnte es. Ihr gehört das Haus. Sie kommt in jedes Zimmer. Sie hätte nicht einmal befürchten müssen, überrascht zu werden.«

»Théophile war in Montaillou, als du dich auf den Weg nach Varilhes gemacht hast.« Wenn wirklich alles so war, wie Damian befürchtete – wenn tatsächlich Camille betrogen und Théophile für sie getötet hatte –, dann wurde auch klar, warum Clergue und Belot so überrascht von dem Überfall auf Damian gewesen waren. Weil die Ketzer tatsächlich nichts damit zu tun gehabt hatten. Théophile musste entsetzt gewesen sein, als er hörte, dass Damian doch noch selbst nach Varilhes wollte. Die Gefahr, dass er dort von Emiles Frau erfahren würde, wer das Gold in Narbonne in Empfang genommen hatte, war riesig. Also hatte er beschlossen, Damian aufzulauern und ihn zu töten. »Er hat versucht, dich umzubringen. Das verzeih ich ihm nicht«, sagte Marcella.

In der Ferne spielte eine Fiedel. Es war so still in dem kleinen Hof, dass man sogar bruchstückhaft die Frauenstimme hören konnte, die dazu sang. Die Fiedel verstummte. Gelächter brandete auf und verebbte wieder. Plötzlich seufzte Damian. Er schob Marcella von sich und drehte sich langsam um.

»Meine Ohren taugen nichts mehr. Théophile! Und ich war so sicher, dass Camille Euch heute Abend beschäftigen würde. Ihr habt beim Essen zu genau gelauscht und beobachtet, nicht wahr?« Als wolle er sich die eigenen Worte bestätigen, nickte er. »Den Stillen entgeht nicht viel.«

Der Ritter schloss sorgfältig die Tür hinter sich, bevor er in den kleinen Innenhof trat.

»Ihr müsst sie sehr lieben«, sagte Damian.

Théophile kniff die Augen zusammen, weil die tief stehende Sonne ihn blendete. »So ist es.«

»Wann hat sie Euch erzählt, dass sie die Konten fälschte?«

»Als Ihr gesagt habt, dass Ihr nach Montpellier reitet. Sie wollte den Verdacht auf Lagrasse lenken. Sie hoffte, wenn Lagrasse plötzlich auf und davon wäre, würdet Ihr ihn für den Kontenfälscher halten und auf den Besuch bei Robert Lac verzichten.«

»Aber irgendwann wäre Lagrasse zurückgekehrt.«

»Dann wärt Ihr längst wieder fort gewesen. Man hätte ihm sagen können, Ihr hättet ihn rausgeworfen, weil er ohne Erlaubnis fort ist. Und dann hätte sich alles gerichtet.«

»Ihr habt also Lagrasse fortgelockt. Aber ich wollte trotzdem reiten, und ... Robert Lac musste sterben ... und dann Emile und Noël.«

»Was hätte ich tun sollen?«, fragte Théophile. Er schaute zur Seite und sah dabei so elend aus, dass Marcella ihm seine Gewissensbisse auf der Stelle abnahm.

»Nur aus Neugierde: Wie habt Ihr Lac dazu gebracht, sich aus dem Fenster zu stürzen?«

»Er hat sich nicht gestürzt. Ich hab ihn rausgedrückt. War ein Stück Arbeit.« Dieses Mal schien Théophile nichts zu bedauern.

»Aber es gab nur *ein* Paar Fußspuren. Von nackten Füßen. Wie ...«

»Ich sah das Fässchen mit der Drusenasche. Hatte plötzlich die Idee, ich könnte Verwirrung stiften. Haben doch alle immer geredet, dass Lac ein Sünder ist, den der Leibhaftige im Visier hat. Habe also die Asche verstreut, rasch die Schuhe ausgezogen ...«

»Natürlich.« Damian sah an Théophile vorbei zur Tür. In seinem Gesicht stand eine Mischung aus Ekel und Sorge.

»Musste sein. Hab mir von Anfang an in dieser Sache nichts ausgesucht. Such mir auch jetzt nicht aus, was ich tun muss. Hoffe, Ihr versteht das.«

Théophile trug kein Schwert bei sich – wahrscheinlich war er nicht mehr dazu gekommen, seines aus dem Zimmer zu holen. Aber er hatte das Messer dabei, mit dem er bei Tisch das Fleisch aufgespießt hatte, und das zog er nun aus der Scheide und warf einen wehmütigen Blick darauf.

»Nur interessehalber. Wie wollt Ihr Matteo und Lagrasse unseren Tod erklären?«, fragte Damian. Marcella spürte, wie er den Körper anspannte. Sie hatte gedacht, dass er die Antwort abwarten würde, und wahrscheinlich hatte Théophile dasselbe erwartet. Stattdessen sprang er plötzlich zur Seite und stieß Marcella gleichzeitig in die andere Richtung.

Verblüfft rang sie mit dem Gleichgewicht. Einen Augenblick war sie völlig mit sich selbst beschäftigt. Als sie sich gefangen hatte, sah sie die Sonne in Théophiles hagerem Gesicht. Er hatte den Kopf drehen müssen, um Damian ins Visier zu nehmen. Seine Stirn glänzte rot, das Haar flammte golden wie ein Heiligenschein. Sie sah, wie Damian der Waffe des Geblendeten mühelos auswich.

Entsetzt starrte Marcella ihren Bräutigam an. Sie hatte ihn noch nie so traurig, so wütend, so entschlossen und verdrossen zugleich gesehen. Auch er hatte sein Tischmesser gepackt. Aber er wartete nicht ab, wie Théophile es vielleicht getan hätte. Kein ehrlicher Kampf. Er stach zu, und Théophiles Körper sackte in den Schatten.

26. Kapitel

Camille war keine Mörderin, liebe Elsa, sie war nicht einmal ein wirklich schlechter Mensch. Etwas töricht, viel zu gierig, worüber sie sich am Ende selbst am meisten grämte. Was also sollten wir tun? Sie an die Justiz ausliefern, die ihr einen schauerlichen Tod bereitet hätte?

Marcella ließ die Finger über die feinen Spitzen der Feder gleiten. Sie wusste nicht, ob sie Camille tatsächlich einen Dienst erwiesen hatten, als sie sie laufen ließen. Das Kontor hatte zusammengestanden. Damian, Lagrasse, Matteo – sie lieferten einem mäßig interessierten Büttel eine Geschichte, in der Théophile das Opfer eines Raubmörders geworden war, der es eigentlich auf das Kontor abgesehen hatte. Alles vage, keine Anhaltspunkte … Was soll ich da denn tun?, hatte der Büttel gefragt.

Camille hatte sich für das makabre Theater nicht interessiert. Sie saß an Théophiles Leichenbett und umschloss seine weiße Wachshand mit ihren Händen und antwortete auf keine Frage.

Sie hat all das Unglück angerichtet und ist doch selbst nun das allerunglücklichste Wesen. Ich weiß, dass du jetzt protestierst, Elsa, und dennoch ist es so, denn weiterleben zu müssen ohne den Menschen, den man am meisten liebt …

Das Letzte hätte sie am liebsten wieder gestrichen, sie ahnte, dass Elsa sich darüber ärgern und den Kopf schütteln würde. Aber wenn sie irgendwann noch einen Brief an ihre brave Freundin schicken wollte, dann mussten auch einmal Dinge stehen bleiben.

Damian hat diesen Espelette aufgesucht und ihn überredet, die Leitung des Kontors zu übernehmen. Lagrasse wird nur noch die Bücher führen, und das ist für alle das Beste, meint Damian, obwohl er selbst von seinem neuen Faktor nicht ganz überzeugt zu sein scheint. Aber er hat keine Lust mehr, sich über Narbonne zu ärgern. Frankreich gehört Donato. Soll Donato sich kümmern. Damian will nach Haus. Und tatsächlich nähern wir uns dieser Stadt, die eigentlich eine Insel ist oder eine Ansammlung von Inseln, ganz verstanden habe ich das immer noch nicht …

Marcella ließ die Feder sinken, als es an ihrer Tür klopfte.

Damian wartete ihre Antwort nicht ab. Er stürmte in die Kajüte des Capitano, die man der reichen Braut des Signore Tristand – *Hilfe, Elsa, hier werden seltsame Dinge Wirklichkeit* – während der Überfahrt überlassen hatte.

»Bist du bereit für ein Abenteuer?« Er lachte sie an und fasste ihre Hände.

»Ein Abenteuer!«

»Neben der Galeere liegt ein Boot bereit. Sag ja und ich zeige dir den herrlichsten Platz auf Erden. Das Paradies blühte nicht zwischen Euphrat und Tigris, sondern auf einer Insel namens San Francesco. Und sie liegt direkt vor unserer Nase.«

Er zog sie stürmisch mit sich. Über ihnen streckte sich derselbe wolkenlose Himmel, der sie die letzten Tage ihrer Reise begleitet hatte, aber der Blick auf den Horizont hatte sich geändert. Nicht mehr die lange Küste Ostitaliens prägte das Bild, sondern eine Vielzahl von größeren und kleineren Inseln, einige mit Hängen voller Wein, Obstplantagen und Gemüsegärten, andere von Wäldern bewachsen. Zwischen den Bäumen standen kleine Häuschen, und auf einer der Inseln auch eine Kirche und ein großes, längliches Gebäude, das an eine Lagerhalle erinnerte.

»Wo sind die anderen Galeeren?«, fragte Marcella.

»Fort, und wahrscheinlich schon in Venedig. Komm, Marcella, dieses Mal musst du mir vertrauen, denn ich werde dich mit eigenen Händen an Land rudern.«

Der Capitano der Galeere, der an der Reling lehnte, hüstelte diskret.

Lachend und mit dem merkwürdigen Gefühl, Kopf und Kragen zu riskieren, aber das mit Lust, stieg Marcella über eine Strickleiter in ein kleines, nicht besonders solide aussehendes Boot.

Damian besaß Geschick im Rudern. *Ich entdecke jeden Tag neue Fähigkeiten an ihm, Elsa.* In erstaunlich schneller Zeit hatten sie einen der kleinen Strände erreicht.

»San Francesco del Deserto«, sagte Damian und wies mit einer großartigen Geste den Strand hinauf zu den fremd aussehenden Bäumen, die wie schlanke Vasen wirkten und die ganze Insel säumten. So viel Grün! Man hätte meinen können, es wäre Sommer, wenn nicht die frische Brise an ihren Kleidern gezerrt hätte.

»Und nun, Monsieur?«

»*Signore*, Marcella. Wir sind daheim. Als der heilige Franziskus von Assisi in diese Gewässer einfuhr, tobte ein schrecklicher Sturm. Aber als er dieses Eiland erreichte, verstummte der Wind, das Meer wurde ruhig wie Seide, und Vögel zwitscherten ihm einen Willkommensgruß. Kein Wunder also, dass er beschloss, an dieser Stelle ein Kloster zu errichten. Komm weiter.« Sie rannten und stolperten durch den Sand und dann einen schmalen Weg entlang. Die Vögel gab es immer noch. Im Geäst der fremdländischen Bäume mussten sich ganze Schwärme verbergen, der Krakeelerei nach zu urteilen.

»Was hast du vor?«

»Komm.« Er zog sie übermütig weiter, und sie streifte im Laufen die Schuhe von den Füßen, um besser mithalten zu können.

»Was?«

Vergnügt schüttelte er den Kopf.

Kurz darauf tauchte ein Gebäude auf. Ein Kloster, bestehend aus einer wahrhaft winzigen Kirche und einem geduckten, ebenso kleinen Wohntrakt.

»Du willst die Kutte nehmen? Das erlaube ich nicht.«

»Schau es dir an.« So unverfroren wie jemand, der sein eigenes Haus betritt, stieß er die kleine Kirchentür auf. Ihre Augen mussten sich erst an das Dämmerlicht gewöhnen, aber dann stieß sie einen Laut des Entzückens aus. Die geweißten Wände des Kirchleins waren mit einer Unzahl rotbunter Vögel bemalt.

»Das ist … herrlich.«

Er nickte.

»Das ist schöner als alles, was ich je gesehen habe. Man meint, mitten im Wald zu stehen. Wie hast du diesen Ort gefunden?«

»Durch Fra Gerhardino. Den Mönch, der in Donatos Familie die Beichte abnimmt. Ein fröhlicher und herzensguter Mann, und ein begnadeter Maler, auch wenn er das abstreitet.«

»Es ist eine Franziskanerkirche?«

»Willst du mich heiraten, Madonna? Gleich hier? Gleich jetzt?«

»Ob ich das will?« Marcella trat einige Schritte tiefer in das Gotteshaus und drehte staunend den Kopf. »Man möchte meinen, hier leben wahrhaft glückliche Menschen.«

»Warte auf mich.«

Ehe Marcella protestieren konnte, war Damian verschwunden.

Willst du mich heiraten? Elsa, er fragt, als wäre es immer noch nicht sicher.

Einer der Vögel, die Fra Gerhardino mit viel Liebe zum Detail an die Wand gemalt hatte, war ein Kranich. Eine staksende grauweiße Gestalt, nicht ganz so bunt wie seine Gefährten, aber so täuschend echt, als flöge er beim ersten Geräusch auf. Marcella trat näher und fuhr mit den Fingerspitzen über den Putz. Die Farbe war von guter Qualität. Nichts bröckelte.

Durch die glaslosen Fenster drang ein Scharren, als würde jemand mit einer Harke über Stein fegen, irgendwo gackerte ein Huhn. Dann flog die Tür auf.

Der Mönch, der Damian begleitete, lächelte über das Ungestüm seines Besuchers. Er war grandios fett, dabei von verschmitzter Gutmütigkeit, und er begrüßte Marcella mit einem Schwall italienischer Wörter.

»Komm.« Damian nahm ihren Arm und antwortete dem Mönch in demselben Kauderwelsch, das sie niemals – *niemals, Elsa!* – lernen würde.

»Er will von dir bestätigt haben, dass du weder entführt noch unter ruchlosen Versprechungen von Mutter und Vater fortgelockt wurdest. Sag: no.«

Fra Gerhardino lächelte breit. »Questa donna è unita in matrimonio con …?«

»Und er will wissen, ob du bereits verheiratet bist. Sag: no.«

Marcella musste lachen. Der dicke Frater schüttelte temperamentvoll ihre Hände und sprudelte weiter.

Damian übersetzte: »Er sagt, die wirklich schrecklichen Dinge werden nicht aus einer Regung des Augenblicks, sondern aus kalter Überlegung begangen. Er beglückwünscht uns. Er sagt … Was ist, Marcella?«

»Meine Kranichdose. Ich habe meine Dose mit dem Safran auf dem Schiff vergessen.«

Der Mönch fragte etwas.

»Es ist ein kleines Vermögen, Damian. Es ist alles, was ich besitze.«

Damian nickte und schwieg. Er sah plötzlich so vorsichtig aus, dass es ihr wehtat.

»Wenn es gestohlen würde … Ich weiß nicht, warum ich gerade jetzt daran denke. Ich habe den Safran die ganze Zeit behütet und geschützt. Er ist meine Sicherheit. Er … Es ist nicht wichtig, oder?«

»Das weißt nur du. Marcella, ich wollte nicht, dass wir in der größten Kirche Venedigs heiraten, unter den Augen von Menschen, die … uns nichts angehen. Ich fand, dies ist ein guter Platz. Nur du und ich und Fra Gerhardino. Er wird dich fragen, ob du mich heiraten willst, und du kannst mit Ja oder Nein antworten. Hier ist beides möglich. Nur antworten wirst du müssen.«

»Figlia mia?«, fragte der Mönch. Seine Hände, die er erwartungsvoll gefaltet hatte, waren mit einem blauen Pulver bedeckt, mit Lazur. Eine herrliche Farbe. Hundert Lot zu zwölf Pfund Heller …

»Ich sage ja, und dann wäre es geschehen.«

Damian nickte.

»Und dann?«

»Dann würden wir Fra Gerhardino aus dem Gartenhäuschen vertreiben, in dem er seine Farben mischt, und mit dem Nachtgesang der Vögel von San Francesco del Deserto auf Stroh und Decken schlafen. Oder, wenn dir dieses Lager zu hart wäre, würde ich dich nach Burano rudern, ganz, wie du willst.«

»Und dann?«

»Würde ich mich erkundigen, wie weit Venedig mit seinem Schuldfonds gekommen ist, und du würdest über die Märkte gehen und versuchen, die Preise für Gewürze umzurechnen …«

»Er würde uns in sein Gartenhäuschen lassen? Tatsächlich?«

»Das Wort, das du dir merken müsstest, hieße: si.«

Fra Gerhardino schneuzte in den Ärmel seiner Kutte und

beäugte einen Platz hinter der Kanzeltreppe, an der ein noch
weißer Fleck zum Malen einlud.

»Si? Einfach nur si?«, fragte Marcella. Das hörte sich
wirklich nicht schwierig an.

Epilog

Vieles von dem, was in diesem Roman geschildert wurde, kann der neugierige Besucher auch heute noch besichtigen: den farbenfrohen Marktplatz von Mirepoix mit seinen Arkadengängen und der Kirche, die Schwefelquellen und das Badebassin von Ax-les-Thermes, die Ruine des Donjon von Montaillou ...

Erheblich spannender aber als die Relikte dieser Bauten sind einige Akten, die zu Beginn des vierzehnten Jahrhunderts angefertigt wurden und heute in der Bibliothek des Vatikan lagern. Sie stammen von Jacques Fournier, dem Bischof von Pamiers und späteren Papst Benedikt XII, der sich zwischen 1318 und 1325 mit dem in Ketzereiverdacht geratenen Pyrenäendorf Montaillou beschäftigte.

Fournier war kein Freund der Folter, dafür aber ein Anhänger penibler Befragung. In 578 Vernehmungen mussten sich 114 Angeklagte vor ihm verantworten. Aus ihren Aussagen formte sich ein detailreiches Bild vom Glauben der Katharer, aber auch vom Alltagsleben eines Bergbauern, wie es in dieser Art einmalig ist.

Wir erfahren beispielsweise, dass die Menschen sich nicht rasierten und nur selten wuschen, dafür liebte man es, sich nach Läusen abzusuchen. Die jungen Leute amüsierten sich bei Tanz und Spiel auf dem Dorfplatz, die älteren Männer würfelten und spielten Schach. Diskussionen über Politik und Religion wurden mit Leidenschaft geführt, und es gab erstaunlicherweise auch in dem Dorf Menschen, die lesen konnten. Man arbeitete, aber man schuftete sich nicht tot, und für ein Pläuschchen mit dem Nachbarn blieb immer Zeit. Auch Gäste waren gern gesehen.

Dass Frauen von ihren Männern verprügelt wurden, schien gang und gäbe zu sein, als Mütter oder Schwiegermütter besaßen sie jedoch eine erhebliche Macht. Untereinander halfen die Frauen sich aus, und ihr Gesellschaftsleben war interessant genug, dass selbst die Kastellanin Béatrice de Planissoles im Dorf Freundschaften schloss.

Vor allem aber erzählen die Protokolle über den Glauben der Bauern. Da wird von einem Arnaud Gélis berichtet, der als Seelenbote das Reich der Toten besuchte und Botschaften zwischen Lebenden und den Toten transportierte. Wir erfahren, wie eine Endura vonstatten ging, und hören, dass Gauzia Clergue sich weigerte, ihre todkranke Tochter verhungern zu lassen, dass aber die alte Na Roqua die Kiefer aufeinander presste, als die nichtgläubige Brune Purcel ihr eine Brühe von gepökeltem Schweinefleisch einflößen wollte. Da nicht das gesamte Dorf katharisch war, herrschte eine Atmosphäre des Misstrauens, die sich in Spitzeldiensten und Heimlichkeiten, aber auch in Erpressungen und handfesten Prügeleien zeigte. Eine fesselnde Aufarbeitung der Protokolle findet der interessierte Leser in dem Buch »Montaillou« des Historikers Emmanuel LeRoy Ladurie.

Was ist nun in diesem Roman authentisch, was wurde erfunden?

Die wichtigste Person von Montaillou, den Pfarrer Pierre Clergue, hat es wirklich gegeben, und seine Doppelrolle als Katharerführer und katholischer Seelsorger stand im Zentrum der Anklage des Ketzerprozesses. Clergues Charakter habe ich als faszinierenden Kern der Geschichte so genau wie möglich nachgezeichnet. Seine Liebschaft mit Béatrice de Planissoles ist belegt und scheint zumindest eine Zeit lang auf Zuneigung beruht zu haben. Er scheute sich aber nicht, andere Mädchen und Frauen des Dorfes mit Hinweis auf die Inquisition zum Geschlechtsverkehr zu nötigen. Sein häretischer Glaube, dass mit der Endura jegliche Sünde getilgt sei, nahm ihm offenbar alle Skrupel.

Auch der Bayle existierte. Er war ein Bruder des Pfarrers und hieß mit richtigem Namen Bernard Clergue. Seine Zuneigung zu Pierre grenzte an Hörigkeit. Als Bernard erfuhr, dass Pierre im Kerker gestorben war, soll er ausgerufen haben: Mein Gott und Lenker ist tot.

Die Zunge wurde nicht Na Roqua herausgeschnitten, sondern einer anderen Frau aus dem Dorf namens Mengardis Maurs, deren Sippe von Clergue an die Inquisition verraten worden war.

Pierre Clergue und der Bayle endeten nicht im Feuer des – erdachten – Hauses Bonifaz, sondern in den Kerkern der Inquisition, nachdem Jacques Fournier ihren Anteil an den Ereignissen in Montaillou aufgedeckt hatte.

Marcella Bonifaz, Damian Tristand und all die anderen Personen, die nicht in Montaillou zu Hause waren, sind frei erfunden.

Noch ein letzter Hinweis: Die besonderen Gesetze des Romans machten es nötig, einige Ereignisse umzudatieren. Pierre Clergue starb bereits 1321, sein Bruder Bernard 1324.

H. G. im März 2004

*»Selten hat mich ein historischer Krimi
so mitgerissen.« Charlotte Link*

Der Bau einer Brücke treibt die bedeutende Stadt Quedlinburg und ihr vornehmes Domstift in eine wahrhaft mörderische Fehde. Die junge Schreiberin Alena riskiert Kopf und Kragen – und die Liebe –, um zu verhindern, dass ihr Leben und das der Domfrauen zerstört wird.

»Ich habe das Buch in einer Nacht verschlungen.«
Marie-Luise Marjan

Helga Glaesener

Du süße sanfte Mörderin

Roman

List Taschenbuch

Giudice Benzonis erster Fall

Rom 1559: In einem alten Hafenturm wird die verstümmelte Leiche eines Jungen entdeckt. Der Tote trägt eine Rose im Haar und niemand scheint ihn zu vermissen. Mehr noch: Es gibt jemanden in der heiligen Stadt, der alles daran setzt, die Aufklärung des Mordes zu verhindern. Skandalös, findet Richter Benzoni und macht sich auf eigene Faust auf die Suche nach dem Mörder – auch dann noch, als die Spur in eine bestürzende Richtung läuft ...

»Die Autorin hat mit dem sympathischen Richter Benzoni den Historienkrimi um eine hinreißende Spürnase bereichert.«
Passauer Neue Presse

»Eine von Deutschlands heimlichen Bestseller-Autorinnen.«
Bild der Frau

Helga Glaesener
Wer Asche hütet
Roman

List Taschenbuch

*»Eine hinreißend geschriebene
Geschichte über Mut in Zeiten der Angst«
dpa*

Südfrankreich, 1609:
Der oberste Hexenrichter de
Lancre ist ein Mann mit Charme
und Bildung, aber ohne Gnade.
Er setzt alles daran,
vermeintliche Hexen »im Feuer
tanzen« zu lassen. Doch in dem
jungen Arzt Lallemand findet er
einen Widersacher ...

»Wenn bereits *Evas Cousine* als
›Stück bedeutender Literatur‹
gehandelt wurde, dann gilt das
auch für *Füße im Feuer*.«
Leipziger Volkszeitung

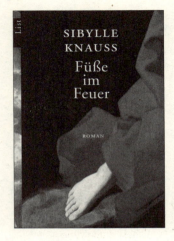

Sibylle Knauss
Füße im Feuer

Roman

List Taschenbuch

Der neue Bestseller der Autorin der Zuckerbäckerin!

Lauscha, ein kleines Glasbläserdorf im Thüringer Wald im Jahre 1890: Der Glasbläser Joost Steinmann stirbt und die drei Töchter Johanna, Marie und Ruth stehen völlig mittellos da. Als aber der amerikanische Geschäftsmann Woolworth auf seiner Einkaufstour zufällig auf die schönen gläsernen Christbaumkugeln aus Lauscha aufmerksam wird, gibt er eine Großbestellung für Amerika in Auftrag. Die couragierte Marie wittert ihre Chance: Sie bricht mit allen Regeln und wagt es, als Frau kunstvolle Christbaumkugeln zu kreieren. Es sind die Schönsten, die je in Lauscha produziert wurden, und auch Mr Woolworth scheint von ihnen angetan ...

Petra Durst-Benning
Die Glasbläserin
Roman

»Eine großartige Familiensaga.«
Coburger Tageblatt

ULLSTEIN TASCHENBUCH

»Ein wahrer Schmöker: gefühl-, humor- und phantasievoll« B.Z.

In der wildromantischen Landschaft des südlichen Schwarzwalds erfüllt sich auf dramatische Weise das Schicksal zweier ungewöhnlicher Frauen. Die junge Julie erhält von einer entfernten Verwandten einen wunderschönen alten Berghof geschenkt. Doch es gibt eine Bedingung: Julie soll herausfinden, warum das Haus – einstmals das einzige Hotel weit und breit – seinen Zauber verlor und in einen Dornröschenschlaf fiel. Julie, die sich auf den ersten Blick in den Berghof verliebt hat, beginnt in alten Tagebüchern zu stöbern und taucht ein in eine Welt aus Leidenschaft, Eifersucht und tödlicher Liebe.

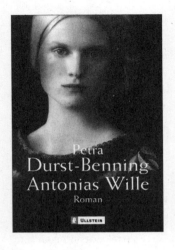

Petra Durst-Benning
Antonias Wille
Roman

»Petra Durst-Benning, eine von Deutschlands First Ladies des historischen Romans, schickt den Leser in eine Story aus Vergangenheit und Gegenwart.«
Bild am Sonntag

ULLSTEIN TASCHENBUCH

Wie es mit der **Glasbläserin** *weitergeht ...*

Marie und Wanda – zwei Frauen, zwei Schicksale und die alte Erkenntnis, dass Glück und Glas zerbrechlich sind: Inmitten gesellschaftlicher Umbrüche und Neuanfänge versuchen die Glasbläserin Marie aus dem thüringischen Lauscha und ihre junge, reiche, in Amerika aufgewachsene Nichte Wanda, ihr persönliches Glück zu finden – und zu behalten. Von der Beschaulichkeit des Thüringer Waldes ins mondäne New York der zwanziger Jahre, auf den magischen Berg Monte Verità am Lago Maggiore und zur alten, prunkvollen Hafenstadt Genua führen die Stationen dieses ungewöhnlichen Romans, in dem der Leser zwei faszinierende Frauen auf ihrem Lebensweg begleitet.

Petra Durst-Benning
Die Amerikanerin
Roman

ULLSTEIN TASCHENBUCH